U0835649

知音动漫图书 · 新阅坊

ZHI YIN COMIC BOOK 以梦想之名点燃阅读

Written by 萧十一狼
Illustrated by 古戈力

半面妆 叁

萧十一狼◇著

中国致公出版社　知音动漫

知音动漫图书·新阅坊荣誉出品
《漫客小说绘》书系

目录

第一章　帝王剑　001
第二章　镜花水月　023
第三章　长相思　041
第四章　七宝瓶　063
第五章　玉郎　087
第六章　阴阳丹　109
第七章　千司水　135
第八章　鉴水镜　157
第九章　青鸾花　175
第十章　长生药　193
第十一章　生死局/上　215
第十二章　生死局/下　235
后记　248

第一章

帝王剑

1

常千月吓得快哭了。

他爹是镇国将军，统领六十万大军，常年镇守月城，守北方四十载平安。他是他爹的独子，又是老来子，从小受尽万般宠爱，天不怕地不怕的，生气起来敢偷偷剃他爹的胡子。可在此刻，常千月一个人躲在床下，吓得快要哭出来。

外面传来打斗声、厮杀声。

这声音常千月很熟悉，城外操练的士兵经常发出震天的嘶吼、操练声。从前这种声音让月城的人感到安心，而今夜，这声音如同死神跗骨之蛆的问候一般，带着让人恐惧的森冷和可怖。

将军府中一片混乱，常千月听到熟悉的侍卫叔伯们的喊声和临死的吼叫。父亲带人出去打夷族了，这府中只剩下一些侍卫，毕竟谁能想到，在月城外驻扎了几十万兵力的情况下，这安定的后方竟然突然冒出来一支千人的队伍，夜袭了将军府。

这几乎是一件不可能的事情！

开始大家还能保持镇定，但当发现这群夜袭者源源不断，死了又不断有新人补上时，大家都绝望了。

常千月的娘让他躲在床下，就要去外间。外面是兵刃撞击的声音，常千月想拽住阿娘的袖子，可她温柔地笑笑，轻声叮嘱着："没事，阿娘把那些贼人引走就好。千月，记住，不要出声，等到外面安静之后，你马上去城外。厢房外面的那个狗洞你记得吗？你小时候经常从那里钻出府去玩……对，从那里出去，找你陈伯伯，让他送你离开这里。千月……"

阿娘的眼睛很红，她最后一次抱了抱常千月，常千月听到阿娘轻声地抽泣，感觉到她温柔的拥抱，仿佛一朵云一般。

然后阿娘出去了，再后来就起了大火。常千月非常害怕，他想钻出去找阿娘，但外面是漫天的大火。那火如同燃烧的花一般，跳跃的花瓣舔舐着将军府的每一寸土地，所过之处，一切都燃烧起来。

天地间似乎一瞬变成了火红色。

常千月只感觉到越来越热，他跌跌撞撞地往外跑，可是从厢房到大门的距离，对一个五六岁的小孩来说，实在是太远了，他越来越恍惚，每一步都仿佛踏在云里。

汗如同流水一般往下流，大门整个都被冶艳的火花包围，他出不去了。

常千月停下了脚步。他懵懵懂懂地望着周围，渐渐疲惫得想要闭上眼睛。

"小家伙。"就在这时，耳边突然传来了冰冰凉凉的呼唤，常千月睁开眼睛，看到一个穿着白衣的男人好整以暇地站在在火焰之中。他有一头如同冰雪的银灰色头发，一双兽瞳般的灰白色眼睛，眉毛雪白，整个人看上去仿佛是冰晶一般。

他裹着雪白的狐裘从火中走出来，一把抱起已经倒在地上的常千月，颠了颠，调整好姿势，便往火中走去。

"不要睡着了啊。"这男人一副懒洋洋、吊儿郎当的腔调，抱着常千月一边说着，一边往外走去。

"求求你，我阿娘，我阿娘出去了……"常千月的意识其实已经有些模糊了，但他记得他的阿娘，引开了一群夜袭者的阿娘。

"你娘已经死了。"白衣男人轻声说，他拍了拍常千月的屁股，声音还是那副德行，"我答应了你阿娘临死前的愿望，把你从这里带走。"

又惊又怒之下，常千月白眼一翻，在高温之中彻底晕了过去。

在梦中，常千月似乎听到了如同山岳怒吼一般的厮杀声、剑击的清脆鸣叫，甚至听到了血液从血管之中喷溅出来的声音。

常千月睁开眼睛，一切幻影从梦中轰然而退，只感觉全身终于退了高热，意识逐渐清明。他发现自己被一张薄毯裹着睡在草丛里，一阵夜风吹来，竟有些冷。

“醒了啊，小哭包？”常千月还懵懵懂懂的，头顶突然传来男子的轻笑。常千月猛地抬头，才发现躺在树枝上一身白衣的男子，他此刻裹在狐裘之中，灰白的眼睛看着他，微微弯着唇，银灰色的头发在风中轻舞。这不就是梦中火里出现的那人？！

“我、我这是在哪里？”常千月猛地站起来，极目望去，是一片绵延的山林，根本看不到将军府在哪里。

“我们在月城外的赤霞山。”男人好脾气地回答。常千月愣了一会儿，突然一转头，如同一头蛮横发狂的小牛犊一般，闷头往北方冲了过去。

“你想回月城？”

“你想救你爹娘？”

“他们都死了哦。”

常千月一直往前跑，但是那男人的声音却优哉游哉，一直不急不喘地跟在他的身边，还不断地说着诛心的话。

“你闭嘴！”常千月一边走，一边气喘吁吁地回答，“我爹出去打夷族了，等他回来了，一定会报仇的！”

“傻孩子。”男人的眼眸里露出一点怜悯来，“你以为你爹没有被埋伏么？”

常千月的步子猛地停住，他瞪大眼睛，转头大声道：“你说什么？”

“我是说……”那男人也停下脚步，俯视着小小的常千月，“如果名震天下的镇国将军没有死，那些埋伏了多日的人，怎敢真的对将军府下手呢？”

常千月瞪大了眼睛。

2

“你放开我！流云，你放开我！我要为我爹娘报仇！”山林之中响起孩童清脆的声音，虽然语音清脆可爱，但却气势汹汹，甚至带着浓重的仇恨。

“你也不撒泡尿照照自己这德行，就你这样子，走路都走不稳，还报仇？”穿着裘衣的白衣男子一边垂涎地看着快要烤好的野兔，一边漫不经心地回答着，任常千月怎么撒娇威胁，都岿然不动。等兔子烤好，他撕下一只兔腿，塞给了被绑在树上的常千月，然后自己咬了一口，眼睛幸福地眯了起来。

“呸！”兔腿肉酥脆软嫩，却被常千月一口吐掉，他大声质问，“你到底是谁？我以前从来没在将军府见过你，其实你跟那群刺杀的人是一伙的对不对？你是不是现在要把我带去给你的主子领赏？”

流云慢条斯理地吃着兔子，吃完了之后，满足地打个饱嗝，又把自己的手指一点点舔干净，才捡起被常千月吐掉的那只兔腿，用从常千月怀里搜出来的帕子仔细包好，放在了怀里：“随便你怎么想，反正我的任务就是把你带到安全的地方，让你平安地长大。这兔腿你不吃，以后就别吃东西了。常将军是条傲骨铮铮的汉子，就是太骄纵你了，把你养得一无是处不说，还脾气骄横。正好，在我手上，都给你好好矫正过来……不用谢我，谁让我和你爹是几十年过命的交情，又看着你长大呢。”

说完，流云一吹口哨，把常千月解下来，拎着他翻身上马。他们这一路已经走了七八天了，开始流云并没有把常千月绑起来，可是常千月只要一有机会就往回跑，次数多了，流云也开始变得不耐烦起来，于是干脆把他捆起来，一路往南。

常千月被流云抱在怀里，他虽然小，但是心里清楚，流云说的大半都是真的，而且他也知道，如此不分昼夜地千里奔袭，是因为身后还有人在追杀他们，那些夜袭将军府的人没有发现他的尸体，一定会扩大范围，追查他的踪迹。

那群人要的是灭将军府满门，也不知道是哪里来的那么大的仇恨。

可是，知道归知道，常千月心里对流云的感觉还是从愤怒变成了恨意。他们一路从北方到南方，从干燥的风沙之地到呼吸都泛着水汽的水乡。

他们离北方越来越远了。常千月一次次地想偷跑回北方，可是每次都被流云阻止了。从开始的难过到愤怒，再到怨愤，常千月的逃离渐渐变成了和流云的对抗。

“拿个木棍就想敲昏我，太小看我了！”流云右手烤着之前在路边买的肉饼，左手精准地抓住了常千月偷袭的木棍，手腕微一使力，轻轻一抖，常千月就连人带木棍一起摔倒在了他的面前。

这种情况已经发生过无数次了。想要回北方的常千月可谓是铆足了力气，用了无数种方法，可惜流云实在太强了，他每一次都失败。

常千月躺在地上，怒气冲冲地瞪着流云。

“看什么看？想吃烤饼自己动手。想跑？可以，打赢我就行！”流云接受了常千月的愤怒，烤着饼，并不看常千月。

这几个月累积的愤怒，对爹娘身亡的不肯置信，还有因被流云逼着吃各种打来的野味，被捆着一路离开长大的地方的不适……这些愤怒和难过，在这一刻，让常千月有些失控了。他红着眼圈，如同一头小狼一样恶狠狠地看着流云，大声吼道：“你才不是我爹的朋友！我爹和我娘，整个将军府的人都、都……”他说不出那句“他们都死了”，只能咬着牙，抖着声音说，

“你却每天大鱼大肉，还逼着我吃荤。你不帮他们收敛尸体，不帮他们报仇……你根本不是我爹的朋友……”

流云微微抬眸，往日带着风雪一般银灰色的眼睛里，此刻却有了一丝叹息般的温柔。他轻声说：“不要撒娇。”

“我没有撒娇！”常千月大声吼。

在流云的逼视之下，常千月移开了眼神。小孩子对于周围的感觉是最敏锐的，虽然流云看上去粗暴，且对他漠不关心的样子，但经过这几个月的相处，常千月感觉得到，流云确实是对他带着善意的。可是越是确定流云并未心怀鬼胎，常千月就越无法接受。为什么？如果流云真的是阿爹的朋友，为什么他不帮阿爹阿娘报仇？他甚至都没有帮他们收敛尸骨，就那样任凭他们暴尸荒野。

这都是流云的错。常千月想到这里，又移回了眼神，挺直了背脊看着眼前的流云。

“是的，我确实是和你爹颇有交情，他十几岁的时候，我们就认识了。可是，常千月，这不代表我有义务要帮他收尸、帮他复仇……当年我救了你爹的命，现在又把你从将军府带出来，已经很对得起你爹了。”常千月这时才发现，流云有一双非常冰冷、如同深潭一般幽深的眼睛。那双银灰色的眼睛毫无杂质，看上去仿佛最珍贵的琉璃一样，那样美丽，却又那样的冷漠，让小小的常千月全身发寒。

“那是你的义务，常千月。不要以为撒娇，就可以把自己应该做的事情丢给别人。”

对一个不到六岁的小孩，说出如此残忍的话，这就是流云会做的事情。

在初被流云救出时，小小的常千月其实对他很是感激。这些日子以来，流云虽然粗暴，丝毫不顾忌他的感受，但是除了回北方被阻止时的愤怒，常千月其实已经对流云有了犹如对师长般的依赖。可流云此刻短短的一段话，让小小的常千月真正地从满门被灭、爹娘双亡的惨剧之中清醒了过来。

五岁多的小常千月站在湿润的春风里，在已经飘着淡淡迎春花香的烟花三月，突然瞪大眼睛，后知后觉地发现——只剩他一个人，独自站在这个世界里了。阿爹、阿娘、那些会逗他玩的侍卫叔叔、和阿爹关系好的将士伯伯、把他放在马上哈哈大笑的兵丁们……他们都被烈烈北风卷走了，只留下一地空旷的黄沙。

他会对着流云发火，会怨恨流云，闹着要回北方……不就是因为他是一个狡猾的小孩子么？他相信流云确实是阿爹的好朋友，就如同以前的叔叔们一样，是他可以撒娇撒泼的存在，所以他才会在被追杀的情形下，闹着要回北方，替爹娘报仇。他明明知道自己是没办法独自替爹娘报仇的，所以他闹着，是因为想逼着流云替爹娘报仇。

"想清楚了？"流云的声音从旁边传来，常千月看着他。流云的表情还是那么淡然，可是常千月不再说话，甚至不再吵闹，他拿起旁边没放肉的饼子，大口大口吃了起来。

得知爹娘死讯的那天他没哭，被流云捆着全力逃亡的时候他没哭，而此刻这个小小的将军府小霸王，却一边大口大口咬着干饼子，一边如同小兽一般呼噜呼噜地哭了起来。

流云没有阻止他，只看着常千月大口大口吃着，大声地哭着。常千月似乎这时候才真正意识到，他的爹娘已经死了，宠爱他的人都已经消失在了北方那个童年美丽的梦里。

所以，他必须长大了。

3

江南是一个会让人意志消磨的地方。

"人人尽说江南好，游人只合江南老。"充分说明了这里的繁荣富庶，景色雅丽。

可常千月却是一点也没享受到。

"噗"的一声，常千月膝盖一痛，腿一软，直接跪在地上。身后果然传来那令他恨得牙痒痒的声音："连一枚桃核都躲不过，我看你这十年真是白练了。"

"流云！"常千月愤怒地转过头，当年小小的孩童已经长大了，他有一张十分俊秀的脸，乍眼看上去像哪家不知世事的公子哥，可从他那双泛着警惕和森寒的狭长凤眼，还有全身那精悍的、仿如猛兽的气息就可以看出，这十年来，他被流云教导得极好。

此刻他全身带着一股克制的怒意，看着躺在院子里那棵巨大梧桐树上的枝丫上，闭着眼睛找茬的男人，凤眼几乎要溅出火星来。

一头银色长发从树叶之中垂下来，流云闭着眼睛，翻身打算继续睡觉，嘴里还不忘吩咐："好了好了，早上的训练结束了，快去给我买桃子、豆花，还有鸡肉！"

常千月双脚一蹬，直接拔地而起，纵身蹿到梧桐树上，手挽剑花杀向流云的面门。这带着怒气的滔天一击，却被闭着眼睛的流云抬手化解了。流云的手指夹住剑尖，轻轻一弹，常千月便全身一震，"轰"的一声摔在地上，全身气血翻涌，半天才平静下来。

"又偷袭我，早饭后的马步多练一个时辰！"流云已经快睡着了，说起话来嘟嘟囔囔的。说完，他翻了个身，很快打起了小呼噜。

虽然总是如此偷袭，但是常千月心里十分清楚，就算是睡梦之中的流云，他只怕也不是一合之敌。

十年前，他抬着头一脸凶狠地逼流云教他武学，然后又和流云约定——若是他常千月打败流云，就可以返回漠北，去为自己的爹娘报仇雪恨。

结果十年了，无论是吃饭、睡觉，还是上茅房，常千月一次次偷袭失败。这几年他甚至觉得，要想报仇，大约只能等流云老得走不动之后了。

常千月叹了口气，收了思绪，认命地进门拿了打豆花的小木桶，然后打开院子的篱笆门，往外走去。

“记得，豆花要放五勺糖！”流云听到动静，在后面叮嘱。

“知道了！肥死你！”常千月没好气地答应着，深吸一口气，脚下几点，使出轻功往两里地外的城镇奔去。

他们住在城外山脚下的小院子里，离最近的城门口也要半天的脚程，头两年常千月刚开始学功夫的时候，早上早早出门，总到了半夜才到家，天热的时候，豆花拿到家都馊了。只要豆花馊了，流云就会开始整人，第二天早早拿绳子拴着他，拉着他一路上跑去，又拉着他一路跑回来。常千月现如今轻功拔尖，与他这些年来被流云恶整颇有关系。

十年了，也不晓得当年跟着阿爹出征的叔叔伯伯们可还好。当年那些黑衣人，又是谁的手笔？常千月的身体如同一只轻盈的乳燕，脚点在地上，连青草都不会踩折。他仿佛是一缕青烟一路飘行，到了城门口才停住，准备排队入城。

早上入城的人不多，常千月排在一队走南闯北的走商后面，脑海里不停地想着当年的事情，想着如何才能打败流云，然后回他的漠北。

江南是很好，但是漠北有他的童年，有他曾经的家，有着他无法割舍的仇恨。尽管流云总是劝他，说当年阿爹临死之前，只希望他过得喜乐平安，可是常千月无法靠这句话说服自己，忘掉自己的来路。他会回去的，那仇恨在他的血液里面，只有用血才能抚平它的狂怒。

“你们听说了吗？夷族又南下了，沙城被屠了个一干二净，隔壁的月城被围了，听说顷刻之间，也是屠城之祸……”

“怎么不知道，据说那位……”常千月前面穿着灰袍子的走货商人，对着身边的朋友做了个指天的动作，“说是要把漠北十三城全部割让给夷族，已经命令所有漠北的将领，不许抵抗夷族呢！”

这话一说完，一瞬间，商贾们都沉默了，半晌一个矮瘦的老人轻叹一声，说：“若不是当年镇国将军死得不明不白，哪有夷族今日的嚣张……”

“阿爹！这话也是咱们能说的吗？！”旁边的年轻人大惊失色，赶紧阻止身旁的老人继续说下去，身边诸人也都纷纷岔开话题。

很快常千月便随着那一队商贾入了城，提着小木桶，往人声鼎沸的早市走去。

早市有流云吩咐要买的所有东西。常千月先是去豆花店的老板那里打了一整桶豆花，又买了两斤生面，接着绕路去肉铺，买了两斤上好的五花肉。没一会儿，他手上已经提了肉、菜、面、豆花、几斤桃子，并一包米。一路走来，他肩上、手上都满了，偏生走路稳稳当当，看上去还十分轻松的样子。

这时候天色已经大亮了，吃面的馆子里已经坐满了人。常千月习武十年，耳聪目明，周边细细的讨论声都无法逃过他的耳朵。

“夷族南下……天子割让十三城又十三城……”

“天子连传金牌律令，严令漠北大小诸将领不许抵抗夷族，坏大元与漠北友谊……”

“夷族连屠五城，漠北将领却被太监辖制，不得挪动分毫……反抗将领被天子近侍下令斩首，并悬挂城外示众……”

何其可怕，又何其昏聩！

所有人都在窃窃私语，都在惊恐。

夷族势如破竹，眼见要成为灭国之祸，可远在京中的皇帝却还在做着春秋大梦，以为割让土地、进贡金银就可以换得平安。

常千月闻着面前散发着香味的阳春面，如鲠在喉，若有人稍微打量一下，就会发现这个年轻人满脸压抑的忍耐，眼圈早已通红。他人口中的漠北之祸、被砍杀的将领、不许抵抗的军士、被屠杀的城市……都是他常千月的家乡与故人啊！

他打小脾气顽劣，还没学会走路就学会了骑马，阿娘总是担心他，给他缝了厚厚的裤子，垫了厚厚的棉絮。漠北夜间极冷，白日却极热，那天他穿着新裤子骑马玩，结果回来发现被捂出一裤裆的痱子。他爹抱着他转悠，他不给面子号啕大哭，还是路过的卖糖葫芦的老人，给了他一串糖葫芦，才把他的眼泪止住……

有次他偷偷跑出门去，想给阿娘选生辰礼物，却没想到身上的钱被偷了。他站在街上又委屈又饿，卖烤饼的大娘认出了他，给了他烤饼吃。烤饼里夹了好大一片卤肉，他正吃得嘴角流油，斜刺里突然冲出一个脏兮兮的小乞丐，把绣着兰草的袋子丢过来，大声对他说：“我不晓得你是常将军的儿子，钱还给你，我以后也要当常将军那样的大英雄！”

……

那是常千月心中，最为美好的人、最为美好的地方。

可是此刻，那里战火连天，已经满目疮痍。

“我要回去。”常千月提着豆花，推开小院的篱笆，抬头对着兀自在梧桐树枝上打盹的流云说，“夷族南下，我的叔叔伯伯都被皇帝派的太监看着，我要回去帮他们。”

流云翻了个身，一身雪白的他在朝阳之中，仿佛多了一层绒毛样的光圈。他趴在树枝上，托着腮，轻笑着说：“你要回漠北？”

“是，我要回漠北。”常千月仰头对流云说，“我要回去，打走夷族，帮我爹报仇，然后再回来。”

流云一愣，半晌才叹了口气，从树枝上翻身坐起，轻飘飘地落在地上，连一粒灰尘都没溅起来。他一步步走到常千月面前，看着他说：“常千月，我不能让你回去。”

那银灰色的眼里，有连天的云雾起伏翻涌，快得让常千月分辨不清他的情绪。他咬了咬牙，只听到流云说：“你打不过我的，常千月，你回不了漠北。”

4

常千月用尽了方法，自从他满了十五岁，已经好久没有像现在这样，想尽办法偷袭流云了。

他要回漠北。在这里耽误的每一刻，都意味着漠北将有更多人面临死亡，他不明白，流云为什么不许他回去。

“我现在必须回去，”他尝试对流云晓之以理动之以情，“我知道你答应过我爹，要让我平安喜乐，可是我现在长大了，我有必须要做的事情。漠北是我的家，我要保护我的家，你明白吗？”

流云塞着耳朵，躲在梧桐树枝上睡觉。只要常千月不逃走，除了吃饭的时候，他一般是懒得动的。可常千月爬上树来，抱着树枝和他讲道理，如同和尚念经一般，流云就忍不住了。那魔音灌脑让人心烦意乱，他打了好几个滚都睡不着，只得坐起来，一脸怨气地看着得意的常千月。

“放我回漠北吧，我保证最多一年。我骑最快的马过去，等解决漠北之乱，查清楚我爹的死因，我就回江南陪你，到时候就算你想永远住在江南也不要紧！”常千月举着手发誓，他是认真的。

漠北是他的家，有看着他长大的叔叔伯伯，他不爱江南的水汽和烟云，不爱这里总是黏腻腻的春风。

可是，这里有陪他长大的流云，也有他的小院子，有一地耕种好的蔬菜，有每一日日升月落的零头琐碎。等他了结漠北的一切，再回到江南心无旁骛地追求武学，每天下厨做做饭，偶尔偷袭一下流云，这样的人生，也算符合阿爹希望的平安喜乐了吧？

常千月觉得自己已经算是掏心掏肺了，可惜流云不为所动。他双手抱胸，看着常千月说：“不行，你不可以离开这里，不能回漠北……那里，你不能去。”

流云把手放在常千月的肩膀上，定定地看着他，银发在月华之下发光。流云轻声说着话，仿佛怕惊动冥冥之中的神灵一般：“常千月，不要去漠北。去了那里，你会踏上孤独、黑暗又绝望的宿命，你会失去一切，一生都陷于求而不得的痛苦中。漠北有你的宿命，你不要去沾染它。”

这一瞬间，流云褪去往日慵懒又馋嘴的表象，在月辉之下，仿佛一尊远古的神祇，在警告着常千月——不要去，不要踏上去漠北的路。

常千月心中剧震，直到听到流云说：“夜深了，你还不快回房睡觉？明天我要吃红豆豆花，上面洒上金黄色的桂花蜂蜜，知道了吗？！”

说完，流云又倒在了树枝上，大袖垂下来，看上去仿佛一只停留在花蕊上的蝴蝶。

常千月懵懵懂懂地回房睡了。他梦见巨大的圆月、跳跃的火光、哭泣尖叫的侍女、低声叮嘱他“不要出来，千月”的阿娘，还有从火光之中走出来的、一身白衣的流云。他走过来，脑袋上有金色的鹿角，金黄的兽瞳里面有神祇般的威严……

常千月听到院子外的蝉鸣，睁开眼睛才发现已经天光大亮了。推开门走入院子，常千月才知道，为何今天早上流云没有唤他起床。

梧桐树上有浓烈的香气传来，那甜滋滋的香气仿佛是百花盛开的芬芳，树上围满了想来偷嘴的蜜蜂蝴蝶，却偏偏都相安无事，只盘旋不去。树枝上，坐着吃了一嘴蜂蜜，眯着眼露出幸福表情的流云。

他的身边，坐着一身黑袍、上半张脸上戴着面具的男子。面具上刻着祥云纹，泛着青铜特有的古锈色光泽，看上去诡秘又可怖，眼睛的地方挖空，露出猩红的眼睛。他托着腮看着流云，听到常千月的开门声，才移过来目光——这普通的一眼却让常千月觉得全身僵硬，仿佛被猛兽窥视了一般。

“还不错，”那男人赞赏地说了一句，“这就是当年那个人的小孩？”

“唔唔唔——”流云吃得忙碌，根本没空回答这男人的问题。戴青铜面具的男人一笑，轻声说：“这一身瑞气，看上去很好吃的样子……”

“不行！”流云从花蜜之中抬起头，一脸严厉，“不要逼我揍你……”

“开玩笑而已，这一身瑞气，我吃不下去，吃下去了也得活活撑死。”那男人笑了一下，才说，“帝星入世，华光不可遮盖，你偷了十年平静，接下来可就由不得你了。”

“哼，我可不信……”流云才说了一句话，突然慢慢地瞪大眼睛，不可思议地看着这男人，大着舌头说，“内内内……内给窝……次的撒……”

“百花蜜，又称百花蜜酒，洒在玉络豆乳上面，一口下去，普通人可以醉三年……”男人一笑，面具颤动了一下，“我怕你遭天谴，过来帮你一把。”

“你做了什么？！”常千月看到流云吃着吃着，突然手一松，整个陶瓷碗重重摔下地，碎成几片，蜜蜂和蝴蝶都疯了一样冲过去，没一瞬就瘫了一地。

常千月肝胆俱裂，一蹬脚拔地而起，想和这个来历奇诡的男人拼命，却没想到，那人手指一夹，用和流云同样的一招制住了他：“他只是睡着了，我和他是多年兄弟，怎可能害他。”

“我叫辛。”他笑眯眯地看着常千月，“你爹的旧部拜托我前来告诉你，他们在漠北等你主持大局。”

“你什么意思？”见流云开始打起小呼噜，常千月才松了口气，他皱眉看着来历奇诡的辛，哑声问。

“我的意思是……大家都在漠北等你……包括你爹娘死亡的真相。”说完辛双指放入口中打了一个哨音，一匹黄马哒哒而来，嘶叫一声，停在了篱笆外面，“常千月，你该出发了。”

辛手中翻转，露出一面牌子。常千月彻底相信了他，因为他手中的那面牌子，正是他爹从不离身的兵符。镇国将军兵符可号令漠北六十万兵马，于将军遇袭路上丢失，至今已有十年。天下不知道多少人在找这块兵符，可是没有一个人知道它的下落。

直到此刻。

辛拉着常千月的手，把兵符放在他的手上：“你知道流云不是蠢人，如果他不相信我，是不会吃我带来的东西的。漠北情势危机，你最好快点出发，我会照顾流云的。”

常千月咬了咬牙说：“你告诉他，等解决完漠北的事情，我马上回来。”

说完，他纵身跃下，落到马上，回头看了一眼这山脚下的树木、房屋和小院，看了看院子里面长势正好的青菜。他不敢回头看睡得迷迷糊糊的流月，一勒马，如利剑一样划开江南的柔软清风，纵身往漠北而去。

而常千月没看到，他出门没多久，流云说了句梦呓，然后翻了个身，突然全身缩小、扭曲，不一会儿，就变成了长着鹿角，有着软绵绵毛毛的、小狗一样大小的动物。

5

终于可以回漠北了。

常千月骑的这匹马快如闪电，且耐力惊人。昔日他被捆着从漠北带到江南，因为需要躲藏的关系，大约花了几个月的时间，而此时他骑着这匹神驹宝马，一路风雨兼程回到漠北，也不过二十日。

从江南湿润的风到漠北夹着沙尘的干燥气味，常千月以为自己会觉得很亲切，却没想到，北方干燥的天气和面目全非的月城，让他不由得怀疑自己的记忆。是他把儿时的记忆美化得太过了吗？常千月皱眉，记忆之中的月城明明是繁荣的、光鲜的。

可此时的月城，远远看去，残破的城墙，懒洋洋地挪动着的人们，根本没有什么贸易，驻扎的大营也稀稀落落的，看上去就像小猫随手压的一个个梅花印子般。

往日这时候，应该正是操练的时候，可如今的大营里却丝毫没有声息。夷族就在不到五里地外驻扎，他们竟一丝活力、一丝戒备都没有。若是夷族不满给出的条件，只需半日，这月城必然又是一座死城。

到底有没有人知道，月城已经是漠北最后一道防线了？若是月城失守，夷族便可一路凯歌进入京城，不过几天就能直刺入京、改朝换代。

常千月把马放了，纵身躺在树枝上休息，他原本没有这个习惯，只是十年来第一次出门在外，他躺在树枝上，突然想到了流云。

他应该已经醒了吧？也不知道他到底生不生气。常千月的思绪是纷乱的，他看着漠北巨大的圆月，告诉自己，且等一等吧，真相就在眼前了。

他很快就睡着了。

千里之外，流云眨了眨眼，模模糊糊看到一个穿着黑袍的男子，那人猩红的眼睛透过青铜面具，满是遮掩不住的笑意。

“你醒了啊，麒麟。”他笑嘻嘻地说，“有我赞助的宝马，你看上的那只幼虎这时候已经到达漠北了。你说他是会成长，还是会被人吃掉呢？”

“常千月走了？”流云绷直了尾巴，彻底从昏睡之中清醒过来，他翻翻爪子，看了看自己的肉垫，又低头看见自己毛茸茸的胸口，抖抖耳朵，叹了口气说，“你直接告诉我得把他放走就行了，为什么还偷偷给我吃酒？你看我现在，都打回原形了！”

“是你自己闻到百花蜜就走不动道，我还没来得及跟你说话呢，你都已经吃完了。”辛一脸“你活该”的表情。

流云不自在地甩甩尾巴，脑袋上的角似乎黯淡了一点。他满脸的不开心，轻声嘟囔着：“这些人真不好玩，当天下的主宰多累啊，为什么一定要早早奔赴自己的命运呢？”

“本朝气数已尽，他背负着大楚开国和几百年的气运，你不是传说中辅佐明君开太平盛世的瑞兽麒麟么，为什么总是一副不想工作的样子？”黑衣男人吐槽着，“而且你就算把他藏得再好，十年之期一到，帝星的光耀照射天下，根本无法遮掩。他不去，他爹的旧部也会查到他的踪迹，上门来找他的。”

流云的耳朵和尾巴耷拉了下来，嘟嘟囔囔地说：“我只是不开心，每次开国都要我养孩子，养大了就是别人的了，每次都这样……”一边说着，一边不开心地甩起尾巴来。

“得了，不要再发牢骚了。帝星和将星已经汇合，你赶快去吧，拥有帝王剑的人，才能真正得到扫平旧江山、开太平盛世的能力。”黑袍男子笑眯眯地说，“赶紧的，这乱世的人大都是想要和平的生活，我这答应了上千人同样的心愿，等大楚开国，我就可以好好吃个痛快了。”

“你这邪魔！”流云一蹄子踢在辛的身上，溅出几朵火花来，然后一边刨着树枝施法，一边絮絮叨叨，“真不想变成本体，每次变成本体就要睡个一百年，烦烦烦！”虽然这样说着，这心软的家伙还是一个纵身骑到一朵云上面，飞快地往北方去了。

黑袍男子掀开衣服一看，被踢的地方果然已经青了，他笑了一下：“装瑞兽装久了，竟然连我都打，我可是堂堂正正的商人啊。”

这边流云终于踏云出发，因为醉酒的关系，骑着云飞得歪歪扭扭。

而那边，常千月辗转了好几天，才发现军中将领大都换了一批新人，他往日认识的那些叔叔伯伯都被找借口降了职，或是直接被调往偏僻的地方。他花了十来日，才和往日最亲密的赵老将军接上了头。

赵老将军此刻已经年老致仕了，他的儿子原本在他手下当偏将，也被人伤了一条腿，成了跛子，干脆回了家。

“我们找了你好久，上旬才得知你流落到了江南，被一位隐士救下……”赵老将军满脸沧桑，老泪纵横，“夷族来势汹汹，远不是漠北十三城可以满足的，可惜天子却被阉人迷惑，此刻还在做着春秋大梦……”赵老将军已经老了，须发已白，可生气起来，依然保留着当日令夷族闻风丧胆的威风，“我和你爹昔日的旧部都被阉党严密监视，不敢大张旗鼓地找你，生怕未找到你，却为你带来杀身之祸……”

“赵伯伯，我不懂，我爹的死关阉党什么事？为何你们找我，还怕为我带来杀身之祸？”常千月眼神一凝，忍不住细问。

“哎……你可曾想过，你爹当年手握重兵，夷族被压得几近灭族，为何突然有那么详细的消息，能知道你爹出发的路线和时间？将军府在月城深处，外间十二城戍卫，若真是如天子所说，这是夷族丧心病狂的报复，他们又哪里来的能力，躲过我们的防备？”赵老将军眼里划过一丝水润，恨恨地说，“夷族与我族相貌大异，往日寻常商贾入城都要百般盘查，那日攻击将军府的可不下千人。况且夷族当日式微，根本不可能组织出如此多的人手……”

老人眼圈发红，他咬牙，轻声说：“那日虽然起了大火，但我们还是查到，有死去的黑衣人被弃尸城外沙土之中，那样貌根本不是夷族……孩子，这么多年，其实你心里应该有猜测了吧？”

“……我想不明白，”常千月顿了一下，轻声道，“我猜过很多人，阿爹的政敌、最终接手漠北兵权的太子外戚……可是这都不太对，能害死如此重要的边关大将，甚至出动千人以上的私兵，而如此重大的事件，却轻描淡写就了结……今上虽然糊涂，但这种动摇国本的大事，没有道理如此轻易放过，且后来一直不许谈论。除非……”常千月的声音低下来。

赵老将军怒声说：“我们这十年来虽然被监视着，但这几年大约是因为一直没查到你的消息，皇上对我们也放松了一点。且这边到底天高皇帝远，他难免力有不逮，我们多有私聚，又查了很久，甚至买通了一些出宫的太监宫女，才得知大将军出事前，皇上有天晚上突然尖叫着醒过来……之后，那一晚在外面守夜的太监宫女全部被杖毙，只余下陪皇上长大的贴身大太监。”

“你的意思是……皇上做了一个梦，就决定杀了整个将军府的人，并且对常家一脉赶尽杀绝，连你们都不放过？”常千月这十年来思考许久，也猜到能做得如此大张旗鼓，还能迅速平息的，只有那高高在上的帝王。

可是没有理由啊，他们常家镇守边疆四十年，忠心耿耿，从未出过任何恃宠生骄的事情，怎么会如此简单，就让帝王决定对肱骨之臣下手？

“我们也猜不到，直到一位先生来到我们这里。”赵老将军突然对着里间说，“先生，请进来说明吧。”

门帘一掀，走出来一个一身青衣、留着鼠须的中年文士，他一进来，就跪倒在地，口中大呼：“参见帝星。”

就在常千月愣神的时候，赵老将军和他的儿子突然也跪了下来，说：“这位先生和皇上在同一个晚上梦到了天下将倾，而帝王星入世落地，化为一个几岁小童，于园中戏耍。因太过逼真，先生就记在心中，开始仔细寻找，后来看到你的画像，才发现那小童赫然就是您。”

常千月被听到的一切给震傻了，但他尽管懵着，还是记得把赵老将军扶起来，半晌才说：“只是一个梦，就让皇帝决定杀那么多人？他难道不知道，边疆如此剧变，夷族南下再也不是梦了？”

“这不是一个简单的梦，帝星入世，天下将倾，此乃改朝换代之相！”青衣文士激动地说，“太子荒淫无道，当朝天子又没有其他皇子，这预兆他岂能不放在心上！”

常千月扶额，这十年，他一次一次推算，想弄明白这场劫数为什么会降临在他的身上。他想过最为荒唐的可能，但没想过，居然只是因为一个梦而已。

何其荒唐，何其可笑，何其可悲，何其可怒！

“如此昏君，如此昏君！”常千月的一双丹凤眼似要流出真实的火焰来，他仰天长啸，满眼泪水再也无法克制。

“帝星入世，君王昏庸，我们……反吧！”赵老将军单膝跪地，看着自己老友的儿子，已是满眼泪水。他家祖孙三代，原本有五十四人，却在那一场场坑害之后，只剩下他和小儿子相依为命，这血海深仇，早已不死不休。此刻他满脸眼泪，言语却铿锵有力：“我赵江一脉携五万兵马，愿投帝星手下，唯您马首是瞻！”

“好、好！”常千月捏紧了手中的剑，怒声说，“既然这昏君因一梦就要灭我全族，那我不做出改朝换代的壮举，岂不是辜负了他那一梦！”

大元昌帝十二年，镇国将军之子常千月，披露昏君诛杀肱骨之臣之事，又携旧部反，阵前诛杀阉党，痛击夷族，坑杀夷族二十万人，引天下哗然，帝星之说传遍天下。

一时之间，天下烽烟大起。

6

常千月骑着马，看着衣衫褴褛的人们跪在街道两旁，仿佛被人类驱赶的小鹌鹑一般挤在一起，偶尔有小孩发出哭声，接着便被大人狠狠地捂住嘴，生怕一不小心引起军士的注意。

常千月看着眼前的一切——惊恐的人们，断壁残垣的城墙，被诛杀的守城军士……

他想要的，就是这些吗？

为了自己的仇恨，天下乱成一团，据说连当日带着豆花的甜香气的江南，也变成了一片泽国。

大水冲垮了被贪污驻空的堤坝，原本只是寻常的夏汛，一瞬间连续冲垮五座堤坝，死伤无数。一时之间，最为繁华的江南被流民冲击，饿殍万里。

这河山，不知不觉已经满目疮痍了。

而他派出一批批的人，回报说流云已经失踪了。

常千月知道流云身手极好，不会出事，可是每次听到这样的消息，心里却依旧觉得疲累。他只剩下流云一个亲人了。流云把他从五六岁的小霸王养大成人，不许他回漠北，说他去了漠北，就回不去江南了。昔日的常千月不相信，此刻想起来，流云当日却是说出了真相。

他这一路，已经攻下了半个大元朝，他果然是回不去那个江南小城了，纵然他派人守住了那个小院，但里面的人都已经天各一方，又有何意义呢？

他为爹娘报完仇之后，若是找不到流云，活着……竟然好像也没了别的目标。

常千月一口气憋得越久，越觉得意兴阑珊起来，他知道自己的状态已经影响到身边的将领，可是他心里沉甸甸的，就是逼着自己，也挤不出一丝活力来。

“主子，你看你看，那朵云又出现了。”身旁的赵小公子现在已经成了最传奇的跛子将军，他最早拥立常千月，在战场上又和常千月互相救过对方的性命，因此两人私下里也最为随意。此刻他喊了一声，常千月便抬头看去，果然看到碧蓝的天空之上突兀地飘着一朵白云，仿佛一只趴着摇尾巴的狗，只是额上生角，看上去比狗威武多了。

这朵云被发现很久了，大家一开始只是说着玩，后来却发现这云隔三差五就会出现，似乎跟定了他们一般。现在军中也有人拿这云开玩笑，有人觉得是祥瑞，有人觉得是狗神，常千月不太信这些，只是不知道为什么，在心情不好的时候看到这憨头憨脑的云，就觉得心里稍微舒服了一些。

此刻他看了一眼，吐了一口浊气，扬声吩咐：“不必跪拜，我大楚军入城不扰民、不取百姓分毫，明日会有新上任的县丞公布新的律法，大家各自散去，好好过日子吧！”

这句话说完，他策马直入选好的下榻之地。

他们离京城已经很近了，但常千月越来越怀疑，自己所做的这一切，真的是对的吗？

战乱中的流民、失去家人的人们、哭泣的孩子，那一张张写满了饥饿的脸……在常千月心中闪过。夜深了，常千月铺好纸，半晌落笔，写了一句——

一寸山河一寸血。

他抛下笔叹了口气，默默吹灯睡了。

休整两日，他们便要直入京城。他们在与其他地方的势力赛跑，若是不能先入京城，即使他有帝星入世的噱头，其他地方的势力也必然不会那么轻易地归顺于他。

“蠢货！”常千月睡着了，没听到轻斥的声音，“这关头了，居然怀疑起来了。我平常教你那些，才几年啊，你给全忘光了，急死我了！”

这句话落地，月光之下，天际的白云忽然落地，化为一个全身银灰毛毛、鹿角、狮子头的小麒麟。它踏云来到常千月的枕边，一蹄子踢在他的脸上。常千月在梦里面，瞬间就看到了流云的脸。

流云臭着脸，拿着一柄古朴锋锐的长剑，拍了拍常千月的脸，嫌弃地说："既然都已经打算要做帝星，要杀了那个昏君了，你还在想什么？不破不立，此刻的山河浩劫，不是牵绊你的理由。你要知道，你多犹豫一时，就多一些人死去，你只有快一些，才能站在最高点，然后亲手结束这一场天下的浩劫，开创国泰民安的盛世……"

"流云！你、我怎么会梦到你……我派了人回江南，他们都说没找到你……我派人把院子圈起来保护，你到底去哪里了……"梦里的常千月喜悦万分，半晌又红了眼圈，"我、我这肯定是在做梦，你为何会入我的梦，你竟然已经遭遇不测了吗，流云……"

眼见着常千月快要落泪，显然一句话都没听进去，流云黑着脸，大声说："闭嘴，听我说！"

常千月反射性闭嘴，乖乖听话。流云抬头看着他，半晌才认真地说："你选择了这条路，就要走好，常千月，这天下再也经不起动荡了，你不能再为任何事分心了，去京城，去开创属于你的盛世……"

"可是，我去了京城，那你呢？"常千月见流云似乎要离去，急得想扯住他的衣角。

"在那里，我们会再见面的！"流云刷地一下砍掉那片衣角，消失在了梦里。

常千月挣扎着醒过来，大吼着："流云！流云！"

在外戍卫的侍卫急忙进门询问，常千月疲惫地挥退他们，以为自己不过是做了一个荒谬的梦，可他一低头，却在枕边看到了一捧松软的毛毛，泛灰的毛毛上闪着漂亮的银光。

与流云的头发一样，只是更为蓬松卷曲。

常千月脑中划过无数种想象，他突然坐起身，拿了一个荷包，小心地把这一捧毛发装了进去。

"你多犹豫一时，就多一些人死去，你只有快一些，才能站在最高点，然后亲手结束这一场天下的浩劫，开创国泰民安的盛世……"梦中流云所说的话再一次在耳边响起，常千月的眼神慢慢开始坚定起来。

满目疮痍的天下并不是因为他的起兵而产生的，而是因为多年腐败的吏治、种种的苛捐杂税。

流云说得对，他不能动摇，不能放缓步伐，这天下并不会因为他的沉默隐忍而太平，已经开始流脓的疮口需要划破，挤出脓血，才能开始复原。

而他，要成为划破这大元脓疮的一柄利剑。

"来人！"常千月站起身穿衣服，"招赵将军、李先生、成军师来我这里。"

“诸位！”常千月在烛火之中看着众人，“明日修整好，我们便加快速度直入京城，务必要抢在南将军前面入城，亲手杀死昏君父子！”

自从知道江南出事、流云失踪，他就一直沉闷压抑，这半年来一次次分散兵力派往江南，调查流云的下落，引得众人都产生了犹疑和不满，此刻突然冒出万丈雄心，自然为大家注入了活力。

一群人开始在烛火下，对着沙盘讨论起最佳战术来。

7

南家军一脉和常家军一脉早有约定，先入皇城之人为天下正统。

乱局即将结束了。

除了京城繁荣之地，其他地方早已经恢复了平静，甚至比起大元腐败的统治地区，更为安全、繁荣。

京城的人们都在翘首以待，而皇城之中的皇帝和太子吓得准备逃跑，他们身后跟着阉党和后妃，还有一箱箱的金银财物。

这些常千月都不知道，他挥舞着利剑，率领着几十万兵马，往皇城而去。南家军一脉不甘示弱，两方狭路相逢，必然是要争个高低的。

厮杀开始，眼看着一群群人倒下，常千月站在高处，心中划过隐痛，他看到南将军亲入战场，一柄百来斤的斩马刀舞得飒飒生风，一般将领根本不是对手。

常千月一勒马，焦躁地想亲入战场。而就是在这时候，身后突然传来破空之声，常千月滚下马鞍，侧躲在马肚子旁，躲过了来自身后的伏击。

“杜马，你敢背叛我们！”跛子赵小将军一脸滔天怒意，挥舞着手中的长枪，厉声长喝。已经是最后一战了，他们早已胜券在握，这时候突然来个叛徒，实在让人恶心又痛恨。

“兄弟们随我上，凡取将军首级者，赏金万两；凡取常千月首级者，赏金十万，封王，世袭三代不降！”杜马乃是赵小将军手下一个偏将，手下也有三万兵丁，若是常家军顺风顺水地进入皇城，他最多也就被封个四品武将，哪里有封王的诱惑大。而他手下的亲信显然早有准备，嘶吼一声就冲了过来。

这阵前的反叛虽然并不足以真的打乱一切，但杜马显然还出卖了一些他们的消息给敌方，从后方埋伏、侧面包抄的地方，都传来全灭的消息。

南将军带着一队人马突围而上，常千月怒极，一声长啸，纵马冲了过去。赵小将军为了接应打前锋的赵将军，也冲杀而下，两方人马烟尘滚滚，撞在一起，扭成一片。喊杀声和溅出的血液，让这一片土地瞬间染成红色。

常千月身手极好，下了场之后，原本威风的南将军只能且战且退。常千月恨他收买杜马，弄得五万埋伏人马全部中伏而死，忍不住一路追杀南将军，回过神来的时候，突然发现自己竟然一时大意陷入了敌军的包围。

赵小将军跟不上他神驹的速度，这时候还在外面厮杀，周围全是敌军，常千月砍完一波还有一波，显然南将军打算让他力竭而死。不得不说，这方法虽然残酷，却也真的有用，常千月身上的力气慢慢消失，眼前有点迷愣，只觉得功败垂成。他大喝一声，打算拼死一搏，突然听到周围的人尖叫起来，所有人都见鬼一样看着半空，还有人大吼着什么。常千月有些脱力，茫然地看了一眼，就看到长着两只鹿角、毛茸茸的大狮子脑袋、一脸鄙视的动物从空中降落，口吐人言："你是不是傻，没看到打着打着你被人故意隔开了吗？"

这熟悉的声音，熟悉的调调，熟悉的银灰色眼睛和银灰色毛毛……常千月惊愕地脱口而出："流流流流流云？！"

"没礼貌，这么多年，怎么没听你叫一声师父？！"面前的鹿角大狮子一抖毛毛，大喊一声，突然冲入常千月怀中，化为一柄银色、刃上刻满神秘文字的古朴长剑，剑柄上刻着"镇河山"三个字。

"麒麟、麒麟……瑞兽麒麟，见之则天下太平，它认主了！"赶来救人的赵小将军打破平静，举起长剑大吼着!

"麒麟认主，必是仁君入世啊！"冲过来的常千月忠部也跟着大喊起来，声音都要破了。

"天佑大楚，参见皇上！"

"天佑大楚，参见皇上！"

……

唰唰唰，所有残兵全部失去了战斗力。

这神迹在眼前真真切切地发生了，那些关于常千月是帝星入世的传说，终于被证实了。连刚才一脸凶残的南将军，手中的斩马刀也落在地上，目瞪口呆。

手持流云所化的帝王剑，常千月被簇拥着来到了宫中。被抓回来的、衰老的旧帝王残喘着，瞪着眼睛，不甘地看着常千月："果然是你……我以为你死了……"

"别跟他废话，他一身龙气，用帝王剑杀了他，斩了他的运道。你还想他以后继续荣华富贵吗？"流云的声音在耳边响起。

心情压抑的常千月一喜："流云，你还活着？！"

“废话，老子当然还活着，不过我马上要睡了，每次变成原形就要睡一百年，烦烦烦……”说着说着，这声音就悄然消失了。

常千月惊惶至极：“流云？流云？”

可惜，登上帝位，开大楚六百年盛世的常千月，此生再也未曾唤醒过陪伴他长大的师父。他果然如流云当日所说，站在最高的顶点，寂寞而孤独，再也没有人能肆无忌惮地使唤他。那江南的小院子被他小心地围着，其后一生，他却再也不能、不敢故地重游一次。

楚高宗常千月一生励精图治，最恨贪官污吏。生平爱物仅麒麟所化之剑，不但克己甚严，且行事手段严酷，颇受史书议论。但他在位期间，大楚国力强盛，破北夷，平百族，被称为天上之国。

老年时醉心求仙问道，虽然与政事无干，却被世人视为他个人最为神秘莫测、为人诋毁的一笔。

终

“不是你说要出来吃鸡蛋饼和红豆豆花的吗？”戴着半张青铜面具、眼睛猩红的男人说道。他穿着一套黑色衣裤，是很少见的纯黑色真丝，看上去质量极好的样子，走动的时候，隐隐散发着霞光。

他拉着臭着脸、被打扮成一个粉红色小兔子的七八岁小孩，一脸促狭地笑：“什么都带你吃了，为什么还不高兴？”

“辛，我希望你能想起来，你把我关了一千多年！！！”小孩子龇牙，两个小虎牙在阳光下闪着森白的光，原本是很有威胁的表情，但是因为年纪太小了，反而显得可爱，让人忍俊不禁。但他自己却不知道，反而大声地说：“饿得我都返老还童了！”

“那可不是我的错，我中途被人杀了活、活了杀起码几百次了。你想想我一恢复自由身，就把你放出来了，这可不怪我！”辛无奈地摊手。小孩想了一下，勉强接受了他的解释，嘟嘟囔囔地说:“我们俩怎么都那么倒霉……哎……什么味儿，好香啊……”

“是炸鸡。”辛看了一眼马路对面的摊位，无奈地说，“不装麒麟了？你说你一把剑，为啥喜欢装动物？”

“你不懂，一把剑会说话，大家只会觉得有妖怪……何况我当年看到的那只麒麟，可真是好看啊，我当时还想追它，可是它不搭理我，全种族高冷，烦……但是他们估计不能吃肉，所以没追到也是好事……天啦，我好爱这个时代，这个炸鸡太香了，我要吃炸鸡！”说着说着，他就拽着男人要往街对面走。

路人看着小兔子打扮的小男孩一边拽着自家哥哥往对面走，一边讨要吃的，可爱得简直让人心都要融化了，纷纷笑起来。但是接着就有惊恐的大叫从远而近。还在闹着要吃炸鸡的流云只觉得全身一震，然后就被一个人牢牢地抱住了。

“呜呜呜，呜呜呜……”抱住他的罪魁祸首，是一个长相俊秀的小男孩，他有一双凤眼，右眼下有一颗血珠般鲜明夺目的朱砂痣。此刻他眼里面全是眼泪，抱着流云一边哭一边喊：“你、你怎么都不醒，我找了全天下的异人，可你怎么叫都不醒……呜呜呜……我好难过……”

流云和辛一对视，两人心中都在想，什么情况？！

但是接下来，更麻烦的事情产生了。

一个气喘吁吁的男生跑了过来，他穿着格子衬衫，戴着黑框眼镜，看上去像是高中生，一副好欺负的娃娃脸模样，跑过来就大骂：“袁晓鑫，你找死不要带我啊，乱穿马路！你等着，我今晚要你妈打死你……啊啊啊啊晨安！晨安你还活着？！”

他一脸惊恐地盯着辛。

辛快速搜索了一下记忆，心里突然一个咯噔。他现在用得十分快乐的身体……不巧……好像就是面前这个看似高中生，实际已经大三的袁天河的师弟。

而这个袁天河，来历还有点麻烦。

怎么办怎么办，辛和流云互相使眼色，却尴尬地发现两人同时卷入了麻烦。

这下糟了……

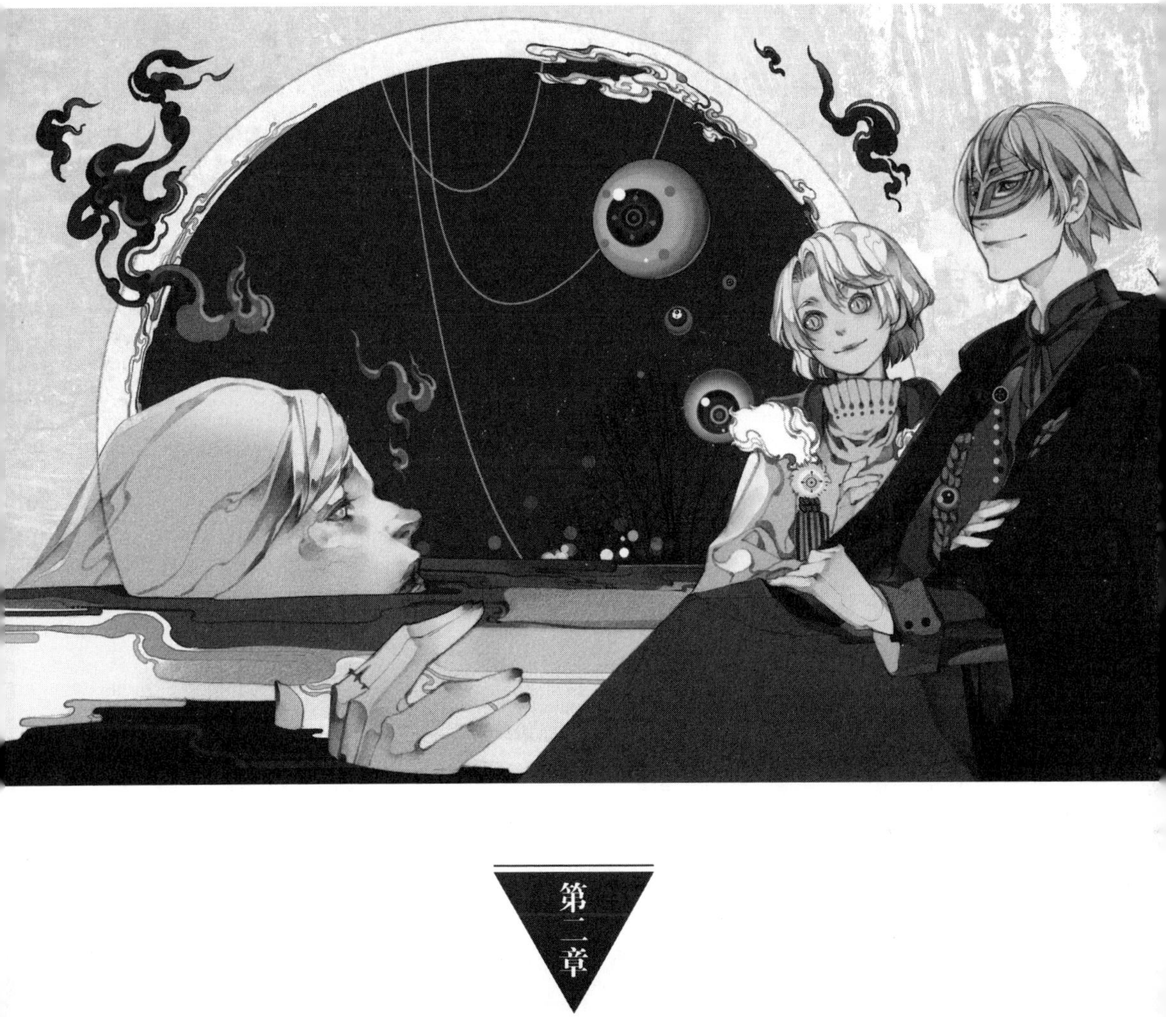

第二章

镜花水月

1

“我儿子真帅！”一个穿着警服、下巴上满是粗糙胡茬的男人，将穿着一身迷你小警服的小男孩高高举起来，笑着说道。金色的阳光把他们和旁边站着的旗袍女人勾勒出柔美的线条。

那是小男孩第一次越过人们的遮挡，飞得那么高，他记得那天天很蓝，上面只有几朵小小的云，看上去像冰淇淋一样。

男人的笑声划破长空，女人担忧的轻声呼叫也带着一丝轻软的甜蜜。

那……是他的童年时代。

到初一那一年，就终止了。

2

“我不去！我是刑警考试的第一名，凭什么把我安排到交通管理部啊？”大早上的，刑警大队就传出了一声大喊。

愤愤不平的年轻人不过二十出头的年纪，剃着干干净净的圆寸，浓眉细眼，一米八二的身高，全身没有一丝赘肉，精悍得仿佛一匹优雅的豹子，若不是身上的制服让人一眼就明白他的身份，看上去就像时下女孩子们最喜欢的小鲜肉花美男。他此刻生气地坐在刑警大队的办公室里，不肯挪动屁股："我可是以第一名的成绩分配到刑警大队的，凭什么要把我调走？我要申诉，我不走！"

"这……陈晨，你不要为难我们啊……"一旁一脸无奈的男人放下手中的浓茶，叹气说，"你爸当年过世的时候，你妈在葬礼上就说了，你们老陈家不许再有当警察的人了。你当年背着她偷偷考警校，她又哭又闹……你体谅体谅你妈妈，这么多年她也不容易……"

陈晨本绷着脸耍无赖，这时候安静下来，认认真真地看着眼前的叔叔，他的眼睛不大，但眼神中有冲天的凶光："赵叔，我知道你们的意思，但是当年杀我爸的凶手还逍遥法外，我要亲手抓住他！"

"你……"赵叔脸色一变，正想说什么，身后突然传来熟悉的声音："陈晨，你还在刑警大队干什么？交警队那边缺人手，正催你过去报到呢！"

"陆伯伯！"陈晨转过头，对着陆队长就是一个敬礼，然后大声说，"陆队，我是来报到的，我是今年分配到刑警大队的陈晨！"

"我们这儿人手满了，今年不招新人！"陆伯伯很慈祥，陈晨他爸过世前，与他们一家交往最频繁，但是此刻他一脸严肃，"而且你不符合刑警队的招人标准，成绩再好也没用，不许赖在这儿，快去报到！"

陈晨还想继续申诉，陆伯伯却拿着卷宗，叫上全队的人一起去开会了——最近入室盗窃杀人案连发两起，整个刑警队的人不眠不休了好几个晚上，茶和咖啡当水喝，每个人眼睛下面都是厚厚的眼袋和黑眼圈，看上去跟个游魂似的。

陈晨叹了口气，知道刑警队的人今天是没空理会他了，便拿起自己的帽子，打算先去交警队报到。

他知道，刑警队怎么都不会要他的。他情况特殊——父亲早早殉职，母亲也上了年纪，家里还有爷爷奶奶要供养，他又未婚，可谓是三代独苗了。刑警的工作非常危险，他这样的，就算是看在他死去的爸的面子上，刑警队都不能要他。

用陆伯伯的话来说："我和你爸一个学校出来，一起干刑警，做了大半辈子的朋友，真要让你们老陈家断了根，我没脸给你爸扫墓。"

而且他妈更是对他爸的死耿耿于怀十年了。当日陈志周下葬，陈晨给他爸添了最后一捧土，他妈看着他爸的照片，咬着牙说："陈晨，你跪下。"

陈晨莫名其妙地跪在他爸的墓碑前，听到他妈说："我要你听清楚，你这辈子，不许走你爸的路，知道吗？！"

陈晨当日十分悲伤，整个人浑浑噩噩的，不明白他妈为什么突然这么说。

直到后来，陈晨才慢慢明白过来。

他妈是害怕。

她已经失去了一生的挚爱，而陈晨和他爸感情那么好，又那么像他。从那一刻开始，她就知道，她的儿子总有一天也会走上那条路，所以她才未雨绸缪，逼迫陈晨答应她，不走上那条危险的路。

陈晨当时答应了，可是他没想到，他爸的案子好几年了都没破。那年高考，他捂住被子想了几天，最后咬牙偷偷报了警校。

陈晨他妈把他打了一顿，罚他跪在地上。

陈晨他爸过世之后，她迅速地衰老了，头发变得花白，才不到五十岁，却仿佛一下子失去了年轻和活力，从一个丰姿绰约的妇人变成了一个小老太太。就像一朵花，只为了赏花人而盛放，当那个知音死去之后，花也有灵魂一般，随着知音一起凋谢了。

那天陈晨他妈一边哭一边骂，看陈晨死不悔改，就开始骂陈晨他爸，恨他为什么走得那么早。

陈晨的眼圈也红了，他大声说："我要亲手把害死我爸的人抓出来！"

"你知道一个城市，一年有多少悬案吗？你知道你爸的工作从来没有上下班的分别吗？你知道你爸和他那些同事一天天的心里有多大的压力吗？"陈晨他妈丢开鸡毛掸子，骂陈晨不知天高地厚，"当刑警的人，谁心里没有几个牵肠挂肚到死的悬案？是，我是想把那个害了你爸的人抓出来，恨不得把他千刀万剐！我这心到现在，想到你爸都疼，当初要不是你在，我恨不得跟你爸一块儿去了……陈晨，你怎么就不明白啊……"

她的话说得颠三倒四，但是陈晨明白。他从小跟他爸亲，偶尔也会去刑警队给他爸送饭。他爸总是在呛人的烟雾里，抽着烟，眉头皱得可以夹死蚊子，看到儿子来了，连个笑容都挤不出来，只一脸苍白地合上卷宗，怕那些案发现场的图片吓到小陈晨。

其他的叔叔伯伯也一样，他们总是没日没夜地泡在队里，有时候解决一个大案，抓住了凶手，就高兴得像个孩子，休息几天之后，就算没案子，也马上开始忙碌——"看看以前的案子，万一找到新思路了呢？"

他们就像蚂蚁一样，总是辛辛苦苦地翻啊找啊，有些陈年杀人案，卷宗都被翻烂了，想着或许哪天灵光一闪，就能替某个受害者找回公道。

"……爸爸，为什么坏人能逃走，为什么不能马上抓到他们？难道做坏人就没有惩罚吗？"那时的陈晨在刑警队里看到一对中年夫妇，他们的女儿在路上遇害，三年了凶手还未找到。那对夫妇离开后，他这样问陈志周。

他还记得他爸当时愣了一下，然后把他抱起来放在膝盖上，轻声但郑重地说："会抓到的。坏人趁着好人没有防备，做了坏事，他们以为过几年就没事了，但是不管多少年，五年、十年还是二十年，这个世界上会有好多爸爸这样的人，即使花一辈子的时间，也要抓到这些坏人，把他们绳之以法，让他们得到处罚。"

"一辈子？"小小的陈晨还不太懂这个概念。

"……对，一辈子。一辈子不够的话，还有我们的后辈，有无数的好人，他们会一直一直努力，就是为了让这个世界不被那些坏人糟蹋。"那时候的陈志周还年轻，他抱着小小的陈晨微笑，脸上都是胡茬。陈晨听不太懂爸爸在说什么，但是他突然觉得，他的爸爸是非常帅气的存在。

"……我是陈晨，来报到。"因为想到了许多过去的事情，站在门口接待的男孩面前的陈晨，脸色不是很好。

这时候他还不知道，这个叼着辣条惊慌地抬起头，看上去白白嫩嫩、叫小王的男生，就是今年交警队的新人，也是他接下来的搭档——

陈晨，二十五岁，警校第一名毕业，体能全优，特长射击，马上要和法律文秘专业的小王一起，在花枝街最大的十字路口，当交通警察。

3

花枝街太老旧了，连交警的指挥台都没有，他和小王就像牛郎和织女一样站在马路的两端，指挥着车子转弯或直行，顺便给车子开开罚单。

上了半个月班，陈晨整个人变得暴躁无比，但是他妈却眉开眼笑，觉得陈晨这份工作十分好，甚至还特地打电话给乡下的爷爷奶奶报喜。

全家一派欢欣，但陈晨却打定主意，明天就要去刑警大队，说什么都不回交警队上班了。他这儿正在心里暗暗发誓，对面的小王却笑得灿烂。小王是警校法律文秘专业毕业的，本来应该负责文职工作，但是交警队这边一直缺人，于是就调剂了他和陈晨过来。

小王适应得十分良好，每次换班的人来的时候，他就乐颠颠地拉着陈晨去花枝街周围找吃的，这一圈的小吃都被他发掘遍了。

这会儿又到了下班的时候，小王过了马路，兴高采烈地招呼着："下班了下班了，站了一天累死了，今天我们去吃烤猪蹄吧？我昨晚查了攻略……"

眼看又要被缠上，陈晨心里想着明天去找陆伯伯的时候怎么找个什么突破口，顺口答道：“你去吧，我晚上得回家陪我妈。”

“……又回家？”小王是个自来熟的性格，他笑了一下，大大咧咧地说，“你真的好恋家啊，我们上班大半个月了，我每天叫你，你跟我出去不到五回。哎呀，一会儿回去也一样的，走啦走啦，跟哥们儿一起去，我一个人吃好寂寞的……”说着他就去拉陈晨。

陈晨这段时间累积了一肚子的气，每天回家还要面对他妈的洗脑，让他安安分分干交警……其实这会儿心里也挺矛盾的，半推半就就被小王拉着去吃了。

结果没想到，大半个月都没事儿，这回却惹了个大麻烦。他和小王的正面高清无码照片被人发上了网，说他们在小吃一条街吃霸王餐，还特地艾特了警队的官方微博。

这一下网上炸了，各种大号纷纷转发。有人怒斥：“穿着制服，是人民的公仆，还是人民的主人？”还有人说：“活久见，连吃个小吃都不肯给钱，一看就是干惯了的。”

第二天陈晨和小王被常队长叫到办公室的时候，一脸茫然。常队长耐着性子问他们：“网上说你们吃东西不给钱，是怎么回事？”

小王完全没有山雨欲来的危机感，没等陈晨说话，便大大咧咧地笑着回答：“队长你怎么知道这事儿啊？昨儿那个老板死活不肯收我们钱……”

常队长这会儿看着小王笑得灿烂的样子，想到网上那些言语，心里又痛又怒，只觉得高血压都要犯了，一拍桌子，吼声简直要掀翻屋顶：“你们两个是有多穷？连吃个烤猪蹄都不给人家钱？你们知不知道，你们穿着警服，代表的就是国家机关的威严？你们这样做，简直是警队的耻辱！”

“……等等，队长！你在说啥，我怎么听不懂？”陈晨终于找到机会插话，不等常队长继续骂下去，赶紧打断了他发问。

“听不懂？”常队长以为他要装傻，顿时更气了，咆哮着大声吼，“你们昨晚下班，穿着制服去吃烤猪蹄，不给人家钱，是不是？！”

“他是没找我们要钱，可是……”小王顿时明白了，这大概是个误会，但是他说话软绵绵的，这会儿刚说了个开头，常队长就气得快把桌子拍烂了：“人家没找你们要钱，你们就真的不给了？你们还穿着制服呢，你们咋这么大的脸啊，吃东西不给钱，你们的羞耻心呢？气死我了……”

陈晨这会儿才算完全明白了，他啪的一个敬礼，然后以不逊于常队长的音量大声说：“报告队长，那老板的车前几天在路口坏了，我和小王刚巧换班，帮他推车搬货，他是因为这个才给我们免单的！而且我们把钱给了他儿子，小王还和他儿子合影了！”

"……真的？"常队长雷霆怒吼般的音量顿时降了一半，眼睛一下亮了。小王拿出手机，打开微博——昨晚小王见老板的儿子很可爱，很像他堂弟，还特地拍照发了个微博，顺便提了这件事。

常队长这才咧嘴笑了出来，说："我就说嘛，我三令五申，穿了制服就要严格要求自己，这可不是你们一个人两个人的事情。很好，以后遇到这样的事情，该帮忙的必须要帮，但是该给的钱也必须给，不许占一点便宜，知道了吗？！"

小王和陈晨大声答应了，常队长才挥挥手，说："两个小兔崽子，大早上的吓死我了！出去工作吧。"

"……好险好险。"小王拍着胸脯，露出一脸劫后余生的表情，"幸好我昨天觉得老板儿子和我堂弟太像，拍了个照，不然这事儿可说不清了。"

"不是……"陈晨精悍的脸上难得出现了无法理解的表情，"就算老板给我们免单了两个猪蹄，那又怎么了？那天排队的人都听到了，老板是想谢谢我们才给我们免单的啊！"

"看这张照片，拍照的位置应该是在斜对面的螺蛳粉店门口，"小王翻到那个爆料的微博，说，"明显是听不到我们在说什么的，估计就听到免单两个字了。"

"至于这么捕风捉影吗？！"陈晨疲惫地叹了口气，细长的眼角出现了一抹阴霾。他想，他的父亲当年是不是也曾遇到这样的事情呢？应该也是有的吧？

不知为什么，陈晨脑中突然出现他爸弥留时的眼神。那时候的陈志周，眼神中有对哭号的妻子的不舍，有对未长大的陈晨的眷恋和叮嘱，还有对眼圈红了在低声哭泣的同事的道别……他身上插满了管子，眼里有很多情绪，却没有一丝不甘和怨愤。

陈晨正发呆，小王刷新了微博，打断了他的思绪："哎哎哎，我们的官方微博转发了，我看看啊……"

果然，警队官微转发了之前的爆料微博，还特地艾特了一下小王，让大家看昨天小王发的微博。这下误会解开，气氛一下子轻松了。

"唉唉唉，还有人说我们好帅，说要来看我们上班耶！"小王激动起来。

陈晨看着眼前的小王，觉得真是无法理解，冷冷地说："转发量这么少，这人也没给我们道歉，很多人根本看不到这条澄清微博，只会记得我们吃了霸王餐。"

"这不是才转吗，估计下午就会扩散了。"小王笑眯眯的，并不被陈晨的话影响，收了手机，就和陈晨开着那破电动巡逻车，往他们每日工作的地方去。

今天早上这么一闹一耽误，陈晨去找陆伯伯的计划也搁置了。莫名其妙被冤枉，还被骂了一顿，他不由地心情很差。

从小到大，他性格最是较真，因为受到当警察的父亲的影响，遇到任何不公平的事情，总会第一时间站出来，因此人缘极好。他爸出事之后，总是被他帮助的那群家伙还会一个个轮番上门，陪着他和他妈，帮忙打扫做饭……只可惜当时陈晨心情实在太差，高中毕业后就和他们断了联系。

也不知道没了他的保护，那个因为学舞蹈总是被欺负的男生孙云云、那个胖乎乎却喜欢做菜的女孩陈小雅……都过得如何了。

应该都没有他陈晨这么憋屈吧？

当年杀害父亲的凶手一直未落网，他好不容易警校毕业，想要亲手抓住这个凶手，却连刑警大队的门都进不去。

往事不断在脑海之中回旋，陈晨一整天都板着个脸，身上恨不得冒冷气。

“今天不去吃了，再吃又上个头条，丢人！”小王穿过马路走过来的时候，陈晨先发制人地说道。

小王愣了一下，顿时哈哈大笑起来，说：“不吃了不吃了，我当了一把网红，今儿中午我爸还给我打电话，说我妈给我烧了肘子，让我早点回去吃。我估计是让我回去交代具体怎么回事的。”

看到陈晨疑惑的眼神，小王举起手机，有点嘚瑟地说：“我是让你看这个，有个大V帮我们转发了，现在好多人都在夸我们帅啊哈哈哈！”

陈晨接过来扫了一眼，看到有个叫“舞者孙老师”的大V转发了这条微博，说：“这俩交警叔叔这么帅，我也想免费教他们跳舞啊！博主，这辈子没人请你吃过饭？你好可怜哦。”后面还跟了个翻白眼的表情。

“舞者孙老师”长期帮天皇巨星排舞，他转发之后，有些艺人也转发了，顿时扩大了影响。

那条微博下，果然都是夸他们的。

“交警叔叔的腿长得突破天际。”

“这身材这脸，果然帅哥都上交给国家了！”

“叔叔我违章驾驶了，快来抓我！”

“一个萌系阳光，一个又帅又有股狠劲，请问就我一个人想太多吗？”

“那个想太多的，你不是一个人！”

……

陈晨一脸问号，自从高中毕业之后，他一直活得比同龄人沉重压抑，对于网络上的事情，他除了学习刑侦的时候有接触，其他的都没怎么关注，因此对于这些言论，他只觉得有些懵。

“对了，我早上就想问了，你微博名叫啥？好多网友都想去围观你呢！”小王酸溜溜地说，“有了我还不够，这群贪心的小家伙！”

陈晨皱起眉，硬邦邦地回答：“我没有微博。”

没等震惊的小王感慨什么，陈晨再次说：“我对这些不感兴趣。我下班了。”说完，他转身就走。

我跟他们不一样，陈晨告诉自己。他的父亲在十年前死了，凶手至今还未被抓获，这阴影跟了他十年，只有在训练、学习的时候，陈晨才能安静下来。

他觉得自己没有和同龄人一样玩乐的资格，那阴影笼罩着他，非凶手的血肉不可以去除。

“喂！不至于吧，这么严肃啊？”小王从后面追上他，有点被吓到的样子，“哥们儿，我一直想问，你是天生的棺材脸还是神经失调啊？哎哎哎，你怎么不理我啊？等等我，我也要回队里一趟！”

那天阳光挺好的，陈晨开着电动车，听着小王在旁边絮絮叨叨，恍然发现，原来他和高中认识的那些朋友之间，已经因为父亲的死，划下了一道永久的伤痕。

陈晨也曾一身阳光，充当着同学们的保护神和英雄。他是体育委员，是很多女孩子心中的正义男神，那时候的少年陈晨，以为自己会长成充满热血、一身爽朗的样子，或许没有那么优秀，但一定爱笑、豁达，身边围着一群好哥们儿。

可是父亲的血泼在他成长的路上，蓦然回首，今日的陈晨已经变成了一个与同龄人比起来，过于沉默和僵硬的样子了。

“我要抓住他，亲手抓住他。”陈晨握紧了方向盘，内心涌起了仿佛饥饿一般的痛苦。那凶手让他承受了十年的苦难，只有抓住他，才能让这股怒火熄灭。

4

“陆伯伯，我是认真的，你让我去刑警队吧！”陈晨白天逮不到陆队长，便特地选了晚上，直接来了陆伯伯家里。

家里就陆伯伯和他老婆，陈晨曲着长腿，长长的睫毛盖住低垂的眼睛，摆出一副压抑又委屈的样子。

“你想来刑警队，是吧？”陆伯伯这段时间一直被他骚扰，这会儿直接说了，“我跟你爸是穿一条裤子的好哥们，又看着你长大，按道理，你爸不在了，我也能替你爸做这个主！你的成绩进刑警队是完全没问题的，你要我松口让你进来，可以，跟你爸当年一样，你去结婚，生个孩子，等你们老陈家有了后，我就让你进刑警队！”

这话一说出来，就是没有转圜的余地了。陈晨咬咬牙，脑海之中晃过他妈耳边的银丝，还有他妈睡不着，在灯下看照片的样子……

陈晨闭了闭眼睛，轻声说：“我爸的案子没破，我不想结婚。”

“那你就等着。最近我们查到隔壁市的两个案子，和当年对你爸动手的，似乎是同一个人。当年设备不行，案发现场有犯人留下的血迹毛发，我们也没办法比对出来，最近我们正在重启调查，已经有了眉目……”陆队长叹了口气。陈晨这才发现，这个男人已经很老了。

当年他爸的离世，影响的不只是他们一家人。明明自己就是刑警，却无法为最好的哥们儿讨回公道，这种打击对陆伯伯来说，也是非常可怕的压力吧？

一个凶手、一桩杀人案，至少会让几个家庭、几十个人的内心永远蒙上阴霾。就如同陈晨父亲死后，陆伯伯、爷爷奶奶、妈妈和他自己，如何艰辛度过这十年，谁又真的能感同身受呢？

陈晨咬牙，轻声说：“我不能参与调查吗？我不会拖后腿的，陆伯伯，我想亲手抓住那个凶手……”

“不行。”陆伯伯放下手中的杯子，认真地看着陈晨说，“我说了，你想要参与你爸的案子，除非你结婚有了孩子！”

陈晨失望地走了。

他知道陆伯伯是在忽悠他，现在这案子已经再次展开调查，并且有了大的进展，他就算马上找个女朋友结婚，也没办法赶上这案子了。

而且，一般为了避免办案警员情绪过于激动，是不允许调查与自身有关的案件的。

过去的十年，陈晨努力地学习，是想着如果实在不行，就自己动手去调查，可现在这案子已经重启，且获得了如此巨大的进展，就算不让他加入，只要、只要……让凶手戴上手铐，也算是不负十年的等待吧？

陈晨闭上眼睛，只觉得鼻子有些发酸。

他不知道自己这十年是在坚持什么，又是为了什么，他突然有些茫然无措，甚至连方向都找不到了。

除了等待，他还能做些什么呢？

陈晨不知道。

他一夜没睡着，一会儿为了他爸案子的进展而激动，一会儿为自己不能参与这个案子而失望，一会儿又因为失去目标感到迷惘。

他辗转反侧，第二天去上班的时候，眼睛底下都是乌青的。

“是不是没休息好？要不然今天请个假吧？”陈晨他妈跟着他，又是拿水又是唠叨的。自从他爸走了之后，她就经常这样，充满了焦虑，生怕陈晨碰破一点皮。

陈晨在她面前，素来都不敢露出一点不对劲的样子，这时候也是一样。想了想，他轻声说：“没事，昨天晚上打游戏，睡晚了。”

这放在平常人家里会被骂得狗血淋头的事情，却让他妈一下子安定下来了，她轻声说：“打游戏也不能打这么晚啊，对身体不好。”

是的，只要他安安稳稳地活着。他妈的要求就是这么卑微渺小。

看着小老太太的表情从紧张到放松，还有那不加掩饰的慈爱和关怀，陈晨心里一热，一口喝完水，说：“妈，我晚上带我同事来家里吃个饭？”

自从他爸死后，这十年里，这个家里就只剩下他们母子。除了偶尔来的姥爷姥姥、爷爷奶奶，其他时候，这房子是冰凉的，和十年前那个温暖又圆满的家比起来，似乎处处都透着凄凉。

他爸的案子有了巨大的进展，也许，他们这个家也应该有一些新的改变……

陈晨看着他妈露出惊喜又有些忐忑的表情，心里有股温温的热流，他想起他爸当年说——“也许坏人被惩罚的时间会晚一点，但是，他们一定不会真正逃脱。因为正义可能会迟到，但永远不会缺席。”

马上就到了，十年了，爸，如果你还在，也想我们活得和以前一样开心吧?

陈晨踏着晨露，从家里出发。

他第一次不带怨气地正视自己的工作，认认真真地站在川流不息的马路上，指挥着来往的车辆，调解着不小心摩擦到而争吵的人。他和小王也第一次有了点真正朋友相交的意思。

这天回家，他再次登上了十年前的QQ，想看看当年因为父亲出事而越走越远的朋友们，到底过着怎样平凡喜乐的生活。

“陈晨，你当警察了？”一打开，全是前几天的留言。

陈晨看着那个显示着孙云云的对话框，过了好一会儿，才缓慢地敲了个“嗯”。

他关了QQ，再等等吧，等到他父亲的案子破了，他得谢谢这十年来，从没有忘记他的朋友们。

陈晨他爸的案子进展十分快，眼见着锁定了目标。

那是个样貌十分普通的男人，看上去甚至还有一丝憨厚。可就是这个男人，杀了七个人，包括一个警察。

他仓皇地躲避了十年，看上去过得并不好，因为害怕被发现，不敢去正规的地方工作，只能去打一些辛苦且不正规的零工，入不敷出，也没有朋友，活得仿佛阴沟里的老鼠。

可就算如此小心，他还是被发现了。悬挂在他脑袋上的正义之剑，时间一到，就是雷霆一击。

杀害父亲的凶手落网的那一天，陈晨正在指挥交通，所以没有得到通知。

没有人想得到，就是那一天，这个平凡普通的路口，上演了一出可怕的案件。

5

“大家快散开，不要阻挡在这里，阻碍交通！”小王一边高声喊着，一边想往看热闹的人群里面挤，可惜看热闹的人围了一圈又一圈，他只听到里面有大声争吵的声音，是两个愤怒的男人。

“你说了这钱尽快还我的，一年又一年，你一开始就在骗我吧？”其中一道怒气汹汹的声音，显然是在质问另一个人。

“说了没钱！我那个店子你又不是没看到，才那么点大，我每个月就赚几千块，家里娃要读书要吃饭，我也想有钱还给你啊！”回话的男人趾高气扬的，虽然欠了债，但是显然一副要赖账的架势，并没有一丝羞愧。

“我、我当年相信你，把全部的钱都借给你了，房子盖好了都没装修，现在全家还住着毛坯房……六子，算哥哥我求求你，你先还一半也好，我姑娘现在摔断了腿，医生说要是不做个手术把里面的骨头接好，以后就是个跛子了。你先还我一万就好，就一万，给我应应急……”前头怒气冲冲的男人显然不是个硬气的，这时候被一怼，明明占理，却低声下气的，明明是债主，却弄得仿佛欠了别人钱一样。

显然那六子也知道他这性子，因此根本没当回事，继续不耐烦地说：“我都说了我没钱。再说你那个姑娘，不就是跛了么，又不是死了！死了你再来找我，大不了我到时候辛苦点，给你姑娘凑点丧葬费……”

他越说越是尖酸刻薄。路边凑了太多人围观，已经大大影响交通，小王却根本挤不进去。终于走过来的陈晨，听到那老实男人发出呼哧呼哧的声音，心中一紧，大声说：“都让开！快让开！”

他从小耳濡目染，对刑事方面的案件了解得很多，许多杀人犯其实并不是有计划的，而是偶发性犯案，杀人者大多数是在激动的时候，一时失去了理智，才犯下了罪行。

六子还在不知死活地一再挑衅，没人发现这落在下风的、催债的老实男人已经快要崩溃了。陈晨想让众人让开，免得两人打起来，却没想到下一刻，围观的人尖叫起来，疯了一样往旁边跑去。

陈晨惊了一下，逆着人流往里面冲，然后就看到一个穿着洗得松了的黄色文化衫、褪了色的绿长裤的男人，手里拿着刀，正在疯狂地挥舞。他身后的地上躺着个穿着白衬衫的男人，流了一摊血，肠子都掉出来一部分……

那黄衣服的男人挥舞着一把杀猪刀，显然他来之前就做好了催不到钱，就和这男人同归于尽的打算。这时候他杀了穿白衬衫的男人，却没有住手，而是失控地往围观的人群杀去……

已经有几个跑得慢的人被砍倒，一身是血。陈晨顾不得别的，赤手空拳就冲了过去，想卸下男人手中的刀。男人已经失去了理智，呼哧呼哧地喘着气，如同一头疯掉的公牛般挥舞着刀子，疯狂地一刀刀往陈晨砍去。陈晨不断地躲闪，大声喊："快散开，快跑！小王，快叫队里支援！"

小王是文秘专业的，根本无法与这失控的男人搏斗，他赶紧抖着手打开对讲机，扯破了嗓子大吼："花枝街十字路口有人持刀行凶，我和陈晨就在现场，快来人支援！"

男人听到这话，顿时更加激动。陈晨身手十分好，他几下不能得手，趁着陈晨躲避的时候，一把捞起地上被砍了一刀的年轻女孩，恶狠狠地说："你站住！"

陈晨刚才大喊之下，该跑的都跑了，这女孩因为腿上被划开了好大的口子，加上吓得呆了，一时之间跑得慢了，才刚好被抓住。

陈晨毕竟现场经验少，这下投鼠忌器，一边举着手一边说："你放开这个姑娘。我刚才听到了，你是被人欠债不还，所以才动手的对吧？你这个情况，只要你态度好，是可以减刑的，你现在最重要的是不要激动……"

"我、我来的时候，就已经豁出去了！"这黄衣服的男人看上去已经上了年纪，一副饱经风霜的样子。

他一脸紧张，拿着刀子的手颤颤巍巍，把那姑娘吓得哭起来。

"闭嘴！再哭我就杀了你！反正杀人了，杀一个是杀，两个也是一样！"这黄衣服的男人恶狠狠地怒骂女孩，眼睛却死死瞪着陈晨，接着说，"我杀人了，自己也没打算活着，谁让我瞎了眼，年轻时候借钱给这个王八蛋，我把他当兄弟，他把我当傻逼。可怜我闺女、我闺女……"他说着说着，眼里有了泪光。

陈晨冷静下来，劝他："你相信我，你这个情况，是可以减刑的，你想想，你女儿还在家里等着你……"

警车呼啸的声音飞快而至，一群警察跑了下来，很快把男人围住了。

对峙之间剑拔弩张，那女孩颤颤巍巍，显然已经要坚持不住了。陈晨继续规劝着："想想你女儿，你的家人，他们都还在等着你。你现在住手，还能争取减刑，还能和家里人团聚……"

他本以为这话就算有用，估计也要等半天，可是那黄衣男人却顿了一下，轻声说："对啊，我还有家里人……"

他松开了手，陈晨赶紧使眼色，见那女孩颤抖着往前走了一步，陈晨轻声说："慢慢走，一步步走……"

那女孩却尖叫一声，往陈晨这里冲过来。

这男人本来有些恍惚，这时候一受刺激，顿时号了一声，提起刀就冲过来，那把长长的刀从女孩的胳膊上擦过，刺进了陈晨的小腹。

周围本想尽量平和解决事情的警察顿时动了，他们冲了过来，几下搏斗，制住了发狂的男人。

可陈晨被跑过来求助的女孩挡住，根本没来得及反应就中了一刀。鲜红的刀子抽出去，陈晨看着怀里惊恐的女孩，眼神一黯，一个转身又挡住了这黄衣男人的第二刀……

撕心裂肺的疼。

好疼啊……

妈妈……对不起……爸……我……我没办法看着杀你的人被绳之以法了……

6

他满脸泪水，无比扭曲地从梦中醒过来。

入眼的是古色古香的房间，他躺在地上，悬浮在他面前的是一面巨大的、如水面一样微微波澜的镜子，镜子里的画面定格在他醒过来之前的那个杀人现场。满地都是血，人们大都面容惊恐。

房间的太师椅上安然坐着一个上脸被半张青铜面具覆盖，只露出一双猩红眼睛的黑袍男人。他身边站着一个银灰头发的小男孩，那男孩有一双野兽一样的金色兽瞳，在黑暗的环境里看起来吓人得紧。

他坐起身来，被旁边茶几上蹲坐着的、豹子大小的猫吓了一跳。

“感受到了吗？你笔下那个不得已杀了警察，有着痛苦身世的男人。”身后传来充满仇恨的声音，他惊恐地转头，看到一个穿着T恤、牛仔裤的年轻男人。

他常年混迹新闻圈，虽然不太懂娱乐圈，但稍微关注娱乐的人，大约都知道这个天才一般的男人——国内最炙手可热的编舞老师孙云云。

孙云云在国外被大师收为徒弟，出道以来，编的舞曲无一不引领潮流走向，能和他合作的都是一线的天王天后，可他本人看上去只是个斯文清秀的年轻人。

他经常出席时尚场合，总是干净得体的英伦公子形象，并不像其他的同行那样大胆前卫，甚至连表情都是一贯的平淡神秘。正是因为这样，他的人气极高，甚至超越了一些明星。

但是此刻他却褪去了安静神秘的面容，恶狠狠地看着他，仿佛恨不得一口口生吃了他一样。他带着毫不掩饰的杀意，说：“你以你口中那个‘虽然很可惜，但是不懂和失控的人沟通、越俎代庖的交警’的身份，经历了他短短的一生，你还觉得，他的死是不值得的，而那个凶手是应该被同情的吗？”

漫长的梦过去，他浑浑噩噩，这时候才突然惊醒一般瞪大眼睛：“我、我是新闻在线的记者，我叫王东……”

“没错，你可是炙手可热的金笔呢！”孙云云冷笑，“你最近写的那篇《他杀了人，但是我们都应该反省》，可是引起了好大的讨论呢。”

王东这才想起来，确实，前段时间，一个车站的卸货工人杀了人，还杀了一个实习交警，闹得沸沸扬扬。他当时采访了这个男人，发现他身世十分可怜，十几年前把全副身家借给了哥们儿，结果老婆生孩子的时候没钱抢救，只留下一个女儿就撒手人寰。他女儿后来又出车祸，需要一万多治好她的腿，却因为耽误了时间成了跛子，没多久便因为自卑，一时想不开，趁着他出门上工的时候，投水自尽了。

那天他揣着刀去找自己的哥们儿要账，那个借了他的钱、开了店面、买了房子的男人，却耀武扬威、口出恶言。他以为这老实男人还是跟以前一样，最多是生气，之后就会走了，却没想到这个失去了一切的男人，选择了最残酷的方式，和他了结这十几年的恩怨……

王东当时特别感动，连夜写了一篇激情四射的稿件，批判了社会的不公，说是因为没有人早点关注到这件事情，才导致了一切的悲剧……

他根本没注意到，那被一笔带过的受害者，那个因救人而被杀死的小警察，到底又有怎样的苦衷。

“看来这位客人，并没有如你所愿地醒悟。”那戴着青铜面具的男人一笑，轻声说，“关注杀人者的痛苦，却不关注被害者的痛苦，这样的思维，确实十分有趣……按照约定，这个人的灵魂，我留下了。”

“……等等！”王东惊愕了一下，他想说什么，但是再也说不出来了。在幻觉之中，他被那一刀狠狠砍中，感觉到鲜血溅起来，染满了整个世界。

他闭上眼睛……被害者，原来临死之前……是如此绝望吗？

原来……是这样啊……

7

“好了，按照约定，我留下这个人当作食物，你可以不用支付代价。”辛笑眯眯地对陷入悲伤的孙云云说。

“竟然到死都没有发现，自己做的事情有多么恶心吗？那么多人都过得那么苦，陈晨他爸当年被杀，他一点点阴沉下去，跟个受伤的动物一样，拒绝所有人的靠近，我们怎么安慰都不管用……”孙云云眼圈红了，瞪大眼睛，无法置信地说，“他过得那么苦，可是他选择的是拿自己的性命去救别人，他那么压抑，却还是希望一步步走出来……可是为什么，为什么这个人经历了他的一辈子，都没有醒悟呢？”

“因为刀子没有砍在自己身上，有些人就十分冷漠，总觉得受害者不够优雅，居然还喊疼。”辛笑眯眯地回答，“镜花水月，只不过能让他看到你朋友的一辈子，却不能让他以为自己就是你朋友。若是这事情发生在他自己身上，他自己成为受害者的话，估计就不会要求全社会为凶手反省了。”

孙云云沉默了。

辛疑惑地看着他：“怎么，你后悔了吗？”

“不。”孙云云抬起头，认真地说，“陈晨一辈子都相信正义，相信恶人必将受到惩罚。这个人虽然只是拿着笔杆，但是他煽动大家为恶人流泪，为杀人凶手请愿，他所做的这一切，其实是在一遍遍凌迟受害者的亲人、朋友……”

“他的所作所为太可恶了。”孙云云轻柔却认真地说，“我好不容易才找到了当年总是帮我的朋友，想帮他一点点走出来，可是一切还没开始，他只来得及回我一个字，就被迫结束了生命。他到死都不知道，害了他爸的凶手被抓住了……这个王东，竟然还去歌颂杀人凶手的苦难！难道因为那个人是杀人凶手，所以他的苦难，就比受害者更值得关注吗？他如此凌迟受害者的亲友，世间没有法律去管束他，那么，我只能亲自动手，为自己找到正义。”

“我很好奇，似乎这个陈晨只是以前帮助过你，之后并没有什么交情，为什么你会愿意如此辛苦地找到我，为他出这一口气呢？”辛一双猩红的眼睛，透着兴味盎然的光芒。

孙云云一笑，他突然想到了很多年前，在灰暗的青春时代，那个光芒万丈的年轻男孩，吼叫着不许人欺负他，让他抬起头来，好好地看着这个世界——“哈？你喜欢跳舞？那很好啊，哈哈哈。我喜欢游泳，我妈让我以后当游泳教练……”

那天，他磕磕绊绊说出了自己最初被歧视的原因，那个男孩爽朗地笑着，这么回答他。

没有歧视，没有取笑，就好像一个男孩喜欢跳舞，就和喜欢游泳打篮球一样，是很酷的事情。

他就是这样好的人，相信正义，相信努力，相信世界美好。

让那个怯懦的男孩睁开眼睛，跌跌撞撞，努力学习，努力奋斗，努力变成了更好的人。

“可能是因为，他是个好人。”孙云云带着褪去的笑意，失落地轻轻说，“而我总觉得，让好人失望的世界，一点也不美丽。”

“我懂了。”辛一笑，伸出手来，镜子里面突然泛出柔和的光芒来。镜中那抱着女孩的男人，从一米八几的精悍制服男人，变成了穿着衬衫、一脸惊恐的王东。那一刀狠狠砍下来，王东发出一声短促的惨叫，倒了下去。

孙云云睁大眼睛。

辛一笑，抬高声音说：“难得我觉得一个人说的话有道理，就顺手赠送你一项服务好了。而且……”他拖长音调，笑着看镜中那瞪大眼睛、死不瞑目的王东，仿佛一尾吐舌的毒蛇一般，“既然他觉得杀人者很可怜，全社会需要为凶手反省。那么，让他求仁得仁，也算我做了一件好事，对吧？”

8

陈晨从交警队出来，准备骑上那辆破旧的电动车，身后的小王追着他继续唠叨：“那天你昏倒了没上班，那个人当街行凶，差点没吓死我……”

“陈晨？陈晨？！”

陈晨一抬头，就看到一辆如同火焰一般鲜红的法拉利停在路边，车旁一个穿着灰白英伦风细格子衬衣、铁灰色七分裤的男子站在阳光下，笑着对他招手。

陈晨一脸茫然，完全无法回答小王“这是谁”的疑问。

“你忘记啦？我是孙云云啊！”孙云云笑着走过来，一拳捶在陈晨肩膀上，“哥们儿不够意思了啊，我那天认出来吃肘子不给钱的交警，居然有一个是我们班的体育委员，还特地转发了一次，你竟然没认出来我……”

一阵凉风吹起，陈晨觉得有些发冷，他这才想到，夏天已经到了尾声，秋天已经来了啊。

杀害父亲的凶手已经伏法，多年前的朋友突然造访——过去已成过去，生活终于翻过了血泪斑驳的一页，来到了新的篇章。熬过苦难和血泪，美好也许会迟到，但它终于到来了。

陈晨慢慢地一笑，粗眉爽朗地扬起来，细眼里面闪着细碎的光芒。那一瞬间，眼前这个精悍的男人，仿佛与当年那个热血又热心的少年重合了。

他说：“我想起来了，孙云云，你竟然真的去跳舞了啊！”

终

“我怎么觉得这里怪怪的……”

巷弄里面，一个娃娃脸，戴着黑框眼镜，穿着格子衬衫，一副标准理工男形象的男生，一边鬼鬼祟祟地躲在拱形石墙下面偷窥，一边对身后只到他腰高的小男孩悄声说：“你确定晨安是住在这里吗？”

小男生黑发黑瞳，眼睛很大，右眼下有一颗血红的痣，看上去有些妖异。他皱了皱鼻子，点头：“我闻得到，流云的味道……在里面，和一个陌生的味道在一起。”

“……好吧，我暂且信你一次！”袁天河咬咬牙，他这个侄子从出生到现在，都以怪咖而闻名。这回是袁天河第一次带他出门，结果没想到，侄子居然冲出去就抱住了一个完全陌生的小朋友，还号啕大哭！

当然，这完全不值得袁天河跟踪过来。他之所以带着袁晓鑫过来，不是为了找袁晓鑫的小伙伴，而是因为他当年宣布死亡、下落不明的朋友李晨安，突然大大咧咧地再次出现在了他的面前！

袁天河深吸一口气，打算牵着袁晓鑫，往这青石斑驳的老巷弄走进去。

身边却突然传来一道优雅老迈的女人声音：“年轻人，可以让我先进去吗？毕竟……我的时间，已经不多了。”

袁天河猛地回头，看到夕阳的余晖之中，一个一头白发、贵气逼人的优雅老妇人坐在轮椅之上。她脸上是时光的褶皱和淡斑，却依然能让人想象出，当年那丽质天生的美人有多让人惊艳……

整个南城的主人，要操心的事情太多太多了。况且不管再怎么忙，只要到她生日那天，父亲都一定会回到家，和她一起吃一顿晚饭，再送她一份生日礼物。

可今天是她十六岁的生日，不但没有礼物，连不回来这件事，都是身边的警卫员通知的。

佘斯曼知道父亲是在躲她。自从她发现父亲只是养父之后，父亲就一直躲着她。

佘斯曼心里又气又怒，开着车子一路飙出门去。

她虽然任性，也知道现在是非常时期，在城里发发脾气就算了，开出去万一让父亲的敌人钻了空子，可就不是小事了。所幸南城很大，她绕了两个圈，心里稍微平静一点。车子却在这时突然熄火了。

倒霉!

佘斯曼突然闻到了一股让人抓心挠肺的香味。

后来想起来，这一阵香味仿佛是命运在指引她——往那个地方去吧，那儿有你必须要遇到的人。

佘斯曼一直被佘司令当成儿子一般养大，甚至射击都学过，别说和前朝的大家小姐相比，就算是和新式学堂的女孩比，都完全是个野小子。

但就算吃过再多训练的苦，佘斯曼也从来没饿过肚子。她这会儿生完气了，才意识到她掀了晚饭的桌子，到现在竟然还没吃一点东西，已经饥肠辘辘了。

佘斯曼是个果断火爆的性子，把鞭子往腰上一缠，披上厚实的大披风，下了车就顺着味道一路摸了过去。

香味越来越浓厚，是一种新鲜油脂混合着咸味的芳香，透过冬日的大风，霸道地往人鼻子里面灌。

在巷弄里面转了几个弯，她看到一棵巨大的榆钱树，树下面有一个小小铺面，关着门，只开了一扇小小的窗，窗上挂着一块老式的牌匾，上面写着“笔墨纸砚”。

窗户里面，此时正点着一盏浅黄色的灯，那灯火下面，坐着一个极其清俊秀雅的男人。

他穿着蓝色长衫，袖子规规矩矩地挽着，虽然是一头短发，但浑身的气质让人莫名就想起多年前那些温润君子。

美人如玉。眼前的陌生男子，让佘斯曼想到了这个词。

但是这感觉只是一瞬间，下一刻，那男子开始搅动面前的碗，把细细的面条微微在汤汁里面搅拌。那伴着小葱、酱油、油脂的鲜香传过来，肚子饿得不行的佘斯曼顿时什么美人都顾不得了。她几步走过去，怕这男子把面吃掉，一时脑抽，就像调戏美人的登徒子一样，身手矫健地跳上了窗台。

男子听到动静，一抬头，被一脸垂涎的英气女孩给吓到了。

佘斯曼当时已经饿得没法儿思考，利落地从窗口跳入人家的铺面，从怀里掏出一个银元，豪迈地拍在桌子上，说："这碗面条卖给我！"

一个银元在当时可以买三十斤米，够一家人吃小半个月了。佘斯曼自认十分大方，可眼前的男子却瞬间气得脸颊通红，仿佛受了多大的屈辱一般，说："不卖！这是我做给自己吃的，小生怎会做食物贩卖于他人！"

"你可以自己再做一碗啊！"佘斯曼十分不理解，在她的成长环境里，还没出现过这种老式的酸儒，可她太饿了，只能认真地劝他，"我给你一个银元，足够买几十碗面条了……哦！难道你还想坐地起价？！"

"你你你……唯女子与小人难养也！"男子气得指尖都在发抖，恨恨地一手指着佘斯曼，一手捂住胸口。

佘斯曼见这漂亮书生样的男子好像快要被自己气死了，两颊通红，仿佛玉上飞霞一般，不由故意一笑："哎哟，我今儿还非得吃了这面了！"

说完，她脱掉手套，丢在小桌上，几步来到男子面前。男子颤巍巍地站起来，一副小心保持距离的表情，义正辞严地说："男女授受不亲，你你你你你你离我远点！"

男子一站起来，佘斯曼就顺势坐了他的位置，拿起筷子，挑起面深深嗅了一下，只觉得五脏六腑都被这咸香给霸占了。这男子虽然看上去像个上古遗物一样古板，但是却有一等一的好手艺啊。

"不许吃！你不许吃我的面！"男子急得团团转，可是又不敢上前与佘斯曼接触，眼见着自己的面就要被这个女恶霸一口吞下，突然，门口传来一阵不善的拍门声。

"王子君！王子君！开门！"一道粗俗的嗓音响起，王子君顿时脸色煞白，也顾不上自己那碗面了，轻轻吐了一口气，整个人气度一变，有种锋芒毕露的感觉。他风度翩翩地轻笑一声，自嘲一般说："却没想到，王某人这番是要做个饿死鬼了……"

佘斯曼觉得有些奇怪，还没问话，就听到门"砰"的一声被撞开了，三个膀大腰圆的男人走了进来，一看就知道绝非善类。

"王子君，还钱了，三百个大洋，一个子儿都不许少，不然就拿你家的传家宝做典当，你不会是想赖账吧？！"走在最前面的男人一副地痞打扮，笑起来满脸横肉抖动，与身材纤细修长，仿佛一丛修竹一般的王子君比起来，武力值一目了然。

“我当日不过借了你三个大洋，半年不到，你竟然就翻番百倍，简直欺人太甚！”王子君的语气并不激烈，显然知道这些人是不会听他分辩的。他叹口气，摇头道：“也罢，是我当初太过大意，让你在借据上动了手脚，此刻百口莫辩……”他脸上突然涌现一股狠绝，大声说，“但就算赔上我的性命，你也休想拿走《长安月下图》！”

话说到这里，他手里闪过一抹寒光，眼见着就要横刀自刎。

就在这时候，把事情听了个大概的佘斯曼长身而起，瞬间打掉了王子君手中的匕首。她擦了擦鼻子，讪笑着说：“那个啥，先不要着急死嘛，借三个银元，半年不到就翻百倍是怎么回事？先跟我说说……”

“跟你说又能怎么样？！我劝你不要多管闲事，不然……啊啊啊啊！”

佘斯曼一蹬脚，几人只看到一抹残影，再回过神来，就看到三个壮汉倒在地上，正在痛叫不已。

这世道纷乱，佘斯曼自小就学习格斗，而且不是花架子，都是些真正杀人的功夫，打几个拿架势吓人的地痞流氓，简直不费吹灰之力。她回头对着目瞪口呆的王子君一笑，说：“你也看到了，我刚好身手不错，也还有点来历。这利息我记得佘司令早规定了，一年不可以超过一厘，否则就要坐牢了。你告诉我，是谁给你设的这个局，定的这个利息？”

那个晚上，一直喜欢吃烧鸡、四喜丸子、卤猪蹄和烤乳猪之类大荤大油的佘斯曼，第一次吃到了一种名字极其好听、食材十分简单的食物——阳春面。

将熬制得发黄的浓鸡汤和鸡蛋黄打了，把面粉一点点揉好，制成细细的手工面条；加上王子君自己种的几把水嫩嫩的青菜，几滴今年才熬出来的新鲜猪油，半勺头道浓香的老酱油，和一把切得小小的葱花，那滋味，把一直吃得粗犷、习惯大鱼大肉的佘斯曼，给吃得舌头都要撸不直了。

那天风很大，阳春面好吃得让她咋咋呼呼，刚才还在说君子远庖厨的王子君笑着给她连做了三碗阳春面，看她吃得干干净净。

天气很寒冷，但是记忆之中，那天一直有春风围绕，天地温柔。

3

“这地方有这么大吗？”袁天河推着老妇人走了好一会儿，终于忍不住出声了。他的声音顺着寂静的巷弄一直传出去，然后消失在黑暗里。

周围安静得不太正常。

再怎么安静的夏日晚上，都会有蝉鸣或蛙声，会有人们活动的声音，就算一切都寂静，至少还有大自然的风声。

可在这太傅里里面，一切都仿佛是静止的，除了自己和身边两人的呼吸声，袁天河觉得整个世界都是静谧的。

袁天河越走越是腿肚子哆嗦，忍不住小声问："你们不觉得很奇怪吗？"

"流云他们就在前面。"袁晓鑫眼角的泪痣好像要燃烧起来，他一脸渴望地望着前面没有尽头的巷弄，眼里非但没有一丝害怕，反而有种熊熊燃烧的期盼。

"在这里看到什么，发生什么，是很正常的，都是对来者的考验。"年纪最大的老妇人是最淡定的，她甚至从珍珠手包里拿出了一面小镜子，理了理自己的鬓角，又浓浓地擦上一层艳红色的口红。

"你觉得我好看吗？"老妇人看着镜子里贵气逼人的自己，开始是满意，半晌后却又有些难过起来，"怎么办，我现在肯定丑死了，脸上好多皱纹……"

刚才她还是一派端庄的模样，此刻却好像一个急着去见心上人的少女，又是喜悦，又是不自信。

"奶奶很好看啊，很优雅的！"袁天河认认真真地回答着，"看您现在的样子，就知道您年轻的时候是独一无二的大美人！"

老妇人一笑，轻轻摇头："我年轻的时候应该也算是漂亮的，可还是比不上我的朋友。"

"哦？那你们是同学还是？"袁天河脑中顿时出现一长串八卦，两个同样漂亮的大美女，一起念书长大，结果喜欢上同一个男生……因为注意力太过集中在八卦上，顿时连刚才的害怕都忘记了。

可是他脑中的剧场才走到一半，老妇人就打碎了他的妄想。

老妇人笑着说："嗯，我和他认识的时候，我十六岁，他十八岁。他很漂亮，是那种超越性别的美丽，皮肤很白，眼睛是上挑的单眼皮，看上去非常精明。他也是真的很厉害，是比我们所有人加起来都要聪明的天纵奇才。不过他很喜欢装傻……我记得他最大的优点是有一双非常厉害的手，总能做出非常好吃的东西。尤其是阳春面，我吃了又吃，永远都吃不腻……"

吃货袁天河露出心驰神往的表情，连一直在专心寻人的袁晓鑫都忍不住分神开始听了起来。

袁天河感慨："也只有你们那时候才有这样贤良淑德的妹子，听得我都想娶你朋友了！"

老妇人哈哈大笑起来，眉眼间的端庄一瞬间变成了飞扬的笑意，笑得要溢出泪水来："小朋友，我的朋友可不是女孩子。他是个非常非常非常好看的男人，一点也不柔媚，但是漂亮得仿佛玉人一般。"

袁天河顿时懵了，然后尴尬地笑了起来："哈哈哈，真没想到。"

不过他心里却不相信老妇人的话，能被用漂亮形容的男人，一定看上去非常女性化。老妇人的形容，大约也是在记忆里过度美化的结果吧？

袁天河非常体谅老妇人对于朋友的美化，没有继续跟她争论。他皱了皱鼻子，轻声说："那个……你们觉不觉得，从刚才开始，就好像有一股类似炸鸡的味道啊？"

开始的时候还很淡，但是现在这味道开始浓郁起来了。

"嗯，我也闻到了。"袁晓鑫还没说话，老妇人就老神在在地说，"说明我们开始接近辛大人了。我听来过这里的朋友说，见到辛大人的过程各不相同，有些人要走很长很长的路，有些人要做一个很长的梦，有些人一瞬间就能与辛大人面对面……但是这一切都有一个共同点，就是炸鸡的味道。味道越浓郁，说明我们离辛大人越近。"

幽深的夜晚，突然在这神秘莫测、古色古香的巷弄里提到了炸鸡，一瞬间让袁天河感觉到了安全感。

总觉得能和炸鸡牵扯到一起的，一定不是什么危险或者灵异的事件呢！

老妇人一瞬间又紧张起来，再次拿出小镜子，认认真真地看着自己的脸，检查自己的妆容和发型。

"怎么办怎么办，也不知道能不能见到他。小朋友，你看看我脸上出油了吗？"老妇人紧张地检查着一切。

虽然他一向聪明锐利，但很多年前，每次见面都是她占上风来着……可这次，她有些紧张了起来。

4

那天美人救书生之后佘斯曼才知道，王子君这事儿不是一例。佘斯曼眼睛一转，佘司令既然不肯回家，她可以去找他啊！

于是佘斯曼在吃了三碗阳春面后，把嘴一抹，拿了借据，带着苦主王子君，直奔佘司令的办公处。

佘司令身为乱世之中割据一方的掌权人物，又有佘斯曼这样大的女儿，外面总谣传他是个煞气逼人的中年人。煞气逼人是说对了，但佘司令年纪却并不大。

佘司令此刻穿着一身剪裁得体的军装端坐在办公桌后，认真听着手下的汇报，虽然气定神闲，但是那一股沙场带出来的血腥气息，让人觉得他像是一只打盹的猛兽。

和王子君的漂亮疏朗不一样，佘司令的样貌并不十分出众，不过精悍迫人，乃是南城众多小姐们闺中闲聊时最热门的话题人物。

佘斯曼到了佘司令面前，那股兵油子一般的厚脸皮和任性刁蛮都变成了娇憨可爱。她拿着借据，小声地说完整件事情，佘司令却不看她，只细细问王子君事情发生的原委。

两人一问一答，把事情弄清楚之后，佘司令抿着嘴，脸上划过一抹煞气。背后操作、无视纪律的人要倒大霉了。佘斯曼想着，就见佘司令终于把视线转向她，说："陈妈打电话说你今天没吃饭，还把餐厅砸了。"

胆大包天的佘斯曼就怕佘司令一个人，加上她那点不能见人的小女孩心思，顿时脸颊通红，嘟着嘴说："谁让你都不回来陪我，今天可是我的生日！"

虽然一股子抱怨，却是一副娇蛮小女儿的样子，让一旁一直表现淡定的王子君看得目瞪口呆。

"我很忙。"佘司令纹丝未动。他的五官极其硬朗，不笑的时候，嘴角是下垂的，看上去特别严肃，加上那一身血气，几乎有止小儿夜啼的效果。

一股委屈涌上心头，佘斯曼眼圈一红，对着佘司令大声说："你就是不想在今天看到我对不对？因为今天是妈妈过世的日子！你只喜欢妈妈，不喜欢我！"

话说到这里，佘斯曼的泪水刷一下流了下来，她粗鲁地擦了擦脸，却还是止不住奔涌的泪水。她一把拉起一旁的王子君，大声说道："我们走！"

王子君还一句话没说，就被佘斯曼给拉了出去。

外面风一吹，佘斯曼才冷静下来，发现自己干了件蠢事。她好不容易见到佘司令，还没说几句话就这么冲了出来，连外套都忘了拿！

她哆嗦了一下，在想要不要回去道歉，怀里却突然被塞了一件暖烘烘的衣服。

王子君一脸柔和，轻声说："借给你，多谢你替我说话，不然我王子君的性命，只怕就只到今夜了。"

这是个风很大的夜晚，周围一切都显得灰蒙蒙的，只有王子君一张漂亮的脸，在南城指挥部的路灯下熠熠发光。这个少女心思破灭的夜晚，似乎都被这张脸而晕染，变得温柔起来。

佘斯曼突然很有倾诉欲，她愣愣地看着王子君，突然脱口而出：“我在干什么啊……他又不真的是我爸爸。”

王子君突然听到这关于南城掌权者的家庭八卦，愕然张大了嘴。

“不许插话！”佘斯曼察觉到王子君想要开口说话，忙说道，“今天只许听我说，听到没？”

王子君愣了一下，突然一笑，好脾气地点了点头。

佘斯曼披上他那件老土的棉花袍子，只觉得全身都温暖起来。他们顺着路灯一路走，佘斯曼慢慢地说着，说她藏了这些年的心事……

四年前，佘斯曼不小心知道了佘司令并不是她的亲生父亲。

那天，从小被养得胆大包天的佘斯曼偷翻佘司令的房间，在枕下找到了一张做旧时打扮的女人的照片。早些年想留下照片，是极其困难的事，可这女人的装扮看起来并不十分富贵，这一下子就引起了佘斯曼的兴趣。

她当时想，这说不定是她的妈妈。

佘司令一直对她妈妈的事避口不言，只说佘斯曼的妈妈是世界上最温柔的女人，说她长得和佘斯曼并不像，若佘斯曼是一朵怒放的玫瑰，扎人又艳丽，那佘斯曼的妈妈就是一朵静静开放的雏菊，暗里生香。

“那我大约是像你！”小小的佘斯曼大大咧咧地这么说着。

这种时候，佘司令通常都不说话，眼神里有很多很多她看不懂的东西。

孩提时候的佘斯曼并没有想过，为何佘司令那么怀恋、爱恋地提到她的妈妈，却不许她学习妈妈身上的特质。按道理来说，那么爱妈妈的父亲，应该也希望培养出和妈妈一样温柔秀丽的大家闺秀吧？

可佘司令从小教导佘斯曼射击、骑马、游泳、格斗，他总是说，一定要有保护自己的能力。佘斯曼也不懂为什么，只觉得可能是佘司令未雨绸缪。

直到那天翻出了一叠书信，佘斯曼才解开了所有的谜团。

那个盘着头发、鬓角插着一枝小小木芙蓉、笑得一脸温柔的女人，确实是她的妈妈没错，但是这个女人一生都没有真正嫁过人，只是曾被父母卖给了一个富商做姨太太，没过两年，生下佘斯曼的当夜就去世了。

她是被折磨死的。

那富商前后纳了十几个姨太太，最后却只剩下零星几个人，皆是因为他贪花好色，又不长情，喜欢的时候极尽宠爱，不喜欢了就丢给大太太折磨，还曾醉酒之后笑言，说自己的太太是贤内助，把那些看腻了的女人磋磨死了，免得浪费米粮。

其愚蠢狠毒，很是为大多数人不齿。

当地的老百姓就算吃不起饭，把女儿卖了当丫鬟婢女，也不肯把水灵灵的女孩卖给他当姨太太。知道这富商来提亲，以死相逼不肯出门的女孩都有不少。

偏偏佘斯曼的妈妈性格柔顺，老父又嗜赌如命，欠下赌债，一番逼迫之下，她只能含泪写了分手的书信寄给佘司令，说是没脸见他，让他以后再也不必想她了，就一闭眼，进了那吃人的院子，不到二十岁，就撒手人寰了。

等到混出头的佘司令一路杀回南城，成为一方军阀的时候，青梅竹马的恋人的坟前已经长满了青草。而还不懂事的佘斯曼也被磋磨得命悬一线，救回来的时候瘦得吓人，若不是佘司令日夜抱着不放，精心调理了大半年，只怕就这么随她妈妈去了。

佘司令当年命人在恋人坟前灭了富商满门，鲜血染红了坟前的土地，所有人都吓得不敢出声，他却一脸淡定地让人把尸体挪远点。要让恋人解气，但不能弄脏她休息的地方。

当年这件事情闹得人人自危，都说佘司令已经失心疯了。幸好在佘斯曼妈妈的酒鬼父亲被佘司令亲手枪杀之后，他就恢复了正常。但据说，佘司令自此之后再也没笑过。

他变成了阎罗一般的人物，除了对恋人最后的血脉会温柔一些，出了佘公馆，就是人人害怕的活阎王。

佘斯曼看完了书信和佘司令当年的一些小记，看出了母亲的绝望和佘司令当年成功后期待着衣锦还乡迎娶自己最爱的女人的喜悦，看着他们就这般被世道磋磨，生生天人两隔……佘斯曼默默地把东西放回原位，回去哭了一晚上。

她没想到自己的出身竟然这么复杂，也没想到佘司令并不是生性严肃。他只是失去了自己一生中最重要的东西，再也笑不出来了。

开始她只是对收养自己的佘司令有了些怜悯和关怀，后来多了对他的孺慕，再到后来，懵懵懂懂地有了些莫名的好感和喜欢。

“我甚至不要脸地想过，我和妈妈像一点就好了，那样，那样的话……他就会喜欢我一点点了吧。”佘斯曼咬了咬唇，泪水一连串地从她的脸上滑落。

她哑着嗓子问：“我是不是特别不要脸？”

王子君一直都没说话，到了此刻，突然一笑，说：“今日太晚了，我送小姐回家吧。若是小姐有兴趣，这个问题，王某人择日再回答小姐。”

他眉宇间有未曾见过的狡黠，大约是见佘斯曼褪下伪装，便也露出了真实面貌。

那时候，只觉得自己大逆不道，居然对抚养自己长大的佘司令有了懵懂好感的佘斯曼并不知道，一个那样张扬且年轻漂亮的女子，哭着诉说自己的心事，对于一个适龄的异性来说，到底有多么让人心动……

她只知道王子君和她约了下一次见面，她多了一个可以诉说心事的……朋友？

5

炸鸡的香味越来越浓了。

“早知道刚才就买两个大香肠吃一吃了，再加碗螺蛳粉，简直是人间美味啊，我都饿了……”或许是美食让人心情放松，虽然这周围还是非常静谧，但是袁天河却一点也不害怕了，甚至还有心思想念起刚才进来前看到的美食。

就在这时候，离他们不远处一片黑暗的地方，突然唰一下亮起了两盏艳红的灯笼，门“吱呀”一声打开，黑色的皂靴从门里面踏出，一个身穿黑色衣袍、戴着半张青铜面具的男人慢慢走了出来。

不夸张地说，炸鸡的香味此时就像是刚出炉端到鼻子边了。

袁天河敢对天发誓，他这辈子第一次见到仿佛炸鸡成精的人。若是平常，他肯定会为此感叹很久，但是抬眼看了看这个人的装扮，袁天河顿时觉得这炸鸡的味道都算是正常的了！

除了cosplay，袁天河第一次见到有人穿得这么夸张——面具造型还算低调，青铜的质感，看上去非常古色古香，但是这黑色衣袍上仿佛流动星河一般的光泽，就让人十分咋舌了。

那男人一挥袖子，朗声笑着说：“欢迎几位！”

袁天河觉得头晕，为啥这衣袍的光好像要把人的灵魂吸走一样，看一眼就觉得魂魄跳动。

“咦，我为什么会觉得魂魄不稳？这是什么鬼形容词？”袁天河自言自语。

旁边的袁晓鑫诧异地看他一眼：“小叔叔，你看得到他衣服上的光芒？”

“那么亮的光，我除非瞎了才看不到啊！”袁天河吐槽，因为太过头晕目眩，再也不敢看那衣袍，便挪开眼睛，看着男人身后墙壁上开了一墙的鲜红灯笼花。

“辛大人！我、我来自道尔家族，我翻看祖先的笔记，发现了您的存在，之后接触到了一些朋友，才终于找到您……”老妇人丝毫不在意袁天河和袁晓鑫在说什么，见袁天河站着不动，竟然挣扎着想站起来。

袁天河吓了一跳，生怕老人出事，赶紧推着她往门口走，心里嘀咕着，这戴面具的装逼人士，是搞什么邪派洗脑的么？为什么老妇人看到他这么激动？不行，他一定要提高警惕，替老妇人注意一下！

“都是注定的缘分。”辛一笑，侧身说，“您的故人在这里，已经等您好多年了。”

“他……他在这里？”老妇人激动得声音都颤抖起来，袁天河不断地拍着她的后背，想让她放松下来，这么大年纪的人了，若是一不小心激动得晕厥过去，可就出大事了。

辛似笑非笑地瞥了袁天河的手一眼，轻哂一声，转过头对老妇人说：“是的，他知道您今日要来，准备了您最爱吃的东西，现下已经等候多时了。”

老妇人的脸上，顿时满是泪水。

“他真的在等我，他真的在等我……”老妇人一开始表现得很激动、很急切，现在到了门前，却突然停了下来，满脸泪水，不断地说，“混蛋！混蛋！你早干什么去了？！”

6

那一夜寒风之中的倾诉之后，佘斯曼很快和王子君来往密切起来。

王子君褪去身上那一层古板书生的形象之后，终于与那好似画上去的美人面皮有了区别，眼神变得灵动，一举一动变得鲜活起来。那令人惊叹的漂亮外表之下，是让人觉得舒服的疏朗开阔的君子魅力。

“卓文君夜奔，很多人传为雅事，但《西厢记》里的崔莺莺呢？只听身边的人说张生好，就这么糊里糊涂与人做了夫妻……”在王子君关了铺面休憩的日子，佘斯曼会利落地翻墙进来，自顾自泡一杯咖啡，与喝茶的王子君对坐，听王子君讲古早的话本故事。

“其实你看，那些活在《烈女传》里的女子，是没有人把她们当作活生生的人去记载的。她们按照那些黑心教条的规范活着，然而她们活得快不快乐呢，没有人在意。她们的宗族只在意能不能拿她们去换牌匾，去换贞洁贤妇的补贴。说起来好笑，这些钱往往都是妇人死了才能拿到的，她们生前一个子儿都享受不到。”王子君仿佛是憋了很多年一样，借着回答佘斯曼的问题大发牢骚，但幸好话虽说得漫无边际，最终还记得劝慰佘斯曼，“所以说，你问我你是否厚脸皮，我没办法回答你。但恕我直言，我觉得你们两父女都是傻子。”

“你先别急着瞪我啊！”王子君出身旧世家，学问研究都是从的老一派，对新学毫无兴趣，但是与往日同窗的酸腐文人又不太一样。早先在所有人面前装出一副无趣酸儒的样子，不过是因为做的是笔墨纸砚的生意，若是太过跳脱，惹得老派学子不高兴，可就要断粮了。可他到底是年轻人，这几年憋得狠了，加上解决了之前一时大意签下的借条的问题，这会儿喝着茶，一脸得意地看着佘斯曼，笑着调侃："所谓少年慕艾，你对佘司令有所钦慕是再正常不过的事。就如我方才与你说的这些例子，并不是说女子贞静柔婉不好，但若是遇到你母亲那样的事情，不认命，而是拒绝她的父亲，甚至偷偷逃走，找个活儿做呢？那必然是另一番天地了。"

佘斯曼还是没有听懂，王子君这例子和她的事情到底有什么关系。

王子君认真地说："所以我说你和你父亲皆是蠢货，绝不是故意折辱你，而是觉得你父亲身为人父，对于女儿正常的情思，不但没有多加引导，反而避而不见，让你原本正常的钦慕慢慢染上不德的错觉。就如同那些旧时的黑心文人，将原本只劝告女子贤德温柔的典故，歪曲成吃人的条条框框一样。"

佘斯曼第一次听到这种说法。她自小被当成男儿养大，素来与年龄相当的女孩玩不来，长大后，一起玩耍的男孩也开始染上了各种心思，佘斯曼心里烦得很，哪里肯花时间搭理他们，于是愈发远了些。

此刻，让佘斯曼纠结痛苦了一年多的心事被王子君这么一分析，她顿时有种松了一口气，又怅然若失的感觉。

"所以说……我喜欢他是很正常的事情？"佘斯曼呐呐地问。

自从发现自己对佘司令懵懂的喜欢之情，这一天是她最为轻松的一天。

"我只是提供了一个可能性而已，就算你真的喜欢上佘司令又如何呢？我举那么多例子，不过是想告诉你，《烈女传》里的女子是一种活法，崔莺莺和卓文君也是一种活法……关键是，如何活，让你觉得开心呢？佘司令不是你的亲生父亲，若他不喜欢你，把你当女儿，你最多死心罢了，也说不上厚脸皮或者不道德；若是你和他两情相悦，也说不上对不起什么人……"王子君喝了口茶，眼睛惬意地眯了起来，仿佛一只偷到了鸡的狐狸。

佘斯曼从那一团乱麻的心情之中跳脱出来，豁然开朗。是啊，之前被父亲的躲避和自责弄昏了头脑，其实她对父亲的钦慕，从来都不是对异性的向往和爱恋，而是对于母亲无法和父亲长相厮守的移情罢了。

如今想开了，佘斯曼顿时长长地出了一口气，几年的提心吊胆，因王子君短短一席话，顿时尘埃落定了。

她抬头看着面前的年轻男子。王子君的脸非常白，一激动就会红，仿佛涂了最上等的胭脂一样。之前他还一直装成一副木头美人的样子，没想到私下的想法完全不输于在新式学堂长大的年轻人。

“你可真能装啊……”佘斯曼想到自己和他第一次见面时的场景。她从窗户跳进去，抢这个人的阳春面，当时耀武扬威的，只觉得眼前的小美人真好欺负真可爱，完全没有一丝遐思，此刻却突然觉得自己的舌头有点打结，半晌才呐呐地说：“我完全没看出来你是这种性格。”

“我们王家的祖训，生于乱世则待明君以佐之，生于盛世则为一方开太平。”王子君笑嘻嘻地说。

佘斯曼的语文学得还可以，这时候皱着眉头想了一会儿，奇怪地问：“你是不是说反了啊？不应该是乱世开太平，盛世佐明君吗？”

“没有。”王子君一笑，说，“因为我王家所学兵法与人治，子孙皆可为相国，成为辅佐的肱骨之臣，却不能乾纲独断，成为杀伐决断的人才。所以，乱世只有找到明君才可出山，盛世则可以为一柄利剑，镇守一方乃至为举国镇太平。”

“……好大的口气啊。”就算佘斯曼对他再怎么感官良好，这时候也忍不住翻了个白眼，“子孙皆可为相国，不知道你祖训是谁说的？”

“王礼王臣相。”王子君笑眯眯地给空了的茶壶里面倒满热水。

就算是语文学得并不怎么深入的佘斯曼这时候也知道这人为什么这么大口气了：“你居然是长安居士王贺枝和两朝宰辅王礼的后人！”她忍不住两眼放光，“据说长安居士是文曲星下凡，王礼先生是辅佐帝王的辅星，两人踏水而逝之前，曾给子孙留下两本奇书……”

正史佘斯曼这个不爱读书的是记不住的，但是这些野史之中的小故事，她反倒知之甚详。

“《天下诗书》和《盛世之治》都没有！骗人的！”王子君喝一口茶，眼神幽深地看着激动得眼睛亮闪闪的佘斯曼。少女留着俏皮的短发，没有打耳洞，常年穿一身军装般的利落骑装，身材高挑挺拔，看上去仿佛活力四射的小豹子，让人……分外想要驯养，让它只要看到自己，就黏糊糊地靠过来，用头轻轻蹭着，露出娇憨的样子。

佘斯曼毫无所觉，脑子里正想着两朝宰辅和天下才气独占八分的天才诗人，神思向往，一时之间竟有些痴了。

春风拂过大地，万物复苏，无所不知的少年和天真懵懂的少女围炉而坐，煮茶嬉笑，并没有听到命运的车轮滚动的声音。

7

“您若是有话，还是当面对他说吧。”辛笑眯眯地站在门口，做出一副邀请的样子。

不知道为什么，袁天河总觉得从他的笑容底下，读出了浓浓的“快搞定了，老子要去吃炸鸡”的不耐烦。

“袁晓鑫！”就在老妇人还在哭泣的时候，一直安静忍耐着的袁晓鑫像是发现了什么，突然冲了出去。袁天河吓了一跳，大声喊着，推着哭泣的老妇人往前走了好几步。

下一刻，他就看到袁晓鑫抱住了从门内出来的小男孩。

那男孩有一头齐肩的银灰色长发和卷卷的刘海，一双金黄色的竖瞳像野兽一样，他看到袁晓鑫的那一刻，眉头皱了一下，接着就被袁晓鑫牢牢抱住。

“流云、流云……我想起来了，我看到你的时候就想起来了。你为什么要走……”袁晓鑫的泪水如透明丝带一般从眼中垂落。

满脸不耐烦的流云猛地露出一脸被抓包的愕然，脱口而出道：“你怎么找到这里来了？！”

就在门口的人闹得一团乱的时候，门内突然传来一股奇异的香味，一下子压过了辛身上浓郁的炸鸡香味，让人不由得精神一震。

清淡的油脂香气夹杂着浓浓的酱油香味，加上缓解了腻味的小葱的香气，明明是极其简单的东西，但因为味道太过香醇浓厚，生生让所有人都停住了对话。

老妇人瞪大眼睛，泪珠一连串地从眼里滴落。她哭着大声说：“子君，这是子君亲手做的阳春面的味道……你还活着，你真的还活着吗……”

袁天河目瞪口呆地看着老妇人挣扎着站了起来。

她站了起来，从那腐朽而苍老的身体里面站了起来，仿佛脱掉了一件老旧笨重的大衣一样，顿时肉眼可见地开始变化——那一头盘好的端庄白发变短、变黑，那干巴的手变得饱满，脸颊鼓了起来，皮肤变得水嫩，那一双微微浑浊的眼睛，开始散发出少年人才有的灵动光芒。

她从自己年老的身体里面站了起来，矫健地一路跑进门去，留下还推着老妇人尸体的袁天河，吓得一脸苍白。

而老妇人，不，现在已经变成少女的佘斯曼，却一丝也没发现身体的变化，只觉得自己一直喘不过气来的身体，一瞬间又好像有了生机。她轻盈地往香味的来源跑去，仿佛一路奔向那些快乐、哭泣，以及炮火之下惊慌失措的岁月。

她一路奔跑过去，远远地，远远地看到了那一盏暖黄色的小灯。

他穿着一身蓝色长衫，依旧坐在那满是笔墨纸砚的房子里，短发好像留长了一些。在“笔墨纸砚”的牌匾下是小小的窗户，窗户里暖黄色的灯光下，卷着袖子看书的男子坐在桌边，桌上静静地放着一碗冒着浓郁香味的阳春面。

时光好像从未流动，他一直在这里，等着她的归来。

佘斯曼的泪水一下子汹涌起来，挡住了眼前的所有景色。

8

如果再给他们多一点的时间，佘斯曼和王子君应当是有一个美好的结局的。

他智力超群，耐心地布着天罗地网。而她懵懵懂懂，只觉得对佘司令的懵懂爱恋仿佛气泡一般，在空气中轻轻破裂，没有留下一丝痕迹，取而代之的是总对着王子君不小心就脸红，不小心就会心跳得很快很快。

其实她只要竖着眉就能逼迫王子君听话，却总有种莫名其妙好像输了的感觉。

如果时间再多一点的话，佘斯曼就能想清楚了，哪怕再多一点点时间。

至少能在清楚对方心意的基础上，好好珍惜地共度一些日子，而不是后来想起那么多相处的画面，却没有一分钟留给倾诉情衷。

多年之后仔细回想，一时觉得和他是相爱的，一时又觉得当年或许是自己一厢情愿，其实那些相处的时光中，对方根本是坦坦荡荡、毫无私情的。

一时难过，一时快乐，这样煎熬着，度过了这么多年。

可惜，命运吝啬给他们更多的时间。

那年夏天还没到，时局就乱得一塌糊涂，不是往日的那种军阀之间的内讧，而是外敌入侵，把散沙般的军阀们打了个措手不及。佘司令不愿放弃南城百姓，做好了与南城共生死的决定，并且打算送佘斯曼去欧洲留学，在国内局势平定下来之前，不准她回国。

“我不去！他每次都这样，什么都帮我安排好了，却不肯听我的意见。”佘斯曼嘟着嘴在王子君面前发脾气。

她甚至都没发现，在王子君面前的她，已经愈发有些小女儿情态了。

“你还是先离开吧。我虽然无法得知更多消息，但是就目前的局势来看，你父亲的顾虑是对的。国内现在一团混乱，军阀们各自为政，短期内根本无法组织有效的反击。这一回，只怕大家还没反应过来，南城恐有大难……”王子君皱着眉，站在了佘司令这边。他上挑的眼睛里有很多少女时期的佘斯曼看不懂的东西，非常厚重，且非常混乱。

他定定地看着佘斯曼，轻声说：“乖，这次你好好听佘司令的话，他是对的。”

“那你要跟我一起走吗？”佘斯曼就算不相信佘司令，也相信从不隐瞒她的王子君。这段时间，王子君偶尔会点评局势，佘斯曼是他唯一的听众，他往往一语中的，从无错漏，这一次他既然如此说，那么面前的就一定是个危局。

“我不能走。”王子君环顾着破败的后院中那些残破的廊角走兽雕刻、斑驳的金漆……佘斯曼顺着他的目光看过去，才发现他们总是喝茶的小院，处处都透着残破的奢华。

王子君一笑，轻声说：“别看这地方现在这个样子，千年之前，长安居士曾在这里对月饮酒，两朝宰辅王礼曾趴在这石桌上启蒙，这里经历过辉煌，也经历过颓败……但无论是战火还是天灾，王家子孙可以丢掉一切，却不能丢掉我王家的根本。”

他叹了口气：“我已经没有家人了，我不想，连我的家也丢掉。”

后来的几十年里，佘斯曼总是带着泪水从梦中醒来：“你还有我啊！就算没有这个家，只要你在，我们可以有新的家啊！”

但是佘斯曼知道，就算她当时这么说出来了，王子君也不会跟她一起离开的。

他总说王家祖训，生于乱世要择明君而佐之；总说古有卧龙先生，今日有他南城居士；总说再等等，等到这割据的局势开始崩盘，就是他出山为天下而谋划的时机。

王子君说的时候总是轻笑着，或是揉着阳春面的面条，或是在泡茶，反正看上去挺漫不经心的，所以佘斯曼一直当他只是随口说说罢了。

当局势突然失控，王子君作为千年世家最后的传人，明知道眼下不是好时机，甚至大约已经猜到自己最后的结局，却还是选择留下来。

他看着婆娑泪眼的佘斯曼，展眉一笑。立在夏日的光芒下的他，前所未有的意气风发，真真是君子如玉，倾国倾城。

他说：“斯曼，我要留下来。你带我去见佘司令吧。”

后来的记忆，在佘斯曼的脑海里似乎都成了一帧帧的模糊画面。

她记得她带着王子君去见了佘司令。焦头烂额的佘司令见到佘斯曼，第一时间就叫人把她捆起来，又派了一整队亲兵，要把她送上去欧洲的飞机。

佘斯曼不肯，一时叫着要留下来，一时又说三人一起走。

“你就算把我送走了，我也会再偷偷跑回来的！”她大声叫着，得意地看着他们。她觉得自己一定威胁到他们了，但那年十六岁的她没有想到，她生命中最为重要的两个男子，都那么霸道无理、凶横专制。

佘斯曼只觉得脖子一痛，隐约听到一句：“对不起，等南城平定，我一定在这里等你回来。”

再醒过来时，她只能从他人的口中，听到他们辉煌灿烂的传奇了。

南城在绝境之中支撑了整整两个月，他们亲手促成了国内军阀的第一次合作，把风雨飘摇的国家牢牢稳定了六十多天。

尽管后来到底是无以为继，南城城破，但南城以南，雨后春笋一般出现了各种联合势力，并达成共同对外的合作，敌人的闪电战策略完全被击溃。

疯狂的敌人火烧了整个南城，大火烧了七天七夜，多年后有无数电视剧和电影还原过这一幕场景。但不管怎么还原都始终无法复原火光冲天之中，那如磐石一般坚定的铁血司令，和南城危机之时横空出世的谋略天才。

佘斯曼是幸运的，她生命中爱过的两个男子，都是铁骨铮铮、值得她和所有人尊敬热爱的英雄。

可是她又那么不幸，她一生之中最重要的两个男人，全都与那座美丽精巧的南城一起消逝了。

他们光芒万丈，傲骨流芳。

只剩下佘斯曼一个人活着。她站在陌生的街道上，听着陌生的语言，此生再也不曾感受到南城那温柔或凛冽的风，再也不曾见到那两双在最后都如此一致的温柔又悲伤地看着她的眼睛。

9

“混蛋！混蛋混蛋混蛋！”穿着蓝旗袍的少女哭着往那盏小灯跑去。看书的男人听到她的声音转过头来，惊喜地一笑，那双眼睛上挑，里面是沉淀的温柔。

少女跨步，矫健地从窗户跃入，怒骂着抱住了他。

她大哭着，仿佛要把这几十年的委屈都诉说出来：“你说你会等我的，我回了南城多少次你知道吗？我找遍了每个地方都找不到你。你说你等我的，你说你等我的……”

男子闭了闭眼睛，似要忍住泪意。他回抱着少女，笑着说：“我一直在等你，这么多年了，我还以为，永远也等不到了……”

八十年一诺，长相思，摧心肝。

明明可以藏拙以待，等到合适时机，宝剑出鞘，震惊天下。

却还是如同笨蛋一样，选择了送她离开，自己转身赴死。

他们曾有机会携手一生的。

可是啊，想到这脚下的土地曾抚养他长大；想到这美丽的南城曾养育过他心爱的女孩；想到那么多人悍然留下的与南城同生共死的誓言，他又怎么能当一个落跑的胆小鬼？

这个英气勃勃、如同小豹子一般的女孩，不会喜欢胆小鬼的。如果在国家有难的时候选择逃走，连他自己都看不起自己！

所以啊……他的姑娘，不要怪他那么狠心。

他唯一能做到的，唯一的私心，就是送她离开这战火弥漫的土地，而后，静等春回大地……

幸好苍天垂怜，让他多年之后，还能再抱一抱所爱之人风尘仆仆的灵魂。

一滴泪落在阳春面里。

吃完面，哭笑诉说了好久的女孩好像累了。

“没想到，我还能再见到你，我以为我等不到了……”她呢喃地说着。

“我一直在等你，一直一直，永远都会等你……”男人的声音十分温柔，仿佛要滴出水来。

如果抬头的话，女孩一定会吓到的。因为在她面前只展现过笑容、一直运筹帷幄的男人，此刻轻轻抱着她，抚摸着她的头发，已经满脸泪水。

可她看不到，她觉得自己快要睡着了。

女孩的身体渐渐变淡。

八十多年的等待，几十分钟的拥抱。

一眨眼，这一生漫长的相思就这么过去了。

男人泣不成声。

终

袁天河跟着一路跑进来，看到了两人相拥的画面。

他目瞪口呆地看着女孩哭哭笑笑，看着女孩吃了一碗面，然后枕着那男人的肩膀，慢慢变得透明。

“……我、你……这到底是怎么回事？”袁天河第一次发现他有语言障碍。

“就是你看到的那样。一个男人为了自己所爱的女孩，为了心中的一些坚持，明知道是送死，却还是去了，死了之后，明知道是亏本生意，却还是为了兑现自己的承诺，在一个地方等待了八十几年，并且以后还得给我卖命，嘻嘻嘻……”辛挠挠脑袋，一副得意的表情，“反正我无所谓，多个做炸鸡的厨子也还是很不错的嘛！”

“……那个姑娘她消失了、消失了啊！”袁天河惊恐地提醒一脸淡定的辛，试图和他沟通，“她刚才从老奶奶身上跑出来，然后消失了啊！”

“哦，拍她的背，留下指纹的人又不是我。”辛一脸“关我啥事”的表情，“你还是想想，等到道尔家族的人来问，你要怎么说你推着他们家老夫人过来，并且看着她死的吧。”

袁天河顿时惊恐加倍，再也无心管那灯火下消失的女孩和痛哭失声的男人了。

“你不是说真的吧？”袁天河惊恐得声音都变调了。看辛笑嘻嘻的并不答话，袁天河试图找自己的小侄子确认：“袁晓鑫，袁晓鑫，这可怎么办？！”

袁晓鑫正抱着银灰色齐刘海的小男孩哭得直打嗝，似乎完全不关心自己小叔叔的死活。

外面忽然传来一群人移动的声音，以及专业器械运转的声音，袁天河似乎听到有人在大声说：“夫人的轮椅往这边来了，似乎还有人和他一起，看留下的痕迹，估计是二十岁到二十五岁之间的男性，他推着老夫人往巷子里面去了……”

“把一个老人往偏僻巷子里推，老夫人可能有危险，大家做好准备！”

一阵枪拉开保险栓的声音传来，袁天河瞪大眼睛，刚想要问怎么办，一回头，却发现了更恐怖的事情——辛、大宅、灯笼和古色古香的楼宇都瞬间飘远，甚至连他那还抱着小男孩在哭的小侄子都变淡远去。

袁天河瞪大眼睛，看到辛一个飞吻，猩红的眼里露出了幸灾乐祸的笑意。辛大声说：“拜拜，加油为自己辩论吧少年！我看好你哟！”

刺目的手电筒光芒照过来，袁天河发现自己手握着轮椅扶手，而老妇人的尸体正静静地坐在轮椅上，一切看上去都那么荒谬。

袁天河站在刺目的灯光里，一动也不敢动。

“别开枪，我可以解释的！”他只来得及大喊道。

第四章

七宝瓶

1

黑暗的巷弄之中，穿着格子衬衫、牛仔裤，戴着黑框眼镜的娃娃脸男生一脸焦急，他疯狂地奔跑着，而他的身后，是密密麻麻的脚步声、枪拉开保险栓的声音，还有带着明显外国口音的召唤声："Here！那男孩往那边去了！"

袁天河一边疯狂奔跑，一边在心里暗自咒骂。

他怎么会这么倒霉，只是好心帮一个坐轮椅的老奶奶推了推轮椅，老奶奶居然在他面前死了，然后这群人就不管三七二十一，非要抓他回去。

一群穿着黑西装，配着枪，全套黑帮装扮的彪形大汉，谁会愿意跟他们回去啊！

况且袁天河根本无法解释为什么会看到老奶奶的灵魂以少女的姿态脱离肉体，无法解释那个戴着半张青铜面具、双眼猩红的辛是怎么回事，也无法解释为什么一转身就只剩下他一个人站在老奶奶的尸体边……

无法解释，只能先躲为上了！

袁天河疯狂奔跑着，一转身才猛地发现，那是个死胡同！

袁天河想转头，身后却传来越来越急促的脚步声，只好急刹车，没想到一个踉跄，猛地踩到了什么，耳边传来小姑娘的痛呼声。

袁天河惊讶地往下看。

身边的巷弄和周围的景色就在这一瞬间再次悄然变化了——如同鱼鳞一般层峦的灯火、古老的房屋，以及夏天浮躁的空气淡去，化为冬天鹅毛般的大雪飘摇而下。袁天河惊讶地看着陌生的环境，圆圆的眼睛瞪得更大了。

此刻，原本那条黑暗的巷弄里面，拿着枪、金发碧眼的外国人正面面相觑，刚才明明看见那少年跑进了死胡同，但胡同里根本没有人存在的痕迹。那个少年仿佛就这么化为水汽消失了。

2

袁天河上一秒还在夏夜的巷子里面奔跑，下一刻却半个人陷进了快到大腿那么厚的积雪里。

他听到小女孩的娇呼吓了一跳，赶忙扒拉着雪，没一会儿，就看到一个眉宇都结了寒霜的小姑娘。

小姑娘躺在洁白的雪里面，皮肤和雪一样白，一头黑色长发盘成双髻的样式，红色的发带下各吊着两个金铃铛。

袁天河把她彻底扒拉出来，才看到小姑娘穿着红色的夹袄和棉裙，外面套着火红的狐狸毛披风，脖子上还挂着一个大大的金项圈，上面镶嵌着宝石璎珞，整个人看上去华贵无匹。

“我的天啊……”袁天河抱着小姑娘，环视着这个古色古香的地方，两旁都是古代的建筑，远方还有飘着酒旗的酒楼，再低头看怀中的小姑娘，他轻声低喃，“戴着镶嵌宝石的项圈，难道是公主或是大家族的小姐？怎么会落在雪里没人发现……”

“不对，这里到底是哪里？我到底要怎么回去啊？！”袁天河欲哭无泪地抱着小姑娘，一阵风吹过，刮得袁天河全身起了一层鸡皮疙瘩。刚才疯狂扒拉雪的时候还不觉得，此刻停下来，穿着短袖的袁天河被冻得打了一个大喷嚏。

“啊……”袁天河还站在风中发呆的时候，胸口突然传来了细碎的声音，一低头就看到怀里的小姑娘睁开了眼睛。

她有一双实在太过妩媚的眼睛，像狐狸一样，眼尾上挑得厉害，不过因为年纪小，所以看上去还是可怜可爱居多。此刻她眼里闪着光芒，小手揪着袁天河的衣领，轻声说：“救、救我……”

见小姑娘冻得嘴唇都发紫了，袁天河猛地清醒过来，虽然不知道为什么突然来了这个地方，虽然他现在很想什么都不管先找找怎么回去，但是眼前这个小姑娘是真实的，还是先救这个无辜的小生命比较重要。

袁天河环视一圈，发现自己完全处于一个古代城镇里，远处是巍峨的城楼，四周却较为空旷，除了几栋矮房子什么都没有，显然是城中比较偏僻的地方。

袁天河当机立断，把小姑娘抱得高一些，艰难地往远处传来香味的酒楼走，一边走一边注意给小姑娘挡着风雪，安慰她："没事的，别怕别怕，哥哥马上带你去找医生。"他用小姑娘身上的红色狐狸披风裹住她，一路把她抱进了酒楼，又用她脑袋上的金铃铛作抵押，找了一间客房，然后飞快请来了医生。

袁天河想着，这小姑娘身子骨这么脆弱，得让医生好好看看，开点药，古代的医疗条件不是很好，据说小孩的夭折率很高，这小姑娘可别出事。

然而袁天河没想到的是，当天夜里小姑娘就缓过气来，他自己反而一病不起了。外面大雪飘摇，袁天河昏昏沉沉、没有太多意识地躺了两个多月，冬去春来的时候，才算是彻底好了起来。

等到他起床，才发现住的地方已经完全变样了。

小姑娘买了一座二进的宅子，雇了门房和两个侍女，像模像样地过日子，每天就是晒晒太阳，懒洋洋地躺在廊下吃花糕。袁天河在侍女的搀扶下找到她的时候，她正懒洋洋地躺在廊边，穿着白上衣、葱绿色的齐胸襦裙，依然扎着双髻，只是发带也变成了绿色，下面挂着两朵金制的芙蓉花。

"小姑娘……"袁天河也不知道自己的身体为什么这么虚弱，外面阳光璀璨，小姑娘穿着纱衣，他却笼着全白的狐狸披风也不觉得热。袁天河缓慢走过去，蹲下来看着她，笑着说："谢谢你救了我……"

袁天河本来想问问她现在是哪个时代，这里又是什么地方，可侍女之前说这小姑娘买了这里的房屋，并没有打算寻亲，也没有说过自己从哪里来。袁天河猜测她的身份应该很复杂，可是他没有精力陪着这个小姑娘了，他病了这么久，追他的那些拿枪的西装男，应该已经走了吧？

他想告辞，去找找回去的办法。

但是小姑娘懒洋洋地转过头，闭着眼睛轻声说："你来自很远很远的地方，你来的门还关闭着，现在回不去，你不用再回去看了。"

袁天河顿时惊了，追问道："什么意思，我来的门关着？"

他以为小姑娘只是胡乱说话，但是下一秒，小姑娘的话让袁天河心里一沉："就在你踩到我的地方，我看到那里有离开的路，可是我过不去，接着你从里面掉了出来……那门现在关着，等到门把上的咕咕鸟走一整个圈，才会再次打开……"

"那它要走多久啊？"袁天河急了。

"……照这个速度……大约还需要二十年左右……"小姑娘说完，睁开眼睛，轻声说，"你乖乖听话，我会让你活着离开这里的……"

袁天河被她的眼睛吓了一跳。这女孩初见的时候明明是黑发黑瞳，但此刻她的眼睛却没有了眼白，变得全黑了。而且她龇开牙，袁天河才惊恐地发现，她的犬牙十分锋利，看上去像是要进食的吸血鬼。

袁天河吓得屁滚尿流，转身往外跑，还没跑几步，就突然被一股猛力扑倒，重重摔倒在地上，只觉得脖子一痛，接着就是一阵眩晕——是快速失血的感觉。

难怪一个风寒都能让他昏昏沉沉了两个多月，难怪都初春了他还要穿着夹棉袍子和大氅，原来他一直在失血！

袁天河只觉得体温又变低了，不由地全身发抖。

小姑娘把牙齿拔出去，发出不舍的喟叹："世外之人的血……真好喝……"

她小小的手轻轻抚摸着袁天河的脖子，轻笑着说："放心，你这么珍贵，我是不会杀你的。"

袁天河再也不觉得这粉雕玉琢的小姑娘是小天使了，在她松手的一瞬间，袁天河翻身起来仓皇往后挪了几步，摸了摸自己的脖子，才发现伤口已经愈合了。

"你、你是吸血鬼吗？！"袁天河一脸良家妇女遇到色狼的提防表情，紧紧地缩在走廊靠墙壁的地方。

因为失血过多，他觉得冷，全身发虚汗，还有些眩晕。但这都不妨碍他看到小姑娘露出一个得意的笑容来，表情竟然还显出几分天真："吸血鬼？"

她闭上眼睛，似乎在查探什么，然后发出银铃般的笑声："不能行走在阳光之下？世界上还有这么脆弱的生物吗？"她睁开眼睛，眼白处的漆黑散去，又变回那个可爱的小姑娘，"不，我是天地间，千年才出现一只的七宝瓶。"

袁天河没有说话，他根本没听说过七宝瓶。

"你没有听说过是很正常的。"小姑娘的眼睛又变得全黑了，每当这样的时候，她似乎就能知道袁天河在想什么。她的笑容非常可爱，仿佛最天真的天使，但她的所作所为却比最凶狠的捕猎者还要可怕："放心，我不会吃你，这二十年里，我会把你养起来。不要妄想骗我，这天下间，没有任何人可以骗到我。"

她黑黝黝的眼睛靠过来，轻轻笑着拍了拍全身肌肉紧张的袁天河，轻声说：“毕竟你救了我，我上一个哥哥教导过我，如果要做人，就要懂得感恩。”

“那、那你上一个哥哥去哪里了……”怎么不把你这个小魔星照顾好，放出来把我害得这么苦！

结果小姑娘摸了摸肚子，一派天真地笑：“我把他吃掉了。”

袁天河背后的冷汗唰地一下掉了下来。

3

风雪关乃是西北边关十二城中最靠近中原的一个小城，来往客商大多在这里交易，物产也极为丰富，所以这地方居住的人很多。但这地方早晚的温差很大，到了最热的夏天，白天人恨不得赤着身体，晚上却要穿上薄棉衣服，盖着厚被子睡觉。

只是袁天河不这样。

他活到二十一岁，性格不算大胆，但是他喜欢运动，爬上爬下的从来都闲不住，就算陪他妈妈逛街，都是能帮忙拎包走路五小时的人。但在来到这个地方之后，他一瞬间懂得了一个好身体对人类到底有多么重要！

在连续被小姑娘吸血导致头昏目眩之后，袁天河试图和她讲道理：“小妹妹，人类不能每天失去那么多的血，长此以往，我要么被你活活吸死，要么……没有要么，你不是说天下没有人能骗过你吗，你可以用你的能力看看，我说的是不是真的！”

小姑娘歪头看他，眼睛飞快变成了全黑。

说实话，一般的古代人看到这些估计真心没办法接受，但是长期看动漫的袁天河经历了第一波冲击之后，这会儿还可以苦中作乐地想，这比电影院里的3D效果酷炫多了啊，回去之后可有的吹了。但是他马上就不去想了，毕竟回去之后都四十岁了，也不知道爸妈还记不记得他。袁天河不敢再细想这些，只能打起精神，先努力让自己脱离每天卧床的窘况。

“……好麻烦。”小姑娘显然已经查到了人类可以被吸食的极限，她皱着眉，一脸不高兴，“太少了，不够我恢复。”

“除了喝人血……你就没有别的恢复方法吗？”袁天河战战兢兢地问。

“有。”小姑娘想了想，“需要吃百年以上的灵草，灵虫最好。若是只有珍宝玉髓……也能勉强吃吃。”

“那还不简单！”袁天河觉得死里逃生的庆祝歌曲已经奏响，他斟酌语句，试图和她谈心，“你看，你光吸我一个人，肯定不够吧？你放我出去，我去做点活儿。之前当了你的金铃铛，我看你身上的璎珞金环也没有了，估计也花完了。咱们需要钱，有钱了就能给你买你要的东西，这不比只抓着我一个人吸强吗？”

小姑娘完全不懂袁天河在兴奋什么，她伸出洁白的小手，上面发出浅淡的白色光晕来，那光晕如同蝴蝶一般飞舞，盘旋了一会儿就散开了，露出几颗金光闪闪的金元宝来。她疑惑地问：“钱还需要做活儿换吗？不是可以变出来吗？”

……袁天河表示这对话进行不下去了，他现在内心非常愤怒，又有种想给土豪跪下的无力感。

袁天河深呼吸几下，打算谆谆善诱，认真谈话：“不是这样的。你每天变出金子来，但没有人出去做活儿，周围的邻居一定会怀疑我们的来历。你不是吃了你哥哥跑出来的吗，现在之所以想留在这里，也是为了避风头吧？万一到时候官府上门该怎么办？”

“吃了他们！”小姑娘龇牙，露出一副猛兽的表情。

袁天河无力扶额，深吸一口气，按捺住要揍熊孩子的冲动，认真地分析：“你上次昏倒在雪地里，说明你也会受伤，一个人两个人你打得过，可若是军队呢？若是有什么来历的高人呢？”

他认真地看着小姑娘，轻声说：“我不知道你曾经经历了什么，或许你天性就是嗜血，但是你现在也知道了，人被吸血，少量是没事的。我希望你不要再杀人，如果你难受了就来吸我的血，其他时候，我会很努力去干活、赚钱，去帮你买你想要的东西……我们和平相处，怎么样？”

经过这几天的相处，袁天河大约有点明白了这小姑娘的性格，她根本没有任何罪恶感，说起吸人血和吃人肉，就仿佛天经地义一般，一派残忍的天真，跟什么都不懂的熊孩子一样。

袁天河看她皱眉，一副不高兴的样子，耐心地解释：“而且我不相信这世界上，有可以凭空得到的东西。我看的漫画里有句话叫‘人没有牺牲就什么都得不到，如果想要得到什么东西，就要用等价的东西进行交换’，你能变出金子来，难道就真的一丝代价也不用付？”

大约小姑娘之前的人生之中，完全没有经历过这样的认真谈话和细细教导，她嘟着嘴，扣了扣腰上的轻纱，嘟嘟囔囔地说：“……用人……”

“什么？”袁天河听她说得迷糊，轻声追问。

“用人的身体。”小姑娘看着袁天河，似乎从袁天河的态度里面猜到，她的行为不怎么正确，“爹爹和娘亲教我的，用人的身体变出来的金元宝，可以放很多年都不会消失。如果是用木头和石头变，只能放三天。”

袁天河看着她刚才变出来的金元宝，额上的冷汗都要下来了，抖着嗓子问：“那、那这个是……”

“我偷了你肚子上的肉。”小姑娘撅着嘴巴。其实她吃饱的时候显得很温顺，但袁天河知道，只要他稍有异动，她就会用小手一掌把他推倒，再把牙齿狠狠地扎进他的动脉。

袁天河内心开始庆幸，这个夏天因为侄子袁晓鑫来家里长住，他被他妈耳提面命了很多和小孩相处的技巧，因此这时候才能按捺住自己的脾气，不断告诉自己和小孩相处要温柔，不能刺激他们。他深呼一口气，笑了一下，说：“肚腩肉这一点点不要紧，但是你要记住，这是最后一次，好吗？”

小姑娘皱眉，不高兴地说：“为什么要这样麻烦，我不喜欢。以前爹爹和娘亲才不会让我受委屈，我想吃谁就吃谁，喜欢做什么就做什么！”

袁天河也不过是个二十出头的年轻人，就算明知道眼前这小姑娘有随时杀了他的能力，这时候也有些忍不住生气了，直接说：“他们那么好，你为什么还要吃了你哥哥，还从那里逃走？”

小姑娘认认真真想了一下，皱眉说：“那天娘亲给我准备的小侍女吓得失禁了，好臭，我不想吃，刚好白天也没吃饭，正在饿肚子的时候，哥哥跑到我的房间，说等我长大了要娶我，我让他离我远点，他不听。他身上好香，我一时没忍住……”

她的眼睛开始渐渐变黑，袁天河赶紧打断她舔着嘴巴的想象，生怕她再次暴走：“醒醒！”他认真看着小姑娘，大约有些懂了。这姑娘大约是天生不凡，然后被一家高门大户养起来，不知道利用她干了什么，反正估计不是什么正道心思，所以才养出这么一个混世魔星来。他认真地说：“从现在开始，忘了他们教给你的一切，他们是错的，他们都在骗你！”

“为什么？”小姑娘一脸天真地问，“我觉得很开心啊，让我开心，不就是最对的吗？”她歪着头，金色的芙蓉花在耳边飘荡。

“不是的。”袁天河看着她，内心突然涌出一股哀愁和怜惜来，不再是用谈判的态度，而是真切地对眼前的小姑娘产生了关怀和怜悯。她仿如一张白纸，却被人染上污糟的颜色，这不是她的错。

这一瞬间，袁天河忘记了眼前这小姑娘的诡异和凶残，仿佛是对着自己的亲妹妹一样，发自内心地说："让我们开心的事情有很多，就像让你吃饱的方法也有很多一样。既然有很多种方法能让你开心、饱足，为什么要选择人人喊打的方式呢？你要学会克制自己，好吗？"

袁天河有些憋闷，内心的感情如此汹涌澎湃，可因为天生言语不是特别丰富，他觉得自己没有说清楚。

小姑娘却突然趴过来，柔软白嫩的小手抚上袁天河的胸口，眼睛全黑，抬头看袁天河："我不知道你在说什么，但是我感觉到了，你的气息好温暖、好舒服……第一次有人是这样的味道……"她靠过来，依恋地窝在袁天河怀里，"我喜欢这个味道。"

"那你答应我了？"袁天河虽然有些跟不上这个小姑娘的节奏，但是感觉到了她全心全意的依赖和放松，赶紧问道。

小姑娘发出细细的呼吸声，已经窝在袁天河怀里睡着了。

袁天河苦笑，虽然这小魔星行事十分凶残，但此刻睡着了，也不过是跟自己的侄子差不多大的小孩子。他把她抱到房间里，感觉入手十分轻盈。

也是个可怜的小孩。袁天河看着她的睡脸，轻轻叹了口气，低声苦笑着说："我自己还不知道这二十年怎么过下去呢，连你都不如，起码你不高兴了还可以一口把我吃了。"嘴里这么说着，手上却小心地替小姑娘盖好了被子，然后才压着咳嗽，披着大毛裘出了门。

黑暗之中，小姑娘睁开眼睛，半晌又闭上，沉沉睡了过去。

4

三年时间匆匆而过，袁天河正蹲在院子里面翻动着酱缸的时候，突然传来了敲门的声音。

他擦了擦手，飞快跑去开门，就见隔壁的徐虎一脸兴奋地站在门外。

徐虎和他爹都是老猎户，一家人就靠他和他爹进山打猎养活。而且他们家也擅长采药，常年给镇上的医馆供草药，所以虽然徐虎六十多岁的娘因为身体虚弱常年卧床，但他们家算得上是这村里一等一的殷实人家。此刻徐虎拉着他说："袁大郎，我和我爹今天去山里打猎，挖到了个稀罕东西，说不定对你妹妹有用，我们没送去医馆，特地先来找你！"

"真的？"袁天河一脸高兴，关上了大门往外走。院子里面却突然传来女孩的声音：

“哥哥，等等我！”

里面快步跑出来一个穿着红齐胸襦裙的小姑娘，额上贴着牡丹花钿，盘着双髻，红发带下垂着两个做工精致的金牡丹。她手里还抱着做成了百花玲珑的精致式样的红色蹴鞠球，那球一看就和外面唬小孩的玩意儿完全不同。她满身大汗地跑过来，小脸上写满不高兴：“哥哥出门又不带宝瓶！”

这时候的她已经没有一丝当初那个吸血凶手的样子了。这三年的朝夕相处，小姑娘虽然不太提之前的生活，但是偶尔几句话，也能让袁天河大概明白，小姑娘原本长在山林之中，乃是天地灵气的化身，可惜懵懵懂懂地被人采摘下山，落入高门大户之内，被养出个凶煞不分好歹的性子。

她开始还很凶狠，难以教导，但是好在她好像很喜欢袁天河。袁天河每次都细细地教导她，也不许她再用能力，在好不容易找到了做小吃开饭馆的财路之后，每次攒到的钱都用来给她找灵草灵药。他们跟徐虎一家就是因此熟悉起来的。

时间久了，她身上的伤好了许多，被袁天河教导得更像是个普通小姑娘了，这会儿不开心撒起娇来，看上去完全是个娇憨的小姑娘。

“就去徐叔叔家一趟，你要来吗？”袁天河笑着，帮她拿着蹴鞠，看她似模似样地拿着小帕子擦汗。

袁天河虽然一直小心看着她，但是也鼓励她和周围的人交流，还认认真真地给她取了名字，上了户籍。以袁天河现代人的眼光看来，只要周围的人都把她当成正常小姑娘，她自然就能学会和人建立感情，学会分辨。毕竟她又不是先天的情感缺失，只是被人故意养成这个样子罢了。

“去！”宝瓶擦了擦汗，脆生生地回答，“哥哥不许丢下我。”

“小宝瓶，不记得徐叔叔啦？”看到娇憨可爱的宝瓶，生了三个儿子、一直没闺女的徐虎顿时心都要化了。而且宝瓶一贯聪慧，他们从山里带回什么不认识的东西，都是靠着宝瓶来分辨，因此格外稀罕她。徐虎从怀里拿出饴糖逗弄她：“来，叔叔特地给你从城里带的！”

宝瓶喜欢吃甜食，看到糖，顿时眼睛一亮，乖乖地叫：“徐叔叔。”

徐虎开心地大笑，把一块手掌大小的饴糖递给了宝瓶。一行人往徐家走，宝瓶左手被袁天河牵着，右手拿着那块有她脸大的饴糖，小猫一样快乐地舔着。

一进门，就看到徐家那三个皮猴子在打架，还大吼着：“滚开！宝瓶妹妹要和我玩！”“二虎你才滚开！这是我给宝瓶妹妹留的核桃酥！”“哎呦老三你挠我！”

……

徐虎尴尬地咳嗽一声，院子里的三个小屁孩才意识到来人了，赶紧松开，然后刷地眼睛亮了，像三只见到主人的小狗一样，摇着尾巴向宝瓶冲过来，但又不敢靠得太近，怕被徐虎和袁天河收拾，只能摇着看不见的大尾巴，争先恐后地和宝瓶说话。

袁天河不由地笑起来，这三个小屁孩每天都这样，宝瓶不出门就翻墙进来给她送自己觉得稀罕的东西——青蛙、花草或者木枝什么的。幸好宝瓶不是真的娇滴滴的性格，否则不知道吓哭多少次了。

徐虎一家三代没有出过女儿，第一次看到宝瓶就稀罕得跟什么似的，每天做了什么好吃的都要巴巴地送来，知道宝瓶需要稀罕药材，从此采到什么稀罕东西都宁可便宜一点卖给袁天河。因为如此，两家人处得跟亲人没什么两样。

“你们让开！”宝瓶竖眉毛，像个小女王一样指挥，“我和哥哥都进不来了！”

三只小老虎赶紧让路，一边七嘴八舌地说：“宝瓶，这次我爹采到了好神奇的东西！肯定能治好你的病！”“对啊，那草半夜还会发光呢！”“而且还很香，像卤肉的香味！”说最后这句话的是最馋的三虎。

“这么神奇？”袁天河倒是有兴趣了，可他没发现，随着三只小老虎争先恐后地详细说明，宝瓶原本有些感兴趣的脸沉了下来。

袁天河牵着宝瓶走进门，看到房子里摆放着一株半米长、幽蓝发光的兰草，看上去价值连城的样子，绝对不是凡物。宝瓶突然沉下声音，轻声说：“哥哥，不要过去了。”

袁天河停下脚步，疑惑地问她：“怎么了？是不是不舒服？”

宝瓶摇头，环视了徐家一家人——正在看稀奇的徐虎老婆，正在吹嘘的徐虎父亲，跑过去招呼他们的徐家三个小兄弟，还有一脸讶异地看着他们的徐虎。宝瓶轻声说：“这是幽魂草，短暂接触不要紧，若是过了十二个时辰，就没救了。”

“宝瓶，你这是什么意思？”徐虎哑着嗓子，有些紧张。

若是一般小孩这么说，他根本不会放在心上，但是他们村子里谁不知道，远方来的袁家兄妹神乎其神。袁天河脑子里面仿佛装了全天下的美食，随便在城里开个饭馆，就引得有钱的行商和客人每日提前拿号排队，甚至还有人靠在那里排队倒卖号码维生。而袁家妹妹则是个过目不忘的天才，什么诗书和传奇，她看一遍，就再也不会忘记。而且往日说起来刁钻奇怪的问题，她都能答出来，所以他们在山里采了什么新鲜玩意儿，都愿意给她看看能不能吃，开始还有人不服气，偷偷煮了袁家小妹断言不能吃的菌菇来吃，人虽活了下来，但是整整疯癫了一个多月。此刻听到宝瓶这么说，徐虎顿时脸色发青。

宝瓶没看懂徐虎哀求的神色，轻声说：“幽魂草沾衣十二个时辰，人会慢慢溃烂而死，死后化为血浆，成为幽魂草的养料。”她转头看着袁天河，说，“哥哥，把这株草买走吧。它长得这么高大，可见吃了不少养料。”

袁天河却顾不上买草药了，他这三年来，在周围人的帮衬下学会使用这个时代的工具、学会烧灶火、学会舂米……现在能有多余的钱财替宝瓶治疗，离不开这些热情邻居的帮助，尤其是如同亲人的徐家人的帮助。他急了，蹲下来看着宝瓶，问：“没有办法救他们吗？”

“……太晚了，他们最软嫩的肚子其实已经开始腐烂了，现在只怕肚皮上已经长了红斑，只是幽魂草有麻痹作用，猎物感知不到罢了。”宝瓶说罢，一旁听得心惊胆战的徐虎便掀开衣服，然后发出了一声惊恐的叫声。

围过来的其他人也纷纷看了，徐虎老婆的眼泪顿时下来了，连声说：“世上竟有如此可怕的东西，我就说摘了神草只怕神仙怪罪，你看看、你看看……”

徐家人哭的哭安慰的安慰，一片混乱。袁天河定定地看着宝瓶，轻声问：“宝瓶，真的一点办法也没有吗？”

宝瓶咬了咬牙，抬眼偷看他，考虑了一会儿，才把头伸过来，在袁天河的耳边说：“……可以是可以。可是要把这毒移给未中毒的血亲，才能得救……如果我把他们的亲戚害死，哥哥你会不高兴的。”

袁天河心里一酸，抱了抱宝瓶，轻声说：“嗯，宝瓶你做得对，我们再想想办法。”

可是这种闻所未闻的东西，哪里又能轻易找到其他的解决方法呢？刚才还欢闹成一团的徐家，此刻一片寂静。

“……显见是我们祖祖辈辈在山里找饭吃，杀了无数生灵，才让我们遇到这祸星。”徐虎惨笑一声，反而先宽慰袁天河，“这与大郎你无关，今儿是不能招待你了，你先回家去吧……到时候，还麻烦大郎替我们一把火烧了这祸害。”

这话已经是在交代后事了。袁天河鼻子一酸，这种无妄之灾实在是令人痛苦，他不知道该说什么，也不知道能帮上什么忙，正犹豫要不要走的时候，听到徐虎的老婆抹了一把泪，说：“我们去就去了，只是娘卧床多年，如今却被我们连累，无法安享晚年。我们不孝啊！”

袁天河一愣，转过头看徐虎，又看了一眼乖乖拿着蹴鞠在玩耍的宝瓶。

“宝瓶……你刚刚说的，是真的吗？”他颤着嗓子问。

“什么？”宝瓶正在看蹴鞠上的花朵，疑惑地抬头。

袁天河隐隐觉得，宝瓶虽然外表越来越像是个正常的小女孩，但是根子里面，似乎还是没有变化。

徐家是她总来玩的地方，徐虎他们也很喜欢她，总是买糖给她，从镇上带好吃的也会特地给她留一份，把她当成求而不得的小女儿一般关切。可是在这一片绝望的气氛中，她还含着那块饴糖，捧着蹴鞠，仿佛没察觉到徐家人即将死去的事实。

这三年累积下来的信心，似乎在这一瞬间轰然倒塌了。袁天河心里微微发寒，但是这感觉一闪即逝，他焦急地继续问：“你刚才说，若是把毒移给未中毒的血亲……”

宝瓶懂了，抱着蹴鞠歪着头，说：“是的，但是一个人只能换一个人哦！”

“我去问问徐大哥。”袁天河抹了抹脸，艰难地说。

这又何尝不会良心不安呢?

但是六十岁无法独自存活的徐奶奶，和家中懵懂未曾长大的娇儿，如果只能留下一个人，至少得是这个家庭最后的希望。

六十多岁的徐奶奶握住老伴苍老温暖的手，听已经生出些许白发的儿子跪在床边，颤抖地说清了全部的事情。屋里的人全都一脸不忍，她却一脸慈爱，轻声说：“虎哥儿这么大了，还是跟小时候一样。”她温和一笑，伸手把愣愣一排站着的孙儿都拉到面前，微微抖着手一个个摸了摸脸蛋。

已经十来岁的大虎二虎三虎都懂事了，都明白奶奶这是在挑将要活下来的那个人。她眼里含了一点点泪花，正要拉大虎的时候，大虎却往后一退，轻声说：“奶奶，弟弟还小……”

他往父母身边站去。

原本一脸害怕的二虎愣了一下，突然粗鲁地一擦脸，转身来到了哥哥的身边，梗着脖子喊：“让给三虎吧！”他脸红脖子粗地对哭着要走过来的三虎说：“站住！不听话，哥抽死你！”

袁天河一瞬间泪如雨下。

他曾在电视小说里见过无数感动人心的场景，见过无数次英雄的舍生取义和牺牲，见过无数炮火之下人性的升华，但从未有一次，他置身其中，不见炮火，不见波澜，却难过得揪心。

这样简单的一个石砖屋子里，一个平凡老者的病床前，跪着一地的家人，三个倔强的小少年，几句简单的对白，却让他一瞬间感知到了生命的瑰丽和重量。

这就是人啊。

上一刻还在撕扯扭打，争一块核桃酥的小孩，在最可怕的选择面前，做出了与任何英雄相比都不逊色的抉择。

袁天河哭得要抽过去了。他不过是个普通大学生，虽然经历了一些奇奇怪怪的事情，但毕竟在和平饱足的年代长大，从未直面过这样令人心酸的事情。

他控制不住自己，转身抱头痛哭起来。

这一瞬间，袁天河恨不得用自己的命去换这几个小孩活下来。

此前，他还把这里当作不得不停留二十年的陌生时空，在这一刻，却突然感受到了沉甸甸的、活着的重量。

“哥哥……不要难过……”袁天河突然听到身后宝瓶的声音，心里一沉，转头的时候突然看到幽蓝的幽魂草发出光芒来，宝瓶身上的光华与它辉映，就连徐家人身上也泛出幽蓝的光芒来。

袁天河定睛一看，吓得飞快地冲了上去，裹住宝瓶，往家中跑去。

5

徐家人没能都活下来。

年纪最大、最虚弱的老两口还是去世了。徐虎他们两口子，还有大虎二虎三虎三兄弟却活了下来。

他们一家人感激涕零，徐虎不顾袁天河的阻止，跪在地上，指天发誓说不会把宝瓶的异象说出去，说完又说：“大虎二虎三虎经过这回长大了许多，我打算把他们送去学学本事，他们吵着走之前想要见见宝瓶……”

“宝瓶太过虚弱。”袁天河叹了口气，说，“她经过这一次，只怕这辈子都不能走动跑跳了……”

说完，袁天河眼圈红了。

徐虎心头大震，这个满身肌肉的大汉泪如雨下，哐哐哐又是三个响头，说：“我知道和阎王爷抢人不易，却没想到连累宝瓶到这个地步。大郎你放心，等到宝瓶及笄，我那三个不争气的儿子随你挑，保证让宝瓶脚不沾一点灰尘，手不沾一点水，我徐家一辈子都会好好伺候她！如违此誓，天打雷劈！”

袁天河原本只是想借机夸大一下宝瓶的伤势，这时候听到徐虎说要定亲，赶紧说：“以后的事情，以后再说吧。此事也算是虚惊一场，宝瓶让我嘱咐你，最近进山不要采东西，说山里有大家伙，可能要出事。”

又说了一会儿话，徐虎才千恩万谢地走了，临走还留了半人高的零食点心，都是宝瓶平日爱吃的。

袁天河叹了一口气，拎了一盒点心来到宝瓶所在的房间。透过房间的窗户，能看到院子里茂密的野花野草，自从那些下人被遣走之后，袁天河也没怎么管，此刻看上去倒也很有野趣。

他拎着东西进了房间，看到在窗台上正在晒太阳、一身斑驳的琉璃瓶，脸上闪过一丝难过。

他走过去，对着那仿佛玻璃一样、窝着一小团七彩光晕的长颈瓶轻声说话，语调轻柔：“宝瓶、宝瓶，醒了吗？”

里面的光晕懒懒地转动了几下，好像是懒蛋蛋翻了个身一样。

袁天河见宝瓶没有醒，赶紧把切得细碎的人参、新鲜鸡血和肉蓉混杂着，一勺一勺往那小瓶子里面倒。

这是那天宝瓶力竭后，被抱回家时告诉他的。她说她彻底耗干了元气，需要用灵草和生血肉慢慢喂养，然后就在袁天河的注视之下，从一个少女变成了一只手掌大小、精致无匹却满是裂纹的琉璃瓶。

袁天河不敢怠慢，只能慢慢地养着，他原以为宝瓶最多一两年就能恢复了，可一眨眼五年过去了，瓶子上的裂纹虽然慢慢地消失，瓶子也越长越大，但宝瓶一直没有醒过来。

据说边关告急，风雪关外已经有逃避战火的流民聚集，饭馆的生意一落千丈。也是，要打仗了，谁还有心出去吃好的，大多都在家里囤了大量粮食和好放置的咸菜酸菜。袁天河在和平年代长大，从未经历过这些，对打仗完全没有概念，但是看着每个人都忧心忡忡的，他也开始紧张起来。

接下来，城被围住了。

徐虎也不出去打猎了，他备了很多风干的腊鸡腊鸭，每过几天就给袁天河送来一些。

“宝瓶还是没起色吗？”徐虎擦着汗，看到袁天河摇头，叹了口气，半晌咬牙，轻声说，“大郎，我之前说的话，从来不敢变过。我家二虎你也知道，前几年我送他学做木匠，他不去，自己偷偷跑去顶了我的兵役，这回送信回来，说也算是个偏将了，手下有一两千人，算是三兄弟之中最有出息的。你看要是这回他能回来，不如就把宝瓶和他的事情办了吧？”

袁天河苦笑，如果宝瓶真的恢复成普通的小女孩那样，未来要谈恋爱嫁人，他最多把关一下，只要是她真心喜欢的，他根本不会阻止。他来到这里八年了还是一张娃娃脸，连一丝衰老的迹象都没有，他心知，来到这里，大概是注定要来帮助这个无辜的小姑娘。

宝瓶和徐家的小孩两小无猜，玩耍时都是她欺负人家，可宝瓶昏迷了五年，两人再也没见过，更何况她到现在都还没恢复人形，袁天河根本不敢接这方面的话。他只能说："这哪里成，不如等二虎回来了，他们俩见个面再说吧。"

徐虎只能失望地回去了。

他们没想到，当晚就有人打开城门，放了关外敌人入城，守城诸将悉数战死殉城，叛军刘将军揭竿而反。这是大势，人身在局中，一个升斗小民是无法得知这些的。

袁天河只知道自己睡得好好的，突然听到了门被撬开的声音，然后再一次听到了宝瓶的声音。

她的声音里带着害怕，轻声说："哥哥……我怕……爹爹和娘亲派人来了……"

袁天河翻身起来，看到在月华之下，琉璃瓶里那团七彩的光团从瓶子里钻出来，慢慢变成一颗乒乓球大小的小脑袋，接着出现朦胧的半身少女，看上去像是童话里的小精灵一样。

袁天河凑过去细看，双髻桃花眼，果然跟宝瓶长得一模一样，只是缩小了无数倍而已。

他激动地问："宝瓶，你醒了？"

宝瓶高兴地点点头，伸出细细小小的手，摸了摸袁天河的鼻尖，然而下一刻又害怕地缩进去一些，轻声说："哥哥，快跑，是爹爹的侍卫，他们来抓我了！"

袁天河一愣，赶紧捧着宝瓶往外走，可瞬息之间，窗户边便传来了声响。

"谁？"袁天河回头，只看到一道黑影，接着脖子一痛。失去意识之前，他听到宝瓶焦急的声音："不许伤害哥哥！"

再次醒过来的时候，他还没睁开眼睛就闻到了一股血腥味，非常浓郁，仿佛整个人都躺在屠宰场一样，整个天地都是厚重得令人作呕的腥气。

袁天河迷迷糊糊地睁开眼，看到了一幕可怕又瑰丽的场景。

宝瓶突然长大了，上一刻还是双手可以捧起来的大小，此刻看上去已经是双十年华的女子了。长大的宝瓶果然美得惊人，狐狸眼上挑着，眼睛全黑，没有瞳仁，黑漆漆的一丝光线也没有。

但她和以前那个粉雕玉琢的小姑娘完全不一样，甚至不算是个完整的人——她上半身立在透明的瓶子上，下半身是细长的丝线，透过半人高的透明瓶身，可以看到人的手臂、脚和内脏，还有一颗颗完整的人头。

宝瓶在消化这些人，就好像这五年来，消化袁天河一勺勺喂给她的鸡鸭鱼肉一样。

“宝瓶！”袁天河是真正把宝瓶当成自己亲人一样疼爱的，甚至因为这八年的朝夕相处相依为命，比起平常只在暑假才见到、一脸冷冰冰不会撒娇的小侄子，更加喜欢这个会撒娇的可爱小妹妹。

此刻见到她一身血气的样子，袁天河第一感觉竟然不是害怕，而是替她着急和难过，他挣扎着起来，想冲过去，却立刻被身边的人抓住。

“不要紧，让他过去。”袁天河正在挣扎，不远处传来了一个声音。

袁天河转头一看，一个看上去五六十岁、留着长须的老者，正好整以暇地看着院子里的修罗地狱。他没有管袁天河，反而笑着看着宝瓶，一脸慈爱地说：“好姑娘，多吃点，那些鸡鸭鱼算什么，只有人肉才是最能让你增强力量的，吃饱了，就好好帮爹爹办事……”

说话间，宝瓶消化完了残肢。见她停顿了一下，老人一皱眉，一条鞭子狠狠地抽在了宝瓶身上，宝瓶发出野兽般的号叫，听起来就知道她很疼很疼。老者厉声说：“快些，不要磨蹭，爹爹没有时间了！”

“你们干什么？放开她！”袁天河几步冲过去。

老者也不阻挡，直到看到袁天河冲过去抱住宝瓶时，宝瓶不但没吃他，反而嗅了嗅，疑惑地叫了一声“哥哥”，接着眼睛慢慢开始变白，他才愣然地厉声大喝：“把他拖开！不要让他打扰七宝瓶点金！”

袁天河被人拉走，宝瓶徒劳地哭着叫着哥哥，却抓不住袁天河。接着密密麻麻的鞭子抽上来，那鞭子似乎是特制的，打得宝瓶哭号，却根本躲不过。

袁天河只能眼睁睁地看着宝瓶全身散发出光芒，面前整齐码放的尸体被光晕包裹，华光散去，变成整整齐齐的金条。

“快搬！继续！”老者狂笑吩咐，一旁穿着铠甲的军士见怪不怪，过来把金条一箱箱码好抬走。

原来……宝瓶小时候，一直过着这样的生活吗？

袁天河恨得咬牙切齿，恨不得把老者咬掉一块肉下来。他小时候淘气，从凳子上摔下来擦破一块皮都哭号得房梁都要塌了，可是宝瓶被抽得血肉淋漓，面前的人却都无动于衷。

难怪最开始遇见她时，她就像野兽一样。

因为没有人把她当人啊。

6

袁天河和宝瓶被老者带着，一路往燕京的方向而去。路上袁天河大致了解了老者的身份，知道他是一方大将，精心筹划了许多谋反之事，知道了宝瓶吃掉的是他的庶子，知道他监视他们许久，只等着开始谋事，就把他们抓回来。

“幽魂草你不是最喜欢的吗，经过幽魂草的炼化，人肉会变成甜甜的果酒一般可口，不正是我挑嘴的女儿最喜欢的食物吗？”袁天河听到刘将军狞笑着对宝瓶说话，听着他骂她、打她，听到了宝瓶如同野兽的号叫。

刘将军原本的计划，是折磨够了胆敢逃家的宝瓶，再让宝瓶吃了袁天河，他不想看到宝瓶有正常的意识，他只希望得到点石成金的七宝瓶罢了。可是他尝试了无数次，宝瓶却牢牢记住了袁天河的味道，不肯吃他。

刘将军一计不成，想到了更好的办法。他把袁天河关了起来。

袁天河这才知道，宝瓶还有一个能力，是隐匿。大凡天地异宝，都为得天独厚之物，造化毓秀，所以才为人觊觎。而隐匿是每个宝物的能力。宝瓶年幼时不巧被人发现，之后就一直被刘将军控制，用来刺杀政敌，杀害反抗的部下。

这一次，他扣着袁天河，勒令宝瓶继续使用这个能力去刺杀边关大将。出发前，宝瓶见到了袁天河。

好不容易见到宝瓶，袁天河忙劝她不要这样做，甚至提出一起逃跑，可是不知道刘将军做了什么，宝瓶只是红着眼圈摇头，说：“我再也跑不掉了。”

袁天河顿时一阵无力，也是，那样老奸巨猾的人，怎么可能给他们留这么大一场生机。

袁天河正懊恼，便听到宝瓶轻声说：“哥哥，如果是你先捡到我的就好了。”她此刻看上去十八九岁，样貌冶艳倾城，可惜笑容哀泣，“可惜，我现在连死都死不了了。”

袁天河一阵难过，宝瓶却狠狠一笑，说：“不过呢，我生而知之，我知即可用。开始我不懂，刘将军让我会什么我就学什么，他曾教我解毒、点金、洞察人心乃至潜伏暗杀。我上次在哥哥的脑袋里，看到一个叫游戏的东西，里面有个能力我觉得很好玩，所以记了下来。”她眼里还有泪，却深吸一口气，俏脸含霜，抬起了手。

袁天河看着房内房外一片戍卫，猛地想到了什么，然后就见宝瓶整个人升腾起来，展开双臂，背后出现了冰雪王座的图案，她轻声说道："冰封万里！"

只在游戏里见过的画面，在这一刻被完全搬到了现实之中。天地之间猛然降下大雪，所有戍卫在这一刻被冻了个结结实实，一瞬间就收割了无数人命。

袁天河一句"不要"还卡在喉咙，就被宝瓶拉着往外跑，仓促间，他听到了无数尖叫和脚步声。

"果然杀不死他……"宝瓶苦笑，喘了几口气。她刚放了个大招，看上去轻松，负担其实很大。袁天河被她拉着一路奔跑出去，发现已经是夏日了。

太阳明晃晃地照着人，袁天河身体本来就虚弱，加上不断奔跑，人都脱力得有些迷糊了。

他只记得后面有追兵，宝瓶似乎是被什么不断地伤害，原本还能背着已经半昏迷的他往前跑，动作迅捷，如同一只真正的野兽。可后来她开始一口口吐血，身上也不断显现出被击打的流光。

"往前跑。二虎他们就在前面那座城外驻扎……"宝瓶显然再也无法抗衡身后控制她的力量，她叫醒已经到了极限的袁天河，看他恢复了一丝神志，抹了抹脸，惨然一笑。

宝瓶轻轻抱着他，就像那几年撒娇的时候一样，她哽咽着轻声说："哥哥……你放心，我不会变成他想要的样子的……我是人，我记得哥哥你教我的，宝瓶是哥哥的妹妹……"

袁天河内心大痛，之前的猜测、对宝瓶的最后一丝提防和忌惮，终于彻底消失了。他泪如雨下，伸手去抓宝瓶："宝瓶，跟哥哥走，别回去！"

可宝瓶不舍地看了他一会儿，终于咬牙飞快转头，发出惊天动地的号叫，一路冲向追兵。

袁天河想跟着她，但他完全追不上宝瓶猎豹一般的速度。

袁天河跪地痛哭。

徐家人中毒的时候，袁天河还曾想过宝瓶到底不是人，徐家关心了她那么久，她却毫无反应，还曾为此心寒。可是此刻自己身在其中，袁天河才知道，她根本不在乎其他人，她只是被袁天河认真教导，被袁天河当成人、当成妹妹，于是就只认他一个人。

七宝瓶生而知之，其实很聪慧，只是她不愿意让人所知，于是就连袁天河也忽略了她平常收敛起来的锋利爪牙。

"宝瓶、宝瓶……"袁天河号啕大哭，内疚痛苦纠葛成一团，他该怎么告诉她，他虽然表面上一直把她当妹妹，努力教养教导她，可是内心深处，也对她带着如同人类对野兽的忌惮。

"对不起……"袁天河跌坐在地，满脸泪水。他从不知道自己这么卑劣。他带着忌惮和提防面对宝瓶，宝瓶却从来不说，最后依然给了他野兽般的忠诚和真正的关切，甚至愿意为此冒着被鞭打虐待乃至死亡的危险，把他从刘将军的手里解救出来。

袁天河一擦脸，知道跑回去也没用，压根儿拼不过那个不知道怎么操纵了宝瓶的刘将军。他咬牙，转头继续往前走。幸好追兵一直没有追上来，他一路颠沛流离，终于平平安安到达了宿城驻扎的兵营。

这里与天子所在之地不过相隔两个城池，即便天子已经收拾了行囊打算出去避一避，这里的军士也依然气势昂扬，显然未受战局的影响。

袁天河一身破破烂烂地到达军营门口的时候，所有人都吓了一跳。他被盘查了好久，总算是有人叫来了二虎。二虎长开了，再不是村中那个一根筋的少年，而是虎目剑眉，透着一股彪悍之气，显然不是一个小小偏将的打扮。看到袁天河惊讶的表情，二虎脸色有些差，轻声解释说："上面几个头儿都被刺杀了，幸好我们赵将军没事。"

袁天河心里一沉："什么时候的事儿？"

"前段时间，刘开明那个老匹夫不知从哪里雇来的高手，我们完全无法防范。"说到这里，二虎的凶横气息又来了，说，"哪天让我逮着，我要亲手杀了他祭我死去的兄弟们！"

原来，已经很多次了吗？袁天河口里一股苦味。他亲眼看着宝瓶一步步被人逼着走向深渊，却无能为力。

袁天河突然再也忍不住那股翻涌逆行的血，他一脸凶狠、紧紧地抓住二虎，不知道自己已是眼含泪水："不可能吧，天地间难道只有刘开明有办法控制宝瓶吗？！"

"你说什么？"二虎愣了一下，突然压低了声音，"你说刺客是宝瓶？"

……

袁天河花了小半天，才颠三倒四地说完了宝瓶和刘开明那边的情况。

二虎沉默听完，半晌才说："原来是这样。一开始将军就说，叛军不疾不徐，局势诡异，且刺杀从不失手，实在太过匪夷所思，只怕有鬼。我们都不懂是为什么。但是如果是宝瓶……将军写了折子，陛下已派了司天监的特使来查探……宝瓶，不知有没有危险。"

"司天监是做什么的？"袁天河问。

"我也是第一次听说。听说表面上是管理日历农桑的，但是陛下宫中遇鬼神问策，都是找他们呢……"二虎压低了声音，说，"不要紧，若是真有事，我必然跟在旁边保护宝瓶妹妹！”

袁天河一愣，抬头看二虎，这个一脸彪悍煞气的年轻男人听了宝瓶那些不凡的事情，听了那些杀戮和血腥，竟还能如此自然地叫出一声“宝瓶妹妹”来。

袁天河内心触动，鼻子微酸，轻轻“嗯”了一声。

7

司天监派来的是一个年轻男人，坐着一辆极其神骏的白马拉的蓝色小油篷车，眉飞入鬓，丹凤眼，悬胆鼻，额头上一朵燃烧火焰的红痕与嫣红薄唇相映，配着一头如雪的白发，看上去着实比宝瓶还像个妖怪。幸好他穿着一身还算朴素的蓝色长袍，手上挽着拂尘，总算挣回来三分清朗正气。

“……竟然是七宝血煞瓶。”他下了马车，并不进军营，而是看着叛军的方向，皱着眉道，“居然有这样大的血煞之气。不行，我必须马上出发，尽早了结此事，否则一旦她成了气候就晚了。”

“道长，你能救我妹妹宝瓶吗？”袁天河激动地问。他早早陪着二虎一起等在军营门口，此刻见到这司天监的道士这么说，仿佛看到了希望。

“七宝血煞瓶无知无觉，嗜血嗜杀……等吃够了万人，就会流血万里、生灵涂炭……”道士疑惑地看着袁天河，轻声问，“你说你是血煞瓶的哥哥？”

“是的是的！”袁天河小鸡啄米一样疯狂地点头，赶紧解释，“宝瓶不想的，她是被刘开明逼的！刘开明那个老贱货控制了宝瓶！”

“……那你必然是后面遇到她的了。”道士一挥拂尘，长叹一声，丹凤眼微垂，身上气息一肃，额头燃烧的火焰都似乎一瞬间悲天悯人了起来，他轻声说，“七宝瓶天真纯稚，乃是天地阴阳之气的化身，遇善则善、遇恶则恶。世人每每只说血煞瓶令世间血流漂橹，却不想，造出这天地浩劫的，是自己本身。”

他长叹一声，突然一挥拂尘，立于马上：“你不必见她了，徒增伤心罢了。”说完，道士一挥拂尘，套车绳索俱断，白马长嘶，快如闪电地从面前闪过。

“等等我！等等我！”袁天河焦急，听这道士的口气，显然是要给宝瓶一个了断，他怎么能真的就让事情这么发生！

袁天河要往外冲，一旁的二虎一把抓他上马：“用脚怎么追，走，我们一起！”

袁天河赶紧抱住二虎，两人往前追去。

那白马极其神骏，两人根本连马屁股都看不到，幸好袁天河记得来时的路，两人催马赶路，到了天色全黑的时候，总算到了地方。

原本两人还在想，宝瓶身在叛军敌营核心，要怎么才能找到她，却没想到叛军城中早已哗然。

刚才看上去只觉得妖异的司天监道士，此刻立在高墙之上，只是轻轻开口，如同雷劈的声音便传遍了整个军营："七宝血煞瓶，出来！"见无人响应，道士又冷冰道："刘大人，司天监不理世事，不代表没有办法屠你全军。"

下一刻，传来野兽出笼的嚎叫声，袁天河和二虎只看到一个一身黑纱、长发及臀的女人一跃而起，起纵之下，飞快来到道士的面前，摆出威胁的姿势。她眼睛全黑，看不到一丝眼白，獠牙长及下巴，满身鞭伤和烙伤，连脸上都是疤痕，显然经受过非常可怖的惩罚。

"那、那是宝瓶妹妹？"二虎骇然。

"道长、道长！"袁天河再也顾不得隐匿，连滚带爬地跑出去大喊，"道长，不要动她！"

见那道士根本不搭理他，袁天河跳脚，惊慌之下破口大骂："我都说了宝瓶是被那个老畜生给逼迫的，你只晓得杀了我妹妹，怎么不晓得惩罚真正的坏人？我看你们司天监是非不分，大约也就是个皇权走狗！"

"大胆！"道士大怒，衣摆一动，下一瞬间，袁天河便觉得衣领被人拎起来，就在他快被勒断气的时候，总算被丢在地上。

"这妖孽已经失去意识。你既然如此是非不分，就自己试试！不过我可不会救你！"道士冷哼。

袁天河完全没听进去，他只知道，宝瓶就在不远处。

袁天河爬起来，跌跌撞撞地往宝瓶面前跑："宝瓶！哥哥来了……"袁天河的笑容还挂在脸上，突然愣住了。

"宝瓶！宝瓶！那是你哥哥！"下方传来二虎焦急的大叫，他无法上城楼来，只能大吼："袁大哥，你快把宝瓶打昏！"

袁天河轻笑，环抱住埋在他颈边贪婪吸血的宝瓶，轻手摸着她的头发，就像她还是七八岁的稚童一般。他轻声说："宝瓶，只能吃十下的时间哦。"

可此刻的宝瓶根本不是七八岁时和他约定好吸血只能吸十个数字时间的小姑娘，她贪婪地大口吸着，袁天河只觉得头迅速地昏昏沉沉起来，可是他没有推开宝瓶，而是笑着轻声数："一、二、三、四……"

"宝瓶！放开你哥哥！"二虎借着鞭子之力爬了上来，把自己的手伸到宝瓶的脑袋边，"你先吸我的，快放开你哥哥！"

宝瓶什么都听不到。袁天河觉得好冷，但还是哆哆嗦嗦地慢慢数着："七、八……九……十……宝瓶……"袁天河眼前一黑，软倒在地。

二虎大急，一个手刀想把宝瓶打昏。

下一刻，宝瓶却抱着袁天河，对他发出威胁的吼叫。她眼睛黑黝黝的，像是苍蝇的复眼，看上去格外可怕。可此刻她抱着袁天河，愣愣的有些呆。

"不自量力。"道士冷哼，就要上前，却又愣了。他看着一身彪悍之气的二虎横立在他面前，面目沉静地轻声说："大人，宝瓶……是我未过门的妻子。"

"你们这一个两个，真是稀奇。"道士挑眉，显然不懂凡人愚蠢的选择。

就在这时候，道士突然瞪大了眼睛。

二虎也愕然回头。

华光大盛……

二虎只听到一声带着低泣的呼唤："哥哥……哥哥……"

黑纱双髻的小女孩穿着过大的衣服，脸上全是泪水，她紧紧抱着昏迷着的袁天河，抬头看了一眼二虎，轻轻一笑："二虎哥哥，宝瓶好高兴……"

"宝瓶真的很高兴。"她闭上眼睛，泪水从眼角滑下。

从出生起就被人当作野兽抚养，接触到的都是人类贪婪的欲望和恶念，不通人性只知道杀戮和吞噬……七宝瓶乃天地造物所钟，却被人类的欲望染成最不堪的样子。

幸好，还有哥哥他们两个，把她当作真正的人。

"不可能……血煞瓶……自毁了……"道士惊讶地轻呼。

那一夜华光大盛，整个天地亮了整整一刻钟。有人说听到了女孩的尖啸，仿佛逃脱了牢笼的囚徒的呐喊。

终

袁天河带着眼泪醒过来的时候，一眼就看到了黑色华服的衣摆。

他抬头，看到戴着半张青铜面具、眼睛猩红、嘴角带着探究意味笑容的年轻男人。年轻男人看上去不过是大学生的样子，却仿佛一头研究着食物的凶兽。

“你居然把我珍藏的血煞瓶净化了？”辛慢慢走过来，低头看着袁天河，摸了摸下巴，轻声自言自语般说，“这可怎么办，七宝瓶碎了，你得赔我。”

“你说什么？”袁天河听到“七宝瓶”三个字，回过神来。

下一刻，他惊恐地发现，除了他和辛所站的地方，整个空间都开始移动，一个个或光耀动人或血腥可怕的画面从面前划过，最后在面前定格的是琉璃的碎片，仿佛被火熏过，不再剔透，反而有些焦黑。

“看。你怎么赔我？”辛指着那格子里面的碎片，笑眯眯地问道。

第五章

玉郎

1

“你这个臭小子，你姐姐来看你，你还在发什么呆？”脑袋一痛，袁天河鼓着包子脸哀号起来：“妈，你是我亲妈啊！我腿都摔折了，你还打我！”

穿着职业套装、一脸精明强干的女人，看着脑袋上翘着几根呆毛、躺在病床上一脸委屈的小表弟，一直紧绷的心终于放松下来，轻轻笑了一下，安抚一旁暴躁的中年妇人：“大伯母，你不要吼表弟了。他一个人住校也不容易，夏天热冬天冷，买个早饭还从食堂楼梯滚下来摔断腿……”说到这里，她嘴角的笑意也忍不住加深了几分。

“都读大学了还住家里，到时候会一个朋友都没有的！”袁天河的妈妈忍不住大吐苦水，“老娘这么费尽心思地为他着想，你看看他都干了些啥！一天到晚就晓得吃吃吃，为了抢饭吃腿都摔断了！我都不敢跟周围邻居说，不然这蠢货得被人笑一辈子！”

看着小表弟一脸哀怨又不敢反驳的样子，陈曼青笑着拍了拍袁天河的肩膀，把带过来的水果递给他，声音利落而温柔：“路上看到甘蔗不错，给你啃着玩打发时间。”

凑得近了袁天河才看到，自己这妆容精致、一向无懈可击的表姐，眼底是深深的乌青色，看上去疲惫不堪。

“啊！曼青表姐……”袁天河忽然看到一只不知道什么时候停在他身上的、雪白如玉的小虫子，此刻突然挥着小翅膀，盘旋一圈，停在了表姐陈曼青的套装上。他正要提醒，表姐的电话响了。

“喂？嗯，是，什么？！”才刚稍微放松了一点的陈曼青，此刻表情严厉，气势一肃，与身上那套职业装搭配着，让人有种望而却步的感觉。她大声厉喝：“陈经理是怎么办事的，这种错误也能犯？！”说着一边起身拿自己的外套，一边继续说，“别说了，你和他都等着，我马上回来处理。”

说完，陈曼青挂掉电话，不好意思地说：“大伯母，你看，真是不好意思，我这会儿得先回公司处理一下，晚上咱们一起吃饭吧。”

“哎，之前麻烦你派人送你这不省心的表弟来医院，这几天又麻烦你接来送去，可耽误不少事吧？快去快去，晚饭我等会儿在外面买点就好了。”袁天河的妈妈哪里肯再耽误她的时间。袁家这个大家族，说到有出息，几辈人就只出了个陈曼青，她性格又好，家里人有个什么事情，都愿意凑过来帮一把。

“表弟好不容易可以出院了，咱们还是要庆祝下的，那晚上见。”她得体一笑，转身踏着七寸的细高跟哒哒哒地出去了，身体挺得笔直，看上去仿佛要上战场的将军。

袁天河听着他妈在旁边念叨，恨不得他有一丝像他表姐那样……袁天河根本来不及说话，只能眼睁睁地看着表姐顶着个小虫子走远了。

2

陈曼青长相艳丽，十六岁时看起来就像三十岁，高中读的重点学校是全寄宿制，为了出门买点好吃的，她经常拿老妈的手包，堂而皇之地从门卫处装作老师或家长离开，三年来全无败绩，毕业多年依然是学弟学妹们眼中的传奇。

当年这长相很吃亏，跟周围那些青春美貌、穿着白色衬衣的少年站在一起，仿佛一对母子，也因此陈曼青虽然长得漂亮，但一直没被人追过。如今三十岁了，终于显现出了早熟的优势来，长得跟十六岁那时毫无差距。而且和十几岁时候相比，现在的陈曼青有了岁月与历练的打磨，愈发显现出一种成熟而凌厉的美感来。

但是，显然当陈曼青披散一头长发，踩着CL的红底细高跟鞋，穿着精致的铁灰色职业套装，拎着Dior新款蛇纹皮包走进公司的大门时，没有人顾得上欣赏这位美人。

“陈陈陈陈……陈副总好！”门口刚入职不久、正在化妆的小姑娘看到陈曼青路过，顿时吓得丢掉手上的镜子和唇膏，站起来问好。

一路走过去，无数人或笑着或一脸谨慎地跟她打招呼，陈曼青满脸寒霜，随意地点点头，直接走入了电梯。

她的办公室在29楼，一路上无数人上来下去，都安安静静的，不敢发出一丝声音，甚至有许多人看到是她，即使电梯还有空位，也只敢点头哈腰地打个招呼，然后恭送电梯继续往上。

陈曼青一路冷着脸走到办公室，把手上的小包一丢，坐在真皮沙发上，拿起电话拨打内线："小梁，你和陈经理一起来我办公室。"

办公室的门此时被敲响了，接着走进来一个穿着白色衬衣、铁灰色裤子的年轻男孩。之所以称他为男孩，是因为他身上的气质，看上去确实还不算是个成年男人。

他样貌十分俊秀，不像袁家的男孩子都是娃娃脸圆眼睛，太过稚气可爱，而是一种少年人的英俊，浓眉杏眼，薄唇鹰鼻，看上去像是一头幼年期的猛兽，漂亮又有杀气。

他一路走进来，满脸不爽地"哐当"丢下一杯咖啡，就气冲冲地往外走。

陈曼青喝了一口咖啡，轻声说："霍长流小公子，过来。"

霍长流夹着小托盘，转身一竖眉毛，一脸不满地大声说："拿铁，不加糖，200CC鲜奶，就是你指定的，又有什么事？！"

敲门声在他身后响起，陈曼青放下咖啡杯轻笑："你给我泡咖啡也有三个月了，现在我给你个机会。把托盘放下，站在这里，开始旁听我处理公事。"

霍长流表情一变，没藏住自己那一抹转瞬即逝的欣喜。

真是个小孩子脾气，毕竟还是大学没毕业的学生。陈曼青想到自己那因为在食堂抢饭失足跌下楼梯、现在还打着石膏卧床休养的小表弟袁天河，又看了看眼前被大人逼着开始熟悉家族事业的霍长流，顿时心中一软，决定不再折腾这个一见面就一脸高傲的小公子。

等到霍长流乖乖把托盘放到门口，又乖乖在她身旁站好之后，陈曼青才对门外说："进来。"

负责国内调货的小梁和管理公司整体进出口钻石的陈经理进来了。

"说吧。"陈曼青冷冷地吩咐。

"陈副总，我这也是一时大意，哪里想得到对方居然给我打时间差，报关的单据我也是卡着时间送去的，没想到全都不凑巧……"陈经理一头虚汗，却根本不敢拿手擦一擦。

"小梁，你说。"陈曼青打断陈经理的絮叨，吩咐一旁安静不做声的小梁。

小梁其实比陈曼青还大一岁，但是他此刻规规矩矩、眼观鼻鼻观心地说："我查了一下订单，霍氏旗下公司要用的还够，只是马上就要开始做今年度的秀款定制，可能最顶级的原料会吃紧。还有就是我们的国内发货会受影响……"他说到这里，一下子停住了。

因为陈曼青轻笑了一下，鼓了鼓掌，微微侧头看着小梁和陈经理，口里却对霍长流说：“霍小公子，来，跟我说一下，这件事情你有什么看法？”

霍长流作为陈曼青的贴身秘书，除了给她泡咖啡，送她因抢饭摔到骨折的智障小表弟看医生，每天早晚接送她上下班……还要被她逼着看完每一份文件，甚至还会被抽查。

幸亏陈曼青这一顿折腾，这时候他听着，才能很快弄清楚事情的原委。

霍长流想了一下，说：“货在国外的仓库要卡半个月左右才能入关，加上税费手续、调货路上的行程，如果快的话，还是能赶上下一批订货……”

“仓库的费用，下一批钻石的收购，账上的钱能不能周转过来？还有，国内赶不上发货，我们要付的违约金……”陈曼青一连串说出来，陈经理直冒冷汗，刚要说话，就被她打断，“陈经理，你觉得你付得起这个代价吗？”

“副总，副总，我只是一时没注意到。”陈经理此刻一脸哀求地看着陈曼青。

可陈曼青还是残忍地说出口了：“陈经理既然精力跟不上，那就回家休息一阵吧。”

连小梁都露出了兔死狐悲的眼神。

陈经理失魂落魄，红着眼圈离开了办公室。陈曼青喝了一口咖啡，吩咐道：“去，通知赵经理带着他们的人下午开会，关于土地招标策划书的事情。”

霍长流不动。

陈曼青抬头看他，只见他一脸倔强，浓眉皱得都要把苍蝇夹死了。陈曼青一哂，问：“你觉得我太狠了？不认同我的想法？”

霍长流点头。

陈曼青轻笑：“没错，我确实是借题发挥了，而且这几个月来，我一直都在借题发挥。霍先生把霍氏旗下的珠宝高定、地产和百货这几个大部门交给我统管，你想想，这是为什么？”

陈曼青好心提醒他：“你看，我才三十二岁，霍氏的高层管理人员大多都是四十五岁以上这个年龄段的，霍先生为什么要特地把我从外地调上来，并且任命这么年轻的我管理霍氏旗下的几个大部门呢？我之前的业绩虽然不错，但是升到一个部门的管理层，已经完全足够了。而且我才接手了三个月，为什么下面一直混日子、没有成绩却也未曾出过大错的人，就开始频频出错了呢？”

霍长流皱着的眉松开，面色一凝，轻声说：“陈经理是我大伯的第三个老婆的弟弟……他们一家子，还有我们家很多亲戚，都在这里工作，已经好几十年了……”

“没错。”陈曼青点点头，拍拍他的手臂，“看来霍先生没必要如此担心，你虽然有些蠢，但根子像他。”

霍长流看她纤细的、涂着鲜红甲油的手指，看她低眉而笑，有种冶艳狡黠的魅力，跟这几个月感受到的铁血完全不同。

霍长流嫩脸上闪过一丝薄红，陈曼青却已经自顾自地开始处理起文件来了。

半晌她诧异地抬头，看着呆愣的霍长流问：“怎么还在这里？不是让你去通知赵经理开会吗？”

霍长流一愣，接着怒气冲冲地走了。

“你自己也要看一下计划书啊！”陈曼青在后面叮嘱，完全没发现小公子生气了。

她低头看文件，身后的落地玻璃窗外，太阳慢慢地落下，天地慢慢变成一片橘色，直到完全漆黑。

良久良久，陈曼青一抬头，才发现已经十点了，霍长流送进来的快餐她根本没吃几口，此刻咖啡喝多了，一点儿也不觉得饿。

这几天事情太多，一处理起来就忘了时间，眼见着错过晚餐了，她飞快打电话给大伯母道歉，又再三约定等表弟袁天河的腿彻底好了，到时候大家一起聚聚，这才挂了电话。

关了电脑，陈曼青走出办公室，看到霍长流正坐在灯光底下，认认真真地看着一大叠合同。

陈曼青走过去，一眼扫过，发现竟然是几年前的钻石进出口合同。她一笑，声音在空无一人的办公室响起：“怎么，第一天来就告诉我，休想要吩咐你做事的霍小公子，竟然在认认真真研究自家生意？”

“哼，我不想那么早接手，但也绝对不允许别人肖想我家的东西！”霍长流合上那一大叠资料，将它们锁进办公桌里，站起来和陈曼青一起下班。

车流的灯如同漫长的银河一般，明明是行驶在万千人流之中，却仿佛只有他们两个人在这孤单的银河之中漫游。

“你真不愧是霍家人。”说完，陈曼青闭上眼睛，不回答霍长流问的“为什么”，懒洋洋地补充，“既然下了决心，从明天开始，好好穿着正装来上班吧。”

霍长流一边开着车，一边听她说话，转过头的时候，才发现她歪着头已经睡着了。

从那天被老爹派人押着送到公司来，结束了他胡闹飙车打游戏的生活，霍长流就一直没正眼打量过这个他心目中的老爹的走狗。此刻仔细看，霓虹灯明明灭灭之下，这个一贯用昂贵正装和精致妆容武装好的女人，看上去不仅没有白天迫人的气势，反而像是累到了极限一样，眼下乌青，嘴角下垂，一脸不开心的样子。

霍长流冷哼一声，轻声说："连我爸都不敢动的关系也动，真是要钱不要命。"说完放慢车速，把车开得更平稳了一些。

3

陈曼青觉得自己可能撞邪了。

最近她忙着大刀阔斧地改革，铁面无私地开除那些想拦路的人。几个分公司为此闹得沸沸扬扬，打电话告状的人都已经到了霍老先生面前了。

陈曼青坐飞机去了霍家老宅好几次，每次都认认真真地汇报到底发生了什么事。不管事的霍老爷子叹着气让她多担待，陈曼青看着一旁安静笑着的霍先生也只能心里叹气，面上还要装出一副恭敬的样子回答："确实，这些人做事都没出过大错误，但是……不出错和优秀，中间隔得还是太远了。"

认真说起来，陈曼青内心是不认同自己说的话的，她根本就不是雷厉风行、不近人情的性子，但是没办法，霍先生把她从一个分公司的二把手提到总公司的副总级别，让她独立管着几个盈利大且口碑好的分公司，为的是什么，其实大家都知道。

把她叫到老宅汇报工作，看着都与她说话，根本上来说还是霍老先生和霍先生两个人之间的斗法罢了。——一个要保全自己的那些老兄弟老朋友，一个要砍掉那些已经老去的、腐朽的关系，不想眼睁睁看着他们把自家的根本给吞噬掉。

陈曼青去了无数次，人还是继续辞退着。一批混日子的关系户被开了，提拔了一大批年轻人上来，做事也开始如臂使指，陈曼青到后来慢慢开始只需要负责管理的工作了。

虽然还是累和忙，但到底不如最开始恨不得睡在公司的时候了。

除了还要手把手教导霍先生那个叛逆不听话的儿子——一点点把职场的事情磨碎了揉圆了讲给他听，安排他接触公司的小事，让他学着去做事。在他积累了一定经验之后，让他学会以管理的态度分析员工和每一件事情。

这样连轴转的日子，陈曼青本该累得什么都顾不上了，却没想到在这当口，她却好像中了邪。

那天她加完班回了家，甩开了高跟鞋，赤着脚洗漱完，躺在床上不想动。没错，在外面让员工怕得要死，仿佛现世阎罗王的陈曼青，回了家里却是累得手指都不想动的懒洋洋的样子，完全没有精英的锐气，反而一脸身体被掏空的疲惫。

就在她模仿着葛优大爷瘫在床上的时候，突然听到了叽叽叽的声音，好像是小鸡，又好像是小鸟，听着让人轻快，让人放松……

下一刻，陈曼青惊恐地发现自己好像飘了起来，回过神来，发现自己站在一处鸟语花香的世外桃源。

满地都是松软的黑色泥土，远处有一栋小小的青砖瓦房，不大不小，只是三间。陈曼青一路赤着脚走过去，发现屋里有简单的家具，布置得十分舒适温馨。

“有人吗？”陈曼青疑惑地喊着。

声音传出去老远，却没有人应答。

陈曼青看着眼前光秃秃的土地和没有人的屋子，正在疑惑的时候，那叽叽叽的声音又响起来了，一团白色的光球飞舞着飘到了她面前，上下移动着，发出欢快的叽叽声。

“……你是个啥？”陈曼青有些疑惑，伸出手指，想去戳一下那团光。

“噗噗噗……”光团吐出光圈来，似乎非常喜欢玩这个游戏。

陈曼青又戳了几下，感觉自己戳到了云一般。下一刻，光团发出咯叽咯叽的声音，扭动着从空中跌下来，在陈曼青的身上滚了好几圈，溅出许多光点来，然后又慢慢开始凝聚。陈曼青看过去，就见光芒消散，她的手上静静趴着一只仿佛玉一般的小虫。它看上去软绵绵的，像个大白棉花糖，椭圆形，胖乎乎的，身上生着三对翅膀，也是白玉一般的颜色，上面的花纹清晰可见。最可爱的是它那个圆乎乎的大脑袋，上面有两粒豆子一样的黑眼睛，此刻正眨巴眨巴，仿佛小狗一样看着陈曼青。

“主人，你喜欢这里吗？”小虫眨巴着豆子眼，奶声奶气地问。

“这里是哪里？你……是什么生物啊？”陈曼青脑子里面已经从外星人联想到了超能力，从《卫斯理》脑补到了《钢铁侠》，还没继续想下去，就听到小虫奶声奶气地说：“这是主人最想要的地方哦！玉郎可以看到每个人的愿望！”

它说着，骄傲地扬扬白白的大脑袋，一副得意的样子。

“我最想要的？”陈曼青忍不住扑哧一下笑出来。她这会儿认定自己在做梦，因此放松了下来，摸了摸软乎乎的大白虫子，笑着说：“我最想要的，是给我爸妈换套厦门的别墅，免得他们老都老了，还天天在城里吸雾霾，冬天也冻得根本不敢出门。顺便再给自己买辆车，免得天天坐霍长流那可恨的富二代的车，坐得我仇富，好车真是太舒服了……”

说着说着，陈曼青忍不住笑了：“我这个梦做得可真是没逻辑，居然给我做出来了一块泥巴地。”

“不对！”小虫子玉郎可不高兴了，挥舞着翅膀，大声说，“我看到了，这就是主人的愿望！主人心里想要的明明就是这个。我看到主人想自己种蔬菜水果，还不想穿高跟鞋，宁愿赤着脚在厨房做饭！”

“好好好，谢谢你啊。”陈曼青不愿意惹怒梦里面这个可爱的小家伙，顿时敷衍着回答，笑眯眯地抚摸着它。

接着闹钟响起来，把玉郎不高兴地拍翅膀的声音给打断了，陈曼青只觉得全身一重，睁开眼睛一看，正好是六点半，要起床准备上班了。

陈曼青一边感慨着今天做的梦真有童话色彩，一边赤脚从被子里面钻出来，当脚踩在厚厚的毛地毯上时，顿时心里一个咯噔。她惊恐地抬脚，看到自己的脚上居然沾满了黑色的泥土！

陈曼青脑子嗡的一响，再环顾自己的房间，顿时产生一种毛骨悚然的感觉，她三两下换好衣服，飞快地抓起包包，几乎是夺门而出。

一开始陈曼青以为这是恶作剧，打电话给保安调了自己那栋楼的监控，可是根本没有发现任何异常。接下来的几天，她都会在睡着之后见到玉郎。

陈曼青睁大眼睛不敢睡觉，但哪怕清醒着，也会被玉郎拉到那一片泥土之上，听它不断叽叽叽地说话。

所以陈曼青得出结论，觉得自己是中邪了。

“你最近很累？”霍长流这么问的时候，陈曼青愣了一下，揉了揉自己的太阳穴，露出一个疲惫的笑容来：“有些私事。你刚才说什么？”

“赵经理说，按照我们一开始的计划，那个地段的设计方向是大型社区，以全家人定居为主打，依托我们位于社区旁的商业城，足以供给两千户的日常需求……”霍长流又重复了一遍。

陈曼青听完，点点头。她签了字，抬眼看霍长流：“今天开始，你不用接送我了。”

看着霍长流的表情，陈曼青一笑：“好好干，从今天开始，霍氏旗下的金铺和珠宝的生意，你跟着白经理多学学。他很有本事，我把他挖过来才两个月，财务账面上的数额就已经超过往年季度总额了。”

“没事，我可以送你的。”霍长流把文件收好，露出一副鄙夷的表情，“你看你的眼袋，我怕你自己开车会危害他人安全。”

“你乐意，我巴不得偷懒啊！”陈曼青一笑。她得好好珍惜使唤霍家小公子的机会，估计再过一阵子，这位小少爷就能独当一面了，等再过两年，就是她给这位小少爷卖命了。

陈曼青一笑，突然有点疲惫。手上的文件再也看不下去了，她干脆点开网页，注册了一个号去网站发帖求助，并详细叙述了自己最近遇到的怪事。

“楼主，随身空间文看多了吧？”

“不，我觉得楼主是种田文看多了！”

“……好羡慕楼主啊，我也好想拥有随身空间。快速成熟的美食！原汁原味的超新鲜蔬菜！还有灵泉洗精伐髓！”

……没一会儿，这帖子就变成热门了。

发帖之后很快再次忙起来的陈曼青好不容易下班关电脑前看到了回复，帖子已经从开始的冷嘲热讽、羡慕妒忌转变为讨论楼主这随身空间到底是什么属性，可以种多少地了……大家嘻嘻哈哈玩闹着，没有一个人把这事儿当真。

陈曼青目瞪口呆地把帖子翻完，才知道世界上居然有一种东西叫作随身空间，就是只属于一个人的空间，里面一般有土地和灵泉。灵泉可以治愈百病、洗精伐髓，土地则是可以一天顶一个月，让蔬菜水果快速成熟。这些蔬菜水果不仅好吃，还对身体好，吃不完直接放在这个空间里，可以永久保鲜……

现在的人想象力真的好丰富，陈曼青有些不能接受。

门口传来敲门声，霍长流穿着一身铁灰色的正装站在门口。最近已经承担部分管理工作的霍长流褪去了身上那些青涩和少年稚气，再加上手工定制的西装的修饰，渐渐显露出一个男人的气场和攻击性来。大约是为了挡住自己有些可爱的杏眼，霍长流配了一副金丝眼镜戴着，整个人愈发显出一种危险的感觉。

陈曼青第一次正眼看他，忍不住夸赞：“霍小公子长大了啊。”

陈曼青今天穿着深青色的套装西服裙，盘着干练的头发，整个人纤细又精悍。她在灯光之下笑着说话，眼里散发出婉转的流光。

霍长流开车送她回去，路上陈曼青果然又睡着了，他慢慢地把车停下，看着她坦然的睡颜，轻声恨恨地说：“还真没把我当个男人啊，一点防备心都没有！”

他说完顿了半晌，突然伸头过去，轻轻地在微微打鼾的陈曼青唇上吻了一下。

陈曼青舔了舔唇，睡得坦荡。霍小公子满脸通红，开了窗户想冷静一下，见陈曼青依旧睡得无忧无虑，突然有点不爽，他猛地一踩油门，又一刹车，差点把陈曼青甩到挡风玻璃上。

“怎么了，怎么了？”陈曼青一脸惊慌，还以为地震了。

霍长流一脸别扭地看着窗户外面，不耐烦地说："快下车，我还要回家睡觉呢！"

"明天休息，不加班！"陈曼青完全不懂这个后青春期的年轻人，刚才还夸他长大了，现在就突然发脾气，莫名其妙！

她关了车门，提着小包，打着哈欠，摇摇晃晃地进了小区。

直到看到她房间的灯亮起，霍长流才发动了车，一路开了出去。

"她是觉得我是小孩子，还是没把自己当女人啊？"霍长流忍不住捶了一下方向盘，红着耳朵轻声说。

4

这段时间，陈曼青不堪玉郎的骚扰，加上帖子里面讨论的内容确实有趣，便决定满足玉郎，试试在地里种点东西。

这个双休，她买了点种子，还有小铲子，等到再次来到那片土地的时候，发现拎在手里的桶子，以及里面的种子和工具，果然都被带到了这个空间里。

"浇地的灵泉呢？"陈曼青开始挖地，从最简单的小葱和大蒜种起，然后又种下了小青菜、红皮萝卜、西红柿和茄子，虽然卖种子的老板一再强调这些东西不是一个季节的，但是陈曼青也只是想玩玩，于是依旧全部种了下去。

"没有灵泉。"胖虫子玉郎昂头，大声说，"这土地不用浇水就可以栽种，种啥活啥！"

"好，说好了啊，我种完这些，你以后就不许骚扰我了！"陈曼青根本没认真，种完就去做面膜休息了。她感慨自己总算享受到平静的夜晚了，想想又觉得偶尔这样的体力劳动也颇为有趣。

结果没想到第二天再看，昨天才播种的青菜郁郁葱葱，葱和大蒜已经长到了二十几厘米高了。

玉郎把一个萝卜挖出一个巨大的坑，此刻正躺在萝卜肉里面，有种酒池肉林醉生梦死的感觉。

陈曼青惊呆了，随手拔了一个萝卜，轻轻一掐，萝卜发出"啪"的一声轻响，显然是脆嫩饱满到了极致。

"这么神奇啊……"陈曼青连忙采了萝卜青菜，自己做了一顿饭，青菜鲜甜，入口咬几下，香浓的汁水就充满了口腔，只让人陶醉得晕晕然。

陈曼青洗完碗，疯狂网购了无数菜种，抱着自己好像真的像网上说的那样撞大运了的惊讶和小开心睡着了。

公司里的人都很奇怪，陈副总居然开始自己带饭了，而且全是萝卜青菜豆腐，看上去极其素淡，吃得人都不那么精神了。

可是陈曼青却一丝也没发觉，霍长流推门进来的时候，就看到她乐呵呵地在吃着一块雪白雪白的萝卜片。

浓郁的蔬菜鲜香冲击着霍长流的鼻腔，他几乎是瞬间就被勾起了馋意，嘴巴里面分泌出了口水。

“想吃吗？”陈曼青一脸得意地笑着说，“是不是很香？”

霍长流皱起了眉头，走过来问：“这菜是在哪里买的？”

“不能告诉你！”陈曼青做出神秘状。

“好吧。但是你也不能每天只吃青菜啊，身体会受不了的。”霍长流看她不肯说，只能皱着眉劝她。

“你不懂，这些青菜比肉和饭都好吃。吃了这个菜，我吃不下别的。”陈曼青叼着筷子，罕见地露出一丝委屈来。

霍长流心里软得一塌糊涂，忍不住有些哄着地说：“要不我明天给你带点菜吧？我爸最近把张嫂叫来照顾我，她做饭很有一手的。”

能让金尊玉贵的霍小公子说做得不错，可见确实差不了，陈曼青想到自己最近经常眩晕，没有力气，营养确实跟不上，犹豫了一下，问：“会不会太麻烦你了？”

“你每天吃公司食堂，我作为你的特助，也不能自己带饭。如今给你带，刚好我自己也解决了。”霍长流一笑。

陈曼青脸一红，不好意思地说：“那麻烦你了。我明天上午刚好要去看看我小表弟，估计晚上加班。”

“那行，我让张嫂晚上来送饭。”霍长流点头，表示明白。

他出去了，陈曼青的脸却一直红着，这回真是在小孩子面前丢人了，三十岁的人了，竟然因为挑食被下属劝告。

“啊啊啊啊啊，不能这样了！”陈曼青几口吃完饭盒里的菜，警告自己。万一哪天因为挑食而晕倒了，她以后就再也没脸管理下属了！

“喂，大伯母？啊，对对，明天定的就是翔凤楼……”陈曼青听着对面的话，忍不住一笑，劝着，“没事的，翔凤楼是我们公司的连锁酒楼，我去吃饭不用花钱。哎，三伯他们家出去旅游了，到时候还是只有我们四个人……什么？大伯出差去了？那就我们三个人了……我到时候给你们带点蔬菜炒了试试。表弟的腿这回是好彻底了吧？吃完我开车送他回学校，再送您回家……没事没事，您看我爸妈也不在C市，我一个人也得吃饭，咱们难得聚一聚。”

挂了电话，陈曼青又忙了起来，为了挤出明天上午的时间，今晚又要继续加班了。

“你的咖啡，拿铁，不加糖，200cc鲜奶。”手边忽然出现一杯温热的咖啡。

陈曼青看着霍长流，一笑：“怎么还是你泡咖啡，不是说交给小王就行了吗？”

“他不敢进来。”霍长流面上一副“你不知道自己多吓人吗”的表情，隐瞒了自己逼迫小王把咖啡给他的事，风轻云淡地说，“再说，别人泡的你肯定又要挑剔。”

“那倒是。”陈曼青一笑，拿起咖啡喝了一口，发出“嗯”的一声，说，“喝了你泡的咖啡，我连自己在家泡的都喝不下去了。”

霍长流看她难得放松，眉眼都染上倦怠和温柔，像是凶猛的野兽露出娇憨可爱的一面，让人心里软得一塌糊涂。

“那以后都让我来泡吧。”他差点脱口而出。

但到底是忍下来了，还不到时候，等他再成熟一些，她才会认真把他当成平等的对手。

5

袁天河挽着妈妈的手走进酒楼豪华小包厢的时候，闻到了一股淡淡的血腥气。

他还没凝神仔细闻，旁边的妈妈就拉着他的手几步走了过去。

一身黑色套装，依旧穿着七寸红底细跟缎面鞋的表姐站了起来，拨了拨黑色的长发，化着精致妆容的脸上露出一个小孩子献宝一般的笑容，说：“为了抢饭吃摔断腿的小表弟，姐姐今天犒劳犒劳你，点的可都是翔凤楼的招牌菜！”

袁妈妈发出毫不掩饰的大笑，袁天河的娃娃脸涨得通红。难道因为在食堂摔断腿，他就从此要成为整个老袁家的笑话了吗？！

而且他根本不是抢饭吃太匆忙才脚滑摔断腿的，他是因为弄碎了辛收藏的七宝瓶，被他笑嘻嘻地诅咒了啊！

想到那个扎着双髻、一身齐胸襦裙的小姑娘，袁天河有些难过。

幸好表姐和袁妈妈都笑够了，看到袁天河扁着嘴一脸委屈，像个可爱的小正太一样，顿时有些母性大发。两人使了个眼色，咳嗽一声，表姐陈曼青就开始传菜了。

浓郁的香味传来，师傅开始片烤鸭，又上了香酥软烂的炖猪蹄，还有整只帝王蟹四吃……

袁天河的哀怨顿时褪去了，嗷呜吃了一口蟹钳刺身，冰凉鲜香的刺身入口，微微咀嚼，全是甜味，好吃得整个人要飞起来。他又吃了一口炖得入味的猪蹄，轻轻一口下去，酥酥烂烂，软糯粘牙，满口都是油脂的咸香……

“表弟，来试试我们的招牌烤鸭！”表姐陈曼青递过来用面皮卷好的烤鸭，里面包着细细的小黄瓜条和大葱条以中和烤鸭皮的油腻。烤鸭的脆香、油脂香和小麦皮的清香纠缠在一起，再一咀嚼……袁天河瞪大了眼睛。

“怎么样？是不是特别棒？”陈曼青问道。自己接手之后，召回了之前被排挤的真正骨干，这翔凤楼也爆发出新意，原本不温不火的地方又恢复了几十年老店的繁华。饶是陈曼青知道这些都是替霍小公子代管，也有些开心和与有荣焉，她有些小得意地继续说：“这烤鸭是招牌菜，你多吃点。我今天还特地拿了刚摘的新鲜大葱和蔬菜，你等会儿试试那个菠菜豆腐鸡汤……”

听她说到这里，袁天河艰难地咽下口中的东西，把半截面饼分开，尝了面皮和烤鸭，又尝了小黄瓜。当他把大葱丢到嘴里，只咀嚼了一下，脸色就凝重了起来，他忍不住问：“表姐，这大葱是哪里来的啊？”

“下次你想吃，表姐再给你。”陈曼青一笑，不肯回答。

刚才全是肉类的香味，他没注意到，此刻服务员端着菠菜豆腐鸡汤上来，一股更大的浓郁血腥味猛烈地冲入鼻子。

袁天河忍了又忍，才忍住了翻腾的呕吐欲。

这血腥味十分难闻，且特别浓烈，袁天河仔细闻了闻又尝了尝，确定了血腥味来自于那几种蔬菜。

可是他几番追问，表姐陈曼青都是一副神秘的样子，根本不告诉他这些菜来自哪里。

袁天河心急，一旁的袁妈妈却一筷子敲在他脑袋上，说：“咋的？就你那个寝室还想做饭不成？就算问到了，你买了还能怎么搞，生吃啊？！”

这话倒是提醒袁天河了，也是，他问到了又能怎么解决呢？

可是这味道如此不祥……袁天河看着微笑的表姐，总觉得这个东西和表姐有关。

他一边百无聊赖地吃着东西，一边仔细地打量表姐，她更瘦了，看上去比上次那副都市白骨精的样子更加瘦削，她细细地吃着东西，鬓边有一两根银白的头发。

……怎么感觉，表姐好像是大病了一场的样子？

袁天河想着，突然一个激灵。

他看到表姐的右肩上爬出来一颗小小的白色斑点，那斑点挪动着，扭动着大屁股，仿佛是在撒娇。

表姐虽然看上去很平静，可是偶尔会拿一两颗米粒和肉粒递过去，显然和小虫很是亲昵。

那小虫娇娇软软的，袁天河却满身冷汗。

会说人话的小虫子，满是血腥气的蔬菜，还有表姐急促的衰老……

这之中到底有什么联系呢？

他苦思冥想，也没想出个所以然。

这一天他正在学校上课，大教室后面忽然出现了一个穿着黑色T恤和短裤，趿拉着拖鞋的男人。他戴着半张青铜面具，露出一双猩红的眼睛，笑眯眯地抱着一只金黄的豹猫走了过来。

这节课是物理研究课，台上的老师正在给他们分析钨丝的构成和自制小型发电器的原理。身边突然坐下来人，袁天河转头一看，差点吓得跟炸毛的猫一样跳起来，幸好他硬生生地忍住了，可是全身的寒毛都立着。

他低声问："你你你你你怎么出来了？"

辛见他吓到了，显然十分开心，摸着怀里趴着不搭理人的豹猫，猩红的眼睛盯着袁天河，笑眯眯地说："我住在太傅里，又不是被关在太傅里，为什么不能出来？"

这话十分有道理，袁天河居然无言以对。

"好了。其实我是来找东西的。"辛摸了摸豹猫的耳朵，被不耐烦地甩开后也不生气，抬头看着袁天河，说，"你那天从太傅里出来，有个小淘气躲在你身上，偷偷溜出来了……"

"……是什么东西？"能从这个人所在的地方跑出来的，估计不是什么正常的玩意儿，袁天河顿时心里大急。

"它叫玉郎，是千年玉髓之中生出来的小东西，最贪吃……"辛笑着抚摸怀里的豹猫，慢悠悠地说，"它能看到人内心深处的愿望，可以帮助人实现愿望，把人类当成主人，也同时把人类当作食物。"

"吃人？！"袁天河一想到自己居然带着这么危险的虫子度过了三个多月，顿时拍案而起，大吼，“这么危险的东西，你居然把它放出来？！”

“……袁同学，你对我的锂电池有什么意见？”讲台上，刚拿出锂电池准备给大家分析的老师眯着眼睛盯着袁天河问道。

“没没没，我刚才走神了老师……”袁天河一身冷汗地站起来，四周都是怜悯的眼神。

6

“……我找陈曼青，急事！”

袁天河知道自己这一身格子衬衫、牛仔裤和板鞋的大学生装扮，与C市这个最有名的寸土寸金的商业区十分格格不入。尤其是他还来到地标一样的霍氏大楼，张口就说要见他们的副总，这在大多数职业人士看来，就好像小孩子在胡闹一样。

可是袁天河快急疯了，见一旁的辛抱着豹猫，一脸若无其事的样子，恨不得跳过去揍他几顿。那可是他表姐!

那天看到自己身上飞出来一只白色小虫子，袁天河只觉得表姐可能看到了会很嫌弃，却没想到它居然是那么危险的存在。

“对不起，今天陈总的预约已经满了。”在做出成绩之后，陈曼青依旧还是霍氏集团的副总级别，直接向霍先生汇报工作，但是这三个子公司重组成的新的大型子公司，实际上已经完全交给她了。

前台的小姑娘新来不久，性格干净利落，虽然看到这个可爱的正太脸少年一脸哀求，心里十分过意不去，还是坚定地拒绝了他的请求。

“你能不能给她打个电话，就说我是她表弟，我这会儿真的有急事要见她！”袁天河再三哀求，前台姑娘才点头答应，表示等陈总开完会之后会打电话请示一下。

袁天河失魂落魄地坐在大厅的软沙发上，辛也好整以暇地在一旁坐下来。

袁天河咬牙切齿地说：“你最好祈祷我表姐没事，不然我、我……我跟你拼了！”

“你连她的电话都没有，和她也没有多亲密吧？”辛一脸疑惑，抚摸着手里的豹猫，轻声说，“为什么会一副要和我拼命的样子？”

“我只是换了手机，还没存我表姐的号码而已！”陈曼青虽然是他的表姐，但家长们一贯都不许年轻这辈的孩子没事打电话骚扰这个袁家最有出息的表姐，所以袁天河换了手机，也没急着把表姐的电话存进去，毕竟一年到头也就过年过节发短信的时候用得上而已。

但是虽然平常联络不多，陈曼青依然是他的姐姐，何况这次还是因为他不小心才害她陷入危机。

袁天河坐立难安，又给自家老妈打了好几个电话，也不知道她在干什么，一直没接。

他们在大厅里面坐了一个多小时，直到袁天河在前台问到第六次的时候，陈曼青才终于散会，他几乎是立刻就往电梯里冲去。

现在已经是傍晚了，按正常作息的话，这时候应该已经到了下班时间，可是一些人拿着包包走了，更多人却来去匆忙，显然根本没有下班的打算。

好不容易电梯到了29楼，只剩下袁天河和辛了，他们下了电梯，发现这是个非常安静的楼层，和楼下那些一打开就熙熙攘攘热火朝天的景象完全不同。

这一层全是密闭的小办公室，门都掩着，里面偶尔传出激烈的打电话的声音和吼人的声音。

越往里面走越是安静，通道尽头是灰色的双排大门，袁天河左看右看，通道左右两侧的办公室都亮着灯，标着秘书一部和二部，一间没有人，一间传出激烈的大吼声："三个小时之内陈总要看到东西！我不管你们有什么问题……听着！我不管！我只要拿到东西！三个小时后陈总拿不到，那你们的年终奖也别拿了！"吼声伴随着巨大的挂断电话的声音落下，接着再次响起了铃声。

袁天河和辛对看了一眼，辛啧啧咂舌："现代人的生活压力这么大啊……"

"就这栋楼和隔壁那栋，估计是全市压力最大的。不过他们也是全市收入最高的群体……"袁天河也是第一次来表姐的公司。表姐原本在沿海地带工作，要不是工作调动，只怕他也见识不到这种精英众多的写字楼生态。

他摇摇头，对辛吩咐道："等会儿我跟我姐讲话，你快把那个虫拿走！听到没？！"

"听到了！"辛笑眯眯地回答，"你不要一副提防我的样子，其实我是好人来着，你侄子上次赖着不走，我不也放他和你回去了吗？"

不说这个还好，一说袁天河更气了："他现在都不回澳大利亚了，非要待在这里念书，说这辈子要永远和流云待在一起，最近正跟我姑姑闹呢。"

袁天河推开办公室的门，还想打探一下辛的来历，突然听到一个男人惊恐得变调的喊声："陈曼青！你怎么了？"

袁天河再也顾不得似真似假地试探辛的来历，他推开门，几步走进去，顿时瞪大了眼睛——前几天见面的时候，虽然虚弱，但还好好的表姐，此刻正跪趴在地上，大口大口地呕出血块来！

这血块的味道十分恶心，闻上去让人有种胃里翻腾的感觉。

袁天河几步走过去，大喊：“姐、姐，你怎么了？”

戴着金丝眼镜的男人眼圈已经通红，他哆嗦着打电话，虽然抑制不住自己的泪水，但还是尽力思路清晰地对袁天河吩咐：“她最近一直没好好吃饭，刚刚才吃了几口就突然吐血，初步估计可能是胃穿孔或者胃出血，我先叫医生，你看着她不要咬到舌头……喂！你干什么？！”

最后这一声大吼，却是对着辛的。

半张青铜面具下，辛猩红的眼睛里露出笑意，他把霍长流的手机咔擦一声捏碎，丢在地上，然后说：“她不是胃穿孔，你叫了医生也没用。”

“你！”霍长流这辈子还没吃过这么大的亏。他又急又气，想要骂人，面前的辛却把手中的金色大猫放在地上，笑眯眯地说：“快去把玉郎抓回来，你看，它又要弄出人命了。”

这只豹猫有一双天蓝色的眼睛，它不屑地看了一眼辛，偏过头去，但到底还是向着正在呕血的陈曼青走了过去。

它挪着猫步走过去，还没靠近陈曼青，就突然听到清脆的小孩子的声音传出：“亚伦，你不许过来！”

大猫停住了脚步。

“我马上就要成功了！”袁天河听到那奶声奶气的声音，不由地屏住了声息。那声音尖叫着不许大猫过来，而陈曼青仍一脸痛苦，这一耽误，又是一口血哇地吐出来。

袁天河眼神一厉，一把从陈曼青的脖子后抓出来一只已经胖得有三指粗的白色大虫子来！

“是这个东西害我姐姐吗？”袁天河一贯脾气好，甚至算是温柔，这会儿看着这个白白胖胖的大虫子，又看着在这个虫子离体之后，总算是止住了吐血晕了过去的表姐，恶狠狠地说：“我上次和表姐吃饭，就看到它躲在表姐肩膀上，表姐还给它喂吃的，这个白眼狼！”

“等等！”袁天河拿着虫子，打算把它掐死的时候，一直看好戏的辛飞快地动了，他瞬间消失，再出现时已经牢牢把袁天河压制在身下。他一手捏着袁天河抓住胖虫子的手，一手按住袁天河的胸膛，做作地喘了一大口气，才说：“你怎么是这么个急性子，可不能杀了它。”

“你、你放开我！”辛看上去并不强壮，但是他狠狠地压在袁天河的身上，仿佛铸铁一般，袁天河推搡几次，完全无法动弹，他生气地大吼，“为什么不能杀它，它害我表姐，我为什么不能杀它？”

“我才没有害主人！”袁天河目眦尽裂，恨这虫子入骨，大白虫子却不甘心自己被冤枉，扭动着自己的身体从辛的手里飞起来，昂着头，豆豆眼里都是自豪，“不许你们冤枉我，我明明是在帮主人！”

“帮什么？帮我表姐重新投胎吗？！”袁天河气得牙痒痒，要不是被辛压着无法动弹，恨不得跳起来把这虫子一脚踩死。

“投胎是什么意思？是脱胎换骨的意思吗？”大白虫子好奇地问，然后又说，“如果是这个意思的话，那没错！玉郎就是在帮主人投胎！”

眼见着气氛在大白虫子的掺和下越来越紧绷，就要一触即发打起来的时候，一头邪火的霍长流却感觉到怀里的人动了动，他惊喜地低下头，然后猛地露出了惊愕的表情——

陈曼青从他怀里浮起来，整个身体发出丝线般的光芒。这些光芒把她缓慢地包裹了起来。

“曼青！”以往只敢在心里喊喊的称呼，此刻脱口而出，面前的人却毫无回应。

霍长流看着即将消失在光芒之中的陈曼青，一跺脚，身体比脑子先做出了抉择……他一跃跳进了那光芒织就的茧里面。

抱着的两人消失，光芒凝聚成巨大的茧，袁天河在一边看得目瞪口呆。辛一副头疼的样子，手稍微一松，袁天河便一个翻身，骑在了辛的身上。

袁天河早已经忘了眼前这个人来历怪异，忘了自己对这个人的深深忌惮，一边大哭一边疯狂殴打辛，口里大骂：“你害死我姐，你给我拿命来！”

“啊啊啊……救命！喂，你来真的啊？！”辛疯狂躲避，却还是中了好几拳。脸上连续被砸了好几拳，面具似乎有苏醒的征兆，辛忙牢牢一把抱住袁天河，不顾他的拳打脚踢，大声说：“你姐姐没事！”

袁天河停顿了一下，透过辛的胳膊看向那个巨大的、莹润的茧，转头又要继续揍人。辛再次大声说道：“真的，玉郎是千年玉髓里面孵出来的，你知道中国一直都有玉养人的说法吧？”

见袁天河好不容易冷静下来，辛赶紧一口气解释清楚：“传说是真的，玉器认主，玉能养人……而玉郎从千年玉髓里面出生，只要是它认的主人，不管有什么病痛，玉郎都可以治愈。”

袁天河看着那骄傲拍翅膀的小虫子，心中实在不信。

辛叹了口气，说："好吧，我知道玉郎长得没有说服力，但它是喜虫，又亲人，所以看上去比较软绵绵的。你姐姐明天就会醒过来，估计她早已经生了大病，只是还没显现，所以玉郎弄得动静大了点……"

"可是你几个小时之前还跟我说，玉郎是吃人的……"袁天河显然牢牢记住了辛开始的话，控诉道，"刚才你也跟你的豹猫说，玉郎'又要'弄出人命了。"

"叽叽叽！玉郎才不吃人！玉郎只吃主人体内的杂质！"听到自己被污蔑，玉郎不开心地大声给自己洗刷冤屈，"主人体内的杂质太多了，还有好大的瘤子，玉郎一口气吃不完，它们会继续长大，所以只能让主人自己一遍遍筛选、净化！"

玉郎说完，一双豆豆眼怒瞪着辛，大声控诉："辛是坏人、坏人！玉郎下次不帮钻面具了！难吃！难吃！"

小孩一样的声音和脾气，听起来确实比辛可爱又有说服力。

辛见玉郎生气，咳嗽一下，试图跟玉郎讲道理："你刚才闹得动静太大了，净化得太过头，到时候她有了什么和普通人不一样的地方，岂不是又会闹出人命……你忘了你几百年前把一个人净化得太过干净，可以看见普通人看不到的东西，结果差点把人逼疯了的事？"

"叽叽叽……"玉郎蔫了，也不挥小翅膀了，它停在金色大猫亚伦的额头上，盘成一个小团团，显然也知道刚才要不是被袁天河逮住，估计又会重复以前的错误。

"所以我姐姐没事了？"袁天河看着辛，又哭又笑地问。

他才不管这个虫子有多奇怪，也不管面前的辛和虫子的对话信息量有多大，他刚失去了一个可怜的、总是扎着双髻的小妹妹，不想再失去一个姐姐！不管他多少次说服自己，那只是南柯一梦，即使辛把她的死亡冷漠地说成是袁天河打破了他珍藏的花瓶，但在袁天河内心深处，总觉得自己失去了一个可爱的小妹妹，如果姐姐这次因为他的疏忽大意而被那虫子害死，他真的要崩溃了。

"没事。"辛看着他又哭又笑，可爱的娃娃脸扭曲成一团，满是眼泪鼻涕，气哼哼地轻声念叨，"不但没事，还捡了个大便宜呢！"

他脸上的青铜面具微微扭动，又恢复了安静。

辛一手抱起豹猫，看着吃得打饱嗝的玉郎，轻叹着说："你现在吃饱了，我这儿怎么办？"

可怜他找了玉郎两个多月，要不是在网上看到陈曼青的帖子，还找不到这个胖虫子所在的地方呢。

辛戳了戳它，气哼哼地说："还晓得用假造的空间来困住病变，用植物的灵气来洗涤已经脓肿变质的肉体……你对我怎么没那么好？"

"叽叽叽……"玉郎用豆豆眼偷看一眼大茧子，轻声说，"主人……"

"不行，你必须回去。"辛皱眉，半晌，看看对着大茧子失魂落魄的袁天河，轻声说，"过了今晚，就必须回去啊！"

"叽叽叽！"玉郎的豆豆眼顿时发出光来，挥着三对小翅膀往茧子那边摇摇摆摆地飞过去，一边飞一边打嗝，然后趴在大茧子上，快乐地不动了。

"它……为什么会帮我姐姐啊？"袁天河听着他们的对话，显然也知道这虫子不但不坏，还帮姐姐治愈了身体里潜伏的大病。

"玉是天下最为中正平和的东西，就像谦谦君子一样，温润不言，却润物无声。"辛叹了口气，轻声说，"我的老师曾经告诉我，天下之物皆有灵，而君子养玉，玉择君子……"

他拍了拍袁天河："玉郎只是……很久没碰到过自己喜欢的人了。"

充满了野心和进取的欲望，内心深处却一直有自己固有的坚持，对家人多方关照，对下属公正提携，对准备取代自己地位的集团接班人倾囊相授，不耍手段不用强权来巩固地位……知道自己要什么，更聪明的是，知道自己能要什么。

这样美丽又聪慧的人，不但玉郎喜欢，那个陪她毅然投入茧中的年轻人，大约也早就野心勃勃地潜伏很久了吧。

"你怎么跟你表姐一点儿也不像啊？"一个是烈火一般的美人，一个是永远也长不大的小孩，不但样子是，性格也是——刚才还气得揍他，哭得一把鼻涕一把泪，现在却一副天真无邪的样子，一脸好奇内疚地看着玉郎。

"关你什么事！"听到辛的话，袁天河翻了个白眼，大步走上前，对依恋地趴着的小虫子轻声说："刚才……对不起啊。"

"哼！"玉郎扇扇翅膀，并不抬头。

袁天河拼命给玉郎道歉，听玉郎生气地说自己刚刚被捏痛了，忙乖乖给玉郎搓翅膀。辛不由地感慨："真是两个小孩子。"

他按了按微微动弹的面具，轻叹："这可麻烦了呢……玉郎吃饱了，那我要吃点什么来挡住你们的苏醒呢？"

青铜面具上的花纹轻柔地滑动，如同一条条冰冷的蛇。

终

“什么？筛查癌细胞发生错误，我是虚惊一场？！”陈曼青再怎么好的脾气，这会儿也有些上火了。但她也知道人体是很奇怪的，有时候这种事情还真不好怪人家医生。

“好了好了，没事就开开心心的！”因为女儿最近的体检结果而关了店子飞回老家的老两口，这时候一个眼圈发红，感叹着没事就好没事就好，一个虽然面上竭力平静，其实表情松快了许多。

一家人互相扶着走出来，陈曼青想着最近一段时间都没空带父母到处逛逛看看，这时候请的假期还有多余时间，便笑着说：“咱们去翔凤楼吃点好吃的，去去晦气，然后我带你们去C市的景点看看，回来这么久，都没带你们去逛逛。”

一走出来，就看到门口停着一辆眼熟的黑色卡宴，穿着正装三件套，戴着铁灰色领带、金丝眼镜的男人立在阳光下微笑：“陈总，体检结果还好吧？”

陈曼青点点头，笑着说：“我在放假啊，你去忙你的，干吗还来接我？”

看到陈曼青点头，霍长流面色一松，丢掉手上的烟蒂——他面上看上去笃定，脚下的十来个烟头却暴露了他其实并没有表现出来的那么放松。他这会儿才活过来一样，笑着说：“来都来了，不如我开车，带你和伯父伯母吃饭逛逛？”

“那怎么好意思。”一番推拒之后，一行人还是坐上了车。

卡宴悄无声息地没入车流。

远处，抱着豹猫的辛对蔫头蔫脑的白虫子说：“看，你的主人过得可好了，已经忘了你了，咱们走吧。”

“是你让主人忘了玉郎的！我恨你！”玉郎哇哇哭着，扭着小屁股歪歪斜斜地往来的路飞。

“让人类记得你，此刻她也许会觉得感激涕零，未来却只会觉得你奇货可居……”辛罕见地露出一个苦笑，轻轻摸着大猫的头，说：“他们不懂事，我要出远门，你帮我看着点。”

他放下金色的大猫，袖手转身，踏入了阳光里。

“真美味啊。”辛舔舔嘴唇，猩红的眼睛四下观望，闻着交织的气息，脸上渐渐露出嗜血的笑意。

第六章

阴阳丹

1

“爹！刘姨娘一向不安好心，您不要被她蒙蔽了啊！”司柳柳一身端庄精细的衣裙，此刻却跪在地上，仰着一张秀丽的脸，哀哀地看着上首站着的男人，字字泣血，“她一向把持府中大权，自老夫人去后，我们正院连顿热饭热菜都吃不上，一年四季的衣服料子也是比别家下人都不如，就这样还是她顾忌着我娘拿着她的身契。若是真的把刘姨娘一家的身契还回去，我和娘可还有生路？爹就当怜惜娘和女儿，求求您了，女儿给您磕头……”

司柳柳一边说着，一边哭着给司大人磕起头来，她心下一片惶然，没一会儿额头就见了血。

司大人一身五品官服，长须白面，站在被打翻的文房四宝之中，怒意勃发：“闭嘴！女子德言容功样样不精，偏偏巧舌如簧，都是你娘识了几个字，教你念了几本书，把心都念大了！”

司大人恶狠狠地说完，看着一旁也惶然跪着的司夫人，命令道：“把娟娘一家的身契找出来给我。”

“爹，不可啊！”司柳柳膝行几步，爬过来挡在司大人面前，满脸泪水，“爹，柳柳以后一定听话，再不学诗书了，爹就怜惜女儿和娘一次，女儿日后必定乖乖的……”

她的话还没说完，司大人就怒骂打断：“住嘴！哭哭啼啼像什么话，你和你娘每日在府中养尊处优，娟娘哪里苛待你们了。”

“还有你，不要只晓得哭。”司大人转头对着司柳柳的母亲怒骂，“我司府唯一的男丁长子，出门却被说是贱妾所出，害得晃儿在外面与人争吵时大丢面子，郁郁不乐都不敢告诉我。晃儿代表的可是我司府的脸面，你们这两个妇道人家，简直愚钝不堪！”

“爹，司晃和他姨娘一样，惯会做这些幺蛾子……”司柳柳想分辩，话一出口，就知道自己说错话了。

“我看你真是书都读到狗肚子里去了！眼空心大，目无尊长！”司大人气得脸色通红，怒拍桌子，“娟娘说要操持你的婚事，让你早早嫁个知根知底的殷实人家，说你这个倔强性子，高嫁难免惹祸，我原是不信，现在看起来，娟娘却是知你们甚深。也罢，你给我收收心，翻年就看个人家吧！”

“滚！你告诉那个女人，我忍她忍了二十年，她要是敢对我的柳柳动手，我程端蓉就算是变成厉鬼，也要她和她儿子给我们陪葬！”一直哭着的司夫人突然瞪大了眼睛，一把将司柳柳护在身后，一脸阴毒地看着司大人，仿佛护子的野兽在看着外来入侵者一般。

“你、你简直是无理取闹！”司大人气急败坏，大声说，“娟娘对你们一片好心……”

“她如果对我们好心，黄鼠狼给鸡拜年也是好心了！”司柳柳听到这里，突然惨然一笑，怒睁双目，绝望地看着自己的父亲。

“刘姨娘要为我操办婚事，爹，您真的觉得她是一片好心吗？上个月她叫了她的侄儿进府里，偷偷摸摸就想往我的正院里面跑，打的什么主意，您真的不知道？我娘还没死呢！”司柳柳猛地提高了声音，怨恨地大喊，“就算我爹一直都是死的，可我司柳柳还有娘，哪里轮得到一个奴才给我司大小姐主持婚事！”

“你们简直无理取闹！”司大人怒极。

司柳柳满脸泪水，声音很轻，一字一句却仿佛浸满了血泪：“爹，女儿明明天分比司晃好，可是就因为女儿一辈子不能光宗耀祖，所以您便要偏心偏到胳肢窝，要替司晃逼死我们娘俩，好给司府这大少爷和他姨娘让路吗？！”

“不可理喻！不可理喻！给我封了主院！”司大人怒极，拂袖出门，临走只吩咐了一句，“什么时候拿出身契，什么时候再找人告诉我！”

司柳柳一阵脱力，靠在司夫人的身上。刚才那一番话，是她憋了十几年的话。

原先老夫人在的时候，她也是过过好日子的。

老夫人重视庶嫡，又是司夫人她娘的手帕交，对司夫人百般偏爱。

“可惜、可惜啊……”老夫人在司柳柳年少的时候总是叹息，司柳柳开始不知道是为什么，后来才慢慢明白了。

可惜司夫人肚子不争气，在老夫人的严密保护之下，挣命也只生下一个女儿来，让老夫人只能捏鼻子忍着那不要脸面的爬床婢女。

这婢女显然是个眼空心大的，趁着少爷年幼偷偷爬床，其后更是打了新少奶奶的脸，偷偷停了避子汤，在少夫人进门的第一天，便查出来怀了身孕。

庶长子生在嫡子之前，还是在新妇入门的当天查出孕事，被人嘀咕不说，还让司府众人在亲朋面前大大地丢了脸。

连司夫人的父亲程老先生病中早逝，也多少有着这事的缘故。

但偏偏只能忍着，谁让这贱人一举得男，生下了府中金尊玉贵的男丁，谁让司夫人生产时伤了身子，再没有动静了呢。

只要司府的独苗苗是从刘姨娘肚子里爬出来的，就算为了日后司晃继承司府后能好好奉养嫡母司夫人，在司柳柳嫁出去后，能帮助她在娘家站稳脚跟……

她们只能忍。

“辛苦我的柳柳了，都是我对不住你们娘俩……”老夫人临终的时候一直在哭，显然她很清楚，她这一去，司柳柳和司夫人就要受妾室的气了。

果然，情况在老夫人去世之后一落千丈。

刘姨娘撒泼耍赖，借着司晃生病的事情，哭着说不是亲娘不上心。司大人不堪其扰，干脆把管家权限全给了刘姨娘。

日子从那时开始就不好了。

等到司晃长大，明晃晃地站在他姨娘身边撑腰，正房这边就真正算是一日不如一日。到现在一直忍着，也不过是司夫人指望着亲自把司柳柳嫁出去，至少给女儿谋个快活的下半辈子罢了。

可是今日听司大人的口气，这刘姨娘竟是要赶尽杀绝。前头派了她那奴才秧子的侄子来正房恶心人不说，现在居然要亲自给司柳柳挑人家。

正房嫡女父母俱全的时候，竟然要让一个姨娘来操办嫡女的婚事！

司柳柳恨得咬牙，司大人走后，再也无法强撑，哭得上气不接下气：“娘，我好恨啊，我恨他们，也恨我自己，若不是生了这个令人嫌弃的女儿身，凭我念书的天分，哪里就能让我们母女被磋磨成这样……”司柳柳倒在母亲的怀里，咬牙哭着说，“娘，对不起，都怪女儿，祖母临终一直不肯闭眼，一直叹气说可惜柳柳不是男儿，不然也能替娘撑起腰杆，至少不至于被欺辱成这样。”

“傻孩子、傻孩子……”司夫人抱着司柳柳，看着一贯端庄大气的女儿哭得一脸泪水，顿时心如刀绞。

她颤抖着抚摸司柳柳的脸庞，哭着说：“我的儿，娘这些年活得没滋没味的，若不是盼着你嫁人，早就跟着你祖母去了。原想着我们不碍他们的眼，也不和他们争，只盼能为我儿说一户不显赫但日子闲适的人家，可没想到，那个贱婢竟然让她那奴才侄儿摸到我们院子，想坏了你的清白，真正是下贱人做下贱事……”

说到这里，司夫人气得全身颤抖，显然那件事情给她留下了巨大的阴影。

“娘，暂时先别想这些了，好歹刘姨娘那贱人一家的卖身契都在我们手上，如此情况，更是不能退了，否则岂不是真的任人磋磨。娘，你也不要太软和了，若是真的把大家逼到绝路上，我们大不了当面威胁把他们全家发卖了，看他们还敢不敢嚣张！”司柳柳擦干眼泪，劝着泪如雨下的司夫人。

司夫人是书香世家出身，家中人口简单，一直活得安分随和，再加上性子柔和，不喜与他人争吵，这才让刘姨娘嚣张跋扈起来，此刻听到司柳柳这么说，顿时也发狠了，说：“对，如果他们硬要拿柳柳你的婚事来要挟我，我、我、我就把刘姨娘卖到脏地方去！”

她说着，自己先脸红起来，连连说：“呸呸呸，我这是糊涂了，怎么在你面前说这些话，柳柳你别听这些，脏了姑娘家的耳朵。”

司柳柳扶着她娘起来，去后面洗漱净面。

自从那次刘姨娘派了侄儿来正院，还专门往司柳柳的院子跑，差点真的冲撞了司柳柳之后，司夫人就一直和司柳柳住在一起。

可悲啊，明明是在自己家，却连睡觉都要提心吊胆。这偌大的院子，她们除了彼此，竟然连一个可信任的人都没有。

司夫人因为情绪激荡，太过疲累，没一会儿，就昏昏沉沉地睡过去了。

司柳柳瞪大眼睛看着床顶，她嘴上说得轻松，但是心里悲哀地知道，自从老夫人去了之后，司家已经是刘姨娘和司大人的天下了。虽然她们手上攥着刘姨娘的身契，可是娘身边的陪嫁忠仆都因各种原因被发卖或者收买，真出事的时候，想把身契送出去藏起来都不可能，哪天司大人真的下了狠心，把她们院子翻一遍，自然也能拿到想要的东西。

刘姨娘此时在府中已经一手遮天，若是祖母留下来的最后辖制都被拿回去，谁知道她会如何得寸进尺？

可恨，难道就眼睁睁地看着那些恶人得偿所愿？

不说别的，她一个奴才，不顾脸面，未必真的干不出把一个大小姐许配给她奴才出身的侄儿这种事。

司大人当时曾因为刘姨娘的侄儿摸进正院，而罕有地训斥过刘姨娘，可是他话里话外，说的不过是一个奴才怎配得上司柳柳，若是他们拿回身契，捐个出身……

是了！难怪要拿回身契，只怕就是打的这个主意！拿回身契，捐个出身……不止，司家几代单传，虽不算顶级世家，也算一方豪富，刘姨娘家靠着她捞了不少，只怕放在外面，小地主也是做得的……这样说起来，就算这婚事真的成了，外人只怕也会觉得，虽是低嫁，到底不算太过奇怪。

刘长娟，你生了司府唯一的男丁，司府以后都是你和你儿子的，正房已被你逼得活路都快没了，你竟然还不满意，还想让我一生都看你脸色吗？！

卑下婢女，一朝得势，竟然辱人至此，可恨，可恨，可恨啊！

司柳柳咬牙切齿，恨得几乎要流下血泪来。

就在此时，突然有异香从远处飘来，司柳柳茫然地看向房门，就看到有红纱穿墙而过。一个身穿大红宫纱的女人赤着脚踏空而来，她盘着雍容华贵的发髻，插着整套的大红宝石金制发饰，红唇滴血，妩媚的眼睛里面一片冰凉。

她犹如书生梦中的妖精一般，从虚无的黑暗里面赤足走来，红色长纱拖地，脸上那半块缠枝花纹的金面具散发出光芒，看上去古朴神秘，端庄又妖气横生。

她走到了司柳柳的面前，轻声说："我叫岚，我听到了你的愿望……我可以帮你哦。"

2

司柳柳带着丫鬟，手里提着一个不小的食盒。

她一路往司大人的书房走去，还没到地方，就有小丫鬟进去通传，里面父子二人讨论诗文的声音停顿了一下，接着便听到司大人笑着说："让她进来吧。"

距离那天说出让父女间几乎恩断义绝的话，已经过了半年。司柳柳突然仿佛想通了一样，伏低做小，每日换着花样给司大人送自己亲手做的点心，不但司大人有，司晃有，连刘姨娘都有。

司柳柳从小性子倔强，所以一开始司大人他们也怀疑其中有诈，司晃更是连番嘲弄，甚至拿点心去喂狗和鸟雀，来检验是否有毒。但是时日久了，又加上司柳柳亲手把刘姨娘一家的身契偷了出来交给了司大人，把司夫人气得卧床不起，刘姨娘他们也就放心了。她显然不似作假，大概是看着势头不对，于是干脆全副心思去讨好大权在握的刘姨娘了。

“还是娟娘聪明，把柳柳和她那个作妖的娘分开关着，柳柳果然就想通了。”司大人朗声笑着，当着司柳柳的面这么说道。

“是柳柳不孝，让爹和姨娘担心了。”司柳柳的样子随司夫人，虽然五官不如刘姨娘那般妩媚多情，但是端庄雍容，如同莲花清雅，羞涩笑起来的时候，一派小女儿的干净，“我一个从没出过门的女儿家，哪里就知道事情了，幸好姨娘特地派人来教导我些针线刺绣，把那书本子都丢了，日子过得简单清静，只觉得脑子再没有比这半年清白了。此刻回想起来，前十几年的事情竟好像做了一场大梦一样。”

刘姨娘被捧得高兴，顿时也笑了，举起酒杯说：“哎呀，这才是一家人说的话呢。我们女人活在世上，把后宅打理好，把自己的夫君伺候好才是正道。你娘到底是书香门第出身，被教得有些迂腐了，反不如柳柳懂得变通……”刘姨娘在中秋之月下笑得妩媚无比，一派志得意满，“来，如此中秋明月，我们一家人合该好好喝一杯才是。”

“是极是极，我原看妹妹每天被夫人带着念书吟诗，就觉得不对。咱们男人念书乃是为国为家，为的是辅佐圣人治理天下；女人念书，于国于家无用，反倒左了性子，不知天高地厚……”司晃一口喝了杯中酒，大大咧咧地跨坐着，一副指点江山的模样，“我看妹妹现在这性子就很好，日后必然也得刘良那小子的喜欢。”

“哥哥说的这是什么话，真是羞死人了。”司柳柳面上飞红，一派小女儿娇羞的模样，惹得司大人和刘姨娘都笑出声来，席间可谓一派和乐融融的美好景象。

司柳柳面上发热，心里却是寒冷的。

可笑，一个官家嫡女，嫁给一个刚脱了奴籍，还是家中婢女出身的姨娘的侄儿的白身地主，本就是往死了作践人，偏偏一个个嘴上说得如此漂亮。

刘姨娘就罢了，司大人是她亲爹，未必不知道这门亲事实在有些不配，可司晃与刘良关系好，司晃几句话，司大人就浑不在意了。

司柳柳心中一片冷漠，但是面上不显，只是笑眯眯的，一副娇羞不愿说话的样子。

司大人和司晃又开始谈起话来。

司大人考校了司晃的功课，司晃嘟嘟囔囔，开始还好，接着就答不出了，刘姨娘看着司大人要生气，马上开始打起圆场来。

司柳柳也跟着说俏皮话，心里却一派鄙夷，这就是未来顶立司府门面的大少爷啊，方才问的功课，她司柳柳十三岁时就能答出来了。

偏就是如此蠢材，自大傲慢，因为是男儿身，是司家唯一的继承人，于是能带着刘姨娘凌驾于嫡支之上，让司大人给足了继承人一脉的脸面，也算是最大的悲哀了。

司柳柳笑着端起小酒壶，倒了两杯酒，一杯递给司晃，一杯自己拿着，一脸讨好的娇笑，说："哥哥，妹妹再过半年就要出门子了，日后若是刘良欺负我，可就只有哥哥给我做主了。妹妹这里给哥哥敬酒，哥哥可千万不要忘了妹妹啊。"

这话说得卑微，刘姨娘脸上闪过得意。她是该得意的，年少得到少爷宠爱，其后有了能依靠的儿子，正房有老夫人护着又如何，就算侥幸生了个丫头，还不是被她踩得一辈子要看她脸色，一辈子在她和她儿子手底下讨生活。而且一家子奴仆，因为她而鸡犬升天，眼见着就是新荣之家了。

司晃也被奉承得高兴无比，司大人一脸慈爱，笑眯眯地说："这才是兄妹之间的相处之道呢。晃儿，你妹妹这杯酒，你当得起，日后你妹妹出了门，代表的是我司府的脸面，你作为司府未来的主人，很该看护妹妹啊。"

司晃一口饮尽了杯中酒，咂摸一下嘴，说："好酒，香甜甘醇，余味悠长啊！"

司柳柳飞快地喝了自己杯中的酒，眼里闪过一丝光芒，她又忍着坐了一会儿，待席面上酒尽杯残，才带着一身酒气回到了正院。

"娘，我成功了。"夜里，司柳柳悄悄地进了司夫人的房间，对半躺着、正听着一袭红衣的岚念话本的司夫人激动地说，"花了半年时间，他们终于信任我了，今天我看着司晃喝了那杯融了阴阳丹的酒，我也喝了，娘、娘……"

司柳柳泣不成声。

第一次见面时，岚捧着一个透明的琉璃盒子，盒子里垫着红色的锦缎，上面放置着一粒小小的黑白相间的丹药。司柳柳只打开一角，就闻到了那霸道猛烈的浓郁药味。那药味道辛辣又甜香，难闻至极。

但岚说，合着酒服下，甘甜醇厚，且……能够置换阴阳。

"岚，我看着他喝下去的，我的也一口喝完了，什么时候才会产生变化？"司柳柳哭了几声，眼巴巴地看着一旁没说话的岚。

"就在今夜。"岚合上书，轻声说，"你们可都准备好了？"

"准备好了。柳柳最近在府里得势，我说要去庙里祈求柳柳姻缘顺畅，虽吃了些讽刺，总算是成事了。我们出了门就可以上岚你雇的马车，直接去我父亲的弟子所在的江州。"司夫人匆忙回答完，又补上一句，"给柳柳的男子服饰也备好了……"

半年前，司夫人是个子不语怪力乱神的人，只是那一夜岚没有惊动任何人地凭空出现，给了她装病又不伤根本的丹药，又给被下了不少寒毒的她调理好身子，那仿如神迹一般的事情，让司夫人对岚产生了极大的信任。

可是，她心里还是不忍的："只是我儿，你可要想好了，这变成了男子，就……"

就再也不能过正常女儿家的生活了啊。往后遇到爱的人，遇到了想要厮守的人，只怕就是一生的遗憾了啊。

"这世道对女子如斯刻薄。我若是成了男儿，还能连夜出逃，找到外祖父的弟子，潜心学习，为自己拼出功名，让我这天分有用武之地，将来保护自己和母亲；若是身为女儿，就只能眼睁睁跳入火坑，从此一生为人摆布……"司柳柳心中未必是不怕的，可是她怕也没有用，只能咬牙含泪说，"娘，咱们只能顾眼下了。"

说完，司柳柳转头看着岚，眼里有感激，有害怕，却也有前十几年没有的……对未来的希望！

"岚，咱们再把计划核对一下吧。"司柳柳紧张地说。

"你现在先吃点东西，醒醒酒。"岚轻启红唇，轻声说，"今夜子时，阴阳丹就会产生效果，两个时辰过后，丹药的效果完成，我们就立刻拿上行李出发，现在大家都洗漱一下，然后去休憩吧。"

这是一个漫长的夜，其后很多年，司柳柳都记得这个长夜。

在这个夜里，阴阳丹如同火一般燃烧在她的四肢百骸，司柳柳很多次都觉得自己要死了，她仿佛被人打碎了全身骨头，然后又被一块块拼起来，完成的时候，又觉得前所未有的畅快，她差点就这么香甜地沉入黑暗的梦乡了。

接着，她被人唤醒了，一身红纱的宫装女人轻声说："准备好了吗？司二少爷，我们要出发了。"

那一天拂晓时分，司夫人拎着细软，带着一个脸上有疤痕的侍女和一个灰头土脸的小厮，就这么寒酸地出了门，上了司府早就准备好的马车。只是刚出城，岚就打昏了赶车小厮，一行人上了早备好的马车，一路往南，去往天下士子最为云集的地方。

身后的司府里，司晃一夜长梦，到了午时才醒过来。他醒过来之后，看着自己高耸的胸部，还以为自己陷入了一场可怕的梦魇。

3

梁州的事情，已经全在身后了。

司家乱成一团，而司夫人和司柳柳却在十几年的压抑和绝望之后，看到了这个新天地。

江州的风是温柔的，风吹过，像是孩童细嫩的手轻柔地拍着脸，让人露出甜蜜又可爱的笑意。江州的日光不刺眼，也是柔软的，那碎碎点点的光芒透过树枝照耀着，像是金屑洒满了人间。

人们撑着乌篷船在水上来去，白墙黑瓦之间，有朗朗读书声。这里的一切都比梁州好，比梁州干净，比梁州繁华。

司柳柳被司夫人带着，忐忑地去给一家人递了拜帖。

“这么多年了，也不知道他们还记不记得。若是这条路不通，就只能去找另外几家了。哎，都怪我，当时被困于后宅，也是碍于名声，不好与外男打交道，纵然是有些情分，这些年了，只怕也……”司夫人紧张地唠唠叨叨，身边站着一位长身玉立的公子。

与司晃换了性别之后，司柳柳长高了很多，虽然相较于一般男子还是稍显羸弱，但原本端庄清丽的气质和五官，让她在变成男子之后愈发显得玉人一般，可堪是浊世佳公子。

她穿着一身文士的长袍，微笑着摇扇安抚母亲：“娘不必担忧，命里有时终须有，命里无时莫强求，我们既然能逃离司家，渡过人生大难，合该高兴才是。”

“你小小年纪竟如此豁达，颇有老师当年的风采啊。”

门“吱呀”一声打开，外祖父的弟子站在门内，显然是看了拜帖的内容。他眼里有几分泪意，说：“小师妹请进来说话。”

一行人进了院子，一路往正厅而去，待泡了茶，还没来得及喝上一口，这中年文士就急匆匆问起来：“小师妹在拜帖里只说遭了大难，不得不离开梁州。当初老师把你托付给司家，说司家门风清正，老夫人又是师娘的手帕交，断断不会让师妹受委屈，究竟发生了什么事？”

“这事由我来说吧。”司柳柳按住司夫人，苦笑着说，“师伯，我外祖父只看准了老夫人，却没看准我的父亲。”

司柳柳在中年文士的示意下，把早就约定好的说辞慢慢和盘托出，先是说了司大人宠妾灭妻，又说岚查出的司夫人身中寒毒之事：“……老夫人尚在的时候，父亲就偏宠贴身侍女，在新妇进门时爆出有孕，母亲捏着鼻子提拔她做了姨娘。谁料人心不足，她又抢先生下长女。她生怕失宠，只说生了司府长子，从小把女儿当作儿子养大，父亲竟也帮忙遮掩。后来我娘生下我，却被那妾室下毒，差点儿一命呜呼，老夫人自知时日无多，生怕那小妾无法容我活下来，断了司府的血脉，于是仔细安排，谎称我娘生了个女儿，这才让我们在正院苟延残喘地活了下来……”

这话说得断续，其实也有一定漏洞，但是只要事实是铁板钉钉的，只要司柳柳现在是男儿身，而司晃是女儿身，那一切漏洞都会被人自然而然地忽略。

中年文士闻言大惊失色，脱口而出：“怎么可能？！朗朗乾坤之下，竟有如此荒诞之事！”

“不止。”司柳柳苦笑一声，脸上浮起一抹薄红，似乎在为即将要说的话感到尴尬，并不看眼前师伯的脸，轻声说，“原本身为人妻、为子女，不可顶撞夫君父母，可这次、这次……”

司柳柳咬牙，脸上全是羞愤：“娘这次再也无法忍耐，带着小生逃出来，乃是因为我年纪渐大，我娘找到父亲坦诚一切，想要为我这司家真正的嫡子正名。可是被小妾提前发现，为了独占司家钱财，她竟想将错就错，把小生以女子之名，嫁与她的家中子侄，然后或幽禁、或杀之。她在后宅一手遮天，我们寻不到机会见父亲，眼见事情就要定下，实在无法，只能先逃出来，再作打算……”

“荒唐！简直是荒唐！”中年文士听到这里，再也无法忍耐，猛地一拍桌子，痛声怒骂，“司余这小儿，竟如此折辱先师血脉，我与他不死不休！师妹，贤侄，你们先在我家安顿下来，过几日我们就启程，去梁州找那老匹夫算账！”

“不！”听到这里，司柳柳一直冰凉的心，涌起了一股热流。这么多年遭受屈辱，从小被姨娘一脉压得死死的，甚至差点被姨娘害了一辈子；如今还被岚查出，母亲只生了她就再没动静乃是因为刘姨娘重手下了寒毒，再晚些发现甚至有碍性命……司柳柳一直以为人心是冷漠的，可是在这多年未联系的外祖父的弟子身上，她终于找到了一丝温暖。她的眼泪刷地流下来，哽咽地大声说：“小侄只想考取功名，来日亲自为我和母亲寻个公道！”说完，她深深鞠躬。

中年文士眼圈也红了，大声地说：“好好好！不愧是我师父的血脉，有志气！”

他上前扶起司柳柳，又说：“你说司余那小儿从小不许你念书，可我看贤侄你说话谈吐，不似胸无点墨啊。”

“整日被关在院子里，左右无事，所以自小我就手把手教他。虽然不如师兄们，但是好歹也叫他识得几个字，知道礼义廉耻。”一旁也流出泪来的司夫人说道。

她们娘俩一直被关在后宅，每日无事的时候只能看书习字。司夫人出身书香世家，自小功课不错，换了任何一个读书人娶到如此美人都是一段佳话。当初老夫人也是想着新妇进门，必然可以红袖添香、举案齐眉，可偏偏刘姨娘脏的臭的手段连连使出来，等司大人新鲜劲头过了，司夫人没有儿子傍身，愈发没有好日子过了。

“师妹自小被师父亲自教导，想来贤侄的功课也定然不错。今日咱们先休息，为兄为你们接风洗尘，过几日让我考校下贤侄的功课。”他重重拍了一下司柳柳，郑重承诺，“放心，先把基础在我这里打好，我身为白鹿书院的夫子，他日也可以把你举荐进去，让你和同窗们多多交流。男子汉大丈夫顶天立地，今日之事，你就当作是你人生的一个考验吧！”

“是，小侄明白！”司柳柳笑着说，“只还有一件事要麻烦师伯。”

“何事？贤侄只管说吧。”中年文士温和地笑着，还以为他们匆匆而来，囊中羞涩，“你和师妹都住在我家吧，这里靠着白鹿书院，天下士子常年聚集此处，实在是租赁不到的好地方。”

说到自己所在的书院，这饱学儒士抚须而笑，毫不掩饰开心得意，明明是一样的动作，这饱学儒士却一派风雅阔达，与司大人的装模作样全然不同。

司柳柳轻笑着说：“谢谢师伯好意，小侄现在身无功名，需认真念书，但确实放心不下母亲，只有厚颜借居了。只是小侄要麻烦师伯的，却是别的事。”

司柳柳顿了顿，笑着说：“小侄这名字太过闺阁了一些，但小侄不想改，只望自己一生都能牢记这一段痛苦的日子。但他日念书，与朋友之间称呼，这名字又太过绵丽了一些。师伯既要教导我念书，就是小侄的师父，还请师父，为弟子赐字。”

“达君。字以表德，你少年受尽磋磨，但我希望贤侄你豁达待人，最重要是豁达待己。日后你可竭尽全力为母亲讨回公道，但切记不可为此心心念念，反而滋生心魔。”他叹了口气，轻轻拍了拍司柳柳的肩。

“达君谨记师父所言。”司柳柳激动地弯腰，行了一个大礼。

4

“达君！达君！”

“别叫了，这小子肯定又看书看疯魔了。”

“不行不行，这回必须叫他，这小子得了这月的第一，书院奖励了二十两呢！上个月周贤弟得了奖励，就在老翔凤摆了一桌，这小子可不能躲过去啊！”

院子里面吵吵嚷嚷的，下一刻，窗廊支了起来，一个穿着白毛裘衣，乌墨一般的头发被一根木簪束起的翩翩公子笑着出现在窗口。

他面容和外面的雪一样洁白，支着窗廊的手指也如羊脂白玉一般，整个人看上去如同一块美玉、一朵雪山顶上的雪莲花，有种高洁清幽的绝世佳公子之姿。

他笑着看外面，脸上却有一丝调皮，那种不食人间烟火的样子被打破，让人心里只觉得亲近可爱。

他促狭地笑着说："我当是谁呢，佩之，乐天，还有周思贤，我本想等雪停了请客的，你们却也不怕冻。"

这就是以男子之身活了六年的司柳柳了。

当初在后院被压抑的绝望和痛苦，此刻已经被诗书熏陶出了绝世风华，三年前刚入白鹿书院的时候，司柳柳的名字还让许多人发笑，但因为良好的功课和翩翩风度，她很快和大家打成一片，到如今最为交好的，就是眼前三人了。

"他们是佩之和乐天，为什么我就是周思贤了？"周思贤不满地指着自己，气哼哼地说，"达君，你怎地如此偏心？"

周思贤丰神俊朗，不说话的时候还有些冷漠出尘的气质，可是一说话就暴露了他二货兮兮的内在。

旁边的于佩之和白乐天笑了，齐齐说："这可怪不了达君，谁让你第一次见达君，就流着哈喇子献殷勤，私下还信誓旦旦地说达君一定是女扮男装，逼得一贯羞涩的达君跟我们共浴以证清白……"

这一堆黑历史说起来，那真是三天三夜都说不完，司柳柳也听不下去了，忍不住额头冒青筋。

当初这个人死活不肯相信她是男子，不但大献殷勤，还去师父面前扬言要提亲。原本司柳柳名字女气、样貌出众还只是令大家惊讶，这小子一顿胡搅蛮缠之下，大家都将信将疑起来。

逼得一直不肯跟大家一起进澡堂泡澡的司柳柳，只能选了一天，公然进了澡堂。她最初进去的时候，大家居然都不约而同地挡住自己，要么躲在水下，要么拿盆子澡巾盖住自己，直到她咬牙脱了衣服，大大咧咧去泡澡，才听到好多失望叹息的声音。

周思贤当天晚上哭了，连续醉了三天，还问她为什么不是女孩子，说他的梦碎裂了。

……想到这里，司柳柳简直脸色发黑。

她大声说："老翔凤，再说就没了啊！"

"哦哦哦不说了！今日大雪，我们找个雅间，对着那镜湖观雪吟诗，岂不是美事？！"

“走走走，温上一壶好酒，吃完再去雅集看看有没有新书！”

司柳柳顿时笑了，合了窗户，披上母亲特地缝的白色大氅，出了房门，和朋友们说说笑笑地往老翔凤酒楼走去。

只有在四人之中有人拿了那一月的头名奖励，他们才会去一次老翔凤。一月一次，说起来是很多，但是白鹿书院藏龙卧虎，四人虽然是拔尖者，但也不是每次都能拿到第一名，因此能去一次老翔凤，还是值得期待的。

大雪之日，酒楼人果然少，几人找了个对着镜湖的雅间，点了几盘菜，又点了老翔凤的招牌烧鹅。伙计燃了炭炉，所以虽然开窗赏雪，但房间里还是慢慢暖和了起来。

这样的天气，看着湖面，吃着酥脆肥嫩的烧鹅，一旁的佩之突然笑着说：“可算明白那句‘绿蚁新醅酒，红泥小火炉’的意境了，舒适，安逸！”

乐天喝了一口温好的雪酿，咂摸了一下嘴，说：“不对不对，我们这分明是‘晚来天欲雪，能饮一杯无’啊。”

“你瞅瞅，太阳还挂着呢，就想喝到晚上了啊？不要脸！”佩之笑嘻嘻地揶揄乐天，一句诗就暴露了他的打算。

乐天本来就好杯中之物，此刻被佩之揭穿也不羞愧，反而笑着说：“看着大雪下着，我们吃吃喝喝到傍晚，再温上酒，看夜雪簌簌，岂不美哉？”

“你们好雅兴，我可不想做个风雪夜归人啊。”司柳柳赶紧表示拒绝，好不容易等到书院每月休憩的时候，她若是在山上读书便罢了，都下山了，必然是要回去的。虽然岚一直陪着母亲，但是司夫人肯定还是想见见自己的女儿的。

“看着这大雪，我却只想到‘日暮苍山远，天寒白屋贫’。”周思贤不犯愣的时候也是心思澄澈、旷达悠远的，他此刻把玩酒杯，一口喝尽，说，“我们明年就要赴京考试，若是不中也就罢了，若是得中功名，只希望我们兄弟四人进能庇佑平民百姓，为君王效力，为天下请命；退能保住自己，不随波逐流，清静旷达。”

“贤弟（思贤兄）说的是。”几人，包括司柳柳也一起举杯。

想到明年的春闱，大家的思绪顿时都沉淀了下来，达则兼济天下，穷则独善其身，这天下和权势离他们只有一步之遥了。

这就是男子们所看到的世界啊，那么广大，那么浩瀚动人。

那是后宅女子们看不到的天地，是她们感受不到的、活着的使命感和魅力。

司柳柳狠狠喝了一口酒。

他们开始吟诗作对，咏雪、咏花。外面的雪如同鹅毛一般飘摇着，从天际来到人间，那轻灵的步伐和飘摇的姿态，让司柳柳想起了六年前绝望的司家嫡女，想到披着红纱穿过黑夜到达自己面前的岚。

身边的周思贤没一会儿就喝得有些醉了，又哭着趴在她的身上，一声声地说着："柳柳、柳柳你怎么是男子？我不相信，呜呜呜，我想娶你的，你要是女子，我一定娶你回家！"

佩之和乐天决定去雅集再逛逛。周思贤出身比他们三人都好，虽只是在书院读书，也是置了宅子作为歇脚之地的。此时他高大的身子趴在司柳柳身上，往自己的宅子走去。

他借酒装疯，男子说话的热气和心里的渴慕，让司柳柳的神经一阵阵紧绷。她心中如同小鹿乱撞，又是甜蜜又是羞涩，而后一丝酸痛苦涩涌上心头，接着变成了漫天的愤怒。

司柳柳一把推开身上的周思贤，看着周思贤愕然地踉跄了几步，她鼻子发酸，恶狠狠地说："你给我闭嘴！"

"……达君，你怎么了？"周思贤有些被吓到了，看着司柳柳，一副想要过来却被制止的样子，看上去格外可怜。

但司柳柳却一丝也没觉得，她脑子有些糊涂，大约也是喝醉了吧，她突然在这个夜雪簌簌的傍晚，在长街之上痛哭了起来，大声说："周思贤你这个幼稚的家伙，不要开玩笑了！如果我是个女子，你这辈子根本见不到我！"

"下辈子、下下辈子、再下下辈子，你都不可能认识一个叫司柳柳的人！"司柳柳大哭起来，半晌突然又惨笑起来，"你什么都不懂，你不懂。"

说罢，她跌跌撞撞地往师父家走去。

周思贤一脸愕然，良久，露出了思索的表情。

司柳柳一路冒着大雪回家，脑子里面是这六年的时光。若是六年前，有周思贤这么个出身世家、满腹诗书，偏还样貌好看的男子哭着说要娶她回家，司柳柳一定会脸红心跳，甜得恨不得当场死了。

她其实也喜欢过这个男子——他气度高华，私下又可爱风趣，能与她笑着说诗书，又能与她结伴同游。

可是啊……

"若我是女子，只能困于后宅，被他人欺辱践踏，生死悲欢都不由自己，你根本不会知道，世上有这么个人存在过。"这些都是司柳柳心底的话，可惜无人可以诉说。

她的心里一片冷寂，如同烈火燃烧过后，余下的一地灰烬。

他们互相有过暧昧不清的情愫，周思贤感受到了，所以他每每喝醉，总是哭喊着粘着她。司柳柳不是木头人，当然也明白他犯愣背后的赤诚感情。

可是他们能够相识相知，是建立在当年女儿身的司柳柳斩断自己的退路，把自己变成了一个男子的基础上，因此她才能师从大儒，才能日夜攻读，才能去书院念书，才能公平地和这些男子们一起毫无遮拦地站在这片大地上，不戴帷幕，不遮挡自己看这个世界的眼睛。

她回到她们寄住的偏院时，睡下的司夫人又醒过来，欢喜地叫下人打水给她洗脸换衣。

“娘。”司柳柳如今身为男子，不好再抱着司夫人撒娇，她醉醺醺地握着司夫人的手，又哭又笑，“娘、娘……我心里好痛，可我又好高兴……”

她翻来覆去地说着，一边流泪，一边又露出璀璨的笑容：“娘，你儿子明年春闱，定然为你挣个诰命来，司余那老匹夫顾忌司晃，连官家夫人的凤冠霞帔都不曾为你请回，儿子给你亲手挣回来……”

是啊，她是娘最骄傲的儿子，任何东西，她司达君都可以为自己所爱之人亲手拿回来。

那个哭着祈求爱和救赎的司大小姐已经被她亲手杀了，尸体就丢在自己内心的荒野，日日任野兽啄食。

5

之后司柳柳和周思贤似乎又恢复了面上的平静，四人结伴，出发去往京城。

江州离京城不远，他们也不急着赶路，路过古迹名胜还会停留几天，咏诗作对，好不风雅。

待他们到了京城，离考试不过几日了。

他们稍作休憩，也不再温书，时间一到便带着早就准备好的被褥、笔墨纸砚以及干粮饭食，直接进了考场。

今年春闱的时候，天还没回暖，外面刮着寒风，司柳柳分到的号室还算不错，没挨着茅房，没有异味，房间也还算干净整洁。

纸卷和誊写的纸都送来了，很多学子已经开始快速答题，她把带着的东西一一放好，又把坐的地方厚厚铺好，用带来的木炭烧了汤婆子捂在脚底，发麻的脚开始温热起来，她全身暖得一抖，才铺开纸笔慢慢开始答题。

其实能参加春闱的学子，大多都是有一定功底的，但为何有些人屡试不中，有些人却一鸣惊人，除了才华的高低，就是看考试时候的发挥了。

白鹿书院存在了几百年，不知出了多少大儒和高官，他们留下的经验丰富又冗杂，科考时候的饮食、所带用具乃至休憩放松的时间都有详细的介绍，因此白鹿书院的学子，能被老师点头放下山科考的，往往少有名落孙山之人。

只是看是什么名次罢了。

司柳柳自己知道，她的文章花团锦簇，但到底曾困于闺阁多年，气度不如被从小培养的世家子。偏偏当今圣上是个做实事的，与喜好繁复锦绣的阁老们不同，只喜欢质朴又鞭辟入里的文章。

司柳柳自问做不到这点，只能尽心尽力地把手上的答卷写好，写了半日，一咬牙，划了前面的字，重新开始起行——虽然做不到鞭辟入里、指点天下，但是既然付出那么多，只为了有朝一日能坦荡自豪地站在苍穹之下，那么，从她懂的那些细小的地方来解析民生也无不可。

只是这样到底冒险了些。

如今这个问治理治下丁口的题目，司柳柳猜都能猜到大家会从各个方面解读，她原本只想写些歌功颂德的漂亮话，但想到自己那些暗无天日的后宅岁月，想到那些因为身为女子，只能眼睁睁被庶兄和姨娘压在头顶的日子，司柳柳眼圈一红，一咬牙，开始唰唰书写——

“所谓治理治下丁口，一在繁衍生息，壮大人口，此为老生常谈。然则为天下所忽略者，在于丁口之本。丁口之本，当为天子输送人才，为陛下分忧解难之臂膀，然小儿长于后宅之内，妇人从不知天下事，小儿岂能知之？妇人每日囚于小院，小儿岂能阔达高远？此后脂粉之气日重，花团锦绣之中可有治国之脊梁？养育人才者，盖如此类，则根本动摇……”

司柳柳断断续续地写，写完又修改，考完之后交了卷子，才后怕起来。

她写得十分隐晦，甚至多方引申，移开话题，但是概论的核心却是十分大胆。虽然只驳斥女子不应当出门和女子无才便是德的说法，又从子嗣方面入手写出危害，但想想应该也是触动了所有男人心中的利益。

这只是其中一部分，文章之中她还写了其他，又在结尾用了许多华美语句来畅想天下安宁，大约就算是惹了老臣们不喜，也能混个二甲的吊车尾吧。

可是万一遇到特别看不顺眼这一点的，只怕她这次就要丢书院的脸了。

忍了这么多年，为什么就在这时忍不下去了呢？

大约是知道这一次，自己的卷子能被那些手握重权的人看到，甚至能被这天下最尊贵的人看到，所以到底是……心有不甘。

同样都是人，都是被母亲孕育十月才能得到生命，才能来到这个世界，为什么女子生下来就要困于后宅？

就像她司柳柳，若不是变成男子，就算她比庶兄聪明，也只能嫁给一个下仆；而她的母亲也会因为没有儿子，一辈子困在后宅，被人欺辱，哪天妾室一个不高兴，就能让她无声无息地消失在后宅之中。

若她是男子，老夫人当年也不会那么难过。毕竟嫡子出生，那妾室所出的不过也就是个锦上添花的玩意儿罢了，想来当年刘姨娘之所以给母亲下了寒毒，就是为了断掉正房最大的指望吧……

罢了，不想了，只要能得进士，将来谋取一官半职，给母亲请回个凤冠霞帔……至于司家那一府的烂事，她若是不站在绝对的高位上，孝道重压下来，只怕也讨不到好。

司柳柳脑子里面乱糟糟的，脸色苍白，整个人有些摇摇欲坠。

“怎么了，考得不好吗？”身后传来周思贤的声音，他原就是京城人士，出身世家大族，因此回京之后，硬是招待着司柳柳、佩之和乐天三人都住在了周府。

四人一同出场，周思贤精神还算不错，这会儿佩之和乐天也走过来了，都比司柳柳的精神好许多，三人忧心地看着司柳柳。

“没事，只是一时有些为名次担忧。”面对挚友，她倒是不隐瞒。四人也不在门口交谈，乘坐马车，一路回了周府。

从中午狠狠睡到第二天上午，四人才陆陆续续起床，这才坐在一起，继续说之前的话。

“想到母亲的遭遇，忍不住写了些大逆不道的话，虽然竭力模糊，但可能还是会惹得大人们不喜……”司柳柳大致说了自己的文章，苦笑着喝了一杯酒。

她披着那件白色的大氅，里面是白色的裘衣，因为最近的考试瘦了些，愈发显得弱不胜衣。

这些衣服都是司夫人在她临入京时殷殷切切地做好了的。对于司柳柳的选择，她一开始有些难过，可当师父断言司柳柳此次入京定可得个功名时，她好像全然忘了司柳柳曾是女儿身，而是真的把她当成了自己可以依靠的家中栋梁，甚至和师父说着，等功成名就定要为她寻一门好亲事。

每当这时候，司柳柳就只能看看岚，再看看母亲，想说什么，却闷闷的什么都说不出来。

路是自己选的，纵然满身都是血，也得咬牙走下去。

司柳柳长吁短叹，身后却突然传来女子含笑的声音："我觉得你的文章写得极好，你不要妄自菲薄！"

几人愕然转身，就看到一个穿着明黄宫纱，里面衬着粉色裙装的女子。她看上去雍容大气、端庄威严，虽然梳着少女的发髻，粉面含笑，腮边露出两个梨涡，但看上去聘聘婷婷，显然比一般闺阁女儿年岁稍长。

她扶着侍女走进来，大大咧咧地坐下，打破了原本华贵的第一印象，显得有些亲切起来。她用手扶着下巴，笑着看司柳柳："告诉本宫，你叫什么名字。"

"这是三公主。"周思贤皱着眉，一脸尴尬地看着投过来询问眼神的司柳柳，说完又转头请安，对着三公主说："公主是来找舍妹的？舍妹今日去南安寺了。"

"我知道，我是来找你的。原本是想问你考得怎么样，要不要我把你的卷子捡出来给父皇品评一下，不过现在嘛……"三公主态度随意地对周思贤说道，显然和周家关系良好。

她看着司柳柳，突然摸着下巴笑了："我现在却觉得应当把他的卷子给父皇看看，这位小公子虽然羸弱柔丽了些，但却敢说敢做，本宫甚是喜欢！"

说完，三公主兀自拿起杯子喝了一杯酒，又盘问了一番司柳柳的名字、籍贯，详细听了司柳柳母亲的事，粉面含煞，冷哼着说："你父亲在五品官位上蹉跎了二十年，定然是承蒙祖荫、不思进取的。这泥猪蠢狗一般的人物，竟然如此折辱程老先生唯一的血脉！程老先生当年连父皇以官职邀请出山都推辞了，只一心教导学子，如此风骨人物，其后人却遭人辱没至此，简直可恨。"

说完，她一挥手，扶着小侍女起身就走，一身煞气，气势竟然死死压住了在场的所有男儿。

"这、这三公主是何等人物？"在三公主走后，出身平民的其他三人都愣愣地看着周思贤。

"这……说来话长……"周思贤额头冒汗，轻声说，"圣上子息艰难，有三位公主一位皇子，其中两位公主的孩子都有十来岁了。"

"这位三公主就是最小的那位公主？"乐天咂嘴，"果真有皇室的气派。"

"是的，和她一同出生的弟弟就是圣上唯一的皇子……"四人悄悄地把头凑在一起，胆战心惊地说着这天下最尊贵家庭的密辛，“当年圣上独宠李贵妃，宫中妃嫔皇子都遭过毒手，连元后和两位嫡子都没能保住，到圣上天命之年，只剩下这对二十岁的龙凤胎……要不是李贵妃身子不好去得早，只怕这两个都养不活。继后好不容易熬到苦尽甘来，生了这一儿一女，可惜因为之前忧思过度，生下来的小皇子一直汤药不断……”

“当然，圣人乃是天子，有龙气庇佑，必然能逢凶化吉，皇子也定然是安康的！”说到这里，周思贤赶紧补救。

四人感情极好，也感激周思贤愿意把世家大族才知晓的密辛分享出来，顿时纷纷点头，好一顿隔空马屁，吹得唾沫四溅。

半晌，乐天和佩之又邀着去雅集松快一下，周思贤和司柳柳跟在后面。

周思贤突然说：“达君，我想到那日你跟我说的话，觉得你说得极有道理。”

“哪日？”司柳柳一脸茫然。

“你说女子养于深闺，不为人所知，纵然有达君这样俊秀风流的人物，也会困于后宅，生死苦痛由人主宰，实在可怜可叹……”周思贤眼神深邃地看着司柳柳，说，“愚兄思考良久，深以为然。”

“哦？所以呢？”司柳柳心中一软，轻声问。

“三公主自小聪慧，智多近妖，虽然外人不知，但圣上其实曾多次采纳三公主进言，北疆战事与三年前地动救灾，乃至吏部查检，其实都是三公主起草的草案。”周思贤声音低低的，“皇子却羸弱，性子绵软腼腆，阁老们都痛惜两人生错了性子。”

“……你这话是什么意思？”司柳柳悚然而惊。

“没什么意思。”周思贤眼神幽深，轻轻说，“于私，三公主生母、当今继后乃是我家姻亲，三公主和出不得宫的皇子比起来，与我家更为亲近。别看她扶着侍女走动，那都是为了应付言官们装的，其实公主文才武功，都在我们这些世家子之上。于公，公主双十年华，陛下却一直不肯松口将公主嫁出去，我们周家世代忠臣，圣上不言，我等却该为圣上分忧。朝中阁老势大，本就危及根本，此刻也是良机……况且……”

周思贤轻声笑了：“况且达君当日所言极是。想到天下间若有达君这样钟灵毓秀的女儿被人明珠暗藏，而我竟不得知，真是心中绞痛啊！说不定，我未来娘子也正在某个暗无天日的地方受着磋磨呢……”

司柳柳和他并排慢慢走入人潮，心中波涛汹涌。

她懂周思贤的意思，只怕她那张卷子，将要掀起这个朝堂，乃至千年来，最大的风波了。

天下最有权势的人为了稳固江山，想选择聪慧果敢的继承人，要与天下一搏，只是一直未曾找到机会。而那些显贵家族为了为君分忧，为了君王的赏识和家族绵长的富贵，将要和已成最大挡路石的阁老们较劲……

风云都在暗中涌动，只等在司达君的卷面上来厮杀个你死我活。

这让司柳柳害怕，却也让她全身的血液燃烧起来。

纵然是被当成厮杀的工具，这也是她一生之中唯一一个，为困于后宅的自己，为自己的母亲，为千千万万和她一样被困于后宅的女孩们说话的机会了！

“我知道了。”司柳柳舒展眉眼，轻声笑了，“达君求之不得。”

6

春闱成绩还没出，阁老们那儿就传出了风声，说这届有一张狂学子，不敬人伦，实在令人鄙夷。

这话原本只是私下说说，但是不知道为什么，忽然有学子站出来写文章辩驳，言说成绩未出，先分憎恶，质疑阁老因一己之私打压人才。

阁老们气得怒骂，手下学生纷纷挽袖，替老师上场厮杀，结果一来一往的文战愈演愈烈，到想收场的时候，才发现闹得沸沸扬扬，竟然再也压不下来了。

这时候三公主登场，把这件事闹得更是沸反盈天。

天子少年时钟爱奸妃，年纪老了清明了，好不容易留下两个儿女承欢膝下，可儿子身体羸弱，反倒是女儿聪明大气、心思透彻，与他少时极其相似。因此三公主极得帝王喜爱，连去上书房批阅奏折、与老臣议政，也常常将她抱在怀里。

一干老臣开始还笑着说帝王是慈父之心，等到三公主长大，身上锐气初显，甚至被帝王纵容着提出自己的意见，渐渐竟然被帝王引为臂膀时，一干老臣就渐渐开始看不惯了。

后来三公主势力渐大，常穿着戎装偷偷出宫，去驻军处与那些小将切磋，学习沙盘演化，聆听武将讲行兵之道，言官们差点撞柱而死，直指三公主“不守妇道”。

三公主参与政事都是私底下进行的，但是老臣们还是听到了风声，谏言愈发犀利，从“牝鸡司晨”到“一介女流，妄图干政”，只差把她说成乱国奸人。

三公主一直都当他们放屁，家国震荡，弟弟体弱，若不是她站出来当机立断地谏言，不知多少百姓要流离失所，疫病要是没有及时扼制住，牵连的何止一家两户？

只是她虽然一直忍着，不代表她没有脾气，她堂堂一国公主，居然连学习喜欢的东西，都要被一群老臣说三道四。

最近这风头闹起，父亲居然有些放任的样子，三公主对权力的嗅觉极其敏锐，她尝试着站出来张贴文章痛骂那群迂腐老儿，见父皇居然一直纵容，甚至吃饭的时候还笑着夸她“文采未曾退步”，顿时心中大骇，回寝宫坐了一夜，天色微白的时候，三公主唤人伺候笔墨，匆匆开始动笔。

事情闹得愈发止不住了。

先是司柳柳写的文章的核心被人泄露出来，而后士子大哗，一批人开始声援阁老，说司达君此人乃跳梁小丑，妄图动摇人伦之本，妖言惑众。

这言论传了好几日，却突然有泣血文章被传抄出来，里面是几位书生写的自己姐妹在后宅如何被磋磨致死的事。

鲜活漂亮的姐姐妹妹嫁出去，没过几年，就变成了一捧冷冰冰的泥土。甚为可怖的是，有些人还被厌弃，被妾室、狠厉婆婆活活折磨致死，最后安个不孝不贞的名声，死后不入宗族，连香火都享受不了，家人只能偷偷祭拜。

还有说自己母亲如何可怜，只因父亲早死，家中没有男丁，于是被宗族冤枉通奸，从而逼死。他当时在书院念书，回到家乡时，家中房屋田土都已经归了他人，还被人联名诬告，若不是得到老师赏识，不说上京赶考，连活下去的机会都没有……

甚至还有男子外出经商，回来后发现邻人为霸占钱财，污蔑妻子不贞，将之活活沉塘，连儿子也被丢到了善堂，被人抱走、杳无影讯，从此妻离子散的。

这些人文采斐然，自己从何处来，父母姐妹哪里人士，嫁与哪家，一言一语说得清清楚楚，因此格外震撼人心。

更有那母亲被逼死的士子，痛心疾首地写下：“只因女子无法继承家业，寡母独守先父遗财而不可得，致使家破人亡，此所谓‘人伦礼法’，受害者岂止寡母，岂止女子，亦是世道每一人也。今日诸君似此人伦礼法受益者，岂不知转日，此人伦礼法杀你妻儿，断尔血脉呼？！”

这些话有条有理，痛恨之情，溢于纸上。

骂战于是又变得难分胜负起来。

距离发榜的日子还差几天，司柳柳的卷子却突然被贴于告示牌上，言说朝廷愿与天下士子讨论人伦礼法，顿时连升斗小民都哗然而惊——高坐天际的天子竟然也知道了这持续一月，开始发酵于全国的骂战。

原本不打算下场、自矜身份的，还有下场骂了几场，痛快了打算偃旗息鼓的士子们，顿时像是被点着了的油锅，再次掀起了骂战。

这可是直接在帝王面前露脸的机会啊！这时候不展示文采还在等什么？！

这回不只是读书人关注了，连茶馆说书的都开始讲起那些令人绝望、痛苦又曲折的后宅故事。

而司柳柳名字的来历、他被迫男扮女装的岁月、嚣张的小妾和被下毒的主母……一个个都那么具有传奇性，比一般情情爱爱、女儿思春的故事，精彩也可怕得多。这些说书人找到了新的财路，每说到司达君带母连夜潜逃，司达君扬名白鹿书院，就能收获无数打赏。

这事虽然热热闹闹，但到底没有动摇到阁老们，就在这时，准备齐全的三公主终于发力了。

第二日，告示牌上洋洋洒洒的全是纤细簪花的小字，看着一派端庄美丽，所痛陈的一切，却令人可怖愕然。

书写的皆是官家女子，虽然人数不多，却个个都是说出来让人震惊的天之骄女。不说别的，头一位是大公主，她痛斥驸马宠爱妾室，不敬嫡妻，冷漠狂妄，最后扬言要开创本朝第一先河，主动与驸马和离。还有武将的女儿，痛斥夫君沉迷扬州瘦马，整日嫌弃于她，甚至纵容小妾对孕中的她无礼，导致她孕中不稳，连连落胎，就连心腹也全被处死，竟连向兄弟父母求助都无法做到……

这些都还算好的，另一派的女人们则爆出了许多令人惊恐的事情——其中一位乃是王阁老的庶女，写下了王阁老多年来收受贿赂，为了联系上下把庶女当作货物一般赠与各路人士的事。这位写信的女子被送给了盐商，每年王阁老替他们在朝中掩护，一年所得红利可达百万银两，而她和她的姐妹们看似不起眼，实则在里面起了沟通和传递信息的巨大作用……每次回家看望仿佛人质般被扣押着的姨娘，其实就是交账本的时候，这些庶女心中又苦又怕，却碍于妾室无法被子女奉养的教条，只能咬牙成为棋子。

“圣人言，女子卑弱，犹如浮萍，然世道如斯险恶，小民却只愿妻子当日大声怒呼时，有人相信女子之言；只愿妻子呼救之时，衙门官衙竭力给妻子自白之权利。世人总说稚子无辜，然而女子不无辜耶？”

这些事或许是真的，但绝对脱不了三公主请的谋士的影子，但……有效果就行。

沉疴需用猛药。

这不，告示牌下有不少念着念着落泪的书生。

当天晚上，这些故事被说书先生在茶室一一说起，民间的风向渐渐就变了，一股新风从陈腐教条的束缚中挣脱出来吹向大地，带来新的生命气息。

虽然缓慢，但绑在女子身上那沉重的石头，到底是稍微被挪开了一点。

这时候，离乾元盛世的开创还有七年。

这场巨大的风波有幕后的大手慢慢推动，有励精图治的未来女帝稳稳谋划，有天下女儿都想嫁予的“玉面公子”、前朝帝王钦点的状元司柳柳的殚精竭虑，有女帝身后，以周思贤周家为代表的越来越多的世家、武将一系的拱卫，最终，帝王垂危，立皇太女，代掌朝堂，直至最后登位。

事实上，这一场漫长的争执是贯穿整个乾元盛世的，虽然女帝征战天下，家国富足，但依然有许多迂腐文人终身不仕，言明绝对不愿意伏于女子膝下。

可直到大梁灭国，女子们总算是过了几百年稍微松快、不用沉迷于宅院斗争的日子，可以和离，可以不戴苇帽坦荡地走在大街上，可以出门做工赚钱。甚至民间还有了女户，以女子为户主，独自撑起夫君去世后家中的延续和孩子的养育，后朝之中的一任探花就是为寡母养大。

虽然后来被灭国，这段女子为帝的历史也被掌权的男子们悄然抹去，这轻快的几百年，在几千年的漫长历史中变成了不被知晓的秘密。

但是它到底出现过，那几百年的繁荣和璀璨，身在其中的每一个女儿都曾切实地享受过了……

“可是你却一个人，独自面对死亡。”没有人知道，被称为“玉面郎君”的司柳柳，临终时候看到的却是那容颜丝毫未曾改变的女人。

娘含笑而逝，师父也早早地走了，周思贤后来果然找到了心目中高洁端方的爱人，留下了三位子女，高寿而逝。

亲近的人都走了，恨过的人也都走了——当年她最大的梦魇刘姨娘，那个在后宅之中仿佛永远都无法战胜的女人，在司晃失去了男子的身份之后，失了最大的依仗。司晃的愚蠢自大和傲慢易怒，把事情很轻易地就恶化到了极致。司大人很快又纳了年轻的新人，努力继续生下司府的继承人……

她似乎拥有无数，高官大宅，侍女仆从，可她多年来似乎依然一无所有。所有人都走了，她这样不男不女的，无法爱女子，也无法和男子在一起，只能埋着头，不断地为天下人谋福祉……

一眨眼，这辈子就这么孤单地过去了。

“我不后悔。”司柳柳眼圈红了，她扬起一个璀璨的笑容来，依稀还是那个为天下女儿家请命，在城中高台之上舌战群儒的玉面郎君。

她说："我一点也不后悔。"

因为啊……她不只是一个人从那逼仄、扭曲、恶心又枝蔓横生的后宅走出来了，她还带出来了无数人，甚至连周思贤一生所爱的那个女子，也是间接被她救下来的。

"若是身为男子，才可以为万人请命，那……只是这一生孤单罢了，我、我一点都不后悔……"司柳柳抬起手，轻轻抚摸着岚，吃力地笑着，"所以你……不要哭，我是愿意的、愿意……"

她呼呼地喘气，脖子上青筋蹦出，干枯的手抚着岚依旧雪白细腻的脸。

"我哭了吗？"岚看着她溘然长逝。躺在床上的她鹤发鸡皮，却干净整洁，不堕翩翩公子的气度，完全无法与六十年前后宅那个眼神绝望狠厉的女孩联想到一起。

岚擦一擦脸，湿润的气息在指尖凝聚，她轻声对微微扭动的面具说："不行……这个……我不吃……"

终

"呜呜呜……为什么，为什么不让司柳柳和周思贤在一起？或者随便安排个人和司柳柳在一起啊，这个古代的妹子好伟大……"古色古香的房间里，闭着眼睛的袁天河哭喊着从梦里面醒过来。

他刚睁开眼睛就吓得嗷的一嗓子叫出了声，没别的，任何人抬头看到梦中的女人以身披红纱的宫装尸体形式出现都会害怕。

那尸体虽然美艳无双，又戴着金制的首饰和半张面具，但依然无法减弱她的可怕！

"安静，辛好不容易压不住身上的小虫子了，快趁着他不在把岚小姐唤醒。你不是想找你的朋友吗，岚小姐醒来之后，可以唤醒你的朋友。"身边突然响起了电子音，袁天河再次吓了一跳，看到身旁一只虎斑金色大猫正在用肉垫艰难地打字，它一边打，软件一边发出声音来。

"你是……辛的猫？"袁天河目瞪口呆。

"我是亚伦，是岚小姐的仆人，才不是那个家伙的猫！"亚伦额头上冒起了青筋，用碧海一般的蓝眼睛鄙视了一眼袁天河，继续啪嗒啪嗒地打字，"我骗了玉郎帮你姐姐治好了肿瘤，让辛没有办法压制住虫子的食欲。第一你要还我人情，第二你要找回你的朋友，所以，你要唤醒岚小姐。"

“……我、我的朋友，你是说我的学弟李晨安？”袁天河瞪大了眼睛。

“是的。”亚伦艰难地打着字，“这里安置的是岚小姐的身体，她的灵魂游走在霓裳羽衣的幻境之中，你可以走入她的过去，看到她曾经的故事。等找到机会的时候，你带她离开那个故事，就能唤醒她了……”

袁天河一时不知道该先惊讶猫会打字，还是先选择到底要不要去干这个诡异的事情……

虽然，他是蛮担心李晨安到底是怎么了，但是眼前的尸体和凶残的大猫……

怎么办，怎么看都很可怕啊！

第七章

千司水

1

林枫一觉醒过来环顾四周，久久回不过神来。

他躺在一片蕾丝的海洋之中——粉色的小枕头、缀着粉色蕾丝的被子和欧式小床，整间屋子富丽堂皇。

但是这完全不是他的房间啊！

林枫坐了起来，想起身查看下自己到底出了什么事。作为一个正常的青春期少年，他绝对没有睡在粉红色蕾丝里这种爱好，要知道他的房间不但跟狗窝一样，而且还贴满了NBA球星的海报，怎么看都跟这个房间无半点相似之处。

就在这个时候，更可怕的事情发生了，林枫突然感觉到房顶被掀了起来！

一阵炫目的光芒从屋顶射下来，整个房间震动起来，他惊恐地抱住罗马式床柱，才没有从床上掉下来。

然后，如同漫画《进击的巨人》一般可怕的场景出现了——一个巨大的人头从空中俯视下来……林枫有些吓傻了。他这是穿越到《进击的巨人》里面了吗？！原来普通人类面对巨人的时候，是吓得完全不能动、如同被盯上的蛤蟆一样吗？

怎么办怎么办，要死了要死了……

林枫在心里尖叫的时候，头顶突然传来女生清脆又欣喜的声音："林枫，你醒了？"

那声音虽然放小了，听在林枫的耳朵里依然跟电影院的环绕立体音一样。女生说话的气息如同风一般卷过，幸好味道还算清新。林枫迟疑了一下，放开了床柱，尽量让自己显得淡定一点，问："你是谁？我、我现在在哪里……"

他还想问"你是巨人吗，能不能把我放回正常的人类世界"，但是他还没有说完，就听到女生大声地回答妈妈的，然后转头悄悄对他说："啊，我要上课去了，你要和我一起去吗？"

"上课？"巨人族也需要上课吗？！林枫正觉得自己的三观一遍遍破碎又重组的时候，屋顶又被小心地放了回去，这次林枫听到了机括转动的声音，这栋房子居然还是可遥控的。

接着，林枫面前的整个墙壁倒下了，放眼望去，所有的东西都巨大无比——巨大的床、巨大的柜子，仿佛巴比伦塔一样高耸入云的台灯，还有各种庞大的仿佛史前巨兽一般的纸笔。除了特别大之外，看上去和林枫平常用的东西差不多。

这代表这种巨人不吃人，对吧？林枫心里暗暗祈祷着。

女生一边扎着马尾，一边碎碎念起来："那个……你知道你为什么会变成这样吗？"

"啊？变成什么样子？"林枫不明白巨人女生的意思，他翻身下了地，发现自己依旧穿着皱巴巴的校服衬衫和黑色西裤。此时，女生转过了头，眼里忽然发出了光芒。

她激动地从床底下拉出一个箱子，然后打开，从里面拿出一整盒东西来："林枫，你看你看，这是海盗船长服，这是小西装，这是小军装，还有毛茸茸的兔子装和学院风制服……你要不要换套衣服？"

她眼巴巴地看着林枫，这其实应该是一个非常可爱的动作，甚至带着祈求，但是因为靠得太近，而女生又太巨大，所以反而给了林枫强烈的压迫感。

林枫退了一步，吓得心砰砰跳，默默考虑要不要先忍辱负重地答应她，然后找机会回到人类社会，或者寻找到自己会变成这样的原因……他突然低头，看到了有他现在整个头那么大的字迹，林枫一字一句地念出来："槟城高中高一175班？"

脑子里面好像有什么炸开了，林枫忍不住尖叫起来："你是我们学校的？！"

"对啊！"女生十分开心地点头，然后猛地一击掌，恍然大悟地说，"啊，你是不是还没搞清楚状况？"

"搞清楚什么？搞清楚你和我一个学校，但是你变成了巨人，而我莫名其妙地出现在你家里吗？"林枫顿时一阵无力，觉得自己可能是在做梦，不然他真的要崩溃了，"这到底是怎么回事？"

他昨天下午明明还在愉快地打篮球，然后回去痛快地喝了杯水，打算出去吃好吃的，再回来上晚自习……啊，对了，他完全没有晚自习的记忆……

“我也不知道。”女生耸耸肩，说，“我就记得我那天从楼梯间下来，看到你像发烧一样歪歪扭扭地走着，然后突然‘嘭’的一声，就变成了现在这样……”女生说到这里，忍不住戳了戳一脸“你这是在逗我”表情的林枫，突然发出了痴汉般的笑声，“啊，这个样子简直跟李小狼一模一样啊！还是手办大小的！因为太可爱了，而且这种事情告诉别人反而会给你惹麻烦，所以我就偷偷把你带回来了！”

林枫听着面前女生发出嘻嘻嘻的笑声，不知道为什么觉得汗毛竖了起来，在他看到了被放到他面前的穿着道袍的等身泥巴玩偶的那一刻，内心是绝望的……这不是《魔卡少女樱》里面的李小狼吗？他妹妹也有一个啊！如果没记错的话，这一款手办他曾经拿在手里抛着玩过，他老妹差点为此跟他拼命……这难道是李小狼的诅咒？！

这一刻，林枫终于后知后觉地察觉到了一切的真相，他颤颤巍巍地说：“你、你、你是说……我变成小矮人了？！”

“不不不！你长得这么可爱，怎么可能是小矮人，明明是娃娃啊！迷你的SD娃娃！你真的不换一套衣服吗？这些都是我用很好的布料手工制作的哦！真的不来一套吗亲？！”女生还在努力推销。

林枫一头黑线，再次认真地看了一眼女生的胸牌，忍不住问：“我怎么记得……高一175班好像是我们年级的重点班……”

“没错！”女生笑眯眯地自我介绍，“区区不才，恰好是目前高一年级所有段考、中考、入校考的第一名！”

“你是……宋丹青？”林枫顿时目瞪口呆。

宋丹青虽然有个听起来一点也不女性化的名字，但确实是个漂亮女生，鹅蛋脸悬胆鼻，不但成绩好，而且据说会弹古筝，气质清华高远，走起路来如同一株小青松一样，整个人笔挺又高洁，但不太爱笑，好像天边的雪莲一般让人觉得难以靠近……

就算是成绩差得让老师叹气的林枫，也经常听到这个名字。

他曾经听过她作为学生代表在主席台上讲话，远远地看着，只感觉这个女生说话的声音都是冰冰凉凉的，并不是林枫喜欢的性格，所以他一直没有关注。

可是就目前他醒过来的这十分钟来说，林枫几乎可以断定，这个宋丹青绝对是个跟外表不符的存在！

“丹青，必须出门了！”门突然被打开，一个穿着黑色女式西装、一脸严肃的女人站在房间门口。她已经上了年纪，但是妆容精致整洁，看上去严肃刻板。她抬起手腕看了看腕表，皱眉说："丹青，你已经超过你出门的时间两分钟了，妈妈希望你能严格按照自己的时间表安排好自己的事情，可以吗？"

虽然是询问的话，但语气却是不容置疑的。而刚才还一脸笑容的宋丹青此时一脸冷漠，认真地抓着头发转头说："好的，妈妈，我会准时出门的。"

这仿佛机器人一样的问答和交流方式，让一旁全身僵硬假装玩偶的林枫目瞪口呆。而严肃的宋妈妈听到宋丹青的回答，便点点头说："不要辜负我和你爸爸对你的信任。"说完就利落地合上门，踩着高跟鞋噔噔噔地离开了，应该是出门上班去了。

林枫松了一口气，一屁股坐在书桌上。

刚才还一脸冷漠的宋丹青转过头，看到林枫擦汗的样子，突然"扑哧"一声笑出来："怕什么，我爸妈绝对不会发现你的，他们只在意自己想看到的事情。"

林枫虽然神经大条，但也知道此刻的宋丹青应该心情不算太好，不过幸好下一刻，宋丹青就恢复了开心的表情，利落地扎完马尾，给自己绑上那个标志性的红格子蝴蝶结，笑眯眯地说："你是想待在家里呢，还是想和我一起去学校，我们想办法找找你为什么会变成这样的线索？"

"……去学校！"林枫所有的思绪顿时都集中了起来，大声回答道。

"想出门的话，那就必须换上干净的新衣服哦！"宋丹青顿时笑得更甜了。

林枫看着面前一字排开的制服，深吸一口气，告诉自己，人在屋檐下不得不低头，男子汉大丈夫，怕什么制服play！然后他选择了看上去最舒适的学院风制服，白衬衣黑西裤，加上条纹衫和风衣。

等他一件件穿完，打开娃娃屋的大门走出来的时候，宋丹青顿时发出了痴汉般低低的尖叫："啊啊啊怎么这么可爱！"

女生柔软的手伸过来，把他整个人都包裹住，小心地放在了胸口的制服外套口袋里面……

林枫坐在口袋里，随着女生的走动歪歪倒倒的，不断撞击在柔软的胸口上……虽然隔着毛线外套，但是林枫整个人就跟煮熟的虾子一样。

虽然现在看上去跟娃娃一样，但是他本质上还是个健康的高中男生啊！这个笨蛋宋丹青，怎么这么粗心大意？！

竭力让自己隔得远些，劝自己不要在意的林枫，内心对于接下来的寻找线索之旅产生了极大的担忧——他真的能顺利找到身体变小的原因吗？

2

重点班不愧是重点班，林枫躺在宋丹青给他铺的软软的笔袋里面睡了一个上午，一个字都没听懂，老师讲课跟讲天书一样，基本一个题只演示三分钟就问“还有人不懂吗”，所有学霸都在唰唰唰地翻书，没有一个人露出迷惑的表情。

林枫开始还努力保持清醒，后来干脆抱着宋丹青给他准备的枕头，睡了个天昏地暗。

好不容易上午放了学，宋丹青带着睡饱了的林枫来到小花坛一角，对林枫说起她的疑惑：“我看过埃及、欧洲和我国的一些神话故事，但是我只记得，古代曾有九尾狐把受她引诱的男人变成驴子……变成小小人的，我只看过《借东西的小人阿莉埃蒂》。”

林枫觉得自己的智商受到了侮辱——虽然跟面前的女生比起来，他的智商应该不需要侮辱就已经很低了——但是此刻的林枫还是跳脚了，说：“《借东西的小人阿莉埃蒂》本来就是迷你小人，种族不一样，我本来是真正的人类啊！我原本可是有一米八三的！”

“哎呀，别生气嘛，来，我们边吃边说……”宋丹青见林枫生气了忙说道。小小的、娃娃一样的男生，黑发浓眉圆眼，英气勃勃的脸，因为有些可爱的眼睛和过于迷你的身材，让人感觉不到一点威胁，反而有种跟娃娃玩扮家家酒的陶醉感。

太可爱了啊！试问天下间有哪个女生能抵挡和真实的小小人玩扮家家酒的乐趣？！有哪个女生看到一个帅气得仿佛李小狼的活动小玩偶一边嘟嘟囔囔一边举着一大块肉大口大口吃，能不被萌得心都要融化了？！

可惜林枫没有察觉宋丹青的心理活动，他变成小小人已经一天了，此刻才终于感觉到了唯一的快乐——这一大块黑椒牛柳，平常吃起来还不够塞牙缝的，此刻却仿佛豪华牛排套餐一样，花了好久才啃完。

用撕好的小纸巾擦干净脸和手之后，接过宋丹青递过来的一颗草莓，林枫突然有种感慨——从这方面来说，变小了真是太棒了啊！

草莓那么贵，他妈又抠门，就算偶尔买，也买得很少。林枫的妹妹林雨薇也喜欢吃，所以他和妹妹每次都会为了酸酸甜甜的草莓大打出手。

“对了！我爸妈！我昨晚没回去！”林枫突然从吃出来的草莓坑里抬起头来，露出后知后觉的惊恐表情。

天哪，他爸妈好久没对他进行男女混合双打了，难道这次他要重温昔年岁月？！

“先吃完。我打算等会儿先去你们班问问，看看具体怎么回事，晚上下课了再去你家……你这个情况如果是在漫画里面，不是神的恶作剧就是身边的人恶作剧，而且八成是你自己不小心吃了喝了什么才中招的……”宋丹青的声音非常清脆，思路也十分清晰。作为一个学霸，她虽然热衷逗迷你版本的林枫，但也是真的在想办法帮助他。

不过说到最后，眉眼端丽的少女皱了皱绢膏一样的雾眉，有点黑线地补上一句：“天知道我为什么要这么一本正经地分析，但是你变小这么神奇的事情都发生了，我们暂且就这么认真地推理吧！”

林枫一点也没觉得这件事不科学，他现在都从一米八三缩到十几厘米了，有什么资格吐槽这个世界不科学！他只是被深深地感动了，如果有尾巴和耳朵的话，此刻肯定会摇得跟电风扇一样。宋丹青跟他以前根本不认识，算是萍水相逢，可是她却那么热心地帮助他。林枫看着她，认真地说：“我觉得你比我想得全面，而且靠谱多了……谢谢你啊。”

“真的要谢谢我的话，可以穿上我做的衣服吗？”下一秒，宋丹青突然从学霸少女变为露出祈求眼神的痴汉，双手合十说，“求求你了，我绝对全心全意帮你，但是你平常可以穿我指定的衣服吗？求你了！”

林枫抱着草莓，看着女生近在咫尺的脸，突然有点哭笑不得地说：“你这么喜欢做娃娃的衣服啊？”

“对啊，因为我也没有别的事情可以做，做娃娃的衣服和手工娃娃屋就是我最大的爱好啊……所以求求你……”她凑得很近，小巧的鼻尖上因为紧张冒出了小小的汗珠，在春日的阳光下颤颤巍巍的，看上去剔透又可爱。

林枫心里一动。

他咳嗽了一声，摸着鼻子移开眼神，轻声说：“……也、也不是不行啦。”

“真的吗？谢谢你！”女生顿时眉开眼笑。宋丹青出了家门就一直是冷若冰霜的样子，此刻粲然一笑，仿佛鲜花怒放，漂亮得一塌糊涂。

林枫被她捧起来，整个人陶醉熏然，觉得自己仿佛站在花瓣上。

“走，调查突击队现在出动，我们先去看看第一案发现场！”宋丹青突然斗志满满起来，刚要把林枫放进胸口的口袋，林枫就咳嗽一声，说：“那个……把我放在你的裙子口袋里就行了。”

“这样不好说话啊。”宋丹青有些疑惑地说。

林枫不敢看女生纯洁的眼睛，整个脸都烧红了，尴尬地解释：“那个……咳咳……那个地方不太好……”

女生低头看一眼自己饱满的胸脯，脸顿时也“轰”的一下红了。“啊？是、是吗？那就这样吧。”她语无伦次地说完，尴尬地把林枫送到了裙子口袋口。林枫自己爬了进去，如同缩头乌龟一样，整个人安静下来，也不敢伸头搭话。

在私底下表现得十分活泼可爱的宋丹青，这回也没有叽叽喳喳了，她红着脸，一路往林枫的班级走去。

教学楼里班级的位置是按照成绩来分配的。顶楼是两个重点班，下一层就是排名最好的三个班级，再往下依次类推。

这是一栋老楼了，新楼据说明年才能建好，要高二分文理科之后才能搬进去，而现在这个分配方法造成的结果是，林枫所在的208班，赫然就在这栋老楼的一楼。

这个位置抢饭吃很方便，靠着距离优势和强健的体魄，林枫每次都能抢到自己喜欢的菜。这本来十分令他满意，此刻听着宋丹青跟班上的人打招呼，说想找林枫的桌子拿计时器，而大家都愕然地议论为什么林枫会认识宋丹青，不知道为什么，他突然有种淡淡的忧伤。

“……学霸你怎么认识林大傻的？”林枫正在体验青春少年的自卑呢，篮球队的损友郑畅就嘻嘻哈哈地直接发问了。不但够直接，还暴露了林枫的外号！虽然郑畅也有个“郑二狗”的称呼，但这是能放在女生面前说的吗？

林枫咬牙切齿、摩拳擦掌，决定等自己恢复之后，第一件事就是好好揍郑畅一顿，让他知道什么话该说，什么话不该说！

可惜现在他只能憋屈地听着宋丹青用那副冷冰冰的声音说：“不认识，只是上次他拿了体育老师的计时器，老师让我们班体委在下堂课的时候拿过去，体委今天请假，只能我来拿了。”

这一番谎话说得可谓天衣无缝，宋丹青那副冷冰冰公事公办的表情让这话更加有可信度，不但郑畅信了，林枫感觉他自己都要被这个理由说服了。郑畅更是一迭声招呼：“哎，今天林枫那小子没来，我给你找找。”

“没事。”宋丹青一路走进了208班，裙摆微微飘动起来。林枫小心地从口袋边缘往外看，就看到宋丹青走到了他的位置上。

然后，宋丹青坐下来，开始翻林枫的课桌。她看似不经意地把手垂下来，林枫心领神会，赶紧钻到她的衣服袖子里，然后宋丹青抬着手环着课桌，假装在寻找东西。林枫看了一圈，自己桌上没有任何问题。

“……不管是神的恶作剧还是人的恶作剧，八成都是你吃了喝了什么才中招的……”宋丹青的话在脑海中回荡，林枫认真地看了一圈，猛地心头一震，跌跌撞撞地顺着袖子奔跑起来，一路跑到女生的肩膀上。宋丹青把发圈扯掉，乌黑的长发披散了下来，林枫赶紧跌跌撞撞地冲到宋丹青的耳朵后面，抱着宋丹青的耳朵说："太奇怪了，我记得我昨天喝水的时候，只喝了一大半就出门去吃饭了……现在杯子却是空的。"

宋丹青抬眼看过去，那个简单的玻璃水杯看上去干干净净的，别说水，连水珠都没有。

"所以，我们现在只能推测……你昨天喝的水……果然有问题，对吧？"宋丹青的声音轻飘飘的，她站起身准备离开。

"不用把证据拿上吗？"林枫十分不舍地转头看那个杯子，那里面可能有他变小的根源啊！

宋丹青没说话，冷着脸一路往外走，到了没人的地方才叹气说："傻啊你！如果是我，一定会第一时间把证据全部销毁的……还能等到别人去查？"

"啊！那、那怎么办……"林枫失魂落魄地在宋丹青的肩膀上坐下来，垂头丧气的。

宋丹青却咬牙，轻声疑惑地自言自语："奇怪……我怎么觉得有点不对劲呢？"

她当时只是随口说说，却没想到只过去一趟就发现了不对劲的地方，好像那个恶作剧的人并没有认真掩盖，似乎根本不在意被发现。

宋丹青想着教室里面那些窃窃私语和打量她的眼神，皱眉问林枫："你有互相讨厌的人吗？"

林枫仔细想了很久，挠了挠脑袋，叹气说："没有啊，我完全想不出来，我们班的人虽然成绩不好，但是大家感情都很好的！"

"也对，应该不是男生……"宋丹青轻笑一声，说，"会想到把你变成这样的，怎么想都是女生啊……"

"女生？"林枫目瞪口呆，结结巴巴地说，"我、我、我没有熟悉的女生啊！"

时年十五岁的林枫，生命之中除了篮球和电脑，就是每天绝望地赶作业，他压根儿没注意过身边的女生，根本想都没往这方面想！

"好吧，看来我得自己调查了。"宋丹青叹了口气，严肃地说。

3

接下来的两天，林枫终于见识到学霸在努力做一件事情的时候到底多有魄力了。女生从图书馆抱了一大堆《福尔摩斯》《假定无罪》《时间的女儿》《无人生还》之类的书，每天晚上用让林枫惊愕的速度做完作业后，就开始迅速看这些书。

不只是宋丹青，林枫他妹妹林雨薇也开始展开了一个漫画爱好者的巨大脑洞，参与了这次神秘行动。

和他们这群年轻人不一样，林枫他爸妈都四十好几了，他爸心脏又不太好，所以宋丹青思考之后，只把这件事情告诉了林雨薇，让她谎称林枫早恋不顺、离家出走了，又打电话跟林枫远在家乡的奶奶串供，说林枫坐火车去老家找她老人家了，花了好几天才把林枫暂时从人类正常生活中消失这件事给糊弄过去，但是也拖不了多久，因此这两天他们越来越着急。

两天后，等宋丹青看完所有的资料和小说，林雨薇捧着她那一大堆漫画来了，稚嫩的脸上泛着激动的光泽，一进门就大声说："丹青姐，我哥这绝对是被诅咒了啊！诅咒！"

今天是休息日，宋丹青的爸妈不在家，林枫正躺在宋丹青手制的贝壳床上仿佛小美人鱼一样睡着，被他妹妹这一声大吼给吓得坐起来。他茫然地看着宋丹青带着激动的林雨薇走进来，顿时哆嗦一下，躲进了娃娃屋——这就是为什么他不肯回去和老妹住的原因，他老妹第一眼看到他就激动得仿佛疯狗，上来就用手搓，简直像是在撸猫一样！

幸好之后她也意识到了事情的严重性，这会儿翻到了可靠的证据，就赶紧带来了——那是五本漫画！

"看这个《深夜洛丽塔》，女主就是被返老还童药水给变小了哦！和我哥的情况很像嘛！虽然女主是变成小孩而我哥完全变成了玩偶大小……但是总体来说是差不多的！"林雨薇和林枫并不像，一个高大健壮脑子都是肌肉，一个却娇小可爱爱做白日梦。此刻被林雨薇翻开的漫画上，正是女主角喝了药水被缩小的情节。

"那后来是怎么解决的呢？"宋丹青还没来得及说话，林枫就从娃娃屋钻了出来，激动地问。

"和……和喜欢的人kiss！"林雨薇翻了翻漫画，说道。

整个房间突然安静了下来……

"还有别的靠谱点的吗？什么和喜欢的人kiss，一看就是少女漫画骗人的伎俩啊！一点都不科学！"林枫暴躁地指着妹妹大吼。

林雨薇不甘示弱，扭头吼回去："屁啦！老哥麻烦你低头看看自己，你都变成这样了，还跟我讲什么科学！"

林枫竟然无言以对。

"我觉得雨薇说得对。"一直看着两兄妹如同两只柴犬般互相龇牙吵架的宋丹青拍了拍手，认真地说，"不过我那天其实就觉得不对了……假设林枫是因为喝了水而发生了改变，那么那个人这么大大咧咧地洗了杯子，就不怕被别人发现吗？我们学校和其他学校不一样，并不是每个班级都有自己的饮用水，而是每层一个水房，那么不管是打水还是洗杯子都得去水房……我们学校的走廊，可是有监控的。”

“所以犯人肯定被拍到了对吗？”两兄妹顿时转过头来，脸上带着期盼和兴奋。

“按道理应该是这样啦，但是我总觉得不对……这样大的把柄，如果是我的话，绝对不可能这么做，明明有无数种方法可以让其他人都找不到线索的……”宋丹青皱眉道。她其实前两天就察觉出来了，但是怎么想都无法说服自己，才特地找了一些小说和资料来看，结果越想越复杂。

“丹青姐……”林雨薇一脸怜悯地看着宋丹青，“你这个就是所谓的聪明人因为想太多反而没办法看到事实吗？”

“啊？”宋丹青不是很懂。

“如果凶手在我哥那个班就完全可以理解了，那儿的家伙绝对都是笨蛋啊！”林雨薇指着那自家那个被迫穿着海盗船长的衣服，一脸羞愧的哥哥，斩钉截铁地说，“在丹青姐你看来觉得不可思议的事情，在那里是很正常的。哥你说是不是？”

林枫捂脸点头……没错，他们班是特长班，全是体育生、美术生、音乐生，大部分都是浪漫艺术细胞满溢的人，但是说到逻辑思维……用他们班主任的话说就是：“人家脑袋里面是脑子，你们是肌肉、颜料和谱子……”

宋丹青有点尴尬，又觉得有点不可思议：“所以你们觉得那个人根本就没想过要遮掩自己？！”

“不，遮掩是肯定要遮掩的，但是方法和丹青姐你想的绝对不一样！”林雨薇斩钉截铁地说。

“好吧。那明天上学的时候，我去试试看能不能看看监控。”宋丹青捂脸，觉得有点尴尬，难道这两天她完全是在耽误工夫吗？

“宋丹青。”穿着海盗船长衣服的林枫站了起来，一步步走到柜子门口，伸出细细的手轻轻贴在女生小巧的鼻子上，看着脸有些羞红的女生，灿烂地笑了，“真的很谢谢你。”

宋丹青的脸轰地红了，她看着俊秀的、小小的男生，颤抖着说：“如、如果真的能这么顺利找到变回去的方法……你可以先等我网购的中华风豪华定制带园林版娃娃屋到货了，穿上我自制的迷你古装，让我拍照留念之后再变回去吗？”

刚才聚集起来的一丝萌动突然一下子摔得稀碎，林雨薇捂脸，不敢看自己老哥少男心破碎的样子，她悄然遁走，并决定接下来只询问进度，若非必要就不过来了。自家笨蛋老哥情窦初开，然而对方却只喜欢老哥变成娃娃的样子什么的……好虐哦。

不过啊，有这么少女漫画一般的相遇，也许就是神给老哥的机遇呢？

充满了浪漫幻想的双鱼少女林雨薇愉快地哼着歌离开了。

当她第二天想打电话给宋丹青询问事情进展时，突然茫然了——奇怪？她为什么会想给一个陌生的女生打电话？

林雨薇退出拨打电话的界面，皱着眉头上课去了。

4

这一边，宋丹青带着林枫，决定去看看监控有没有记录下什么可疑的画面。

监控在保安室，一般的学生根本没办法接触到。但要不怎么说学霸做事总是比一般人脑子清楚行动方便呢，宋丹青只是说年级主任要统计这一周提前下课、晚自习迟到的人员，保安就让她在电脑前查看录像了。

四天前宋丹青捡到突然缩小的林枫，就是在放学后不久。

学生们飞快地顺着下课铃，如脱缰的野狗一样跑去抢饭吃了，有奔食堂的，有奔校外的，但是没几个人留在教室里，一直到晚自习结束，也没有看到拿着林枫那个玻璃杯去水房的人。

宋丹青拿着笔和本子装作记名字的样子，趴在她耳朵后面被头发遮住的林枫顿时有些急了，他巴着宋丹青的耳朵站起来，在她耳边悄声说："我好像一直没看到……"

他话说到一半，宋丹青突然点了暂停，放大屏幕问："这个人是谁？"

林枫伸头一看，目瞪口呆："这是我们班的陈薇薇啊。她拿着我的水杯！可是我跟她不熟啊！"

眼见着那么容易就抓住了凶手，宋丹青顿时觉得自己之前真的想太多，她扶额，决定用最简单的方法处理一下试试："我觉得你们的思维方式比较像，你来决定接下来到底怎么办吧。"

心好累，作案方式居然如此简单粗暴，她这个学霸觉得心很塞。

"我想直接去见她，问问她到底是怎么做的，还有为什么要把我变成这样。"林枫的回答斩钉截铁。

"成。"宋丹青拿了本子，道完谢往外走，一边走一边说，"我约她来我家吧。你这个情况，在外面被监控拍到就糟糕了。”

“啊？好。”林枫本来想道谢，可是看着宋丹青低垂眉眼冷若冰霜的样子，一时有点愣住，漂亮是漂亮，却含着一丝不似真人的距离感。

她只要不说话就会这样，在学校里也是，在家里也是，似乎房间里面那个女生和外面的宋丹青是完全不一样的两个人。

为什么会养成这样奇怪的性格呢？

林枫想到这几天看到的冷冷、带着礼仪却不亲密的家庭交流，微微叹了一口气。她有很优秀的父母，性格坚韧强大，收入高昂，住在这个槟城最昂贵的临海高层跃层里面。他们总是给宋丹青最好的教育、最好的食物和最昂贵的衣物——宋丹青头上戴着的那个蝴蝶结，不过是她父母随手赠与的礼物，却差不多是林枫两个月的伙食费。可是林枫和她形影不离不过几天，就知道宋丹青并不快乐。

林枫想起宋丹青私下笑的样子，鹅蛋脸上樱花一般的唇翘起来，露出两颗小虎牙，漂亮得一塌糊涂。

林枫甚至有点懂了，古时候为什么帝王倾尽天下也想博美人一笑了。

可是……林枫垂下头看着自己十几厘米高的身体叹了口气，然后抓住女生的手，老实爬到裙子的口袋里面躺着。

他现在什么都不能做，因为他现在不是一个正常的人类。

之前特地压抑着不敢细想的情绪，在这一刻突然淹没了他。找到了凶手，就真的能让他恢复原状吗？假如这个恶作剧根本就没有解答呢？

这个想法，从第一天醒来就无数次从林枫的脑海里面划过，但是他不敢细想，强迫自己忘了这种可能性。

可是在这一秒，不知道为什么，突然的沮丧淹没了他，他窝在裙子口袋的角落里，被恐惧包围。

林枫想到了刚才看到的监控录像，从头到尾都没有看到自己。

宋丹青不知道，但是林枫是记得的，他不只是在监控的死角处变成这样，他打水喝水，还有去厕所，应该一共在走廊上出现了三次，可是刚才看监控的时候，一次都没看到自己。

就好像他的存在被抹去了一样。

林枫的脑子十分混乱，他缩成一团，所以没看见宋丹青的脸上也是一片肃穆。她平常就是十分严肃的表情，但是今天连眉头都皱得死紧——这么简单就找到了凶手，宋丹青却一点儿也不觉得高兴。

那个陈薇薇一点都没有伪装，她拿着杯子的时候甚至还带着笑容。那是一种志得意满的、甚至还很高傲的笑容。

可是宋丹青这几天和林枫朝夕相处，知道这个男生虽然看上去大大咧咧的，这几天仍是累积了很多压力，所以并没有把这个忧虑说出来。

他们就这么沉默地踏着铃声走回了教室，按捺住脑中复杂的情绪，认真上课。

放学的时候，宋丹青又提着书包站在了208班的门口。

“陈薇薇。”

208班的人觉得很稀奇，这是宋丹青第二次来他们班门口了，而且还是在短短的一周之内。

宋丹青没有笑，眉宇间充斥着宋妈妈强悍和利落的影子，看上去冷冰冰的，她说：“刘老师让我来找你。”

周围的人发出“哦”的声音，陈薇薇身边的朋友也笑嘻嘻地跟她道别。刘老师是高一年级的音乐老师，陈薇薇是音乐特长生，估计是有什么排练或者表演的事情要跟她说。

陈薇薇笑眯眯地走过来，她留着齐肩长发，样子清清秀秀，笑起来的感觉十分温柔，整个人落落大方。

宋丹青带着她往校外走，她却一点也不讶异，也不追问，依旧还是笑眯眯的。

直到宋丹青要打车的时候，陈薇薇才伸手制止了她。陈薇薇笑眯眯的，开口就是石破天惊：“那天你来我们班，说是在找林枫的座位的时候，我就觉得不对劲了……是你捡到了吧？”

不只是宋丹青，连林枫都悚然而惊。

陈薇薇看到了她的惊讶，笑着说：“我还以为年级第一有多聪明呢，我猜，你是想来林枫的座位上看看有没有异常吧？林枫一定记得他那天是从什么时候开始觉得不对劲的。说起来，那天不只是你在，林枫肯定也在……不用掩饰，你一直扎着头发，最近却一直披着……我猜，林枫他……”

女生白嫩的手伸过来，撩开宋丹青的长发，笑着说：“哎呀，不在这里，那就是在口袋里咯？”

林枫只听到“啪”的一声，然后就是宋丹青警惕的问话，声音崩得厉害：“你为什么要做这种事情？”

“我为什么要做？”陈薇薇笑了，像是在跟朋友打闹一样轻松，“你不也很喜欢吗？

你想想，会动、会说话，又小又可爱，会吃东西，还会住在娃娃屋里面，会自己换衣服洗衣服，就像活的娃娃一样……多可爱啊！”

陈薇薇的声音带着梦幻，说出的话却让林枫气疯了，他顾不得宋丹青一再压着的手，从口袋里面钻了出来，拽着宋丹青的袖子就往上爬。

宋丹青无奈，只能抬臂让他一路滑到肩膀。林枫站在宋丹青的肩膀上，大声说：“陈薇薇，你疯了吗？什么活的娃娃，我是人！你这是在犯罪！”

陈薇薇低头看林枫，脸上露出笑容来：“啊！果然和我想象的一样可爱！你说犯罪？哈哈哈……你都变成这样了，所有人都遗忘了你，除了依靠我，你还能怎么活下去？”

她说着又直起身子，有些不舍地看着宋丹青：“真是便宜你了，我本来想着，林枫打篮球很不错，刚好可以带回去和我家那些孩子玩，让他们开心点，可是现在他被你捡到，又和你一起过了头三天……只能便宜你了……”

她看了一眼怒发冲冠的林枫，又有点撒娇地对宋丹青说：“不然我用两个娃娃和你换怎么样？这一款我真的没有呢，我那里有会弹钢琴和会跳芭蕾的哦！都是超漂亮的孩子呢！”

这话里面的信息，让宋丹青和林枫同时瞪大了眼睛，满身冷汗。

宋丹青一把抓住林枫，把他往自己的裙子口袋里一塞，手还攥着，不敢放开。林枫很快感觉到女生手心出汗了，但她的声音却还是非常镇定：“你还有很多娃娃？”

“对啊！”陈薇薇的声音有些丧气，“可惜我特地买了篮球场，他们却都不喜欢打篮球，所以我才把目标对准林枫的嘛！都是刘老师，那天非叫我去办公室训话。”

宋丹青的手心里冒的汗更多了，林枫觉得整个人都像是在蒸桑拿一样。他用小小的手安抚地拍着宋丹青，其实他也十分害怕，觉得陈薇薇这个人绝对有毛病。林枫不想让宋丹青和她说下去了，只想宋丹青快点离开，若是陈薇薇对宋丹青不利，他根本帮不上忙，如果宋丹青也被变成这样，那他的罪过就大了。

可惜宋丹青却没有懂林枫的意思，她微微吐了一口气，语调平缓地问：“你刚才说，所有人都忘记他了是什么意思？”

“对啊，除了捡到他们并和他们一起度过头三天的人，其他人都会在三天后忘了这个变成娃娃的人。”陈薇薇倒是很有耐心地解释道，或许她也憋了很久，此刻竟然滔滔不绝起来，“而且娃娃只能有一个主人，就算我现在抢走你的娃娃，你也会永远记得这件事……所以不要这么戒备，我不会抢走你的娃娃的。”

“他不是我的娃娃，他叫林枫，是我们的同学。”宋丹青的声音里带着一丝隐怒。

陈薇薇却有点儿不舍地说："看来你真的很喜欢这个娃娃啊，你不会跟我换了是吗？"

她竟然还想着这件事情！

林枫被这个同班女生的冷酷给惊呆了，他觉得这个女生估计心理有病，只能满身大汗地在宋丹青的手里写字，催促宋丹青快点离开。

但宋丹青没有要走的意思，她说："还有一个问题，你究竟是怎么做到的？"

陈薇薇带着梦幻的表情笑着说："用千司水啊……辛大人给我的千司水，有好多好多呢……"

天哪，还有很多！林枫现在要是有个电话，他跳着都要用脚踩个110出来！虽然他这样会被围观，甚至会被送去研究，但是把陈薇薇再放在外面，显然会有大乱子啊！

不过林枫虽然愿意献出自己，却不想宋丹青遇到一点危险。

宋丹青还在问："那你能把林枫恢复正常吗？"

陈薇薇笑了，说："可以啊……你跟我去我家，我就告诉你，怎么样？"

"别去！不要去！"林枫再也忍不了了，不顾宋丹青的阻拦，大吼起来，"宋丹青，不许去，我们现在回家，现在就回家！"

林枫自认四肢发达头脑简单，从来都是能动手绝不靠脑子，但是此刻，他第一次尝到了无力的感觉。

他根本无法撼动宋丹青的手，女生白嫩纤长的手指握在一起，用保护的姿态把他圈了起来，不许他钻出来。

陈薇薇脸上的笑容沉下来，带着妒忌的表情说："你们的感情可真好。"

宋丹青看着面前的女生，咽了一口口水，轻声说："我跟你回去，你真的能让他恢复原状吗？"

"当然可以。"陈薇薇的眼睛亮了。

"行。"宋丹青不顾林枫的撕咬和挣扎，掷地有声地回答。

5

音乐、画画、舞蹈都是烧钱的项目，因此他们班同学的家境都还不错，可是陈薇薇家却更为豪华，比宋丹青家还大——宋丹青家的江景跃层是很昂贵，陈薇薇家却是湖心别墅。

她和宋丹青约好去她家之后就打了个电话，没一会儿司机就从拐弯的地方把车开过来了。路上陈薇薇叽叽喳喳地和宋丹青聊天，而宋丹青小心地打着太极。幸好陈薇薇没神经病到把林枫也扯出来，一行人总算顺利到达了陈薇薇家。

“等会儿你千万别在她家吃东西，水也别喝。”进门的时候，林枫总算找到机会，认真地对宋丹青叮嘱。

“你放心。”宋丹青捧着林枫，认真地说，“我只是想看看有什么办法能让你恢复原状，不会冒险的……毕竟我要是出事了，那我们就都糟了。”

林枫定定地看着宋丹青，顿时心头又焦躁起来，抓着头发说：“啊啊啊为什么是我变成这样？如果我现在是正常状态，一只手就能把陈薇薇提起来逼她把大家恢复正常！”

整个人突然被温柔地抚摸，林枫惊讶地抬头，看到宋丹青脸上露出一丝笑容来。她用左手轻轻抚摸林枫的头，说：“没事的，你放心，我会很小心的。再说……你还可以提醒我呀，对不对？”

林枫的脸全红了，半晌才点点头。

他被宋丹青送到肩膀上坐着，躲在了宋丹青耳朵后面，直到走进门，心跳才恢复了正常。

但所有的绮丽心思在陈薇薇献宝一样地打开房门的时候，消失得一干二净——

那是非常壮丽的景色，由林枫这样的视角看过去，那是个非常漂亮、非常广阔的……世界。

葱郁的高山和湖海，漂亮的游乐场和各种梦幻的建筑，大片大片的花园，有小人如同精灵一般坐在花朵的中央，有穿着欧洲贵族服装的小人在房间里面喝茶和咖啡，有小人在看迷你微缩的书，还有一群小人穿着探险装驰骋在人造的大湖泊之中……

看上去就仿佛童话世界一般。

但是所有小人在听到开门声的那一瞬间，都停住了自己的动作，然后不约而同地躲了起来。

花朵中的女生把花瓣拢了起来；在庭院喝咖啡的男女小人悄无声息地躲回了娃娃屋，把窗帘都拉上了；在湖泊之中划船的小人们停住了动作，假装自己是个假人。

“看！这都是我的娃娃，怎么样？”陈薇薇却没注意到，只是得意雀跃地对宋丹青展开手，开心地介绍。

她看起来是个对闺蜜炫耀自己的发卡和娃娃熊的小女生，可只要想到这粗粗看过去的几十个小人都是真正的人类，就让人全身发寒。

“……很壮观。”宋丹青点头，俯身看着僵硬在湖泊之中的小人们，抬手把他们送到了岸边。那群小人看到陈薇薇笑眯眯地看着宋丹青，根本没注意到自己，赶忙蹑手蹑脚地钻进了高大的青草之中，消失得干干净净。

“不把你的娃娃也放进去玩玩吗？”陈薇薇笑着建议，转头发现自己的小人全部躲了起来，顿时脸色沉了下来：“玛丽珍、凯撒、晨晨、倩倩……人呢？都给我躲起来装死是吧？！”

林枫还在惊讶陈薇薇喊的人里面居然还有外国名字的时候，就看到刚才穿着贵族服装喝茶的两个小人战战兢兢地从欧式建筑里走了出来，那个男生站在颤抖的女生面前，努力地想要保护她。而花朵里面躲着的女生也战战兢兢地推开花瓣，拽着一片落花轻盈地跳到地上，安静地站在花茎底下。

“你这个歪脸怪叫什么叫，喊魂啊！还有，你爹我叫程勇！”在不远处的花里面，一个一身花蜜地站在花瓣上的男生大吼道，似乎一点也不怕陈薇薇。

“你、你信不信我真的杀了你？！”陈薇薇顿时气急，大声对他吼。

自称程勇的男生梗着脖子大吼：“你来啊，老子活成这样早没意思了，你干脆给我来个了断！”

“……等等。”眼见陈薇薇真的要下手去捏程勇，宋丹青忙抓住了她的手，说，“你还没告诉我，怎么才能让林枫恢复正常呢。”

“……我先去泡茶，再拿点点心，我们一边吃一边聊吧。”陈薇薇顿了一下，笑眯眯地说。

“可以啊。”宋丹青点头。

“不要喝她的水，不要吃她的东西……”在陈薇薇转头去客厅之后，房间里的小小人都轻喊了起来。程勇更是大吼：“千万别上当，我就是踢完足球，喝了这心理变态的水才变成这样的！”

“我知道……”宋丹青按住了林枫，轻声冷静地说，“我只是从刚才就在想，她用这个水把大家变成这样，那么恢复的方法是什么呢？我们现在唯一能尝试的，就是让大家再喝一次……看看这东西是不是再喝一次就可以恢复正常。”

“啊！我知道了！”林枫一击掌，目光炯炯地说，“我记得《机器猫》里面有这种情节，照一下变小，再照一下变大……原来你那几天看漫画，就是为了找这种情节吗？”

宋丹青点点头，说：“可能性很小，但是如果她真的拿了水给我喝的话，我们就来试试吧。”

陈薇薇除非脑抽了，否则肯定不会把恢复的方法告诉他们，更何况这个水听起来还是别人给她的，谁知道她会不会根本就不知道恢复的方法！

“不过陈薇薇真的会端千司水过来给我喝吗？”宋丹青倒是挺担忧这一点，“怎么想我都不会喝的吧？”

就在这么怀疑的时候，陈薇薇端着托盘进门，笑眯眯地说：“怎么还站着，来，我们坐着喝茶！”

宋丹青走过去，就看到喝茶的地方也摆着一个迷你小花园，里面放着喝茶的桌椅什么的，显然陈薇薇平常也会让小人陪着喝茶吃点心。

出乎意料的，陈薇薇拿着的是一整壶茶，她拿了杯子，一人一杯倒好，对宋丹青笑着说：“你挑一杯吧。”

宋丹青反而有种舒了口气的感觉，对啊，就应该是这样，陈薇薇能如此冷静地做下这些事情，敢面带笑容地捏死小人，丝毫不管他们也是真正的人类，必然不会真的心思如同林雨薇当时推测的那么简单直接。

她之所以毫无遮掩地去做那些事，原本就是有恃无恐，三天之后，全世界除了她不会有人记得林枫，连监控中的影像中都会消失。如果不是那天她帮忙批改作业走得晚，如果不是林枫在走廊凑巧药性发作，而陈薇薇凑巧被叫走了……那么，还真是没人能发现这一切。

调查到现在，终于觉得敌我双方都拿对剧本的宋丹青，有种总算回到正轨的感觉，不由松了口气。

她拿起面前的茶杯，看着陈薇薇说：“说起来，可以给我看看千司水吗？”

“可以啊！”陈薇薇笑着说，“你喝了茶，我就给你看。”

“别喝别喝，一看就有诈啊！”林枫赶紧巴着宋丹青的耳垂大吼。

“没有，”宋丹青皱眉，当着陈薇薇的面直接说，“真奇怪，我看她的表情，她真的没在这杯茶里面动手脚。”

“当然没有了。千司水……水这东西，可不只是液体哦。”陈薇薇笑着说，清秀的脸上带着一丝古怪的扭曲，“本来还想分给你一些的……这样我就有伙伴，可以一起玩娃娃对战和交际了……可是你们那副样子真是讨厌，所以干脆把你们全部变成娃娃好了。”

“你放在哪里？”宋丹青看着她，认真地问，“我确定你没有在这里做过多余的事情。”

“我放在通风口了啊……”陈薇薇的表情带着一丝疯狂，笑着说，“这个房子里的所有人，全部都会变成娃娃哦！我的娃娃……”

“你自己不会变成娃娃吗？”见宋丹青还能一脸冷静地继续发问，林枫都有点崇拜了。

“才不会呢……因为千司水……就是我的血啊……”陈薇薇快乐地笑起来，恨不得站起来唱一首歌。

宋丹青觉得身上开始发热，全身骨头有种被压缩的疼痛感，她好像听到了骨头咔哒咔哒的声音。

“丹青、丹青！宋丹青！”

听到林枫的声音，宋丹青只来得及想：“啊……看起来千司水喝第二遍是不能恢复正常的。”

“你们不是感情很好吗？那就一起留下来吧！”陈薇薇说道，看着身上发热，马上就要缩小的宋丹青，脸上一阵扭曲，“我正好缺一个博学多才的老师型娃娃呢！你叫什么来着？丹青、丹青……要扮成汉服娃娃吗？”

她快乐地自说自话，一旁的林枫却又急又怒，大喊着“宋丹青”，而宋丹青已经渐渐失去神志。

就在这个时候，所有人都听到了年轻男人轻笑的声音。

所有人，包括陈薇薇都盯着声音传来的阳台，一个年轻的、穿着黑色对襟褂子的男人推门而入，他的脖子上挂着一串檀木佛珠，上半张脸上却戴着刻着云纹的青铜面具，猩红的眼睛透过面具，饶有兴致地看着房间里的一切。

“辛……”陈薇薇目瞪口呆地看着穿墙而入的男人，呐呐地轻喊。

“好久不见，我的小公主。”辛风度翩翩地抬手打招呼，微笑着说，“扮家家酒玩得愉快吗？”

6

“……然后那个人就说：‘看这个样子，是很愉快没错，所以我来收取代价了。’”林枫手舞足蹈地在奶茶店对面前的女生说着，“然后陈薇薇的肚子就突然鼓起来了，然后越来越大，接着整个人就像是被吸干了一样变成了干尸，接着、接着……”林枫喝了一口奶茶，定了定神，说，“接着那个男人就把陈薇薇身体里飞出来的那颗白蛋吃了……不行了，我现在想起来就想吐。”

“所以陈薇薇死了之后，大家都恢复正常了？”宋丹青看着林枫，再次确认。

“对！”想到那个时候所有人都吓傻了，而陈薇薇死了之后那个叫辛的男人正想走，林枫看着脸越来越红的宋丹青，顿时急了，大喊着："等、等一下！"

辛转过头看了他一眼，像是知道他要问什么，笑着说："千司水的主人死去之时，就是千司水失效之日。"然后他看了一眼宋丹青，笑着摇头，"三年之后，如果你还喜欢这个女生，就来找我吧。"

那时候，他留下了一枚如同纽扣一样的东西，林枫后来研究过，那是一枚香。

之后陈薇薇离奇死亡的事闹开了，除了保姆再无他人的别墅，被独自寄养在老家的私生女，失踪后突然出现的男生女生们……一切都充满了爆点，可最终都会消失。

只是手里这枚香，却还牢牢握在他手里。

三年后，宋丹青的身上到底会发生什么？那个诡异的男人为什么留下这枚香给他？

林枫攥紧了香，觉得慌张又害怕。

可是他看着面前松了一口气的宋丹青，看着她脸上流露出的温柔，咬牙，暗自忍耐了下来。

宋丹青看着面前犹犹豫豫的男生，突然笑了。

她拿出手机说："哎，看，这些都是我的独家珍藏哦，你想要一份吗？"

林枫伸头过去看——英俊的海盗船长、穿着兔子装用屁股面对镜头的肥兔子、抱着一整个蛋糕吃得满身都是糕点的英伦风少年……

"你什么时候拍的？"林枫目瞪口呆。

"不告诉你！"宋丹青得意地笑，脸上是和在家时完全不同的神采。

林枫突然心头柔软，咳嗽了好几声，才吞吞吐吐地说："哎……那个……其实……"

其实……我觉得我很喜欢你。

林枫磨磨蹭蹭地说不出口，忽然听宋丹青一笑，轻声说："哎！好可惜啊，以后我就再也不能把你捧在手心了。"

"我可以捧着你啊！"林枫脱口而出。周围的人都看过来，林枫整个脸像是燃烧了起来，他霍然站起身，很想逃之夭夭，但女生带着笑容的脸庞让他驻足。

林枫张大眼睛，再次大声说："你、你你你你愿意……"他咽了一大口口水，大声说，"你愿意给我机会吗？"

那一瞬间，林枫的心脏都差点儿从胸腔里面跳出来。

"变大了之后没有那么可爱了。"女生突然璀璨地笑了起来，可林枫的心却猛地一沉。她突然招手，让林枫伸头过去，轻声说："告诉你一个秘密……"

你知道那天，为什么我会毫不犹豫地把你捡回去，又那么努力地冒着危险帮你恢复原状吗？

我们明明不在一个班，你就从未想过，为什么我能一口喊出你的名字吗？

你这个笨蛋……

这一切，并不是因为我天性中的勇敢和善良。

每个女生都做过关于娃娃的梦，在我害怕和寂寞的时候，也如同陈薇薇那样，把娃娃和手办当成自己的伙伴。

可是当我在篮球场看到那个意气风发的男生；看到咬着笔杆不会做题的男生；看到那个转着篮球，在我被人围攻，却因为家庭、性格原因无法自辩的时候，嗤笑着说“考不过人家就编排人家，你们重点班的学生可真行”的男生……

因为你是那么温柔的人啊，就算无关于自己的事情，也总会一次次站出来，说出自己的想法，所以我才会一点点地从冷漠而又精致的娃娃屋里走出来，站在了你的光芒之下，想变成和你一样勇敢、强大又闪闪发光的人。

这样，我也能像你一样在阳光下大笑了吧？

女生笑容如斯温柔，俊朗的男生瞪大了眼睛。阳光下，周围的一切都变成了背景，定格成了青春里最为美丽的画面。

终

“走快点，走快点……”电子机械音在耳边不断重复，袁天河觉得自己要疯了，他一边喘气一边大吼：“你确定现在还有人住在这种地方吗？这地方连信号都没有好吗！而且我还擅闯景区，被抓到会死的你知道吗？！”

肩膀上的金色大猫却一爪子呼在袁天河的脸上，然后疯狂踩自己蹲着的键盘，电子机械音不断传出来：“辛已经陆续找到食物了，我们必须抢在他回来之前，把岚小姐唤醒！”

“知道了，知道了！可是这地方真的会有人来吗？再说你让我来这里到底是要干啥啊？”袁天河一边崩溃地大喊，一边任劳任怨地继续爬山。

在荒芜的山巅上，有白衣的男人临风而立，他微微一笑，轻声说：“好久不见啊，他与你倒是颇为相似呢，袁兄……”

第八章

鉴水镜

1

“听说了吗？陛下今日发了好大的脾气，竟不许任何人进上书房，自己生了一天的闷气呢！”黑暗的树下，值夜的小太监正聚在一起说着白日的闲话。

“哪里能不知道。好像是朝堂上的那些大人们又因为大将军吵起来了，陛下心里烦闷，今日一天都没用饭呢。”另一个圆脸小太监显然知道得更多，这时候神秘兮兮地说，“我师父今儿在陛下身边当值，下来的时候一身冷汗，还是我给伺候着换的衣服。”

“哎，大将军平日里那么和气，连对咱们都笑眯眯的，真不知道哪里就让那些大人看不顺眼了。”

“谁知道呢！只盼陛下心情赶紧松快一点，不然接着几天，这太明殿里可连喷嚏都不敢打了，真是吓人得紧。”这个小太监说完，一片附和之声响起，显然天子震怒，大家的日子都不好过。

在树冠上蹲着的男人听到这里，笑了一声，足下轻点，几个起落，便如同鹤一般轻飘飘地进了太明殿的内殿。

天子正在里面扶额生闷气。

窗户被静悄悄地打开，一身黑衣劲装的男人纵身而入，笑着提了手上的东西给天子看：“听说你今儿生了一天的气，连饭都没吃？我带了梨花酥和花生糖片来。若是生气，对着那帮混蛋发就是了，何苦糟蹋自己？”

天子看到来人也不惊讶，脸上的恼怒褪去，反而露出一抹喜色来，欣喜地说：“平安，你来了！”

被唤作平安的男人一笑，打开手上的食盒，里面放着洁白的泛着奶味的梨花酥和金黄的花生糖片。

饿了一天的天子拿起一片放进嘴里，味道甜腻腻的。天子爱吃甜腻的东西这种事怎么说都有失威严，而后妃怕胖，从不在殿内放这些，因此虽然现在富有四海，但天子想吃这些东西，还是只能如当年一样，盼着平安带进来。

这一刻，两人一起吃糖片，带笑地说着白日的事情，一切都如同昨日。

但是帝王的嘴里含着糖片，心里却微微发苦，一切看似如往日，可两人如今一个贵为帝王，一个是名震天下的大将军，哪里又真的如同当年呢?

当年，也是这样的晚上，也是这满月之下。

天子看着面前带笑的、洒脱的男人，眼前似乎又出现了那个小小的、不过五岁的稚童……

2

哗啦啦把时间翻到二十五年前。

那时候，赵泽佑还不是全天下最尊荣的人，甚至可以说，他是这个后宫之中，连太监和婢女都比不上的人。

因为……他是个“死人”。

他虽然贵为皇子，可这世界上，除了藏着他的人，没有任何人知道他的存在，包括他的父亲。

二十五年前，淑夫人早已宠冠后宫多年。

也是冤孽，淑夫人刚入宫时只是个小小的美人，还只是撒娇做痴，虽然得了宠爱，却没有太大的威慑力。后来有人把淑夫人怀的孩子落了，先帝花了大力气彻查，谁知竟然牵扯出了越来越多的人。未免事情闹大，太后做主把这件事情压了下来，只处死了直接动手的人。

这后宫之中，皇子的命说金贵，其实也并不那么金贵，落胎小产的人多了去了，也就是淑夫人盛宠一时，才能找到直接动手的凶手为子报仇，其他多少人打落牙齿和血吞，还不是只能忍耐。

淑夫人因此次陷害，被太医断定再不能怀孕，幕后众人躲在后方冷眼旁观，只觉得淑夫人好日子不会长了——一个不能生育的后妃，基本上就断了往上爬的可能了。

可他们没想到的是，他们害死了那个有些白痴又有些娇气的漂亮淑夫人，却唤醒了一个满心血腥仇恨的恶鬼。

淑夫人没了孩子，不但没有寻常妇人落胎之后固有的脸色发黄、虚弱等症状，反而一夜之间好像开得盛极的牡丹一样，变得艳丽夺目。先帝不但没有因此冷待了她，反而因为她的委屈，对她更是宠爱有加。

后宫妃嫔原本只妒忌当时的淑夫人，却不想接下来，要面对来自步步荣升的淑夫人的夺命杀招。

开始是几位小皇子，后来是几位高位妃嫔，再后来是元后，乃至元后嫡子……当年被查出来包庇、默许、授意的人，她们和她们的孩子都付出了性命的代价。

淑夫人不过是一个小小县令的女儿，行事并不如专门被培养来后宫为家族夺力的女人们缜密，可架不住当对她不利的证据被递到先帝面前的时候，先帝看都不看，反而下令杖毙了呈上证据的人。

于是所有人都知道，先帝如斯偏爱这个淑夫人，为了她当年的委屈，眼睁睁地看着他昔日的女人和亲生骨肉，被那个疯狂的女人一一送入地狱。

而后，盛宠变成了独宠，淑夫人已然变得冷厉起来，在清算完当年的仇人之后，转身一变，和当年那些人一般，开始成为谋害的那一方。

她开始对无辜的孩子下手，对当年根本没有对她下过手的人下杀招，她几近疯狂，宫中仅存的几位皇子皇女都先后死得不明不白，连太后都大为震怒。

可先帝却好像疯了一样，根本听不进任何人的话。他执拗地站在淑夫人前面，成为她肆无忌惮行事的坚实靠山，纵然，她杀的是他的孩子。

赵泽佑是一个意外。

这样的气氛下，谁会想怀胎呢。就连被太后钦点，压着先帝妥协而娶的新后，那个张将军的嫡女、太后的亲侄女，都在入宫不到一月的时候，因为莫须有的罪名被直接扔到了冷宫住着，虽然未曾被剥夺位分，但是却在掌管凤印的淑夫人手底下讨生活。就算有通天的青云之志，后宫的其他人稍微掂量一下自己的分量，也万万不敢往先帝面前凑。

赵泽佑的亲娘，后来的敦和皇太后，就是十足倒霉，才踏上了这条死路。

那日帝王和淑夫人闹了口角，在后花园醉了酒。淑夫人因为头疼，在后宫里闹得人仰马翻。于是来采花枝给王美人的宫女常儿，就这么被带上了龙床。

先帝醒来之后脸色很差，千叮万嘱地要常儿不可说出去，常儿吓得要死，生怕自己明天就成了这后宫之中新的幽魂，自是连连点头，甚至为了遮掩这耽误的时间，故意扭伤了脚，瘸着回去，连王美人都没敢告诉。

可大约是天不肯亡赵家天下，只是这一次意外，常儿却发现自己有孕了。

她吓得要死，再也瞒不住，哭着求主子救她。王美人怜惜她不易，于是假装生了气，把她发配到了冷宫，伺候昔日与自己关系好的后妃柳氏。

本来这种事情，即便先帝说要瞒下来，淑夫人也是一定会收到消息的，可说起来也算是赵泽佑的气运，那时候皇后的庶妹小张美人刚好被诊断出了喜脉。这件事闹得后宫好一阵人仰马翻，小张美人被盯着灌了堕胎药，哭哭啼啼地被赶到了冷宫，没一年就香消玉殒了。

而在这兵荒马乱之中，常儿顺利产下了赵泽佑。常儿每天紧张地抱着赵泽佑，不敢见任何人，每当赵泽佑要哭啼，常儿就会死死捂住他的嘴，然后忍不住陪着他一起哭。

这些事情都是后来冷宫之中的老人告诉赵泽佑的，他那时不过一个幼儿，哪里记得那些。他只知道，打从记事起，就是个老嬷嬷陪着他。嬷嬷很老了，有些耳背，因为怕被院墙外的人听到声音，总是长时间地沉默，以至于在老嬷嬷死后、新的侍女进来之前，赵泽佑除了简单的字词，根本不会说话。

而那个时候，他就已经是在被皇后照顾了。

常儿不管怎么小心，婴儿的啼哭是无法止住的。冷宫之中，能与前来查探的淑夫人的手下周旋的，唯有家世强横的张皇后。

可张皇后能救下襁褓之中的婴儿，却挡不住淑夫人下了决心的杀意，为了孩子，常儿含泪喝了毒酒。

而后，张皇后派了老嬷嬷，在深夜抱着不知世事的婴儿，进了那被黄铜锁锁住的藏经阁。

赵泽佑的记忆之中，藏经阁里面总是漫着蛛网和灰尘，除了吃饭和睡觉的那个小房间是干净的，其他地方都是刺鼻的灰尘味，闻久了，整个人好像要被呛昏过去一样。藏经阁里还有种陈年腐烂的气味，如同那个总是从门洞里面沉默地拿食物、沉默地发呆的老嬷嬷一样。

幸好后来来了个温柔的侍女姐姐，她进来教导赵泽佑说话，给他讲故事，虽然没有什么大本事，却是个很好的人。

可惜没过两年，她就悄无声息地死了。大约是因为寂寞吧，那天她突然唱起了歌，声音很大很大，当晚那侍女姐姐就被带走了。赵泽佑再也没见过她。

最后一个人被带进来的时候，赵泽佑已经五岁了，说话已经没什么问题，但是表情却有些僵硬，思维也比一般人迟缓一些。

不是先天的，而是常年没有人交流所致。

五岁的那一年，那把黄铜锁被打开了，一个脸圆圆的、长着两颗小虎牙，有着小麦色皮肤的孩子被推进来，他明明在哽咽，一边倔强地说着“明珠姐姐，我真的没有偷桂花糕”，一边嘴里却牢牢地含着一块饴糖，说话之间，口水和蜜糖裹在一起，黏黏糊糊的。

后来赵泽佑才知道，这次被送进来的是和他差不多大的小太监。小太监叫阿福，赵泽佑后来给他改了名字，叫平安。

他才五岁，可环绕在他身边的死亡却已经不可计数。他不知道自己身在这个院子里是为什么，不知道自己为何而活着，但是他明确地知道，他不喜欢死亡，所以他给这个小家伙改了名，叫平安。

刚开始，平安还坐不住凳子，总是扭着屁股，但等他第一次被赵泽佑带着在门洞那里拿到食盒，发现里面用盘盏放着腐乳蹄髈、蜜汁莲藕、炸虾米和半只烧鸡的时候，眼睛顿时就闪闪发亮起来。

他像只忙碌的小狗一样，并不需要赵泽佑动手，就欢快地把菜一道道摆好，又把食盒下面放的玫瑰乳酪和玫瑰酥也摆好，全部放在靠近院子的窗户下，最后拿了垫子给赵泽佑坐，咽着口水说：“你吃。”

然后他迫不及待地说：“你吃完了，剩下的我可以吃吗？”

他看到赵泽佑有些惊愕的眼神，似乎很难过，但是又连忙强逼自己镇定，苦着脸说：“如果不行的话，就算了。”

其实食物送过来，一直都是赵泽佑先吃，然后赏给下人吃的。

但是这一天，赵泽佑看着这个明显刚进宫没有怎么调教过就被送进来的小太监，看着他机灵又渴望的小眼神，突然就想起每年春天来到院落里啄着落花吃的小鸟，那黑葡萄一样的眼睛，看着怪可怜的。

于是赵泽佑轻声说：“还有一副碗筷，你和我一起吃吧。”

平安进宫之后还没怎么被教导，就被皇后打发来了冷宫，没过几天又被查出偷了桂花糕，打了板子，半夜被明珠姐姐牵着手送到了藏经阁。明珠姐姐叮嘱了很久，要他好好照顾住在里面的男孩。

但平安其实根本不知道他的身份，他还没来得及在那些大太监的手里，学会上下尊卑。

于是他犹豫了一下，在赵泽佑再次确定地邀请之下，终于拿了自己那副碗筷，扯了个蒲团，坐在了赵泽佑的旁边。

那一天，乡下出身的平安吃了两大碗米饭，让一贯胃口不好的赵泽佑都开怀多吃了半碗饭。平安小心地把没吃完的玫瑰酥收拾出来，用食盒底部的绢布包起来，环顾四周，顿时就皱起眉头来。

之后那一天，吃饱喝足的赵泽佑就被平安拉着，开始打扫起他居住的这个地方。

赵泽佑五岁前的记忆，是偌大的藏经阁和两进的大院子，是除了鸟雀就再无人烟的寂静，是满是灰尘味道和冰冷感觉的睡眠。

五岁后，赵泽佑的记忆则是带着水汽、擦得干干净净的藏经阁，是落花全部扫起来，堆在角落的井然有序，是光洁干净的世界，以及睡觉时用黑布匹好好遮挡起来的微弱却温柔的烛光。

那时候的赵泽佑就像是一无所有、快要饿死渴死的人，在平安递给他食物和水之前，因为太过绝望，甚至不知道自己就要饿死渴死了，直到遇到这个古灵精怪的小家伙，赵泽佑才能饱餐一顿、痛饮一番，才知道心中饱足的滋味。

于是那些黑暗的过往，在那一瞬间开始发光发亮，那些残酷的往事，突然就有了一丝温暖而动人的微光。

3

平安真的有很多鬼点子，有些是赵泽佑根本不懂的。

而这些鬼点子，让赵泽佑过得比起以前舒心了很多很多。

这两进的院子原本是有看守的人住的地方的，就在藏经阁里面的角落，赵泽佑一直就住在这里面，而侍女和老嬷嬷在他长大一些后，都住在那房间外的楼梯下。因为害怕被人发现，到了晚上，赵泽佑是不被允许点灯的，外面的人也不送这些进来。

平安一番翻箱倒柜的打扫，却找出来了一堆别人看起来是破烂，他们却当作宝贝的东西——以前看书和守夜之人留下的一小箱蜡烛，之前那老嬷嬷和侍女带进来的布匹和生活用具，还有以前守夜人留下的炊具。

有现在就用得上的，也有其他用不上的，平安把所有东西都藏在楼梯后那个拐角，再扯了布匹做帘子，平日拉上，就完全看不到了。

平安还扯了不透光的厚布料，裹了两层黑布，做成厚厚的帘子，把赵泽佑房间里的窗户给挡上了。

接着他又把吃饭的地方，从那小小的房间换到了外面的大窗之下，窗户也学着房间里面那样，用厚布料牢牢固定遮挡，保证不论谁从窗下路过，都不会看出丝毫不对劲。

然后他又在门洞口守着，找那些人要了许多无烟的好炭，一日日地按两餐送来，慢慢就堆了许多。

于是在那年冬天到来的时候，赵泽佑和平安一起躲在厚厚的被子里面，感受着银丝炭烧热的汤婆子散发出热气。吃饭的时候，也不会再因为食物冰冷，肚子疼拉肚子。大半年下来，赵泽佑整个人都胖了一圈，终于有了些孩童的可爱。

更为奢侈的是，当两个人发现对方身上有酸臭味的时候，可以拿热水擦擦头发——听起来似乎挺凄凉的，但是往年的冬天，热水擦身体只是奢望，他们只能苦苦熬着。往往一个冬天下来，赵泽佑就会发现头发结块，身上都发臭了。

赵泽佑曾以为那就是生活最美的样子了。

然而，上天似乎对赵泽佑一直都不那么好，给了赵泽佑喜欢说笑的侍女，就会让她寂寞到疯狂，如同被关在笼子里的鸟儿，挣扎着力竭而死；给了赵泽佑一个活泼又机灵，从小生长在乡野，于是懂得竭力用有限的资源让自己和赵泽佑过得更好的平安，接着就赐给赵泽佑和平安一场生死劫难。

开始是没有食物出现了。

那个门洞好像失去了它的魔法，平安乐颠颠地提早过去候着，却再也没有任何反应。

他们就这么毫无征兆地没有食物了。

开始的头几天，平安还笑着从房间的柜子里面拿出存下的各种糕点。赵泽佑其实并不喜欢吃甜食，但是人饿得狠了，还是这些甜腻腻的东西能饱肚子。

他们分享着这些色泽和味道都已经不再饱满的点心，就这么撑了四五天。虽然不如往日的饭菜和肉能让人有饱足感，但是好歹不用饿肚子。

赵泽佑不喜糕点，但平安喜欢吃，没事就叼一块，缝缝补补、打扫忙碌都好像格外有劲儿一些，因此剩下来的本就不多，还装不满两个小匣子。

“对不起，都是我平常太好吃了，明明娘亲一直跟我说，今天多吃一口，明天就少吃一口的，都是我的错……”平安眼里含着泪花。两人刚小心地分完最后一块枣糕，然后把匣子里面的碎末全吃干净了，胃里虽然不至于烧得慌，但依然还是觉得饿。

那天下午，赵泽佑躺在床上，脑子因为饥饿而空空荡荡。好一会儿，平安进来了，他扶着赵泽佑起床，饭桌上放着绿绿的野菜，除此之外，就没有别的了。

“这东西虽然不好吃，也没有盐，但是吃了至少可以饱肚子。”平安扶着赵泽佑坐下来，两人开始吃面前这一小盆野菜。平安吃得很自然，还笑着说：“当年我们要是吃不上饭了，我娘就会带我们上山，找树皮，找地衣，找这些野菜……靠这个，养活了好多人呢。”

赵泽佑从未吃过这东西，只觉得嗓子粗拉拉的，被划得生疼，但是他看着平安带着笑容的脸，突然不知道哪里来了狠劲，大口大口地吃了下去，吃饱之后，整个人又暖融融起来。这些野菜虽然不够好吃，但是好歹让他们没有了那股子要昏过去的绝望感。

那天晚上，他们躺在被窝里面，平安琐碎地计划着那些野菜还够他们吃几天，又说起他靠近南方的家乡，那里远不如隔壁的江南富庶，人们总是挨饿，重税让所有人都压力沉沉。

“所以我就来当太监了！”平安在被窝里面爽朗地笑。

“不疼吗，平安？”赵泽佑问他。

平安非常英勇地说：“疼，但是我一想到我大哥不用受这个罪，我爹娘和小妹可以靠这笔钱活下去，就觉得很划算！”

“你很英勇。”赵泽佑看着他，轻声说，“比传说中的大将军项羽还要勇敢。”

“真的吗？”平安顿时眉飞色舞起来，他嘻嘻笑着缩在被子里面，已经开始犯困，轻声说，“嗯，我以后要当项羽那样的大英雄。”

他呢喃地问赵泽佑：“泽佑，你呢？”

“我啊……”赵泽佑神思电转，侍女姐姐曾提过他的身世，告诉过他潜龙在渊，这是上天给真龙的历练。然而赵泽佑无人教导，没有爱也没有恨，只知道自己的母亲死了，死在他父亲的纵容和淑夫人的逼迫之下。

那侍女姐姐还对他说：“你要活下去，陛下没有别的儿子。”

可是赵泽佑孤身躲在这个院落，无来处、无归途，就像是一株风中飘荡的浮萍，整个人空落落的，什么都是他们说，没有人认真坐下来，问他一句“你想怎么样”……

赵泽佑脑子一片空白，回过神来的时候，发现平安已经在旁边打起了小呼噜。

那样不知愁的年纪，一把野菜喂饱了肚子，就能睡得没心没肺。赵泽佑突然觉得心安定了下来，他靠着平安，慢慢地睡着了。

孩童时代总是过分天真，以为困难只是暂时的，以为那寒冷锋利的凄风苦雨，不过是上天短暂的历练。殊不知他们以为车到山前必有路，实际上却是十面埋伏、四面楚歌。

他们吃完了最后一束野菜，平安把院子里嫩绿的草枝折了，把树木的外皮剥了，撕下里面嫩嫩的那一层皮，放在水里一起煮，两人咬着牙咽下去。

不只是如此，他们还吃细嫩的花瓣，一片片稍微洗洗就大把塞到嘴里，文人墨客赞颂吃花是雅事，到了饿肚子的人嘴里，也不过是无奈和绝望，不过是对饥饿的垂死抵抗罢了。

赵泽佑到底不如在乡野摸爬滚打长大的平安。平安虽然去势了，但是身体底子好，又喜欢动来动去，从来闲不住，而赵泽佑总是内敛一些，身子骨因为困在这个小地方显得羸弱，加上从来都是锦衣玉食，第一次受这种苦，于是，赵泽佑的身体渐渐开始有些肿。

某一个晚上，他躺在床上昏昏沉沉的，突然听到平安轻声说："泽佑、泽佑，快起来。"

他的声音压得很低，赵泽佑从昏昏沉沉中被叫醒，然后就闻到了一股浓郁的香气。

平安脸上带着狡黠的笑意，将手里的东西塞到了瞪大了眼睛的赵泽佑的怀里，轻声说："配着水慢慢吃，不要太着急了。"

赵泽佑虚弱地抖着手打开手里的帕子，里面静静地躺着一个大馒头。

平安似乎有些遗憾地在他耳边说："我去厨房晃了一圈，那里好多吃的，我不敢动别的，只拿了几个馒头。"

他拿了一个馒头大口咬下去，口齿不清地继续说："酥糖我也拿了好几块，吃完这个馒头，咱们再吃个糖甜甜嘴。"

"这、这样好吗？不会被人抓住吧？"赵泽佑虽然在这个地方寂寞地长大，有些缺乏常识，但是那个侍女姐姐偶尔也会对他说起之前的生活，虽然不太详细，但也知道这样做是不对的。

"没事。"平安大大咧咧地说，"他们天天大鱼大肉，却饭都不给我们送，明摆着是想饿死我们，哼！"

他说着，又低声安慰还是很担心的赵泽佑："你快吃，我见过的村里那些身体不好的人，饿得身上发肿，没多久就会熬不住的。"

大大咧咧的平安眼里有一闪而过的水迹，他抽了抽鼻子，轻声说："我不想你饿死，那会很痛很痛的。"

赵泽佑反握住他的手，一口咬在大白馒头上，往日觉得味同嚼蜡的食物，此刻却品出了麦子的清香和鲜甜。

赵泽佑觉得，那是除了玫瑰膏、枣糕和花生糖之外，世界上最好吃的东西。

4

偷窃的行为持续了一段日子。

有一次平安和一个也在厨房偷吃的小太监遇到，两人还做了朋友。

“福荣说他跟着的主子和我们差不多大呢，据说最近因为淑夫人说宫里丢了东西要抄查全宫，所以主子们都躲在自己的殿内，他的主子也被皇后娘娘看了起来，说是不许走动。福荣的主子习惯晚上吃一碗热的杏仁酪，可现在大家都夹着尾巴，哪里吃得上，于是只能让福荣每天晚上去厨房偷东西吃。”那天平安带了用油纸包好的半只蹄髈，炖在小锅炉里面，整个藏经阁里全是香气，也幸好这地方大而空旷，两人吃完馒头夹蹄髈肉，这香气就消散了。

吃饱肚子的平安眉飞色舞地讲着在小太监福荣那里听来的八卦，叹气地说着：“也不知道淑夫人有多美，据说连皇后娘娘如今住在冷宫都是因为淑夫人的关系。能被陛下这么宠爱，得有多美啊……肯定比我们家那边县令的第十三房姨太太还好看。”

“她美不美我不知道，但她一定是个疯狂的女人。”赵泽佑皱眉，心里沉甸甸的，他认真地叮嘱平安，说，“平安，你一定要小心，不要被那女人发现。”

“放心放心。”平安笑着说，“我胆子很小的，可怕被抓住了，到时候肯定又要打我一顿。”

赵泽佑最近总觉得心里慌慌的，有心让他别出去了，但是一想到平安若是真不出去，两人只能饿着肚子，也只好闭口不提。于是连着几天，平安出去的时候，赵泽佑都度日如年。每次看着平安抱着梨树枝跳出去，他就呆呆地坐在院子里平安给他挪过来的软垫上，一直等到平安回来，才像是活过来一样。

那天晚上，赵泽佑等啊等啊，可平安却一夜都没回来。

就是那一夜，鬼魅的事情发生了，一个穿大红宫纱的女人穿墙而来，笑意盈盈地站在他的面前，轻声说：“小家伙，你要找你的朋友吗？我可以带你过去哦。”

再次看到平安的时候，他一身血迹，趴在柴房的角落，整个人奄奄一息，唤都唤不醒，赵泽佑只看了一眼，就觉得心里像是被人捅了一刀一样，要滴出血来。

“他撞上了淑夫人。”身边穿着红色宫纱的女人如同夜间的鬼魅一样，漂亮又杀气重重，她轻声说着，右脸上那半张金子缠枝花面具在烛火下闪闪发光，“他怀里拿着东西，刚巧被撞上，淑夫人赏了四十大板……”

“她、她对小太监都这样狠厉吗？这样的女人、这样的女人……”赵泽佑生平第一次气得全身发抖，他眼里含着泪水，看着面前奄奄一息的平安，恨得心仿佛要被刀给搅碎了。

“当然不止这么简单，”那女人轻笑着说，“你还不知道吗？皇后就算被盯着，也有余力叫人给你们送食物，她哪里是那么简单的女人。”

看到赵泽佑迷惑的眼神，那女人眼里划过淡淡的怜悯，轻声说：“你大约是不知道吧……在这宫中养育着的帝王骨血，可不只你一个……还有一个比你更为尊贵。那个有着张家骨血的孩子，一直被严密保护着，金尊玉贵地长到现在，可惜因为性格骄纵，出宫戏耍时被外间的人看到了。淑夫人知道了这件事情，怎能善罢甘休，这次不弄死那个七八岁大的皇子和他身边的贴身小太监，只怕整个冷宫的人都要寝食难安了。”

“所以……皇后娘娘是想让我，李代桃僵？”赵泽佑瞪大眼睛。

“不愧是真龙，果然心思通透，无人教养都可以长成这样，看来当年你皇爷爷算到这一劫，托付我这件事，怕是早就想到，你乃是中兴之主。”女人玩味地看着愤怒的赵泽佑，轻声说，“平安小太监只是第一步，接着皇后就会布置蛛丝马迹，牵着淑夫人的人马找到你，然后一把火……你和他就可以在地府相会了。”

“皇后、淑夫人，可恨……”赵泽佑捏着拳头，指甲把掌心都掐出血来。

他瞪大眼睛，转头想跑，却被女人拉住了。赵泽佑厉声说：“放开我，我要去找淑夫人，既然皇后想害死我，我还不如和他们同归于尽！”

那天的记忆，在赵泽佑心中是永不磨灭的。

他记得那个叫岚的女人笑着说：“那这个叫平安的小家伙，就真的要死了。”

“你爷爷嘱托我，当真龙诞生的时候，我要保证他活下来，活到长大、掌握这个帝国的那一天。”然后，那个女人笑着问，“我可以帮你，可以护你长大，但是……”岚伸出涂着鲜红豆蔻的手指，戳着小小男孩的胸口，低声说，“你这里从刚才就在叫嚣着的愿望和野心……我没办法帮你哦。”

“那、那谁可以帮我？”赵泽佑咽了一口口水，眼角还带着泪珠，此刻紧张得无法呼吸，他不知道为什么，总觉得接下来听到的一切能改变他，还有平安的命运。

那一天，他从那女人如同青葱般的手里接过了一面刻着阴阳八卦的镜子，那镜子是古朴的八卦形状，铜框上刻着阴阳图形，可中间却是中空的。赵泽佑认真一看，整个人就头昏目眩，一头栽进了鉴水镜的世界里。

在这里，赵泽佑见过各个开国帝王，见过各个枭雄霸主，见过各位饱学大儒，他每天都进入鉴水镜学习文韬武略、治国之策。

外面早已经天翻地覆。等到平安睁开眼睛的时候，一切却好像又从未改变。

赵泽佑虽从内敛变得举止从容，看到他睁开眼睛的时候，眼底的狂喜却依然十分真挚。

平安惊愣地听着他说被淑夫人赏了板子之后的事情。

原来皇后还藏了本家庶妹生下的皇子，那个小张美人当年被灌了药，还是挣扎着生下了举张氏全族之力保下来的孩子，那孩子一直被养在皇后宫中，却在前一段时间出门玩耍的时候，被淑夫人的人发现。于是，皇后所在宫殿的偏殿某天突然起了大火，皇后特地藏在那里的皇子被活活呛死在里面。

“这么说，福荣的主子就是那个皇子？福荣也死了？”平安听得愣愣的。他劫后余生，听到那短暂结交的朋友却这么死去，生平第一次感受到死亡，顿时有些被吓到了。

“这些就不多说了。”赵泽佑看他的样子，就知道他在想什么，于是拿出鉴水镜放在平安手中，对平安说，“平安，你不是跟我说，你想成为一个大英雄吗？”

“是啊！怎么了？”平安瞪大眼睛，看着鉴水镜。

赵泽佑轻声说：“你知道我为什么被藏在这里吗？”

平安显然是不知道的，这时候茫然地看着赵泽佑。

赵泽佑轻声说：“我现在，是陛下唯一活着的孩子了。”

平安惊愕地张大嘴。

“所以我想要活下去，想要保护你，只能努力登上那个位置。平安，你明白吗？”赵泽佑紧张地看着平安。

平安合上嘴巴，突然兴奋起来，大声说：“那、那我可以当大将军吗？”

刚踏入这个小院子的时候，还没长大的他们一个懵懂无知，一个沉默压抑，他们一起度过有蹄髈有烧鸡的岁月，也一起吃过树皮野菜。这一天阳光璀璨，他们一个说着未来必须要走的那条荆棘之路，另一个眉开眼笑，天真地许下了重重的誓言。

平安说：“我小时候看戏，里面很多王爷当反贼都要拉拢将军。你放心，等我成了大将军，我就只帮你，谁要来拉拢我，我就告诉你，我们一起弄死他！”

还很天真的童言稚语，说这些话的人自己都未曾想到，他们后来顶着比挨饿还痛苦的岁月，经历生死搏杀，闯过刀山火海，竟然真的这么走了过来。

5

“他们就是不乐意看我快活，一个个说得理直气壮，朕挨饿的时候他们在哪里，朕被张氏夺权避让的时候他们在哪里，张氏族侄驾着八乘之车在天子脚下闯荡、骑马入宫的时候他们在哪里？”赵泽佑连连吃了好几块花生糖片，才觉得肚子稍微有了满足的感觉，恨恨地说道。

自小时候挨过饿之后，他就再也受不得一点饥饿，这次若不是真的被逼到了绝路，又气又忧，是绝不会做饿自己肚子这种事儿的。

平安听他碎碎念，笑了笑说：“其实他们所忧虑的也不无道理。”

“你说什么？！”赵泽佑顿时提高了嗓门，大声说，“我每天为了你的事情跟他们吵架，闹得脑袋都痛了，你却事不关己一样。你、你知不知道，他们可不只是想夺了你的兵权和大将军的头衔，他们想让我赐死于你！”

赵泽佑的嗓子都快吼破了，但是平安掏掏耳朵，依然一副很淡定的样子，他看着赵泽佑冷静下来，才认真地说：“我是说真的，他们是不会罢休的，毕竟我在他们心中，乃是杀了提携自己的老师的忘恩负义之徒。而且此刻围绕在我身边、心思不明的人太多了，若我不死，我只怕我们真的走上不死不休的结局。”

“你会吗？”赵泽佑认真地看着面前饱经风霜，看外表根本看不出是个太监的平安，问，“平安，你会因为财富权势而对我挥刀吗？”

“我不会。”平安脸上最后的一丝戏谑也消失了，他认真地看着赵泽佑，轻声说，“我永远都记得你对我说过的话，你说你最大的野心，就是这辈子让我们两个都平平安安、快活自在地活下去。”

赵泽佑想起他们当年相互扶持的岁月，想着当年平安拎着小包袱投身北疆的背影。

那时淑夫人暴病过世，先帝一夜白发，原本老迈的身体承受不住这大起大落的情绪，很快就出现了咳血的症状。

临到这个时候，这个老人才对天长叹：“可叹我膝下竟无一子，来继承这大好河山。”

本就等待着这一天的皇后的人，突然跪下，颤声说：“陛下，皇后娘娘一直替陛下藏着一位皇子。”

而后，先帝带着仪仗，打开了早已经落满了灰尘的大门。里面走出来的少年并没有众人想象的狼狈，他束发整洁，剑眉星目，气度高华。

在无人知晓的角落待了十几年，皇后对他并无感情，只打算把他作为傀儡养大，本以为见到的将是一个庸碌胆怯的废物，却没想到困龙一飞冲天，很快就哄得帝王大叹：“不愧是我的骨血，只看藏经阁内先贤大儒的著述就能无师自通。”

皇后虽意外他不是懦弱的样子，但还是哄着皇帝将赵泽佑立为太子，替露出马脚的赵泽佑摆平一切，等赵泽佑登上大位，位置还没坐稳，就开始作威作福起来。

她被淑夫人压着，困守冷宫将近二十年，待到年事已高，才扬眉吐气。赵泽佑对她的行为没什么反应，她也以为赵泽佑只是个文绉绉的草包，却没想到不久之后，她所依仗的张将军发生了意外。

张将军被一个小兵救下，其后这小兵带着三千士兵绕到大后方突袭，助张将军坑杀北疆十万兵马，从此连连提升，成为张将军的心腹。

潜伏的真龙和他的大将军，待到布置妥当，时机成熟，朝野之中对张家的嚣张行径颇有微词的时候才暴露出来。天子一怒，血流千里。

张将军在追杀北疆逆贼之时被俘身亡，平安联络了几位好友，收集了张氏一族吃空饷、强抢民女、害死百姓的一系列罪证，上报朝廷，张氏一脉最强的旗帜就此彻底倒下。

此时已是太后的张氏还没清醒过来，就被抓住与情郎私会，被逼自缢。赵泽佑没有剥夺她太后的封号，但是显赫一时的张氏一族，却从此消失无踪。

这事过去之后，平安被帝王下旨升为将军，带兵打仗连奏凯歌，把北疆蛮族戏耍得团团转，将一支胜败五五之数的军队直接操练成了虎狼之师。

当平安被封大将军，领天下兵马，坐镇天子京师的时候，所有人才回过神来，原来这个大将军乃是天子早就埋下的伏笔。

张将军恰到好处的身亡，天子在太后围宫时突然调遣出来的兵马……一切都串联在了一起。

于是，开始有离间计，开始有各方人马的弹劾，开始不断有人死谏——功高盖主，百姓只知大将军而不知陛下！

平安身边也不平静，众人不知道他的底细，美人计使过，金钱珍宝送过，更是投其所好地送去宝剑和名刀，恨不能广搜天下奇珍。

后来他们改为收买平安身边的人，收买那些和平安在战场结下情分的朋友，这些被收买的人一个个在平安耳边暗示，说着当年“黄袍加身”的赵匡胤的传说。

一个掌握了天下兵马的将军，升无可升，只能如同宋太祖一样，自己穿了黄袍，当个开国帝王，才算是尘埃落定。

不管平安怎么无视，怎么躲避，都没有人相信他真的毫无二心。

“将军不顾念自己，也要顾念将来的子嗣。”还有人切切叮嘱，挖心掏肺，这些都是他真正的私交好友，都是真正为他考虑。

“我不会。”平安想起往事，声音也变得柔和起来，他对赵泽佑说，“泽佑，我知道我不会，但是我不想赌。我不想拿人的野心和你的安危赌。”

他说完，不许赵泽佑说话，捂住他的嘴巴，又说：“今儿你听我一句，泽佑，只要我还在一天，我的部下就会为我担心，我的朋友就会为我担心，而你一直被那些烦人的人念着吵着，我怕时日久了，我们当年相濡以沫的快乐日子、那些情分，都会在你心中慢慢被磨干净，最后变成一地残渣。而且，趁着对我动手的工夫，你还可以把那些真的有反心的人除掉，这不是一举两得的事情吗？！”

“可是你要我杀了你！”赵泽佑的眼睛红了，低吼着，“你知道自己在说什么吗？你让我杀了你，你死了没事儿了，那我呢？这个天底下，我没了你，就真的成孤家寡人了！他们都让我杀了你，不就是想让我变成孤家寡人吗？！你明明也看他们不顺眼，为什么要对他们妥协？我宁可明早起来把那帮人全砍了，也不会对你动手！平安，你到底有没有良心？！”

赵泽佑这话说得如泣如诉，平安的眼睛也红了，他一边掉泪，又一边扑哧笑了出来，他说：“他们其实也是对的，你之所以忍了他们那么久，就是知道这一点，对不对？”

帝王是不能有朋友的，尤其这个朋友还掌握着这个帝国的剑，这把剑可以对着敌人，却也随时可以转过来，刺向这个江山的主人。

拿刀的人若是朋友，人就会懈怠，会因为感情而蒙蔽住自己的双眼，只有帝王心中毫无偏颇，才能眼明心亮，才能永远先发制人。

赵泽佑目眦尽裂，又气又急，不明白平安为何一心求死，还一副吊儿郎当的样子，直到平安轻声在他耳边说：“你怎么这么笨，当年在鉴水镜里面，你学了文治武功、治国之策，我学了驰骋沙场、保家卫国的功夫……除此之外，我们难道不能试试，能否找到一些方法……比如，让我假死的药？”

赵泽佑瞪大了眼睛。

“想起来了吧？”平安笑着说，“我是舍不得死的，也舍不得你背上杀我的包袱。”

因为他还记得在他还很小很小的时候，那个送鉴水镜给赵泽佑的女人，曾对当时还懵懵懂懂的他笑着说：“很有趣，我第一次见到你们这样的孩子，你们有相同的野心，相同的心愿……真期待你们的未来啊。”

赵泽佑的心愿到底是什么，平安开始并不知道。

但是后来平安知道了。

平安心里想着，他这一辈子，一定要好好保护赵泽佑，再也不让他露出那个木呆呆的、连哭都忘记了的表情。

纵然他后来认识了更多的人，纵然他有了更多肝胆相照的朋友。

但是，他永远只站在赵泽佑的身后，永远只保护他一个人。

因为那一年，他把很多珍贵的东西给了小小的平安，还毫无芥蒂地让他做了大将军。

赵泽佑给了平安太多太多东西，信任、欢笑，以及一些无法言说的感动。他们一起度过了常人无法想象的艰难岁月，此生从未辜负过对方。

即使是这样，把全天下都捧在了面前，赵泽佑还嫌弃给得不够。

这样一根筋的人，他值得一个小小的平安，全力以赴地珍重对待。

中宗年间，大将军因勾结党羽、涉嫌谋逆被杀，株连甚广，满朝哗然。然坊间风月传说，中宗末年，大将军死后，宫内出现一英武太监，精悍过人，功夫无人能及，与大将军形貌一致，臣子觐见，多为哗然。

然中宗一生广开言路、重用贤能，此戏言多为传说，不足为信也。

终

“这是什么鬼？！”袁天河惨叫，“我刚才是进到什么地方了，为什么我跟幽灵一样？啊！我现在好像有实体了！”

“欢迎小友。”踏过这瑰丽的夜间宫廷，看完这仿佛残片一样的宫闱秘事，袁天河定睛细看，才发现面前景色已恢复正常，在一片高耸入云的大树之中，站着一位身穿白色大袖长衣、黑发红唇的年轻人。

看上去跟袁天河差不多大。

他施了一礼，笑着说：“鉴水镜爱开玩笑，它很喜欢你。”然后对着金色大猫笑说：

“亚伦先生，岚小姐曾说你会来取走她寄存的两样小物。鉴水镜你们已经见过，剩下那一样，请随在下一观。”

“他是谁？”袁天河警惕地看着身边的大猫，并不敢挪动脚步。

前面的年轻人听到了，笑着转过头说：“在下徐福，幸会。”

“徐福？徐福记跟你啥关系？”袁天河第一反应是笑着吐槽，然后脑海中突然划过自己见过的诡异事件，他瞪大眼睛，一字一顿地说，“是、是我想的那个徐福吗？”

“你若想的是当年带着童男童女寻找仙山的方士的话……”徐福微笑点头，笑着说，“那确实是在下没错。”

第九章

青鸾花

1

“吴老三？那是个老油条啊。”

“他年轻的时候据说混得好的很，好有钱的。后来？后来突然有一天就不行了，钱没有了，又开始酗酒，还打起婆娘来了……啧啧啧，我是他婆娘我也跑了！”

“你找他？他就在那个破园子里看花，据说是他以前的熟人给安排的工作，天天喝酒都没人管，这个时候，估计酒还没醒。”

一路顺着破旧的社区、被小摊贩占满的马路走着，到城中村，再到绿意盎然的窄窄巷弄，渐渐走到一个几乎杳无人烟的地方。只是几乎，因为这地方并不是真正的废墟，铁门旁挂着一块斑驳老旧的牌子，上面写着几个苍劲有力的大字——雅园植物典藏馆。旁边贴着十几块钱就能打印出来的粗糙简介图。

这是个私人植物馆，原本的主人多年前去世了，遗愿是把这个植物馆和有相同喜好的人一起分享。但由于地处偏僻，这个城市里土生土长的人可能都没有意识到，在这个城市的角落有这么一个植物馆，默默存在了几十年。

这地方也繁荣过，据说当年这里曾经珍藏着天下间罕有的奇珍花草。可是一路走进来，虽然看上去不是彻头彻尾的废墟，却也没什么值得夸耀的东西，无非是一些常见的花草。植物馆里面是恒温的，四面墙壁透视过去，简单地人工分出了各种模拟的气候和地质。上面或许原本长着奇花异草吧？可此刻匆匆看过去都是疯狂乱长的草木，也有花朵斑驳点缀，却一片杂乱，让人无从辨认。

“……来参观的？有没有门票？”正当来者肆无忌惮地打量着这个古旧又杂乱的植物馆的时候，角落里突然传来了问话的声音。

从阴暗的角落里慢慢走出来一个中年男人，看上去大约四五十岁，肚子浑圆，满脸通红，走过来的时候，身上那股熏人的烟酒臭味几乎让人窒息。

年轻男人却丝毫没有受到影响，转身带着笑意说：“您就是这个植物馆的管理员吴老三吧？我是之前在网上和您联系过的人，我叫辛。”看到吴老三一副傻愣愣的样子，辛自来熟地开始说起来，“说起来您留的地址可真不好找，我问了好多人才找到这个地方。”

吴老三似乎这才从宿醉里清醒过来，他摇摇头，认真地打量面前的造访者——穿着黑色的丝绸短衫短裤、黑色的耐克鞋，背着一个模样普通、鼓鼓囊囊的包，除了眼睛有太多红血丝，看着猩红吓人之外，这是个十分普通的二十岁左右的年轻男人。

“你……你就是那个叫辛的？”吴老三的脸上露出了一丝失望，呐呐地说，“你怎么这么年轻……”

辛明朗地笑了，拍着胸脯说：“虽然我年纪小，但我真的是带着诚意来买您珍藏的花的。只是我看了门口的介绍，这个植物馆似乎并不属于您，请问您真的可以做主把这个馆珍藏的花卖给我吗？”

吴老三虽然还有些怀疑，但是他最近手头太紧，于是抱着死马当活马医的心情，示意辛跟着他往其中一个通道走。吴老三已经老了，头发有些花白，他走在前面，缓慢地挪动着步子，看上去疲惫又笨重。

辛吊儿郎当地拉了拉背包，跟在他后面。普通人只能看到吴老三那笨拙的动作，而辛却看到了吴老三身上那一层淡淡的、温柔的青色光芒。

那层光芒温和又凝实，仿佛流动的水，又好像是整个春天的精华。

吴老三一丝也没有察觉到辛的打量，他走到了目的地，打开门，嗖嗖的人造冷风顿时刮过来。这样一个植物馆，仅仅是日常用电量，就是个十分可怕的数目。

吴老三用浑浊的眼睛复杂地打量这个地方——酷暑之中，硬生生做出了一个冬雪的高原来，生长的植物并不多，都是些低矮的花朵和草木，唯有在岩石之上，那如同青鸟一般展翅欲飞的花，在凛冽的冷风之中怒放，它张着翅膀，花蕊就好像是鸟类展开的羽翼，虽然盛放的花朵并不大，但是却让人感觉到了这花的霸道和张扬。周围的草木似乎都是有感觉的，因为那最高的岩石之上，只有这一株无叶的花，矮一些的石头上才层层叠叠地开始生长着其他植物。

“真美啊……”辛一进门看到那花，猩红的眼里就射出巨大的光芒，他兴奋得手指都微微颤抖了，可是下一秒就猛地怒吼出声，“怎么回事，为什么开花了？”

“一直就在开花，已经几十年了。”吴老三被冷气一冻，似乎突然清醒许多，反应和语速都快了一倍，他奇怪地问，“你不是在网上看过我发的照片吗？”

辛愣了一下才咬牙轻声说：“当时照片太模糊了，我没看到它的尾巴……”似乎是打击太大，他竟然有些失魂落魄。他咬牙切齿地重复着，像是在自言自语：“是谁、是谁居然让这么年轻的青鸾开花了，还是强行提前开花……”

见眼前怪里怪气的年轻男人几乎要陷入疯魔，吴老三没耐心了，瓮声瓮气地说：“这植物馆是我爸当年买的，后来我接手，就顺着我爸临终的意思，把它一直放着了。这些年一直有人匿名替这里交电费，我就干脆在这里过了。不过现在要拆迁了，老子正好不耐烦伺候这些花草，就准备全部都卖掉……你要买就买，不买就走，不要打扰老子喝酒。”

吴老三一席话，顿时让心疼得一抽一抽的辛回过神来，他摇摇头，叹气说：“这株青鸾十分珍贵，我本来打算好好接它回去，可是既然已经提前开花，我就不能再挪走它了，它肯定也不愿意跟我走。”

“喊……”吴老三不屑地撇嘴，显然觉得眼前这个人在发癫，不过是一株花而已，说得神神叨叨的，他不耐烦地挥手赶人，“走走走，不买就快点出去。”

刚才看到吴老三身上那一层青气的时候，辛的心里就有淡淡的不祥预感，可是如果是青鸾开花的对象，身上的青气不会这么淡，也不会命运如此凄惨，吴老三至多只能算青鸾喜欢的路人而已，所以辛才没放在心上。可是一进来，发现青鸾的花蕊已经露出来，变成了华丽的尾羽，辛可谓是五雷轰顶。青鸾花十分珍贵，尤其是对他和师姐来说，几乎是世界上全部奇珍异宝加上两人所有私藏都无法比拟的存在，可是开了花的青鸾，虽然对普通人来说依然神异，但对于辛和岚来说，却也不过是以前私藏的藏品和食物的等级了。

饶是辛活了无数年，从小被教导着喜怒不形于色，也依然因这巨大期待下的失望，有些心灰意冷。他转过身，不想再看已经开花的青鸾，打算赶紧跟着吴老三离开这个伤心之地，却在转身的瞬间听到女人虚弱的声音：“大人、这位大人……请您留步。”

辛讶异地转头，就见那株青鸾花上空出现了一个身着绿色齐胸襦裙、梳着堕马髻的女人，她看上去不过十八九岁，眉目大气端丽，此刻因为病容，多了几分楚楚动人。

看到辛转过头，女人低头行礼，然后保持着行礼的姿势，眼含泪水地看着辛，再次请求：“这位大人，青鸾原本以为这辈子再也见不到异人了，却没想到竟然在此地遇到了大人。请大人帮帮忙，救救青鸾的夫君吧！”

看着满脸泪水的青鸾，再看看一脸酒气、十分不耐烦的吴老三，辛卸下刚才在吴老三面前的伪装，眼里闪过讥讽，语带讽刺地问：“你说这个人是你的夫君？”

青鸾点头，匆忙解释：“长安原本不是这样的，他……大人？”她的话才说了一半，就看到辛转身打算离开。失去了利用价值的物品，对辛来说，没有浪费时间的必要。

“大人请留步！”青鸾一瞬间福至心灵，“我手中有隐居的青鸾的线索！”

这一句话，让辛离去的步伐停了下来。

辛转身，脸上挂起职业式的微笑，说：“夫人有什么心愿，在下一定为您竭尽全力。”

“喂喂！”吴老三走到门口，才发现身后跟着的年轻人背对着他，正带着笑意，遥遥地看着石头顶端的那朵花。

吴老三脑子里面闪过警惕，以为这个年轻人嘴上说要放弃，其实是准备偷花，顿时大步上前，一把拽住辛身后的背包，大声说：“你想干什么？”

唰的一下，粉红色的大钞如雨一般哗啦啦落在地上，那个看上去十分普通的背包里竟然装着满满一包的百元大钞。吴老三的眼睛都看直了。

辛却根本没看地上的钱，只是看着山坡上那个穿绿色齐胸襦裙的女人。青鸾眼神黯淡，轻声说：“大人，青鸾想求您，让他被劈开的神魂恢复原状。”

辛这才转头看向对着地上那一堆大钞眼睛发红、显然是动了邪念的吴老三，仔细一看，他整个人仿佛一团被青气裹住的灰蒙蒙的脏东西。

常人的神魂应当是乳白色的，呈和主人一样的人形，而吴老三的神魂却是灰色的，而且缺胳膊少腿，甚至头尾颠倒，像是被胡乱缝起来的破烂娃娃，十分可怖。若不是被那团青气包裹着苦苦维持，只怕面前这个人早就死了。

辛的眼底闪过兴味盎然的光，他摸了摸下巴，突然丢掉背包，猛地袭向还看着钱的吴老三！

2

卑劣的人也会有天真烂漫的少年时代，聪敏的人也曾有什么都相信的笨蛋时光，全身烟酒臭气的吴老三并不是天生的神魂损毁，自然也是有过美好的少年岁月的。

在青鸾的记忆里，吴老三的少年时代仿佛散发着光芒。那个白衣胜雪的少年人，似乎永远浅淡微笑着，连光阴都好像因此镀上了一层温柔的荧光。

那时候的吴老三，名字还叫吴长安。就如同电视电影里那些念书很好、家世很好、性格也很好的男主角一样，少年时代的吴长安几乎是G中所有女孩子的梦想。他家境不错，爸爸是白手起家做小商品生意的，对他的教育也十分质朴，这使得吴长安虽然衣食住行各方面都远远优渥于一般同学，却从来不故意表现，反而显得豪爽大方。

整个少年时期，吴长安几乎是没有什么困扰的。

直到他见到鬼。

说起来也是因为吴长安他爸爸的一个爱好，才导致了这件事情的发生。

吴爸爸创业的时候抠门惯了，喜欢赚钱多过花钱，平时除了给老婆买翡翠珍珠旗袍包包，几乎是不花钱的，不抽烟也不喝酒，工资卡都交给吴妈妈。

但就是这么一个铁公鸡似的人物，却是个十分狂热的花草爱好者，吴爸爸在吴妈妈和吴长安不知道的情况下，豪掷千金，拍下了一座私人植物馆。

植物馆是一位老人留给后代的典藏。老人是一位植物学家，私藏十分可观，后人不懂，于是干脆打包拍卖。吴爸爸花光了公司大半年的盈利，却一副捡了大便宜的得意劲儿，他带着吴长安和吴妈妈来到这座典雅偏僻的植物馆，决定全家从别墅搬来这里。

植物馆的顶楼原本就是上一位主人的住所，大半面都是阳光房，一家人搬进来，倒是比以前过得更加舒适幽静了。吴妈妈受吴爸爸的影响，也十分爱花草，因此除了吴爸爸上班麻烦了一些，家里人都适应得十分良好。

如果不是因为频繁见鬼的话，吴长安觉得自己应该是很爱这里的生活的。

他总是一转头就看到穿绿色古装的少女躲在拐角处，裙子露出了一个角，等到吴长安跑过去的时候，却什么都看不到，那裙角就这么突兀地消失了。有时候吴长安端着咖啡杯，准备去植物馆的某个区域坐着休息，远远就看到绿色古装的女孩惬意地躺在高大的树木上，一双白底绣着绿花的绣鞋偶尔还悠闲地晃动，恍惚间能看到女孩洁白的脚踝。但每当吴长安靠过去，那里就什么都没有了，好像一切都只是他的幻觉。

吴妈妈的胆子不大，因此吴长安看到这些异象，是绝对不敢跟妈妈讨论的，而吴爸爸又很忙，吴长安思考了一下，不忍心拿这事打扰他。

最主要的是，吴长安观察了一阵子发现，爸妈好像都从未见过那绿色古装的女孩。而且那女孩似乎并没有网上搜到的幽魂恶鬼那般可怖和阴森，她像是现代时空里的古代大家闺秀，悠闲而快乐地过着自己的闺阁生活，每次见到吴长安，都好像在自己家中见到了突然擅闯的外人一般，反而比吴长安还惊恐。

吴长安又一次远远地看到了那个绿衣女孩，她原本正踮着脚够园子里桔树上的果子，听到他走上前的动静，吓得一个踉跄，昏头转向地竟然直直撞到了树上。不知道为什么，心中的压抑和阴霾突然烟消云散了，他“扑哧”一声被逗得笑出声来。

要知道，吴长安虽然是个风云人物，朋友很多，但是因为崇拜父亲，会不由自主地模仿父亲平日的表现，所以在面对陌生人的时候常常表现得冷静克制，看上去比同龄人成熟许多。绿衣女孩大约也是第一次见到这英俊却冷淡的少年笑出来，一时呆了，竟然忘了掩住身形赶紧离去。

“你到底是谁？这么呆呆傻傻的样子，看上去倒有些像《聊斋》里的笨妖精。”吴长安笑着对她说。

“我、我、我……”青鸾活了许多许多年，其实早就会讲话了，但是她不想说出自己的来历，又不知道怎么编借口，顿时有些卡壳。

自从见到她之后便开始翻阅各种传奇的吴长安，却完全理解错了她的意思，他端着杯子倚在走廊的门柱上，笑着说：“我知道了，你是个不太会说话的小妖精，对不对？”

没等青鸾回答，吴长安就继续说：“你是什么妖精？这里是植物馆……你不是花草就是树木，对吧？”青鸾目瞪口呆，出身就这么被吴长安给定下了。

吴长安看着她笨拙的样子，心中的恐惧、惊疑不定，都在此刻变成了好奇，甚至对这个懵懂又笨拙的小妖精产生了怜悯。这样笨拙的妖精，要不是刚好遇到的是他们一家，只怕早就被人当成妖孽害死了。于是吴长安继续笑着说：“你快点老实交代，你到底是什么东西，不然我要喊道士、和尚来抓你了！”

到这个时候，其实已经是开玩笑的成分居多了。

但是青鸾听到“道士”两个字却生气了，狠狠地把一个东西丢过来，吴长安躲闪不及，被重重砸了一下，那暗器骨碌碌地掉到地上，原来是刚才女孩一直想采的青桔。

吴长安抬头，只见穿着齐胸襦裙的女孩清秀的巴掌脸气得圆滚滚的，一双大眼睛狠狠地瞪着他，然后他听到女孩用黄鹂般清脆的声音大声说：“我、我才不怕你！”

讲话有些结巴，显然不是不怕，而是不肯示弱罢了。

吴长安不知道为什么有些想笑，他忍住了，故意说道：“好啊，妖孽居然敢袭击人类，我立刻就去找大师……”

他说着转身，打算去房间洗一下衣服上刚才那青桔打翻而泼到身上的咖啡渍，顺便吓吓这个调皮的小妖精。然而吴长安没想到，这一时兴起的玩笑，让他的人生从普通模式一下子跳跃到了麻烦不断的高难度模式。

首先是洗完澡，发现自己备好的衣服不见了。

不说家里负责清洁的王妈在花园看到挂在桂花树上的衣服有多惊讶，也不说吴长安裹着浴巾从露天浴室一路穿过客厅，在爸妈诧异的视线中回到房间有多崩溃，只说王妈把衣服洗好叠好，还把那条黑色的贴身内裤醒目地放在最上端，就让一贯都是自己洗贴身衣服的吴长安尴尬不已了。

然后是在上学的时候出了状况。

吴长安骑自行车去上学，路上突然刮起大风，把女生们的裙子全部都掀了起来，他走到哪里女生们的尖叫就在哪里，这种情况持续了好几天，吴长安觉得自己真的要崩溃了！

在女生们讨论校草最近好邪门，男生们一个个猥琐地笑着过来求方法的时候，吴长安终于在青鸾层出不穷的整人手段下屈服了。

他手上捧着从甜点店买来的曲奇，向在树上躺着吃桔子的青鸾求和："姑娘你大妖有大量，不要和我一般见识。我买了我们学校女生最喜欢的曲奇给你吃，咱们能握手言和吗？"

绿色宫纱随着剥桔子的动作晃动，树上的女孩自顾自地吃着桔子，直到吴长安掀开盖子，准备继续推销曲奇的时候，才猛地瞪大了眼睛。

绿色宫纱刷地一下从天而降，女孩瞪大眼睛看着盒子里面的曲奇，一伸手拿了一块，刚放进嘴巴，眼睛就瞪得更大了，吴长安甚至在她的眼睛里看到了闪动的光芒！

下一刻，女孩已经抱着整罐曲奇，狼吞虎咽地吃了起来。

从那之后，两人的交流开始越来越多，吴长安找到什么好吃的都会第一时间想到那个绿衣服的女孩，青鸾吃人嘴软，也不再因为之前的逗弄恶整他。直到某天，青鸾嘴巴上沾着饼干渣儿猛地一抬头，看到男生温柔得仿佛汪洋一般的眼睛，那颗懵懂了千年的心，突然在那个春日的午后重重地被撞了一下。

糟糕。

一千多岁的青鸾不知道这种感觉是什么，她只是冥冥之中觉得很害怕，却又觉得很想无限制地黏在吴长安的身边。

吴长安在这个时候到底在想什么呢？

吴长安在想："哎，都三年了，怎么这个傻姑娘一厘米都没长高，难道妖精也跟本体一样长得慢？还是说这傻姑娘特别傻所以格外长得慢？"

要是青鸾知道了，估计又要咬他的胳膊。

3

人类的少年时代是十分匆促的。

青鸾知道，却不在意。当吴长安梳起大背头，穿上昂贵的西装，每天跟着吴爸爸学习管理家族生意的时候，青鸾才猛地发现，一眨眼，十年过去了。

只待在这个小小植物馆里的青鸾并不知道外面的时光流逝，十年二十年的时光对以前的青鸾来说，不过就是一个懒觉而已，可是当她发现吴长安已经长大，而当年穿着白裙煮咖啡的夫人也已经变成带着皱纹的老人的时候，青鸾终于察觉到了时间的流逝。

忙碌的吴长安过了好几天才发现，青鸾不知道为什么情绪低落，他故意逗她，气鼓鼓的女孩蹲在树枝上就是不下来，还拿手里的果核打他。

吴长安觉得自己像是养了一只坏脾气的猫。他笑着对青鸾这么说的时候，小姑娘顿时就炸毛了，跳起来狠狠咬了他的胳膊一口，然后飞快地跑了。

又跑到那棵梧桐树上不下来了。

简直跟猫的性子一模一样。

青鸾这一场闷气到底是为了什么，直到吴妈妈塞给他一叠照片的时候，吴长安才知道。

那叠照片被吴妈妈递过来，吴长安还没拿到手，室内就突然刮起大风，哗啦啦把照片吹得飘了满屋子，吴长安顿时就明白了，青鸾小祖宗又在发脾气了。他定睛一看，才发现照片上都是和他年纪相仿的女孩，顿时茅塞顿开，从啼笑皆非变成了惊喜。

“哎呀哎呀，家里怎么好好的突然刮风了？”吴妈妈喊王妈过来打扫，然后皱眉念叨吴长安。可吴长安这时候哪里听得进去呢，他一路狂奔下楼，找了平日青鸾喜欢去的地方，果然在那棵梧桐树上看到了垂下来的绿色裙摆。

吴长安雀跃地跑过去，原本还想故意逗逗小姑娘，没想到却听到了女孩的哭声。

青鸾的心是一派干净赤诚的，做事从不遮掩，因此哭得声嘶力竭，让人听了心疼不已。吴长安顿时什么都顾不得了，对着梧桐树喊：“青鸾、青鸾，你先别哭……”

“哼！”回复吴长安的是砸下来的梧桐果。吴长安被打得多了，听到声音就刷地躲开，见女孩不下来，只能用激将法，故意说：“青鸾，我妈给我介绍了很多女孩，我在想，我得找个什么样子的老婆……”

话音还没落，暴怒的女孩就出现在他面前，吴长安一把抱住要挠他的青鸾，笑声顺着胸腔震动，传到青鸾的身上。青鸾听到吴长安在她的头顶温柔地说：“喂，傻姑娘，你不会忘记了你跟我说过的话吧？”

那是在吴长安填志愿表的时候，见青鸾趴在电脑边眼巴巴地看着他，吴长安转着笔问她：“青鸾，你会一辈子和我在一起吗？”

“会！”青鸾的眼睛亮起来，开心地回答。

青鸾雀跃地跳起来抱住他，亲昵地蹭他。那时候，吴长安心里又是甜蜜又是绝望。

青鸾懵懂，但是吴长安却在十年里，真正地爱上了这个少女。他或许没有办法再爱上其他人了，可人妖殊途，他很惶恐，很害怕。

吴长安曾以为，他可能一辈子都会在这种隐秘的爱里面绝望挣扎，最后孤独死去，可是没想到青鸾会因为他要结婚这件事而生气，那就说明他曾以为的一厢情愿，很可能并不只是如此。

“……不许你娶别人！”青鸾声音闷闷的，大约知道自己有些无理取闹，但是又不肯放弃，像个固执的孩子。

“不娶，我只娶你。”吴长安笑着摸摸青鸾的头。一身西装，带着淡淡的成熟的二十多岁的男人，眼神温柔地抚摸着才不过到胸口的少女。

“娶……娶我？”青鸾瞪大猫儿眼，脸上猛地通红。

“对，娶你。”吴长安笑着说，他牵着青鸾往廊下走，声音轻快，“不过青鸾还没有长大，所以先就这样，我会跟妈说一声……”

“谁说我没有长大！”青鸾不高兴了，拉着吴长安的手，大声说，“我可以开花，开花之后，青鸾就是大人了！”

“你说什么？”吴长安猛地瞪大眼睛，声音都有些颤抖。他又惊又喜，但是狂喜过后，吴长安却冷静下来，深呼吸几下，严肃地说：“青鸾，不许胡闹啊。何况不只是因为这个，现在大家都看不到你，咱们也无法举行仪式……”

“不，我开花之后就跟真正的人一样了。”青鸾愣了一下，然后大声说，“反正、反正我不管，我就要嫁给你！”

吴长安和她谈了很久，直到青鸾拍着胸脯保证开花绝对不会影响到她的健康，才怀着担忧，答应了这事。

“长安！”青鸾看着辛突然冲过去，一把抓住吴老三，唰地把他扔到空中，然后十指连出白色的光，开始切割起吴老三的神魂。

吴老三在空中痛得大吼，偏偏无力挣扎，好像被蜘蛛抓住的虫子一般。

青鸾看着眼睛紧闭、脸上的青铜面具开始扭动的辛，突然心口一紧。辛却猛地睁开猩红的眼睛，五指成爪，一把抓住了她！

吴老三的神魂是残缺的，想要修复，必须要有与他神魂相连的人来补充，青鸾早已经做好准备，被辛抓住的时候也只是惊愕了一瞬，然后就软下身体。白光切割着灵魂，她疼得开始发晕。

那些清晰的记忆和情感，全部都顺着剧烈的疼痛慢慢地流逝，随着白色的光晕，一幕幕在三人的眼前闪现。

4

吴长安知道青鸾一直是无法无天的，但是他没想到青鸾提前开花会造成那样的震动。

那天他被青鸾拉着去看青鸾花开。只见那株藏在冰雪馆的普通白色小花，猛地脱掉枝叶花朵，根茎也变成孤零零的，然后上首慢慢冒出绿色的花苞来，那花苞越来越大，渐渐变成小鸟的形状，而后猛地膨胀，华光大放。他看到一只青鸟腾空而起，盘旋鸣叫，然后一头扎在冰雪馆的石头顶端，定格成一枝孤枝，上面长着青鸟模样的花朵。

青鸟吐蕊，仿佛展开的华丽羽翼，让人看着就觉得霸道无匹，接着，化为青鸟腾空的少女缓缓落地，依然还是那一身裙装，却带出了更加端丽的气质来。她的身量也长高了十几厘米，从少女变成了女人模样。

吴长安一时没敢认，直到青鸾眼睛里露出得意，小虎牙因为笑容露出来，他才猛地冲上前，一把抱住了青鸾。

吴长安这时才知道青鸾就是青鸾花，这种花在历史上没有任何记载，但是神奇无比，生下来是雏鸟，落地开花，如果在那个地方待腻了，就会拔地而起，拍着小翅膀飞到下一个喜欢的地方，继续扎根晒太阳。青鸾花还有第三种拟态，可以完全化为自己想化成的种族，所以百族之中就属青鸾花的配偶最千奇百怪，从花鸟走兽到人类百族，应有尽有。

据青鸾说，青鸾花之所以放心让幼年时期的孩子到处去玩，是因为百族异人都不会对青鸾花下手，反而会认真教导和保护他们。

可是当吴长安想继续问下去的时候，却被青鸾给打断了。吴长安觉得这可能是青鸾不能说的秘密，于是也没有追问下去，反而乐颠颠地带着青鸾见了家长。

两人沉浸在甜蜜之中，吴长安觉得世上一切的好事都让他遇上了，他仿佛是被命运之神钟情的宠儿，家庭爱情事业全部都圆满。

他完全没想过，青鸾支支吾吾不肯说出来的事情究竟是什么，也完全没想到，青鸾花被百族异人当作珍宝一样保护的原因，会是他们一家的死劫。

开始是父母惨死。

猛地听到认尸的消息，吴长安还以为是什么恶作剧。他婚后就正式接手了家族企业，把原本只在省内独占鳌头的连锁超市扩张到了全国，公司业绩蒸蒸日上，爸妈也放心地开始了退休后的蜜月生涯。怎么人才出去玩了几趟，计划的环球旅行刚刚开始，就那么突然地死了呢?

吴爸爸和吴妈妈在驾车过程中遇上雷暴，躲闪不及，车子冲出了高速公路，引发爆炸。救援车到达扑灭火焰的时候，两人已经被烧得无法辨识了。

那两具黑漆漆的、有些地方只剩骨头的破烂尸体，和出发前精神抖擞的吴爸爸，以及那个温柔地说要带礼物回来的吴妈妈，没有任何共同之处。

吴长安人生中第一次觉得生命无常，他握住青鸾的手，身体微颤。吴长安短暂的人生中也哭过几次，但从未有如这一次这般——面无表情，只是眼泪怎么都止不住，好像眼窝里面连着大海。

爸妈下葬的那天晚上，满身烟味的吴长安抱住青鸾，眼泪濡湿了青鸾的衣服，他轻声说："青鸾，幸好你还在。"

吴长安忙着悲伤，没有看到青鸾欲言又止的神情，没有发现从看到尸体的时候开始，青鸾就一直处在惊讶和淡淡的恐惧中。

他忙着应付厄运。

仿佛命运突然发现吴长安前三十几年得到的太多，于是把他的下半辈子都换成了厄运，吴长安的事业开始出现了危机。

昔年看着他长大的叔伯，那些受过吴爸爸恩惠的人，一夜之间全都撕去了彬彬有礼的画皮，露出了夜叉一般的獠牙。

供货方一边要求加价，一边把最好的货源给了他们的对手。公司里的叔伯忙着抢权，整天只想着瓜分公司的资源。

吴长安不明白，一两个甚至是七八成人都这样就算了，为什么那些和父母相识于危时，当年遇到比现在大无数倍的风浪都能携手走过的人，会在这种时候选择和他撕破脸。

吴长安不断地上门劝说，甚至割让了一些利益，可是所有人都不为所动。

"长安，叔叔对不起你，可是叔叔没办法。"那天，吴长安再次被拒绝，见看自己长大的秦叔叔一脸愧疚，却死不松口，吴长安只觉得心里郁气横生。

他开车到家的时候，看着外面的艳阳，又看看副驾驶座上没有送出去的好酒，拿了一瓶出来，扭开瓶盖，直接抱瓶喝了起来。

到了这个地步，吴长安心里很明白，一定是有什么人策划了这次的事情。可是那个人躲在阴影之中，仿佛戏弄老鼠的猫一样，看着他焦灼，看着吴爸爸一手打下的基业慢慢垮掉，却一直不露面。

他真的毫无办法。

酒入愁肠，吴长安喝得酩酊大醉，醒过来之后，头痛得一塌糊涂，花了好几天才休养过来。

他暗下决定，实在不行就壮士断腕，他有能力有资本，没道理在这种地方一蹶不振。

就在这个时候，吴长安接到了发小的电话，出国留学才回来的蒋文嘲笑他："哥们儿，听说你最近日子不好过啊？"

吴长安大喜，马上约了蒋文来家里玩。蒋文送了青鸾一条翡翠项链，什么都没给吴长安带。

"我当时就奇怪，你小子当初结婚怎么定得这么快。果然是个大美人啊。"蒋文偷偷跟吴长安比了个大拇指，说，"兄弟，这波不亏。"

吴长安连日的阴霾被好友打散，顿时也笑了，他挑挑眉，说："那是，我可是十几年前就定下了，不然可轮不到我。"

两人哈哈大笑，天南地北地聊起来，青鸾难得地安静。她最近一直忙忙碌碌，但吴长安因为之前忙得焦头烂额，并没有发觉。

蒋文在国外学的是管理，他自己说学的没什么用，倒是在外面玩够了，回来收心打算好好做事，所以才来找焦头烂额的吴长安，劝他："你看你爸这些年养了群什么玩意儿，他们既然想要你家的超市，成，你把你手里的干股分一分，让他们给钱，你出来和我合伙算了。"

吴长安正有这样的打算，于是快速处理了手里的干股，准备和蒋文合伙搞个网络购物平台。蒋家和吴家原本就是做销售的，只是吴长安家主要做的是民生类的，而蒋家则是以衣服首饰品牌类居多，两人合计了一下，便开始努力跑各大品牌，想把这个平台一把推起来。

创业总是比守业更难的，吴长安忙得脚不沾地，青鸾几次拦住他想说什么，吴长安要么听着听着一秒入睡，要么接了电话马上就出门了。

"长安你今天必须听我说完！"青鸾最后只能拦在大门口，不许吴长安出门。此时，门外的喇叭声响起来，蒋文在外面笑着大喊：“快点啊，吻别不要超过三分钟，给单身狗一点儿活路！”

吴长安亲了青鸾一口，笑着打开门，一边对青鸾说“别生气，等我忙完这段时间，就好好陪你”，一边往蒋文的方向走去。

青鸾焦急地跟出来，一路上想说什么却一直没说出口。就在两人都走到车边上的时候，青鸾突然眼神一厉，猛地一把把吴长安推开，然后蹬地而起，轻盈地跳到车上。见吴长安和蒋文都愣住了，青鸾大吼：“蒋文，快从车里出来！”

下一刻，有儿臂粗的雷从天而降，像是嘶吼的巨龙，一路往车子冲来，吴长安惊叫出声，想往车子这边来，却被气浪冲出去，然后就看到青鸟展翅，生生扛下了这一道雷击。

青鸟发出惨烈的鸣叫，接着冲天而起，一路往云层冲去。天际之上，云层遮蔽了太阳。吴长安仰头望去，看到有青衣人冲下来，一脚蹬在青鸟的背上，那一脚似乎极重，青鸟发出惨叫，然后断线风筝一样往地上掉下来。蒋文连忙从车子里跑出来，却还是没快过雷击，又一道儿臂粗的天雷从天而降，几乎只是一瞬，他没有发出任何声音，当场死亡了。

“蒋文！青鸾！”吴长安发出惊惧的大叫，拔腿就往两人所在的地方冲过来。

青鸾落在车旁，奄奄一息地化为人形，脸色惨白，嘴边流血。吴长安抬头，看到一个面容瘦削的红唇长发男人——一身布衣，束发，眼里闪烁着疯狂的光芒，他死死地看着吴长安和青鸾，神色狂乱，似乎带着彻骨的仇恨。

青鸾摇晃着站起来，扶着车子，挡在了吴长安的前面。吴长安急了，一把将青鸾拉到身后，眼圈发红，满身戒备地看着这个来路不明、手段可怖的男人，问：“你是什么人，为什么要杀我们？”

看刚才这人的手段，可不只是想杀蒋文一个人，何况此刻青鸾的嘴角还有血迹，想到这里，吴长安心里顿时掀起惊涛骇浪，只想亲手杀了这个男人。

“我是谁？哈哈哈哈……”那男人似乎觉得这个问题很可笑，发出一串疯狂的笑声，“我是谁，好问题，我到底是谁？！我为什么要对你们动手……”那男人指着青鸾，厉声说，“你可以问她！”

青鸾神色一紧，盯着那疯狂的男人，大声说：“没错，我是提前开花，没有拿到青鸾花的传承，那又怎么样？关你屁事！”

“你！”那人看青鸾居然还不悔改，顿时神色一厉，双指并拢，天空隐有雷击之声。吴长安一愣，而那人看着青鸾，声音带着怨毒的恨意：“很好，既然你如此选择，那我也可以选择让我高兴的方式，让这个人和他所有的亲人朋友全部神魂俱灭！”

“你什么意思？”吴长安仿佛被雷劈了一样，脱口而出。看着地上还保留着惊愕表情、已经死去的蒋文，脑海中突然晃过父母的脸，他瞪大红红的眼睛，难以置信地看着那个人，又看看青鸾，轻声问：“青鸾，他是什么意思？蒋文、我爸妈……他一定是骗我的对不对？”

“长安，对不起，我、我也不知道，世上居然还有这种疯子……”青鸾眼圈一红，也流下泪来，“我当时只觉得公公婆婆的尸体上有异人的气息，但是不敢确定。后来你的公司遇到危机，我发现你拜访他们回来之后，偶尔身上也会有这种异人的淡淡的味道，才发现是这个人威胁了你身边的合作伙伴……”

难怪，难怪他求告无门，难怪突然之间所有人都对他冷眼旁观，原来眼前这个男人就是罪魁祸首！

吴长安还没开口，那男人就狂笑一声，厉声说：“你没想到？你知不知道，你已经是千年以来世上唯一的一株青鸾花了？百族和异人都在找你，都在等待你成熟出世，好让这些游魂得以安眠，你却为了这个人断了传承，绝了我们所有人的后路……反正最后也是发狂而死，我一定要让这小子众叛亲离、历经痛苦，再亲手杀了你！”

“当年是你们自己想穷极天地的寿命，才研究出了那个不死不灭的方法。”青鸾也红着眼睛大吼，“你们不是达成所愿了吗，不是可以活得更久了吗？！不过是没有五感，灵魂要经历冰寒和火狱而已，不过是最后还是会因为神魂逸散发狂而死，神魂俱灭而已！都是你们自找的！我们青鸾一族是能帮你们解决，让你们保住神魂，但是我不愿意！你听好了！我不愿意牺牲我的人生去帮你们，我不愿意！”

她一边说着，一边把吴长安拉到身后，握了握吴长安的手，示意他往后方跑，然后悄悄做了个拜拜的手势。

吴长安看着她娇小的背影，一瞬间五味杂陈。

他握紧拳头，看看已经断气的蒋文，想到父母凄惨的死状……他应该怨恨这个他最爱的人，毕竟是她间接导致了他人生之中最重要的三个人惨死，如果她能早一点儿告诉他父母的死因，至少、至少蒋文可以不用死……

可这是她一个人的错吗？她多次想说话，他却没有认真去听，只是安抚她，然后匆匆离开……他们从少年到青年，彼此陪伴了十几年，而她也在这样的时刻赌上自己，只想为他争得一线生机。

吴长安鼻子发酸，眼前的事物被水汽拦住。看到那个疯子一般的男人狞笑着抬起手，他不知道哪里来的勇气，一把拉住青鸾，往身后跑去。

“我们跑不过他。”青鸾着急地大喊，想推吴长安快跑，可吴长安板着脸吼：“闭嘴，逃出去之后再找你算隐瞒不报的账，快跑！”

那男人看着这样的情况，突然大笑了一声，吴长安只觉得全身一震，身体好像猛地被劈开，疼得大吼起来。

这种痛不是肉体的痛，而是巨大的、来自灵魂的痛苦，让人恨不得马上自杀。

那个男人在一旁大笑道：“好，你不愿意帮我们，那我就让你最爱的人也来试试这种神魂错乱的感觉！”

吴长安要疯了，他觉得自己整个被撕开，然后又被野蛮地缝在一起，人形的乳白色神魂最终成了一团青黑的恶心的怪物。

青鸾发出厉吼，化为青鸟一次又一次冲过来，却一次次被重击。

吴长安的记忆到这里，慢慢变得混沌……

5

再一次睁开眼睛，吴长安混混沌沌地看到巨大的青鸟温柔地伏在他的身上，白色的光晕像萤一样在他们的周边游动。

“居然做得这么彻底，心脏也被挖出来了……啊，青鸾花的死种，厉害厉害……”吴长安听到有年轻男人的声音，然后感到了胸口发出的剧痛。

他惊恐地发现胸口被白光划开，居然没有流出一滴血液，然后一个上半张脸上戴着青铜面具的神秘男人出现在视野上空，俯身从他的胸口里拿出了一颗枯萎的花种。

那是颗看上去十分普通的花种，但是不知道为什么，吴长安觉得它十分亲切又舍不得，心里剧痛。

“不过是颗死种罢了，孵出来也是个得不到传承的混血。”年轻男人把玩了一下，便把它随手丢弃在房间的一角。

而后，年轻男子划开手臂，将金色的血液一滴滴滴入他的心脏。

吴长安惊呆了，人类会有金色的血液吗？

他觉得自己好像在做梦。

随着金色血液的流入，吴长安的思路慢慢清晰起来，他好像被困在小小笼子里面几十年，这时才睁开眼睛看到这个世界。

他看着眼前巨大温暖的青鸟，脱口而出道："青鸾？"

大鸟温柔地眨了眨眼，流出一滴泪来。清脆的鸣叫划破长空，大鸟化为温柔的光芒，消散在天地之中。

哗啦一声，大雨倾盆而下，因为天地福运之物的消散，下起了一场带来生机的大雨。

这一场雨后，人们发现城市里的空气变得无比舒适；有小病的人淋了雨，身体更好了；有大病的人伏在床边，雨滴溅在身上，也觉得精神一振。

吴长安彻底清醒过来，看着自己的大肚子，闻到自己身上的烟酒臭味，连连作呕……他仿佛被人侵占了十几年的时光，此刻才拿回自己的身体。

这些变化令他惊惧，可是最可怕的是，他一梦醒来，发现无论他在植物馆呼唤多少次，那个穿着绿衣、总是瞪着猫儿眼的女孩都再也没有回复一声。

她就这么消失了。

爸妈死了，最好的哥们儿也死了，只剩下这个空荡荡、马上要被城市规划淹没的植物馆，和南柯一梦醒来的吴长安。

好像被世界丢弃了一样。

"爸爸，爸爸，那你是怎么找到我的呢？"小姑娘扎着两个小羊角辫，一脸好奇地看着微胖的中年男人。

已经减去大半肥肉，依稀可以看出当年英俊样貌的吴长安，脸上带着淡淡的笑容，轻声说："因为我那天看到你妈妈流了一滴泪水，落在你这颗小种子身上，你就变成绿色的了，所以我才把你种到地上啊。"

吴长安在醒来之后，才发现青鸾的部分记忆似乎也融进了他的脑海里面，其中就有青鸾花一族的由来。

它们作为天地钟灵之物，曾被当作补品，被百族异人甚至人类猎杀。后来百族异人找到不死的方法，神魂却因此会痛苦难当，最终魂飞魄散，只有青鸾花能帮助百族异人兵解然后正常死去。

当年被异人追杀的时候，青鸾其实已经有了身孕，但是为了保住他的性命，被异人一刀斩为两段。但那离开的异人却不知道青鸾花本体未死就可以缓慢再生。青鸾在异人离去之后，一爪子掏开了自己的身体，里面的种子已经枯萎，但是放在被掏空心脏的吴长安的身体里，却能让他活下去……

因为这些记忆，吴长安找到了那颗化为青石的眼泪，并把它放在了早已经被他找到、珍惜地放在软垫之中的种子边。

那颗青石突然裹住了种子。几天之后，种子吸干了那颗青石，化为碧绿，接着越长越大，最终破壳而出，化为丑丑的小雏鸟。吴长安把它放到准备好的花盆里，小雏鸟落地，化为一株小小的嫩芽。

又过了很久很久，某天吴长安醒过来，一眼就看到一个穿着绿衣襦裙的小姑娘在太阳底下摇着胖胳膊胖腿晒太阳。她看上去不过三四岁，看到他过来就咯咯笑着冲过来抱住他，大喊："爸爸、爸爸！"

那一瞬间，吴长安泪如雨下。

终

虽然拿到了隐居的青鸾的线索，但依然是困难重重。

辛轻叹一声，无所事事地走在大街上，正想着是回去撸撸猫，还是继续去下一个地方，突然眼神一震，然后发出爆炸一般的巨响——身边原本对他毫无关注，只是下意识会绕过他的人，顿时发现了这个年轻男人。

大家都惊呆了。有女孩发出尖叫："啊啊啊啊！变态！"

辛身上的霓裳羽衣炸成了碎片，被困困的灵魂发出尖啸，四散而去。

爆炸声太大，辛猝不及防，更无法躲藏，他赤身裸体地站在大街上，一头披散的乌黑长发垂落到大腿，猩红的眼里冒出跃跃欲试的光芒。

"师姐……你选的帮手不错……看来，我们又要见面了。"他舔了舔唇，猩红的眼里露出笑意。

第十章

长生药

1

徐福竭尽全力地慢慢睁开眼睛，开始只觉得眼前一片模糊，过了好一会儿才感觉到有窸窸窣窣的声音，似乎是什么人在低声交谈。

徐福全身酸软，挣扎了几下，发现完全坐不起来，他咳嗽了好一阵儿，又瘫了回去，再也聚不起一丝力气。

好在他这么一番挣扎，眼睛开始慢慢聚焦，渐渐看清楚了自己的处境——他躺在一个非常空旷的草坪上，不远处传来海浪的声音，显然他是被这孤岛上的人救起来了，望过去，有将近一两百个年轻力壮的男人把他围在中心，脸上都是怀疑审视的表情。

徐福心里咯噔一下。

他被始皇帝派遣出海寻找仙山已经好几回了，之前每次都找借口说没找到，但帝王越来越老，也越来越没有耐心了。这一次，徐福借口说海上有大鱼拦路，始皇帝竟然派遣军队击杀了如船一般大的鱼，拖拽回岸，这让徐福再无后路。于是，徐福带了三千童男童女和百工之人出了海，本想找个海岛躲避帝王的追杀，但是没想到居然遇上了巨大的海浪。

他睁开眼时，已经被孤岛上的人围困了。

对于寻找仙人和长生之药，徐福其实心里一点儿底都没有。

徐福自小学医，他觉得所谓的方士和长生之梦，其实都只是谎言。

很多如同徐福这般的人，不过是给帝王造梦，从而换取锦衣玉食罢了。

徐福虽然没什么玄妙本事，但是能在千古一帝面前混得风生水起，显然不是蠢货，察言观色更是最为基础的本事。他这么一看过去，就知道这些人对他非常警惕，显然这个岛上的人并不欢迎外来者。

徐福赶紧扯了扯嘴角，露出一个笑容来，哑着呛了海水还在灼痛的嗓子说："多谢，多谢……咳咳……各位的……救命之恩。"

这时，站在最前面的男人走了上来，他体格并不魁梧，但是身材高挑，肌肉线条紧实有力，皮肤白得好像初绽的梨花，虽然样貌好看得过分，但身上却带着久居上位的威严气势。

"人类……你为何来到这里？"这个人发问了。

徐福愣了一下，这才发现一件事情——虽然面前这个男人黑发黑眸，但是周围围绕着的人的发色却赤橙黄绿青蓝紫都有，不但如此，有人的发色甚至是几个颜色夹杂在一起，眼睛也是深浅蓝绿各不相同。

……除了面前这个人，其他人似乎都不是人类。

徐福想到铺天盖地的巨浪和在昏迷前看到的那条巨大而可怖的鱼尾，突然泪水涌出了眼眶，仰天长叹："我果然是死了吗？我死后为何没入地府，反而进了罗刹鬼的国度？！"

这话让周围窃窃私语的人都是一愣，面前的黑发男人厉声说："闭嘴！我等不是罗刹鬼！回答我，内陆之国的人类，你三番五次来到海上是为了什么？"

徐福止了泪水，并不敢看周围那些奇形怪状的罗刹鬼，只专心看着面前这个男人，说："你们真的不是罗刹鬼？这里不是罗刹国？"说着徐福在自己身上摸了几下，发现自己还是温热的，又扭了一下大腿，果然疼得钻心，他赶紧咬牙站起来，颤颤巍巍地忍痛作揖，说，"这里想必是海中异人所居之地了？在下乃是遵大秦皇帝陛下的命令，来海中仙山寻求长生之药。"

"长生药？"徐福看到面前的男人脸上露出一丝嗤笑，周围也有低声嘲笑的声音传来。

徐福忍着害怕偷看了一圈，见那些人虽然样貌极其可怖，极像坊间流传的罗刹鬼，但是却没有罗刹鬼的额上角和犬齿，顿时心中大定，把自己的惶恐收好，做出一副仙使的模样。面前这个男人官话说得如此好，应当是对大秦有所了解的，却不知为何丝毫没有触动。

黑发男人深深看了一眼徐福，又问：“那你腰间所佩短剑又是什么？”

徐福低头看了一眼——经历了可怖的大浪，他的发冠都被打散，不知道沉到海底哪一处地方了，可始皇帝亲赐的短剑却还稳稳当当地挂在腰间。

有感兴趣的东西就好，徐福心中大定。有感兴趣的东西，他就能让这些人救他，给他一个地方休养。

但表面上，徐福仍是一副淡然高人的模样，抚须一笑说：“此乃临行前陛下亲赐的宝剑，名为含光。此剑不仅可以作为普通兵刃，更可斩妖邪。”

徐福看着面前一脸警惕的黑发男人，又是一笑，说：“看来，您似乎对含光有兴趣？”

黑发男人点头，皱眉警惕地看着徐福腰上的短剑。

徐福一笑，突然解下短剑，唬得周围的人都做出防备的姿势，徐福却一派坦然，双手横举，做出递出的动作，说：“多谢诸位救命之恩，此刻在下身无长物，救命之恩无以为报，就将宝剑赠与英雄吧。”

徐福心里打的算盘十分好，先透出善意，让对方觉得他是无害的，再赠与礼物，这些人怎么都不会放任他在这个岛上病死饿死吧？

“你把它丢在地上。”黑发男人却不过来接，而是远远地对徐福说道。

这样强烈的心理防备让徐福愣了一下，顿时有些哭笑不得，但是他到底是在战火中走过的人，知道这些人的担忧并不是多此一举，于是理解地点头，把含光远远丢过去。

本以为会赢得这些人友谊的徐福，却没想到，刚把含光丢出去，就冲过来两道残影，把他的手臂反剪在身后，有什么冰冷的东西唰地一下抵住了他的咽喉。

“你们这是干什么？”徐福惊叫起来。

倒不是徐福没想过这种后果，只是他未曾习武，含光宝剑在他手中也抵不过这些壮实的男人，因此才想赌一把。

这岛上的人明明言语都与中土之人无异，没想到行事竟然如此彪悍野蛮。

吾命休矣，徐福心里想着。

他当时为了救弄坏了方士进贡的仙药且和妹妹长得很像的小宫女司柳，夸下海口说“增寿十年的丹药又有什么稀奇，在下可以找来长生药”的时候，心里也大喊着“吾命休矣”；出海三次寻不到仙山和仙人，被陛下审视得战战发抖的时候，心里也是如此想着……

他逃过了那么多次注定的死劫，今日却要栽在这里了。

徐福挣扎，但那些人力大如牛，根本纹丝不动，他终于泄气，恨恨地看着黑发男人。

黑发男人却不看他，只是做了个动作，一群人便拉着徐福往海岛里面走去。

“你们到底要做什么？我乃大秦帝王陛下派来寻找仙药的人！我是修业的仙师！”蝼蚁尚且偷生，徐福不想就这么坐以待毙，他连番呼喊，又是讨饶又是威胁，只希望能为自己博得活下来的机会。

可是这群人就这么拉着他一路往上走，从海滩到树林，眼前渐渐有房屋出现。

如果不是此刻生死不定，徐福几乎要为眼前的美景惊叹——这就像是一个世外仙境一般，过了树林中的小道，可以看到无数安放在山上、错落有致的房屋。

整个岛上零零散散地分布着小屋子，除了最顶上的大房子带着院子，其他的房子都是没有院子的，但是每家每户都被水路连接起来，仿佛水织成了细细的网，笼罩在这个岛屿上。

徐福曾听说过，南方瘴气横生的地方住着神秘的人，他们以竹子做屋，活于湖上的竹楼，却没想到这个岛屿上竟然也有这样的人。

徐福不厌其烦地对着黑发的男人喊：“喂，你们到底要带我去哪里？陛下可是等着我回去的啊！你们不怕到时候问罪吗？！”

这一路他都是这么喊的，可这个黑发男人不为所动就算了，抓着自己的人居然也一丝触动也没有。

他们抓着自己的动作如此凶残，徐福觉得手似乎都要被扯断了。

看现在不管怎么呼唤都得不到回应的架势，徐福的心越来越沉，自己这回真的是凶多吉少了。

可是，他命里或许终究还是有那么点好运气的。

一行人押着徐福往那栋最高的房子而去的时候，突然从交叉的小径那边走过来一个被搀扶着的年轻女人。

那女人看上去有些可怕——红发稀稀拉拉的，脸又肿又黑，全身发软地被人搀扶着，手臂裸露出来的地方有几个大小不一的溃烂疮口。

“素娘！”徐福旁边的男人发出一声大吼，疯了一样冲过去，虎目含泪地看着这个女人。他想摸摸她，又好像怕她疼，一时有些手足无措：“素娘，素娘，你好好地待在家里，怎么会染上时疫？我才走了多久，竟发得这样狠……”

那女人看到男人，却不许他靠近，想要说话，偏偏又发出一连串的咳嗽来……

“只能送去安置病患的地方了，接下来就听天由命了……”陪着那女人的人这么说。

大家都一副死气沉沉的样子，连抓着徐福的人都松了点劲儿。这给了徐福一个机会，他麻利地开口大喊：“我是个医者！我会治疗疫病！”

黑发男人顿时回头，一脸认真地看着徐福。

徐福大着胆子，再次重复：“真的，我自小就跟着师父学习医理，还跟着师父治过很多次瘟疫！”

……他确实自小学习医理，也治过瘟疫，可惜大都是给村里鱼塘的鱼和鸡鸭猪治。师父走得早，徐福也曾独当一面，在那个小村落当过一阵子医者，只可怜乱世人命不值钱，医者这样挽救人命的人更是经常饭都吃不饱，那些年加起来吃的都不如后来改行当了冒牌方士后那一年吃得多。

徐福没想到，此刻却需要这个技能来救命了。

他做出一副镇定的样子和黑发男人对视。

从刚才他们的对话来看，这个岛上没有医者，又刚好发了瘟疫，只怕他还真的能靠这个活下来。至于治不好怎么办？反正也是个死，不如赌这一把了！

徐福正这么想着，就见黑发男人似乎终于想好了，一挥手，说：“不带去圣地了，带去我那里。”然后他看着徐福，一脸审视，冷冰冰地说：“你最好祈祷你说的是真话，否则我会让你后悔来到这世上。”

徐福小鸡啄米一般点头。

他能在乱世之中活下来，又能在心思莫测的帝王身边混得不错，自然是很懂得看人的——眼前这个黑发男人看上去美貌俊秀，但那实质性的杀意和冷若寒潭的眼神，都让人知道他绝对不好惹。

不管怎么说，暂时不用担心性命安危了，徐福松了口气，跟着他们一路走上来，终于进了这个最大的、唯一有院子的宅邸。

“休息一晚，明天我带你去染上时疫的族人所在的地方。”把徐福押到地方之后，黑发男人遣散了众人。

徐福听了那些离开之人行礼时说的话，才知道这个黑发男人叫墨，是这个孤岛上的族长。

这个族长一点儿也不亲切，房子里面也没有侍女仆人。徐福看到墨一脸冷冰冰地给他端来一大份鱼肉的时候，差点儿吓得没接住。幸好墨给他送了鱼肉之后就离开了，不然徐福觉得自己可能会食不知味。

墨走了之后，徐福吃了一口鱼，顿时就瞪大了眼睛。不知这是什么鱼，鱼肉鲜香滑嫩，徐福忍不住大快朵颐，吃完就倒下睡了，鼾声响了一个晚上。

第二天醒来，徐福伸着懒腰走出来，顿时惊呆了。

2

昨天被人押解过来，一路上并不敢乱看，加上天已经快黑了，看得也不如白日清楚，此刻站在二楼的廊上往下看，徐福只觉得眼前一切都让人赞叹——

墨的房子是简单的两层木楼，但是门廊外居然就是一片巨大的水塘，水里长着水草，几片性急的荷叶已经冒了出来，还卷着叶片，好像害羞躲人的少女一般。而水池中间有一条条木桩供人行走。院墙周围还有一片小桃林，桃花瓣落在水上，点点嫣红衬着绿水，漂亮得让人呼吸都轻了下来。

徐福不知不觉走了出去。外面水道交错，宛如一张密密的网铺在这个岛上的村落里，而每个房子门口都如墨的家一样，有一个极大的水塘。墨还留了一些地种上了桃树，有些人家却直接立在了小小湖泊一般的水塘上。

这岛屿绝不是天然如此，但这些人显然已经习惯把土地变成水塘，然后居于池上。

徐福正疑虑着，听到身后传来拍水嬉闹的声音，间或有孩童发出的天真烂漫的笑声。徐福十分讶异，跑回去一看，顿时吓了一跳，幽深的水里竟然有两个看上去不过七八岁大的小孩正在打闹。

“你们怎么跑去那么深的水里？快，快过来！”徐福跑得衣衫都有些乱了，但是他恍然未觉。

他这辈子还没有自己的孩子，家中的妹妹和他一起长大，极为娇憨可爱，可惜来不及成人就去世了，所以徐福最见不得孩子置于险地。连小宫女司柳，他都愿意一直照拂她，还在她闯祸后冒着生命危险救她，又怎能看着两个孩子如此危险却不管。

“你是谁？怎么在我家？”两个小孩转过头来，黑发黑眼，看上去精灵可爱，徐福恍然想起自己和妹妹幼时的岁月，一时心中酸软。

接下来的画面却让徐福心中剧震，呆愣在原地。

那个男孩见徐福不回答，居然翻滚身体，用小小的银色鱼尾不满地拍了拍水，谁料拍在了旁边的小女孩身上，女孩立刻用金色小尾巴扇过去，两个人顿时又在水里打闹起来。徐福看着那一金一银两条小尾巴甩来甩去，完全说不出话来。

过了很久，他才尖叫一声："鲛、鲛人！！！"

远处池边突然传来哗哗的巨大水声，池水清澈，只见一个巨大的阴影一路飞速冲过来，几乎瞬间就到了面前，徐福吓得全身发软。

"哗啦"一声，水中破水而出的人几乎和他脸贴脸——黑色长发垂到水里，黑眼珠好像玻璃一般，耳朵是小扇子一般的鱼鳍。

墨冷冷地看着吓得一屁股跌在地上的徐福，银色的大尾巴不耐烦地拍了拍，低声说："如你所见，这里是鲛人之国。"

"鲛、鲛人……"徐福呆呆地重复。

那两条小鲛人看到这黑发的大鲛人，顿时飞快地游过来，尾巴亲昵地贴着大鲛人的尾巴，脸上带着孺慕和快乐。

徐福还在呆愣，大鲛人却把两个孩子的尾巴轻轻推开，严厉地说："爹爹说了多少次了，现在瘟疫十分严重，爹爹每天去看病人都要从这里走，让你们在后院玩，不许到前池来玩，你们都当耳旁风是不是？！"

小鲛人顿时吓得眼睛里涌起了两泡眼泪，看上去可怜极了。

刚才还在心乱如麻地想着鲛人的传说，想着鲛人落泪为珠，想着鲛人擅织鲛纱，鲛纱水火不侵、冬暖夏凉，想着"鲛人肉，食之不死"的徐福，此刻被小鲛人的委屈拉回了理智，忍不住替两个小鲛人拉开话题，咳嗽一声，说："那个……疫情不等人，要不我们吃了早饭就赶紧出发吧？"

墨看了他一眼，点了点头，尖尖的小扇子一样的鱼鳍慢慢化为人类的耳朵，腰间细密的银色鳞片潮水一般褪去，化为双腿。他从水中走出来，对徐福说："如果能治好我的族人，我将奉你为上宾。"

"我知道，"徐福拿出巴结始皇帝的功力对墨示好地笑，"我一定竭尽所能，绝对不辜负您的期望！"徐福拍着自己单薄的胸脯，一脸"都交给我"的豪迈。

可疫情比徐福想的要严重许多。

他原本还在奇怪，墨作为族长，府邸里面又有两个孩子，居然连个侍从都没有，房子空荡荡的。

"生病的族人被移在一处，已经有很多族人回到了海神的怀抱。"墨的表情有些暗淡，他虽然对徐福这个外人十分冷漠且防备，但是对待自己的族人却是十分关心的。

徐福看墨的表情，也不敢说话，一路跟着墨走下来，走了大半个时辰，期间路过了一些还有孩子嬉闹玩耍的屋子，有了人声，这岛上才显得生机勃勃起来，墨的脸色也终于好看了些。

徐福看着那些打闹玩耍的小鲛人，只觉得自己所看到的一切都如同话本传说一般神秘莫测。

其中一个十一二岁的小鲛人刷地弹出锋锐的利爪，没入大石，把石头一分为二，身边的女鲛人慈爱地抚摸那小鲛人，浅红色的大尾巴微微摆动。劈碎石头的小鲛人忙亲昵地用尾巴蹭自己的母亲。

忽略地上分为两半的石头，母子俩的互动和寻常人家的母子一般无二。

走着走着，海风的咸味里透出了淡淡的臭味，且味道越来越重，徐福心里疑惑，转个弯，他差点反胃地吐了。

“就在这里。”墨停下脚步，转头看向捂住鼻子一脸难受的徐福，眼里闪过悲伤。他显然也闻得到前面传来的腐臭气息，只是对族人的担心，让他压抑住了生理上的不适。

徐福瞪大了眼睛，惊恐地看着眼前的水湾。

这是个自然形成的浅水湾，四周都是青草，坡上开满了各种颜色的鲜花，如同仙境一般，可坡下的水湾里，此刻却仿如地狱。

满池都是腐烂的鲛人——有些鲛人的尾巴已经烂了一大半，只剩下一口气还吊着；有些鲛人则是整个头都肿得发黑，看上去像是中了什么剧毒一样。偌大的水湾里只有细细的流水出入，外面是一望无垠的大海，里面的池子却满是泛着黑红色的污水。

“这样不对。”徐福这时顾不得别的了。他不是品格高尚之人，只是靠着一些养生方子和谎言在帝王面前博宠，一开始想来治疗瘟疫也不过是想活下去，但只要不是大奸大恶之人，看着这仿如地狱的水湾，都无法置之不理。

徐福蹲下来撕扯自己的衣摆，却撕不下来。

墨歪着头看了一眼，突然唰地一声伸出了食指，指甲猛地弹开，变成了手肘长的、寒气森森的尖锐长甲。“嘶啦”一声，他的指甲几乎是刚触上去，布料就一下子撕开了。

徐福感激地看了一眼墨，将撕下来的布条围在了自己的口鼻之上：“墨，这种疫病是可以传染给其他人的，你最好也像我这样围住口鼻，尽可能避免感染。”

墨听了，也学着徐福的样子，撕了一块布料下来捂住了口鼻。

春夏之交，正是天气回温的时候，围住口鼻十分不舒服，但徐福还是走下坡，来到水湾旁边，开始努力检查起这些鲛人，又细细地问不同程度的染病鲛人都有什么感受。

“这样不行。”问了一大圈之后，徐福看了看满水湾变色的水，走到僻静处对墨说，“你们就只是把他们丢在这里吗？没有人照顾他们？”

“开始有人照顾自己的家人，但是他们很快也被感染了，现在族里面大多是女人和孩子，再感染上的话，大家都会死……”墨低声说，显然也不好受。

徐福愣了一下，苦恼地说：“这怎么办？按道理，必须把病重的鲛人和其他症状较轻的鲛人分开，否则本来有治愈希望的鲛人，被贸然和重症鲛人放在一起，会加重病情的。这样恶性循环，只会让大家都越来越糟……”

“分开？”墨顿了一下，说，“就是让他们待在不同的水里面？”

“对。”徐福还在苦恼，“我家乡也曾发过时疫，所以这方面我还是比较了解的。师父那时最早做的事情，就是把轻症病人和重症病人分开，让他们待在不一样的地方，不许他们互相串门，所以那时候我们家乡的人死得最少……”

徐福原本壮胆前来，只是想拼一拼看有没有活下来的机会，毕竟能活的话，谁会想死呢？

也算是凑巧，战火之中死的人多了，最是容易生瘟疫，徐福虽然没什么别的本事，但论治愈瘟疫这件事，他却是真的见识过几回的。

来之前他还是很担心的，怕是自己未曾见过的疫病，那自己可能就真的要玩完了。可此刻仔细检查这些鲛人，徐福心里十分不厚道地想，这症状怎么那么像村里鱼老生的烂腮病呢？难道鲛人和鱼其实差不多？

徐福看了一会儿，心里大致有了底，不由得感叹，这可算是祸兮福之所倚了啊！

当时为了救不小心弄坏了增寿十年的仙丹的司柳，徐福一时口快，说自己可以找到长生药，结果被迫踏上了三番五次出海的道路。但是他哪里能找得到长生药呢，只能每次编借口给陛下听。陛下的身体越来越差，耐性也越来越差，这回他其实做好了无法再回陆地的准备，想着不行就找个岛屿了此残生。

但是人要是能回家，谁会想在外面漂着呢？

现在他看到了希望——传说之中，鲛人有各种神异，最神奇的就是食之不死！只要他能讨好这些鲛人，找他们换得一块鲛人肉，那他不但能回到故土，还能讨得陛下的欢心，甚至有多的的话，说不定他也可以长生不老……

徐福越想越兴奋，对治疗鲛人的瘟疫这件事更加积极起来，因此看着这地狱一般的场景，也就更加不满和苦恼。

“让他们待在一个个封闭的水域里？”墨苦恼了一下，然后沉稳地点点头，说，“我懂了！”

徐福不知道他懂了什么，但接下来他就看到了极其震撼的画面。

墨站起身，在水湾上轻盈地几个跳跃，“砰”的一声落到海里。然后，海里突然传来巨大的声响，海妖一般的巨兽从海里探出头，巨大的尾巴翻起滔天巨浪。

徐福站在原地，好像天地之怒下的小小蝼蚁一般，什么荣华富贵医者仁心都忘记了。

海浪刷一声扑下来，徐福觉得全身被温柔的海水包围了，他紧紧闭着眼闭气，直到憋不住才张开口鼻，却惊愕地发现他吸进了一口鲜甜的空气。

徐福忙睁开眼睛，以为自己看到了神迹——外面是汹涌的巨浪，而他被包裹在一个水球中，远处的那些受伤的鲛人也被裹在一个巨大的水球里面。

落地的时候，徐福身上一滴水也没有，刚刚的一切仿佛一场梦一般。

再定睛一看，刚才还一片凄风苦雨的水湾，此刻被隔出来了几个大的区域，里面的水透亮清澈，那些重病垂死的鲛人和症状轻的鲛人被小心地隔离在了不同的区域里，他们没有发出惊讶的声音，显然对这一切十分习惯。

海中的巨兽已经悄然沉入水里，没一会儿，墨从海中冲出来，化为人形，来到徐福的旁边。他没出声，但是眼睛亮晶晶的，徐福总觉得自己好像看懂了他的意思。

虽然心中对鲛人驾驭海怪的本事十分好奇，但也知道这大概是什么要紧的机密，徐福不再多想，小心地说：“嗯，大致上是这样没错。”

墨微微一笑。

这是徐福第一次看到这个充满了戒备和杀意的族长微笑，他心中一动，脑海中关于长生和荣华富贵的杂念，还有对墨他们差点儿杀死自己的淡淡恼怒，在这一刻突然都飘远了。

他认真地看这些痛苦呻吟的鲛人，看里面那些不过几岁大、被父亲抱在怀里的小鲛人，看着他们发黑的小脸和身上的肿胀疮口……

眼前的画面突然和儿时的记忆重叠了，时疫之中，人们都是那么相似的表情。

这些鲛人和人类其实是一样的吧？徐福如此想着，突然心中一软，对墨说：“可以找到锋利的竹片和止血药草吗？最好有新鲜的柳树叶、马尾松、蓖麻、马鞭草和五倍子……多多拿来，让你的族人们煮浓汤给症状轻的人服用……还有这些烂了的地方，全部都要把腐肉剜出来，然后敷上解毒止血的药草，内外一起治疗，看看是否管用。”

徐福自然地安排着一切，所以他没发现，褪去了那些杂念，此时他脸上闪着光芒，整个人看上去端庄严肃，与刚才截然不同。

3

徐福就这样住了下来，每天仔细地帮生病的鲛人剜除腐肉，免得他们烂遍全身。

幸好墨送来的工具很趁手，也不知道是什么竹子所做，经过多次烤制使用，竟然到现在依然很好用。

晚上徐福会教鲛人们辨认药草。这个岛屿很大很大，墨他们居住的地方不过是一个很小的海湾口罢了，要找到这些药草，还得徐福慢慢解释，一个个地说明，然后再和他们一起往岛屿的深处探寻。

所有未染病的鲛人都来了，有些如人一般盘腿坐在院子里，有些甩着尾巴泡在水池里面，但都认真地看着徐福。他们知道，现在努力学习，之后就能拯救更多的族人。

纵然是被鲛人们很好地照顾着，但因为跟着一起采集药草，徐福在皇宫之中养出来的赘肉还是全部都消失了。他最近眉头皱得愈发紧了，连胡须都懒得梳理，没了前些日子的仙风道骨，反倒更像个平常的、忙碌的医者了。

这一段时间下来，忙碌终于有了结果，很多症状较轻的鲛人好了许多，而重症将死的鲛人的病情也停止了恶化。

可是让人忧虑的是，这岛上的药草并不多，要想彻底治好这些鲛人，缺的东西太多了。

由于连日的劳累，墨也感染了瘟疫，紧接着，墨的女儿也倒下了。

眼见着父亲和姐姐都被送去了海湾，银尾巴的小鲛人豆豆晚上吓得直哭，可家里再无其他人安抚他，所以徐福这天刚精疲力尽地回来，就被小鲛人扑了个满怀。

小鲛人和墨其实不那么像。墨是冷厉的、锋锐的，像是一柄寒气四溢的刀，而小鲛人是柔软的，他有大大的杏眼，脸上还有些婴儿肥。此刻他小扇子一样的耳朵微微抖动，满眼泪水地扑过来，可爱可怜得让人心都要化了。

徐福一瞬间想到了他带出海的那些孩子，只怕都已经和船上的其他人一起葬身鱼腹了吧？

徐福看着眼前的小鲛人豆豆，看着他杏子般的大眼睛，想起船上那个最喜欢找他玩耍的孩子虎儿。他右眼下面有颗红色的泪痣，背上还因为玩闹的时候不小心被烫了个大疤，让徐福担心了许久。

徐福的心再次飘远，想起那个被欺负了偷偷哭的小宫女司柳。她长得和他妹妹十分相似，瘦脸削眉，哭的时候更是相像。徐福总觉得她是妹妹的转世，所以疼她疼得厉害，却没想到这次为了她，害得那么多孩子葬身大海……

徐福神思恍惚，豆豆却不干了。

“爹爹、爹爹没事吧？”小鲛人豆豆还不太会用双腿走路，巴着徐福就不动了，眼巴巴地抬头看他。

徐福心里软得一塌糊涂，他丢掉杂念，弯腰把豆豆抱起来，声音轻柔：“你爹爹会没事的。”

“嗯，豆豆相信徐叔叔。”豆豆抬起头，一脸天真地说，“因为大家都说，徐叔叔是很厉害很伟大的医者，以往的瘟疫每天都要死很多人，可现在已经有十几天没有人死掉了……”

小孩担心了一天，已经很累了，这时得了徐福的保证，放下心来，困得直揉眼睛。

徐福抱着小鲛人，轻轻拍他的背。等豆豆睡熟了，徐福把他放到榻上，用只有自己才能听到的声音轻轻说：“是啊，我是个医者。”

当夜，徐福似乎听到了风雷的声音，又似乎听到了鲛人的长啸，可是他太累了，只是挣扎了一下就再次进入了梦乡。旁边的小鲛人也睡得很香，室内一片安静。

天光大亮的时候，徐福目瞪口呆地看着放在门口的一捆捆药草。

面前的年轻鲛人笑得十分自豪：“我们去了人类的土地，用珍珠换回了这些药草。”

“人类真奇怪，居然十分喜欢我们的泪珠。这么珍贵的药草，只需要几滴眼泪就可以换到，太划算了！”

徐福听明白了，顿时喜上眉梢。

他这时候只想着，太好了，可以救这些生病的鲛人了！

徐福随手把头发用布巾扎了，分派人去煮药草，自己也匆忙投入到看诊之中。他甚至都没来得及思考一下，这些鲛人如此方便就可以去到内陆，那他的荣华富贵和衣锦返乡之路是不是触手可及了？

他只是开心地庆幸，太好了，这些鲛人都可以活下来了啊。

4

岛屿上燃起了篝火，每个人脸上都喜气洋洋，徐福被邀请和墨坐在一起，面前的酒杯里注满了香甜如蜜的酒。

那酒尝起来和人类的酒不一样，一点儿也不涩口，徐福本就好杯中之物，此刻毫不推拒，很快就喝得醉醺醺的。

墨和他女儿生病了的这段时间，豆豆一直和徐福生活在一起，和他建立了十分坚固的友情，每天都要和徐福一起睡，还总喜欢让徐福抱着到处逛，倒像是和徐福才是父子。此刻他坐在徐福的怀里，好奇地舔了几口蜜酒，马上醉得东倒西歪，连小尾巴都变出来了，一边嘟囔一边啪啪啪地拍徐福的脸。

徐福哈哈哈大笑，很快也醉得彻底失去了意识，他们躺在草地上，看上去颇像是无家可归的醉汉父子。

“为庆祝渡过如此大劫，”墨看徐福和豆豆都睡着了，转头对众鲛人说，声音带了淡淡的喜悦，“今夜再次开始繁衍！”

鲛人们喜悦地大叫，把徐福和豆豆送回族长府邸后，一部分鲛人便闹哄哄地游向这个岛屿的背面。鲛人在水里的速度和被射出去的利箭一样快，不过几息之间，就远离了村落，很快消失了。

村里只剩下不想繁衍的鲛人在说话，他们边烤着鱼边打哈欠，讨论着：“这次还剩下很多孩子呢。”

“其实都一样，生下来不都是我们的族人。”旁边有人说。

“确实，可惜我们孕育的能力有限。那可都是很好的胚胎啊……还有好多就落给海兽吃了。”

“就是，这么好的胚胎，一次这么多个，几乎是千载难逢的事情呢。”一个撕扯着鱼肉的年轻鲛人嗤笑，“那个求长生的人间帝王若是来了，我们倒是可以满足他的愿望，只是不知道……”

“缺尾，闭嘴！”身边年纪大些的人厉声呵斥他，“当年我族被异人绞杀，湖水都变成红色……你忘了吗？！”

“那是你们蠢！”缺尾是个红发如火的年轻鲛人，他不高兴地顶嘴，“当年要不是你们放过了人类，让他们对外说出鲛人有长生药的秘密，怎么会招来如此灭顶之灾？何况现在异人都隐没在暗处，帝王根本不知道我们的存在！他们还以为我们是仙人呢。”

“缺尾！”黑暗之中传来冷冰冰的声音，墨破水而出，脸色冰冷地看着缺尾，说，“谁教你如此对长老说话的？”

缺尾立马不说话了，旁边的老者却叹了口气，摇头说：“族长，缺尾虽冲动，说的却都是这帮孩子的心里话。我们和人类这些年的恩怨，早不知从何而起，甚至也不知何时是终了……百族现在各自为政，人类却已经占了先机，就算是我们在全盛时期都不是异人的对手，更何况现在。依我看，我们不如回珊瑚城，彻底断掉和人类的来往吧……”

“我再想想。”墨轻叹一声，说，“每过百年就发生瘟疫，没有胚胎就没有小鲛人。长老，断了来往容易，可是长此以往，只怕有灭族之祸啊……”

“灭族之祸在几百年前已经铸下，此刻也不过饮鸩止渴罢了。”老鲛人长叹，却也不再劝阻，而是缩在一旁抖抖索索地喝起了蜜酒。

墨陷入了沉思。

徐福治好了鲛人，此刻不但没有生命危险，还被墨当作尊贵的客人招待，每天品酒、散步，偶尔晒晒鲛人们找来的药材，日子过得优哉游哉。

偶尔徐福也盘算，治好了鲛人们这个人情，是不是够保命之外，再换两块鲛人肉呢？但是他冷静下来又想，带回去的长生药如果真的有效果，会不会令天下人为之眼红，陛下会不会因想成为唯一的长生者而杀了他？

他就这么犹豫着，终于有天期期艾艾地开口问墨：“那个……听说鲛人长生不老，人若吃一小块鲛人的肉也可以长生不老……这是真的吗？”

说实话，要不是仗着救了半个鲛人族，徐福可不敢说这个话。

墨却出奇地淡定，他看着徐福，眼里有淡淡的怜悯：“我族确实有长生的方法。”

徐福大喜，问：“什么方法？”顿了顿又疑惑地说，“可是我看到岛上也有像是老人的鲛人？”

他其实是将信将疑的，毕竟岛上明明也有很老很老的鲛人，也就是说，鲛人也会老去，既然会老去，肯定也会死，鲛人自己都无法长生的话，那肯定也没办法让人类长生。

可是墨竟然说他们有长生的方法！

“鲛人虽然可以活千年，但也会死去。”墨似乎在看着他，却又好像在看着什么别的，“可是若是人类吃了鲛人的卵，会有百万分之一的机会获得长生。”

“百万分之一的机会？”徐福目瞪口呆，问，“那剩下的人呢？”

“……变成卵的养分，成为新的鲛人出生的胚胎。”墨笑着说。

不知道为什么，徐福觉得森冷冷的。

这话让徐福彻底绝望了，百万分之一的机会，他觉得他还不如就在这个岛上生活下去算了，反正这个地方的鱼很好吃，酒也很好喝。

可惜他来时的船翻了，里面的各种能工巧匠也不见了，若是他们都能活下来，鲛人的村子马上就能变成富饶的城邦。

他这样感叹的时候，墨很沉默。

之后的日子，徐福就这么悠闲地过着，某天他突然发现，岛上出生了很多新的生命。

鲛人们热情地邀请岛上唯一的医者去看自己家的鱼卵，有些是一个，有些是两个，那鱼卵看上去是透明的，如同一团水一般晶莹，在阳光下流光溢彩，神异无匹。里面蜷缩着迷你的小小人身鱼尾的婴儿。

徐福看着小小的婴儿偶尔甩甩尾巴，身边的鲛人露出柔软得一塌糊涂的表情，心里总觉得有什么不对劲。

直到那天，又有小鲛人要出生了，作为鲛人的贵宾，徐福也被邀请到了专门的小鲛人出生地。

鲛人卵已经变成了篮球大小，小鲛人的样貌和尾巴的颜色都可以看得清楚了，和人类不一样，在卵中的小鲛人已有了到耳边的头发，看上去更加可爱。

水潭之中，大鲛人用尾巴拍打着鱼卵，鱼卵里的小鲛人似乎被惊动了，开始甩着尾巴啼哭起来，它的哭声发出波纹，让整个水潭都震动起来，然后“啪”的一声，那坚固无比的鱼卵壳就裂开了，没一会儿，小鲛人就破卵而出，在水池里面歪歪扭扭地游了起来。

新生命的诞生是让人快乐的。

徐福笑着检查孩子的身体，刚要说“孩子身体很健壮”，却突然发现刚出生的小鲛人的右眼角下有一颗红色的小痣。

徐福失态地把小鲛人举起来，拉开裹着小鲛人的布料，然后就看到这小鲛人的背上，果然有一块巴掌大的鳞片是灰色的，和他蓝色的尾巴截然不同。

“一定是我听了墨的话，想太多了。”徐福全身冒冷汗，哈哈笑着。

他想到那天墨的表情，到底还是觉得鲛人岛似乎并不那么简单。

可是心中有了疑惑，似乎就总是能发现一些不符合常理的地方。

徐福心里觉得毛毛的，治好鲛人之后，把墨特地还给他的含光短剑揣在兜里随身带着。

接下来，事情越来越诡异可怕了——接着出生的不少小鲛人身上，都十分明显地出现了几个他印象特别深刻的人的特征。

徐福觉得自己一定是疯了，他不敢相信自己的判断，于是决定亲自去寻找答案——他发现鲛人们都生活在村子里，但是却总是定期去这座岛的背面。那里一定有什么秘密。

路程很远，徐福不知道要走多久，他借口出去找药草，背着行囊便出发了。

徐福本来以为墨不会让他去的，然而墨似乎被什么严重的事情绊住了手脚，岛上的鲛人也都十分紧张，于是徐福离开得十分顺利。

他顺着水路一直走，不时看到有鲛人抱着鱼卵游过去，然后空手回来。所幸他离水边有一定的距离，又十分机警，才没被发现。

也许那只是小鲛人们孵化的地方?

靠得近了，徐福冥冥之中总觉得焦灼，似乎那里有什么可怕的真相在等着他。徐福加快了脚步，在水路的尽头，他看到了一座十分恢弘的建立在山崖之中的建筑。

大门紧闭，徐福等了很久才等到一个疲惫慌乱的鲛人抱着孩子走了进去。徐福趁机跟进去，触目所及，让他以为自己看到了地狱——

都是人，都是像是牲畜一般被锁着的人。

中间则是个散发着五彩流光的池子，来的女鲛人把孩子放进了池子，徐福这才发现这池子里面，密密麻麻竟然全是鲛人的卵。

粗粗看过去，起码有几百个。

池子里的这些光芒，将周围人麻木绝望的脸照得清晰无比。

徐福定睛一看，虽然不全都认得，但是大多都很面熟——能不面熟吗，这些全是他船上的人!

那天的风浪那么大，徐福以为他们全部葬身大海了，所以一直没问，只怕伤心。直到看到新生的那个小鲛人，眼睛和痣都和虎儿那个调皮孩子一模一样，连背上那块在船上玩闹时烫的疤都一样，徐福恍然发现，这个岛上的鲛人很少有成双成对的，他们大多都一个人养着一两个孩子。比如说墨有两个孩子，但是徐福从未见过也未听说过他的夫人。

徐福当时觉得自己疯了，所以必须确定一下，否则寝食难安。

而就在此刻，脑海中最为不可置信的一切成真了，徐福站在原地，竟然忘了掩藏自己，那女鲛人一转身，就看到了一脸恍惚的徐福，顿时惊叫了一声。

“徐先生……”女鲛人顿了顿，施了一礼，强笑着说，“先生怎么在这里？”

“这到底是怎么回事？”徐福看着她，难以置信地说，“你可否告诉我，这到底是怎么回事？为什么把这些人囚禁在这里？为什么新出生的小鲛人有些地方总那么像我认识的人……”

“先生……”女鲛人打断他的话，苦笑了一声，说，“先生能否假装没看到，我带先生出去……”

“不能！”徐福提高了声音，厉声说，“这些都是我带出海的人，若是大海无情也就算了，可若是被人如同猪一样圈养，我绝对不能坐视不理！”

“先生……”女鲛人的眼神沉下来，看着徐福轻声说，“先生不要为难我……我们敬重先生，可是鲛人一族也要传承下来……”

“用什么传承？用人类的性命吗？”徐福想到墨的话，不由地脱口而出。

女鲛人没有否认。

“仙师！仙师！”听到争吵抬起头来的侍女瞬间哭喊出声，大喊，“仙师救命！这些妖孽说生下的鱼卵生命力不足，无法长大也无法孵出来，所以让我们吃下那些鱼卵，吃了的人就会七窍流血、腹痛而死，没几日就会被鱼卵吸食干净，连尸身都剩不下……他们、他们拿我们当孵小妖孽的食物啊！”

女鲛人听到侍女的大喊，眼里闪过杀气。

就在这时，大地突然震动起来，外面传来鲛人痛苦的尖啸，女鲛人神色一紧，脱口而出：“竟然这样快！”

她说着一把拉住徐福，直接往外跑去。

整个天地都在动摇，侍女在身后大哭，徐福想挣扎，可是那鲛人虽然是女人，却也力大无比，徐福用尽全身的力气也无法动摇分毫。

建筑外电闪雷鸣，有几层楼那样高的海怪拔地而起。

徐福第一次看清楚海怪的样子，巨鱼黑背白腹，看上去其实还算圆润可爱，与当日陛下行猎杀死的那条船一般大小的鱼一般样貌。只是这条巨鱼大得多，巨大的尾巴一拍就是滔天的风浪。

“族长……”女鲛人喃喃喊着，眼里都是泪水。她看了看徐福，咬咬牙，自言自语：“不行，孩子们还没过来……”说着，她纵身跃入水中，箭一般离开了。

空中出现了无数巨大的鱼，它们跳跃起来和天际的雷电搏斗。那些雷电从天而下，落在大鱼身上，有些大鱼一触之下就被活生生劈成两半，重重落地，再也无法跳起来。

这几乎是单方面的屠杀，除了那条最大的鱼能抵抗住雷击，其他的巨鱼几乎触之即死。

徐福看着这洪荒巨兽厮杀的画面，只觉得全身发抖。他仰头看着天际，突然听到熟悉的嘶鸣——那一瞬间，徐福突然明白了那些巨鱼的身份。

他们都是鲛人在海中的化身，他们不是动物，他们是人，是鲛人。

徐福一边想着身后山腹之中的人类，一边看着面前发出熟悉嘶鸣的巨鱼。那最大的巨鱼似乎看了他一眼，他甚至觉得自己听懂了它的意思。

随着最大的巨鱼重重摔下去，徐福脚下的土地突然传来剧震，身边的海水沉了下去，仔细看才发现，原来不是海水下陷，而是整个陆地突然拔高了。

“哞——”有远古巨兽从沉眠中醒来。

水道里飞快游过来许许多多小小胖胖的鲛人，他们此刻一脸的眼泪。女鲛人也不住地流出泪，化作一连串的珍珠落在地上，她却一点也顾不得，忙着把孩子们一个个抱起来，让他们快些进山腹去。

身后，乘着木鸢飞于半空之中的人似乎有所忌惮，停下来在和什么东西对峙。

徐福看到哭得打嗝的豆豆和阿鱼，又看到一脸惶恐号啕大哭的虎儿，他冲过去，一把抱起三个孩子往山腹里面冲去。

几乎是孩子们才进了山腹，就有天崩地裂的声音传来，整个大地不再是震动，而是真切地移动起来，天地颠倒。

“快、快把孩子们都放到池子里面！”女鲛人喊着，让徐福把小鲛人都放到了池子里面。徐福把他们都放进去，豆豆死死抓着徐福的手，眼里含着两泡泪不肯松开。

“……徐仙师居然和鲛人的孩子感情如此深厚，可真是慈悲心肠。”身后突然传来笑声，徐福骇然转头，只见一个一身青衣的年轻男人走了进来，身后跟着无数打扮让徐福眼熟的士兵。

这个人徐福并不陌生，他愕然大喊：“赵大人？”

身为皇帝身边最受宠幸的人，赵大人怎会离开皇帝，又是怎么来到这个岛上的?

还、还带了那么多士兵……

徐福觉得事情糟透了，赵高却十分满意地笑起来：“徐仙师久去不归，陛下等得不耐烦，刚好有通天之能的陈仙师到来，说当日所杀的巨鱼乃是百族之中名为鲛人的非人生物。陈仙师要收集鲛珠炼化，干脆就带了我们过来，问问徐仙师你为何不归啊。”

说到陈仙师，赵高一脸敬慕，而称呼徐福徐仙师时，眼里却全是嘲讽。

徐福想到出发前那条巨鱼的死，想到墨临死的嘶鸣，原来，一切杀机早在出发之前，就已经埋下了吗?

天地震动之中，陈仙师的雷劈和海牛一般的巨吼响彻天地。赵高有些害怕，直接命令：“废话少说，你找到长生药没有？”

虽然知道徐福跟真正的仙师比，显然就是个笑话，可是他们却还是不肯放过万分之一的可能。

“找到了！”徐福听到身后小鲛人的哭声，只能想办法拖延时间。他可以肯定，如果不这么说，身后的小鲛人和他一定会马上惨死。他随手从身后的池子里捞出两枚小小的鱼卵，一本正经地说：“就是这个！”

“你在逗我笑吗？”赵高看着那鱼卵一脸鄙夷，但在看到那鱼卵发出的光泽的时候，又觉得这也不是不可能。

“是真的，鲛人之卵，人食之不死！”徐福一看，就知道那个所谓的陈仙师估计什么都没跟赵高他们说，否则赵高要是知道只有百万分之一的机会，只怕会马上砍了他然后随便带一枚回去复命。

赵高问被捆住的人，厉声问：“他说的可属实？”

“回赵大人，鲛人确曾说过，鲛人之卵，人食之不死。”大家都知道徐福在说瞎话，但说找到了长生药至少还能拼个一线生机，如果把实话说出来，大家都会死。

赵高看了他一眼，突然一笑，说：“既然如此，就让徐仙师先试药吧！”

说完，赵高身后走上来两个兵丁，一左一右抓住他，捏了一枚鲛人卵直接塞到了徐福的嘴里。

鲛人卵一入口就滑落到胃里，很快徐福的肚子就如同刀绞一般疼了起来。

眼耳口鼻都疼得不行，随手一擦，满脸都是血。

天地终于沉静下来，巨浪淹没了整个岛，所有小鲛人和鱼卵都被一条深深的暗流带走，豆豆伸长了小手，也没抓到徐福。

徐福倒在地上，失去了意识。

等他再次醒过来的时候，发现自己躺在黑黝黝的海底残骸里，身边漂满了水草。他艰难地、摇摇摆摆地游了起来，穿出这片废土，一路往上游、往上游，破水而出的时候，徐福看到了满天的星光。

他上了岸才发现始皇帝已经死了，据说他的陵墓里燃着鲛人油做的灯，万年不灭。昔日那个美丽精致的鲛人岛仿佛是一场梦——鲛人岛消失了，鲛人们的尸体也被那位帝王扒皮刮骨，化作了灯油，葬在封闭的、死气沉沉的墓里面，万万年孤寂地燃烧着。

那位帝王曾经雄才伟略、不可一世，他的战马和军队踏破了六国河山，他的野心如同夜空中熊熊燃烧的火焰，然而他还是死去了。

所有人都死了，只剩下他手中最后紧握着的那一枚鲛人卵。

徐福不知道他为什么活了下来，他有了小扇子一样的耳朵和海一般碧蓝的尾巴。他依旧还是他自己，记得自己一生的经历。

徐福当方士的时候曾告诉自己，只要活着就行了，大口喝酒、大块吃肉，然后潇洒地度过这一生。

可是他做不到。他看到长得像自己妹妹的小宫女就忍不住帮助她，后来见到得了瘟疫的鲛人，又忍不住卷起袖子开始忙碌。

其实大家和他的关系也没那么好。他连年出海，司柳连一封书信都没托人送来过；他救了鲛人，鲛人却和人类对立千年，以人类为胎儿的养分，刚开始的时候，还想把他绑去圣地，估计也是打算把他也当作养分之一。

他一路付出，却似乎什么都没得到，父母和妹妹在战火之中辛劳死去；师父早早被强迫带走随军，次年传回兵败死去的消息；司柳那样一个小丫头，别说史书，连流传的民间故事里面都不曾有她的踪迹；而墨的尸体，大约已经和他的族人一起，变成了照亮那位帝王陵墓的脂膏；还有变成鲛人的虎儿，小鲛人豆豆和阿鱼，那天随着水流去了哪里呢……

他甚至连含光都要失去了——变成了鲛人，他才知道为何当初墨他们对含光如此忌惮，因为想拾起含光时，才一触到，就烫出了满手的燎泡。

一切的一切都仿佛是迷乱的符号，然而这些迷乱的符号，竟然就是他徐福的一生了。

徐福觉得自己这一生活得可算是乱七八糟，又似乎都是白活了，他迷茫地走上岸，沿着海边一路走，远远有红衣女人骑马而来，她脸上戴着奢华的金面具，盘发上戴着金簪。

她骑着白马赶过来，路过他身边的时候，突然勒住了缰绳。马长嘶着站起来，那女人低头看他，轻声问："鲛人？"

徐福警惕地看着她。

那女人一笑，皱皱鼻子，突然说："不对……你是人类？得到了鲛人的长生药的人类？"

徐福目瞪口呆。

"一种喝起来像是蜜的酒。"那女人趴在马上，笑着说，"那是鲛人给认定的朋友喝的酒，人喝了能长生不老，白发返青……哪怕你贪婪地吞下鲛人的卵，它依然会保护你平平安安地化为他们的同类，然后活下来……鲛人的友情可是非常珍贵的，更何况是对人类……咦，小家伙，你怎么哭了？"

徐福呆呆地看着她，眼泪一串串地落下来，哗啦啦，官道上顿时滚落了满地的珍珠。

终

"当时我不想活了，是岚小姐的一句话，让我发现自己似乎做人也不那么失败。"徐福轻笑，对袁天河和他身边严肃蹲坐着的大猫亚伦说，"那时候我答应过岚小姐，在她需要的时候把她给我的东西交给她信任的人。"

他拿出那枚鲛人的卵，里面的小鲛人蜷缩着，鱼卵上的光芒十分暗淡，显然已经快要失去生机。

“这两样东西交给你们……这枚鱼卵也请帮我交给岚小姐，就说我求她帮忙救救这个小家伙，我不想它靠着人的死亡活下来，但是又不想这个小家伙死去……”徐福的表情有些尴尬，苦笑说，“算我厚颜，只要岚小姐有什么用得上我的地方，请一定要告诉我。”

袁天河把东西接过来，突然看到亚伦瞪大眼睛，猛地跳了起来，发出一连串焦急的“喵喵喵喵喵”。

幽巷之中的古宅里，被放在床上的尸体突然睁开眼睛，岚坐了起来，脸上的金面具烨烨生辉。

第十一章

生死局/上

1

所有事情，从最开始，就是个可怕的错误。

更可怕的是，踏入局中之人根本无从知晓，仿佛被命运之线牵引的木偶，毫无防备，懵懵懂懂，就一步踏入了风起云涌的乱局之中。

赵辛回想起他对张瑞说那个消息时的场景。

那天的天气很好，赵辛还记得他对张瑞说：“我最近听说一个有趣的事情，据说司天监的阁主袁天师设下了生死局，走出生死局的人，可以让袁天师实现他一个愿望。”

赵辛不像张瑞那般有名士公子的风范，反而面容深邃，若是不笑，颇为阴郁，性子也张狂。虽然只是长乐公主不知来历的野种，但他敢在洛阳的城中纵马而行，敢用马鞭抽打那些所谓的名士贵人，所以那些曾嘲笑他是野种的人，在他的混不吝之下都通通闭了嘴。

这样的赵辛，在朋友们看来，应当是什么事情都能搞定，根本不需要求助于任何人的。但是赵辛内心深处，一直有一个非常强烈的、靠自己无法达成的愿望……

“真的吗？那我岂不是可以不娶我表妹了？太好了太好了！”张瑞听到这个消息，顿时乐得差点儿跳起来，好在他马上发现自己有点儿忘形了，有些尴尬地笑了一下，摸摸脸，说，“哎，你也知道我那个表妹，母亲总念叨让我娶她……要是我们俩可以撞大运闯过生死局，我就可以让袁天师帮我测一测我的真正姻缘在哪里了！”

张瑞这么激动，赵辛是十分理解的。

张瑞那个表妹据说十分贤惠，可惜小时候得过天花，因为下仆被姨娘收买，疏忽照顾，于是好了之后，满脸都是麻子。张瑞正是少年慕艾的时候，自然希望自己未来的妻子是一位可以阔朗谈笑的美人。表妹倒是一眼就看中了张瑞，可惜神女有意襄王无心，张瑞坚定地拒绝了这门亲事。但表妹得到了张瑞母亲的支持，已经被邀请在张府住了半年了，眼见着再住下去就要住一辈子了，张瑞能不着急吗？！

想到这里，赵辛顿时有些同情自己的好兄弟，正准备劝慰张瑞破局就好了，就听张瑞疑惑地问：“不对，难道连你都有无法凭自己达成的愿望吗？”

赵辛有点尴尬，咳嗽一声，说：“你去不去，不去我就叫别人了。”

“别别别，”张瑞马上认输，笑着说，“干吗叫别人啊，我们一起去……不过，你的愿望到底是什么啊？”

赵辛完全不接他的话，只是点头说：“行，那就我们两个去吧。虽然是生死局，但是据说阵中还摆了几个生门，倒不是多危险……”赵辛思考了一下，说，“不过你要做好心理准备，我们很大可能只是去凑热闹，袁先生的局并不好破。以前简单的问心局，就有不少高僧折在里面。”见张瑞有些泄气，赵辛拍了拍他的肩膀，说：“没关系，咱们就当散散心，若真是失败，改日我帮你出出主意……就是可能会让令堂和你表妹有些不舒服。”

“你现在就说，让我心里有个底。”张瑞眼睛发亮。他实在是无法接受娶表妹这件事，若是真的被迫娶了人，只怕也没有办法好好对待人家，到时候反而是最大的悲剧。

“你把秋语接回去。实在不行，我把春娘也借给你。”赵辛的黑眼睛里闪着光，他挑挑眉，对张瑞说，“你只需要把她们接回去，让春娘和秋语多在家里作妖，我保证你表妹当天就要收拾行李。”

“就这么简单？”张瑞表示无法置信。

“就这么简单。”赵辛把经验之谈说完，一口喝完酒，站起来朗笑，“这事儿延后再说，走，咱们先回去收拾东西，去司天监凑热闹去。”

2

三日后，两人策马跑在乡间小道上。

张瑞奇怪地问：“怪了，往年袁先生与魑魅魍魉设立对赌之局，许多人即使进不去也会选择围观，今年这么大的诱惑，为何却没见有什么人过去？”

司天监立于神都洛阳的城郊凤山之上，乃是当年圣后亲赐之地，皇帝亲至都必须下马步行。司天监下有八百弟子游走天下，为黎民百姓驱除害人的异人与百族，声望与皇室相比都不遑多让，平日就算是没有事情，也有很多进不去司天监所处之地的百姓在山脚朝拜。今日怎么却人烟寥寥？

“不知道，有些奇怪。”赵辛一甩马鞭，“许是都到前面去了，我们去前面看看。”

到了前面一看，两人顿时目瞪口呆。

前方司天监高大的观星台塔顶已可以遥遥看到，可是离山脚不远处，突然出现了一条碧波一样的长河，河上有两艘乌篷小船，船上各有一位穿着绿色百花裙的女子，她们撑着一支竹竿，笑吟吟地一起问：“两位公子，渡河吗？”

张瑞一脸惊讶地看着赵辛，赵辛默契地回答他：“没错，我也记得，凤山下是没有河的，更别提这么大一条河了，这根本不正常。”

两人对视一眼，顿时都懂了对方眼里的意思——袁先生的手段果然可怕，两人出了城就一路赶来凤山，想着快马只需要大半天时间，到了晚上就能在凤山脚下的村子借宿，第二天就能着手破阵……两人打算得好，但是却根本无从发现，自己到底在什么时候，竟然就已经入了袁先生的局。这手段简直神鬼莫测，难怪可以与百族异人斗得不相上下，让人类在百族异人的欺压之下生存下来。

“奇怪，如此布置已让人不知不觉深入局中，却又在凤山脚下布下一条大河，这样明目张胆地提醒人此处不对……这布置真是自相矛盾。”赵辛喃喃自语。

张瑞则是看着那两艘乌篷船和那两个笑意盈盈的姑娘，往日最怜惜美人的他，此时满身警惕，仿佛怕那两个女人化为厉鬼一般。

“不是，咱们要上船吗？”看到赵辛拉着马往河边走去，张瑞顿时有些着急。

“不上船，你看这里还有其他去凤山的路吗？”赵辛淡淡地鄙视自己的好友，说，“再说，咱们都知道，袁先生这么多年来摆过的阵多是勘破局，从未摆过杀阵……我估计就是在船上有什么考验，你我小心行事即可。”

“我们把马放在另外一条船上，我和你一起吧。”出发前心心念念想破阵，以求司天监阁主袁天师为他测上一卦的张瑞，此刻却开始害怕了，他情不自禁地靠近赵辛。

赵辛却咧嘴笑了一下，故意吓他：“你看这安排，如果我们不按照阵中要求，破不了阵，你不怕船到水中央突然打翻？到时候让我们俩游过去都算好，万一要是溺水之后，才能被扔出局外……”

张瑞因为小时候贪玩，掉进花园的水塘呛过水，当时他们一群玩耍的小屁孩全部都跑去花园的另一边抓麻雀去了，只有彼时还是天真活泼小少年的赵辛路过，冲到水里面抓住了已经开始往下沉的张瑞……两个不会水的小家伙闹出的动静太大，终于被张瑞之前赶到旁边戍卫的下人救起，从那之后，张瑞和赵辛就成了铁哥们儿。

赵辛长大一些之后，通晓人事，知道了自己的出身，于是愈发阴沉，所有人都慢慢变得害怕赵辛，也就只有张瑞，还能在他面前谈笑自若，仿佛赵辛还是当年那个心软乖巧，自己不会水还要仗义救人的小少年。

然而张瑞虽然不怕赵辛，却从此留下了怕水的毛病，毕竟窒息的感觉是十分可怕的。

他这会儿脸色苍白，对着碧玉一般的大河喃喃低语："我到底是为什么有胆子答应你来这里啊……简直是鬼迷心窍……"

"想想你表妹。"赵辛鼓励他，"现在感觉好点儿没？"

得到激励的张瑞深吸一口气，才咬牙和赵辛分开，两人各上了一艘乌篷船。

马站在船尾，赵辛则是坐在乌篷船中，竹竿轻轻一点，乌篷船悄然离岸，在碧水之中划出一层层涟漪来。

3

微风拂过，带着水汽与草木的清香，赵辛微微眯眼，享受这芬芳的气息。

"公子只坐在船中，可就享受不了漂亮的景色了，这岂不是太过可惜？"那绿衣少女的声音像带着钩子一样，却又并不太过妩媚，只一派自然天真，反而愈发显得娇媚天成。

少女的声音顺着微风吹到船舱里，带着几丝嬉笑，让人分外坐不住。

赵辛既然敢做主上船，至少胆子不会像张瑞那么小，这位绿衣少女只要未变身成吃人的恶鬼，他就有胆子把她当成一个真正的正常女孩。因此听到绿衣少女的话，赵辛就从乌篷船里面钻了出来，口里接话："姑娘所言极是，那在下就却之不恭了。"

他钻出来，看到那本就宽阔的大河在驶入之后，变成了更为开阔的景色，乌篷船行驶在其中，竟然好像一点乌墨一样，小得不起眼。之前能看到的岸边、凤山、司天监的观星台……一切都好像瞬间消失了，天地之间只剩一派开阔的水，无边无际，让人恐慌。

这是赵辛第一次看到这样壮美的景色，他第一反应竟然不是害怕，而是想，张瑞可千万要撑住，不要被这个景色吓昏了。

说来也奇怪，两艘船一起出发，但这时，赵辛竟然看不到另一艘船的一丝痕迹。他心里有些担忧好友，但是口中却不忘发自内心地感慨：“确实漂亮。”

身后有软玉温香靠过来，从后面抱住了他，那本该天真的声音里像是加了浓浓的蜜糖，女孩身上更是散发出甜蜜的香气，稍微吸一口，就让人仿佛醉酒一般微醺：“公子，小荷往来这河中，见识人物不知凡几，却是第一次见到公子这般的俊朗人物，仿若天神下凡一般……”

赵辛哂然一笑，转身挣开少女的怀抱，看着这位小荷姑娘。

小荷姑娘脸上带着酡红，眉目秀丽婉约，绿衣半褪，里面的白色绸衫半掩半露，真的就像是一支初出湖面的小荷，干净清新，漂亮得仿佛带着露珠，又好像一碰就会坏掉。

“美人在骨不在皮。小荷姑娘这清丽夺人的气质，确实是在下最为钟爱的。”赵辛抱臂点评，“只是小荷姑娘尚差一点，否则就算是在幻境之中，在下只怕也要陶陶然不知所为何来、又往何处去了。”小荷来不及再作态，赵辛就轻笑说，“我十四岁的时候，确实喜欢过和小荷姑娘差不多情态的丫鬟，可那丫鬟是我母亲派来杀我的人，她被抓到给我下毒之后，就被我亲自杖毙了。”

赵辛对忍不住露出愕然表情的小荷笑着说：“不怪小荷姑娘，在下这段往事实乃秘辛，坊间也只知道当年绿衣患疾而死，并不知自那之后，我见到的女子，越是美貌，就越会让我心生警惕。”

他这句话说完，周围无边无际的水退去，化为一块巴掌大的小水洼，乌篷船化为一片枯叶，竹竿化为细小枯草根，船上衣衫半褪、一脸不甘心的小荷姑娘化为水蜘蛛，转了两圈，就爬走了。赵辛牵着马，已然安好地站在了凤山脚下。

4

张瑞过了一阵才突然衣衫不整地出现在了不远处。他看到赵辛，嗷嗷叫着就往这边冲了过来，连身后的马也不管了。

赵辛一把抱住冲过来的张瑞，淡定地听张瑞鬼吼鬼叫，直到张瑞慢慢安静下来，两人才系了马，开始步行往凤山走。

张瑞一边走一边慢慢地说起他遇到的事情：“那姑娘真是漂亮，她邀请我喝酒，筷击酒坛而高歌，真是自在旷达，美艳不可方物……”这幻景之中的一切，显然最先做的就是投其所好，两个姑娘针对赵辛和张瑞的喜好，表现得完全不同。

赵辛奇怪地问：“为何你竟然明知对方不对劲，还差点儿上当？”

"这就是可怕的地方，我开始很警惕，后来只是多欣赏了一会儿那美人，结果……结果竟然整个人乐陶陶的。那美人带着香气，靠近我的时候，我整个人都心神荡漾，若不是、若不是……"张瑞脸红，嘀嘀咕咕地说，"若不是我机警，我感觉我肯定要出事。"

"哦？你什么时候开始机警的？"赵辛抓住张瑞想蒙混过关的关键点，故意问道。

"咳咳，我们去花楼，从来只是饮酒听曲，那姑娘在船上跳了一曲长袖舞，真是仿佛碧波仙子现身，只是后来、后来她想与我欢好，才一时令我惊醒……"张瑞显然是不好意思，他们虽然还未及冠，但周围的朋友最迟也在十七八岁就通了人事，顺便议亲了。张瑞是因为母亲想让侄女进家门，便不肯让张瑞在娶正妻之前学会这些，怕他被那些妖妖娆娆的胚子迷了性子，只想着这两年快快让侄女进门。等侄女生了嫡子，站稳了脚跟，张瑞不胡来就好，若要胡来，正妻位置稳固，也免去了许多家宅不宁的麻烦。

而赵辛还未议亲，也是因为母亲的关系。

他的生母长乐公主放纵风流，无数守旧之人暗自鄙薄非议，但长乐公主生而机敏，手腕了得，不但现在位比亲王，甚至放出豪言："阿武既然可以当皇帝，我是天子之女，为何当不得皇太女？！"而圣上竟也不驳斥她，还许她开府理事，手下谋臣官员无数，隐隐就要成为开天辟地第二位女帝。这样一位女子，活着的时候就已经成为传奇。

但传奇之所以称为传奇，是因为他们大多不同于中庸之人，他们锐利夺目，拥有冲破一切阻碍的尖锐和狠辣。

那些为传奇折腰的人们，固然会为之惊叹，但是身在其中，成为这样一位传奇人物的孩子，赵辛却并不觉得一切有多么好。

他儿时被母亲教养，是一位温柔有风度的公子，少年时代却因成了这位公主的拦路石而差点儿被杀死，之后要不是有谋臣与公主恳谈一夜，让公主换了思路，只怕他赵辛活不到现在这个年纪。

亲生母亲尚能翻脸杀人，第一次情愫暗生的女孩也毅然选择对主人忠诚，而对喜欢的少爷痛下杀手……因此一直以来，赵辛连朋友都只有张瑞一个，更别提对成亲有什么想法，他作为阴暗的历史被生下来，却并不想延续自己这丑陋而痛苦的血脉。

这会儿听到张瑞吭哧吭哧这么说起来，他心中却没有如张瑞那般紧张和后怕。阵中一切，对张瑞来说是第一次，可是这样充满试探和危险的生活，却是他人生的主节奏，因此他只笑说："只怕这阵中不会只这一关，接下来不管遇到什么，我们都要小心点。"

话音刚落，竟看到春娘与秋语踉踉跄跄奔逃而来，见到他们，顿时惊喜地呼唤："公子，竟没想到你们在这里，救命啊！"

她们才说完，身后就有持刀匪徒追赶而来，张瑞顿时紧张起来，不假思索地想要往外迈步，却没想到赵辛一把拉住了他，沉声说："你仔细想想，秋语与春娘一般不被允许出门，这时候她们一般刚起，怎么可能突然来了凤山？而且天下劫匪那么多，但是谁敢在凤山放肆？"

见张瑞停住脚步，对面的春娘和秋语顿时大哭起来，一迭声解释她们是担心，所以前来寻找二位公子，见他们还不动，就拿着帕子哀声哭泣，痛斥两位郎君狠心。

赵辛拉着张瑞看了好一会儿，面前的美人痛斥哭骂之后，见他们还是铁石心肠，顿时化为跪卧的母鹿，朝赵辛二人点点头，与身后化为匪徒的长着高高枝丫般两角的雄鹿一起离开了。

"真是奇怪……"赵辛看着这一切，对张瑞说，"阿瑞，你可觉得哪里不对劲？"

张瑞点头，心有余悸地说："哪里都不对劲。"

赵辛皱眉，说："船上的蜘蛛女与山林的小鹿，一个是肉欲一个是问心，蜘蛛女心有不甘，只得败走，小鹿却试探失败即离开，一派坦荡……虽同是色欲，风格却完全不同……"想了一会儿，赵辛摇摇头，"可能是我想多了。"

"我们不会为美人计倾倒的！赶紧换一个吧！"张瑞对着天空大喊。这一路走下来，他才是最紧张的一个，毕竟他没赵辛那么厉害的观察力，这一会儿就差点儿上当两次，实在是让人觉得紧张。

林中鸦雀无声，两人往前走了一会儿，猛地感觉到全身一窒，接着仿佛挣脱了什么，转头看去，竟然看到许多人走来走去，间或做出劳累挥汗的情态，这些人还好，另一些人就尴尬了……有些正抱着树亲吻，有些正抱着石头做出不堪入目的动作，有些正捧着蜘蛛含羞带怯地解衣裳，还有些则是抚摸着卧倒的母鹿，一副色中饿鬼的样子……

那画面，真是让人只觉眼睛刺痛，久久不能忘怀。

张瑞目瞪口呆，转头想对赵辛说什么，就听到一群人起哄的声音："有人走出来了！有人走出来了，还是两个人！"

两人回头，就看到一群哈哈大笑的人，显然，这才是真正的凤山脚下。

赵辛和张瑞逢年过节都要在凤山开放的第一座山祭拜、捐香火钱，当然是知道这山脚小村庄的。起哄的人显然是早就赶到，或者已经破关的人，他们正在那小店里面喝酒，看着阵中出丑的人哈哈大笑。那些衣服解了一半的人若一直不清醒，就会有穿司天监服饰的人将他们救出来，但是那也极为丢人了。

"小兄弟不错啊，你们出来的速度应当算这边数一数二的了。"

“刚才看你们直接冲入阵中，竟一丝也没有犹豫，果然是心志坚定之辈。”

旁边看热闹的大叔大婶、村民和豪客都纷纷夸奖，张瑞和赵辛这时候总算明白，他们好像已经过关了！

张瑞顿时哈哈大笑，旁边用板车拉着一车酒的老板就笑着招呼：“恭喜恭喜，喜事怎可没有酒？二位公子，鄙人这边有陈酿杏花酒，芬芳柔润，一坛只需五十钱！”

张瑞和赵辛都是好酒之人，这会儿看着阵中那些丑态百出的人也觉得好笑，又觉得自己确实运气不错，此刻畅饮美酒确实为人生一大快事，于是张瑞拉着赵辛走过去，口里还笑着说：“可别用那掺了水的酒渣来打发我们，公子我要喝好酒！”

“那可不会，”摊子主人连忙摇头摆手，惶恐地说，“小老儿这杏花酒乃是祖传秘方，因小老儿的儿子不争气，才落魄了摆摊售卖。原本家中有好大的酒铺呢。”

这话说着，那摊主开了一坛酒，酒气飘出来，确实芬芳馥郁，让人只觉得心中乐陶陶的，闻着就觉得几欲微醺了。

“好酒！”周围的人都被吸引过来，大家纷纷解囊买酒，张瑞和赵辛各拿了一坛，也没有杯子，只对着嘴喝了一口，就觉得这酒香气逼人，入口如烈火烧，吞下去之后，嘴里的辣热却猛地化为回甘，让人精神一振。

连着喝了几口，赵辛只觉得这酒有股魔力，实在是太过好喝，喝了几口身上就暖洋洋的，好像泡在温水里一般，一口接一口，根本停不下来。

大家都在呼唤着加酒，张瑞又拿了两坛回来，两人一起畅饮。那板车上的酒一直在减少，最后还剩两三坛，周围许多人几口就醉得一塌糊涂，赵辛一口喝干最后一口酒，说：“这酒不错，只剩两三坛了，可惜不能喝完。”说着一扔钱袋。

那摊主接了钱袋，赔笑说：“公子为何不一鼓作气全部喝完？”

“因为……”赵辛扇了喝醉后正傻笑的张瑞几巴掌，听到摊主的问话，停下来笑嘻嘻地说，“因为已经喝得快醉了。这酒虽然好喝，在下却不是千杯不醉。”

“醉酒踏青，岂不也是雅士之乐？”摊主笑着劝。

“那可不行，”微醺的赵辛露出一个狡猾的笑，上挑的桃花眼带着恶劣的嘲笑，“开始我走出阵中，还以为是真的已经出阵，可你开了酒之后，我却突然感觉出不对了。这杏花酒是天下间少有的佳酿，只怕也没什么人喝过，可我却曾有幸尝过——神龙元年，外祖父给年幼的我沾了一筷子，味道与这杏花酒一模一样。那酒乃是当时民间进贡，名叫杏花百果酒，据说为猿猴在杏花开放之日，以百果贮存所酿……”

“不可能，神龙元年你不过才三岁！”摊主瞪大眼睛，尖叫着说。

"是啊，可我早慧，连一岁多时的事情也记得，还真是不好意思。"赵辛哈哈大笑，像是恨不得把面前这老者气死一样。

"你、你一开始就知道？"摊主目瞪口呆，不敢承认这个打击。

"对啊，还得感谢你愿意给我们喝这好酒……据说车猿一族酿这杏花百果酒，十年才得五坛精品，当年进贡都不过三坛，这回只怕老底都为我们掏空了吧？"赵辛恶劣一笑，黑眼睛里面是醉意都无法掩饰的赤裸裸的嘲笑。

摊主气愤仰头，竟发出了猿猴的长啸声。

周围的醉客瞬间都褪去人类的模样，化为一只只醉倒在地的猿猴，摊主则化身为须发皆白的老猿猴，恨恨地跺跺脚。长啸声引来了林中藏着的猿猴，他们飞快地抬着醉酒的猿猴和老猿猴一起跑了。走的时候甚至不忘记把剩下的杏花百果酒抱走。

赵辛有些遗憾，抱起醉得打呼噜的张瑞闭目养神……

这个生死局，第一关是美人，第二关是美酒，都是按着张瑞和赵辛的弱点和爱好来的，色、酒……酒色财气，那接下来的一关，一定是财了，但是气又要怎么体现呢?

赵辛思考着，心里也很期待这个财要怎么体现，毕竟，他和张瑞虽然都有自己的苦处，但是却从未缺过钱财，所以财反而是两人最为淡泊的。

且来吧，见招拆招就是了，赵辛慢慢吐出一口气来。

5

张瑞醒来的时候已经到半夜了，两人站起来在夜风之中裹着长衫走，比起城中，山中要寒凉许多，两人都加快了脚步，甚至暗暗期待下一关快点到来。

"阿辛，你看。"张瑞本来还在碎碎念，这时候却猛地瞪大眼睛，指着前方，"这也太大大咧咧了吧？凤山之上直接弄了一座宅邸出来，这简直是在提醒人此处不对！"

"小心一点。"赵辛却皱起眉，他自小成长之路与一般人不同，充满了各种匪夷所思的情况，因此对于危险的感知一直比普通人敏锐。

前两关赵辛一直神思清明，甚至机缘巧合早已胸有成竹，这一次他反而比较担心，因为他看到那座灯火通明的宅邸时，没有一丝轻松的感觉，只觉得有些毛骨悚然。

他的人生之中曾有几次出现过这种感觉，事后证明都是因为有人对他动了杀机，甚至付诸行动，而现在面前的宅邸，比之前侍女下毒、江湖豪客刺杀，乃至撞邪，都可怖许多，他仿佛被巨兽盯上，觉得身上的皮肤都在发麻，恨不得马上拔腿离开。

张瑞抬眼，有些担心地盯着赵辛，细长的丹凤眼遮不住忧虑，他启唇轻声说："辛，是不是有什么不对？要不我们想想怎么离开吧？"

"显圣四年，袁先生设贪嗔痴三局，广邀众人破局，以助袁先生度心魔，"赵辛慢慢地说，"三局之中，出入皆有把关，生门自始至终都在局中之人之侧……"

看着皱着细眉差点把薄唇咬破的张瑞，赵辛继续说道："可我们入局一无所觉，接着就是色、酒之局，一环接一环，没有接应与提点，却无休无止……"

"什么意思……这、这不是袁先生设的局？"张瑞的声音都有些抖了。

"这是袁先生设的局。在司天监脚下设阵，怎可能躲过先生的眼睛？"赵辛说得很慢，一边说一边整理自己纷乱如麻的思绪，他叹了一声，轻声说，"只怕这局被人动了手脚，而我们，就是那两个倒霉的傻蛋……"

"那我们怎么办，还要走进去吗？要不咱们在这里等着吧，等一阵，司天监的人来查看的时候，就可以把我们救出去了。"张瑞紧张地咬指甲，像是受惊的动物，他低声碎碎念着，"我还以为跟之前一样，这样太危险了。现在想想，我大不了给我娘跪下，再好好跟表妹说清楚不就好了……"

张瑞念到一半，赵辛就打断了他的自怨自艾："我们只能进去。我不知司天监发生了何事，但能在凤山上对袁先生设的局下手，而我们已经入局这么久还没有司天监的人前来……说明这要么是司天监同意的，要么……司天监此时已经是自顾不暇……"

张瑞吓得薄唇发白，身上发紧，显然是已经走不动了。赵辛却反手握住他，低声说："没关系，我倒要看看，不过酒色财气而已，我就不相信我们踏不过这四个字。"

豪迈的言语让张瑞感觉到了一股勇气，他反手也握住赵辛，重重点头，严肃地说："是啊，本公子从出生到现在，什么奇珍异宝没见过？七彩琉璃我都不知打碎了多少！"

嘴上这样说着，张瑞一双细长的凤眼到底流露出几分心虚，就跟从小到大遇到危险和不喜欢的事情时一样。他嘴里说得十分豪迈，行动上却透露出不安，死死牵着赵辛的手不敢放开，身体也不由得紧紧贴着赵辛。

赵辛只觉得好笑，表面上却板着脸，不敢笑出声来，不然张瑞一定会恼羞成怒。他牵着张瑞，就像从小到大无数次探险、恶整张瑞不喜欢的人时一样，慢慢地往那宅邸而去。

说来也怪，那宅邸灯火通明，看上去遥远无比，可两人才走了几步，那宅邸就已经到了面前。

"八宝琉璃瓦、斗兽飞禽檐，确实富贵。"张瑞看到这精致无匹的屋子，顿时忍不住开始点评。赵辛看了一眼，点头说："确实不错。"

“但比你我所居之处，还是太差！”两人异口同声地说，并大笑起来。

只是张瑞是实话实说，赵辛却还有故意激怒这幕后设局之人的意思。

院门“吱呀”一声打开，里面云彩似的飘出许多妙龄少女来，她们或消瘦袅娜，或如扶风之柳，或端庄明艳，或丰润如珠……这些少女齐齐下蹲，娇俏地说：“欢迎主人回家。”

“哦吼，又是美人计，我们不会上当的！”张瑞的眼睛都快看直了，但是嘴里却还记得不停地说话，显然是想说出来提醒自己现在的处境。

侍女们却发出银铃一般的笑声，簇拥着两人进了宅子，院子里面假山流水与花园搭配得十分美丽大气，走入厅中，愈发只觉得一坐一卧，皆是奢华至极。

赵辛环视一圈，侍女们就奉上茶来。

“这雨前龙井确实不错，”赵辛喝了一口，笑着点评，“却不如我家中的‘秋毫’。”

“确实不如，这雨前龙井在一般人家确实是万金难得，在我们家中，却不过是赏给喜爱下仆的东西罢了。”张瑞抚掌大笑，一把推开了面前的茶杯，凤眼里全是世家公子天生的傲慢。

那些侍女也不生气，反而笑嘻嘻地收了茶，然后福了福身，把两人带去吃饭。

赵辛和张瑞举筷就吃，一边吃一边点评，这菜做法虽然富贵，却失了原味；那菜做法确实不错，用料却太过粗粝，吃着难以下咽……这一番点评下来，张瑞几次都觉得这群人应该放弃，让他们过关了，这些侍女却还是笑嘻嘻的，接着拿了账目，请两人检查库房。

“阿辛，咱们吃的东西不会是枯草树叶变的吧？”张瑞去库房的路上还在担忧。

赵辛摇头说：“精细的幻境极难做成，布下这个地方就已经耗费惊人，哪会浪费心思在味觉上，找善于做美味的人做一桌饭菜，岂不比耗费大量精力做障眼法划算？上一关的杏花百果酒可是真的，还是那酿酒的白猿亲自来，这一关大抵也是如此。”

“那接下来咱们看到的库房也会是真的吗？！”张瑞顿时瞪大眼睛，他看过无数好东西，虽然很难再为什么珍宝失态，但真有奇珍的话，也不妨碍他拿来把玩一番。

“说不好。”赵辛只觉得有种十分不好的预感，他虽然表面十分镇定，但是其实后背已经有些微冷汗，有种什么东西失去了控制的感觉。可是赵辛却无法确定，也不敢对身边的张瑞说，这小子看着皮实，但其实性子是标准的欺软怕硬，赵辛只要一说，保准他就会从洋洋得意立刻变为哭喊。而这局中风云变幻，害怕是最没用的东西，只要害怕，气势一弱，就马上会被这局吞噬。

6

赵辛一向相信自己的感官，他和张瑞走入库房，开始清点奇珍——光辉夺目的缠纹锦、拇指大圆润无匹的各色珍珠、闪耀着光泽的一匣匣宝石、成套的八宝琉璃碗碟……耀眼珍品，不知凡几。

赵辛和张瑞一路走过去，普通人只需见到一样就会停下来惊叹良久，两人却如同郊外踏青，走过满是野草野花的小路一般，简简单单地说着话，间或感慨一句："这套八宝琉璃餐具倒是不错，比我摔烂的那套只浑浊了一点而已。"

"嗯，这缠纹锦光辉动人，以百鸟羽毛细细织成，日光下每步都会变幻色泽，可谓是一寸价值千金，长乐公主都只得了两条裙子，这库房却有两匹……"赵辛也十分感慨，但是他和张瑞不管如何感慨，却都没有贪欲。

无他，这些东西都是他们自小就见过的。

两人一路往下走，身后恭顺跟着的侍女并不出声打扰他们，直到两人一路走到最后，看到了一样放在最里面的东西——一件展开了挂着的外裘。

"浮光裘！"赵辛和张瑞脱口而出，两人诧异地看着那外裘，然后互看了一眼，都看到了对方眼中的震惊。

"这、这东西不是被烧了吗？"张瑞一脸"我是不是在做梦"的表情看着赵辛问。

"是，我亲眼见到它被烧毁的。"赵辛的脸色有点发紧，"袁先生到底发生了什么事？这东西天下不是只有一件吗？"

张瑞也很紧张，因为浮光裘是不一样的，它跟赵辛十分相关——少年时期，赵辛第一次见到这浮光裘就十分喜欢，如果不是张瑞误打误撞，赵辛甚至差点儿因此死去。

那时候长乐公主还在蛰伏，赵辛还十分受长乐公主宠爱，他当时是真的很喜欢这件外裘，第一次拿到它时高兴地抱着睡了一夜。

"好像不是假的。"张瑞和赵辛一起长大，两家府邸就在一条街上，这件浮光裘张瑞当然也见过，不但见过，他还穿着玩耍过，下摆那里一块黑色的污渍还是他不小心弄上去的。他知道赵辛十分喜欢这件外裘，害怕赵辛生气，当时都急哭了，到后来反而是赵辛安慰闯祸的他，才让他止住了哭。张瑞怎么可能认错。

"我们先离开这里。"赵辛只觉得有什么事情似乎在失去控制，他十分讨厌这种感觉，拉着张瑞就匆匆往外走。

两人一路出门，赵辛心烦意乱之间，突然发现侍女们似乎都站在库房里面，根本没有跟上他们。

有什么不对？！

赵辛想拉住张瑞，却被张瑞习惯性地往外带，两人踉跄间一步踏出库房，赵辛瞪大眼睛——他看到张瑞的衣摆上，挂了一只精巧无匹的镶金玉带钩。

他下意识地看自己，果然在自己的衣摆上，同样挂了一只黑珍珠耳环。

有陷阱！赵辛咬牙，想摘掉张瑞身上的东西，身后却传来侍女的笑声："大人喜欢的东西都可以带走，已经带出的东西，就是大人您的……"

这是他们进库房的时候，侍女就说过的话。她们还说过："大人们可以住下来，这样这里所有的财富都将成为您的私藏。"

可赵辛和张瑞不是一无所知的平民，在鬼神之局中，若是谁拿走了他们的东西，就等于是接受了游戏规则——拿走什么，就要失去什么。

这一局是生死局，拿走东西要付出什么，再明白不过。

张瑞看到赵辛的动作，也回过神来，顿时脸色惨白，他大吼："这东西绝对不是我们挂上去的，你们耍诈！"

赵辛喉咙发紧，并不说话，只是手颤抖着，一门心思想摘掉张瑞衣袍上的玉带钩，却因为太焦急一直失败。那玉带钩死死地粘着张瑞，明明华贵无匹，赵辛却觉得张瑞仿佛被什么肮脏可怖的野兽咬住了一般。他急得满身大汗，却无法撼动那玉带钩分毫，身后库房里传来侍女们银铃般的笑声，此刻听起来像是催命的恶鬼一般。

"辛儿，你又在淘气了！"赵辛手忙脚乱的时候，院子里突然传来女人轻软的叹息声，带着淡淡的宠溺纵容。

这熟悉的声音让赵辛仿佛全身被雷电击打过一样，他猛地抬起头，看到了穿着长裙、头戴花簪的女人。

那女人容貌美艳霸道，身姿挺拔，像是怒放的牡丹一样。她原本穿惯了胡服，拿惯了马鞭，最喜欢纵情在马上行猎，若要穿裙子，都是奢华明艳恨不能压得天下女儿皆无颜色的样子，只有那几年，她才会穿成这样——白色打底小袖，绿色半臂，下摆是温柔的黄，盘的头发也极为简单，头上只有一支绿花簪，连脸上的妆容也是极为清丽，让人只觉得温婉。

那几年，正是她和大哥争得最厉害的时候，大皇子锋芒毕露，一副准太子的样子，她却退而成为温婉睿智的贴心女儿，把陛下哄得开心无比。

那几年，她比以前闲了许多，韬光养晦之际，刚好教导赵辛，让赵辛曾以为，他虽然出身不明，但是好歹有全天下最好的……

“母亲。”赵辛脱口而出。

7

“腰要挺直，先生没教过你‘君子志于择天下’吗？这样小小的事情，居然选择和下仆较劲，你自己说，你做得可对？”

回过神来的时候，赵辛发现自己站在书房中，那女人换了套猪肝色的上衣和暗粉色提花的下裙，披着和下裙同色的披帛，身上什么首饰都没戴，只挽着发髻的头上点缀了一支珍珠簪。这本该是温婉至极的打扮，但长乐公主只需要停下唇边练习良好的温婉笑容，放出身上哪怕半分气势，就让人只觉得想屏息垂头听她的训斥。

她那位蹦跶了几年就被赐死的大哥，就是没搞清楚这一点。

赵辛愣愣地想着，长乐公主见他不回答，顿时皱起眉来：“怎么，你有何不服？”

“我没有和下仆较劲，您为什么听苏公子的话，却不肯给我解释的机会呢？”赵辛脱口而出。

他当然记得这一幕，他心中原本觉得不该和长乐公主争辩的，他的母亲是什么样子的人，他应该知道得很清楚，可是这一刻，他突然觉得委屈。这不是他第一次被这样冤枉了，那位苏公子最是小心眼，每天只谋划着后院权柄，只会对着母亲进谗言，连一个小孩都不肯放过。

“好，那你说，到底为什么戏弄下人？”长乐公主放下戒尺，对着小小的赵辛说。

赵辛委屈地回答：“是那下仆听了苏公子的话，不听我的使唤，我跟母亲说过，可是母亲你说我小事都处理不好，令你很失望，所以、所以我才……”

“所以你就叫陈嬷嬷给人家饭菜下泻药，然后用腹泻的理由把人赶出你的院子？”长乐公主说完，看着垂头丧气却不服气的赵辛，半晌，叹了口气，“你这法子可不怎么好，容易留下证据，这次不就是让人给抓住了把柄？”

赵辛愕然抬头，看着面前的母亲。

长乐公主一脸严肃地说：“以后做什么事，要么一击毙命，要么就忍着，你是我的儿子，不要学着那些小鼻子小眼的人行事，知道了吗？”

“嗯，知道了。要么能一次就把苏公子赶走，要么我就忍耐着不行动！”赵辛虽然还小，但是脑筋十分灵活，马上领悟了母亲的言下之意。

这样的话，长乐公主却没有反驳，她嫁的人早逝，她却在丈夫死后两年生了个孩子，众人哗然，长乐公主却把孩子养在后院，连谎言都没编造一个。且她后院养着的男宠和外面相好的情人无数，这些人里不乏出身高贵的公子。那些老学究开始还对皇帝进言，在被长乐公主蓄意找把柄杀了一批人之后，大家都学会了对这件事情视而不见。

赵辛一直不知道自己的父亲是谁，他怀疑长乐公主自己都不知道，但是这并不妨碍什么，赵辛觉得自己已经过得很幸福了，他虽然没有父亲，但是母亲整日都会陪着他，亲自教导他念书，教导他如何训诫下仆、如何拿捏人心……她虽然是一个女子，可是却比父亲还要威严渊博。

如果后院不在苏公子走了之后，又进来了莫公子和柳公子，那就更好了。

只是这回进了后院的两位公子斗得跟乌眼鸡一样，为了拉外援还极力讨好赵辛，让赵辛过得十分舒服，赵辛也开始真正懂得母亲所说的制衡之策和玩弄人心的手法……

几年一晃眼过去，赵辛长大了一些，母亲又忙了起来。

她又开始穿着胡服纵马神都，在家中举行喧闹的宴会，牵着十数风流公子流觞饮宴，笑看公子们争风吃醋；她又开始挑灯夜谈，与谋士不断商讨，她手上掌握的权力又慢慢回来了，这一次甚至更多……

大皇子的尸首已经埋葬于黄土之下，蛰伏之后更加志得意满的长乐公主当然也不再有时间教导赵辛，她给赵辛延请名师，在赵辛身边安排了忠仆，但这一切却没有让赵辛难过，因为就算再如何忙碌，每天晚上，母亲都会抽时间考校他的学问，甚至教导他很多行事的方法。

某天赵辛去见母亲，第一次看到母亲流泪看着一卷手抄的书籍，那字迹铁画银钩、英武不凡，赵辛好奇地看，就在那一次，他听到了关于父亲的事情——父亲和母亲相恋于母亲新寡之时，两人家世悬殊却深爱彼此，鼓起勇气在一起后，却还是没能走到最后。

赵辛听得眼睛红红的，长高了一点儿的他，用还有些婴儿肥的手给母亲擦泪，他被母亲抱在怀里。

那个晚上，母亲在哭，赵辛也在哭，但是他心里第一次觉得有种脚踏实地的安全感，他沉沉地睡着了。

他梦到了一个丹凤眼的男人，那男人二十多岁，唇很薄，那嫣红无匹的薄唇开开合合，一直焦急地呼唤着他，赵辛问他在说什么，却总是听不到声音。

他的生活继续，十三岁这一年，有人给母亲献上了一件浮光裘，遇水不湿，日光之下穿出去光耀无匹，让人不能直视。

赵辛很喜欢，可是每天晚上梦见的那个男人又再次如约而至，他似乎很着急，不断地呼唤着他，赵辛好像听到他在说什么“小心”……

8

赵辛感觉到有什么黑色的东西从浮光裘中爬了出来，压在他的身上，就好像是巨石一般，而且还在不断地加重，赵辛觉得自己要喘不过气了，他朦朦胧胧地想着：“为什么没有人冲进来……之前不是有人会冲进来，误打误撞救我一命吗？”

赵辛诧异自己为何会这么想，朦胧中又看到那丹凤眼的男人一咬牙一跺脚，猛地向他冲了过来。赵辛看到他的身体像是被什么疯狂呼啸的东西给割出了伤口，他十分诧异，只觉得心口绞痛，他大声说着：“不要、不要……”

那男人却忍着剧痛不断地冲过来，他身上的皮肉被看不见的东西撕烂，一次又一次，那人很快成了一个血人。赵辛哭叫着让他不要过来，不是因为害怕，而是因为担忧。

那人好一阵才冲到赵辛面前，人已经从开始的风流俊朗的世家公子，变成了完全看不清形貌的血人，只那一双凤眼烨烨发光，里面满是浓浓的害怕，更多的是担心，他大喊着：“快醒醒，赵辛，再不醒你就要死了！”

“你说什么？”赵辛目瞪口呆地抬头看着血人。

“你快醒醒，我是张瑞，我们一起来的凤山，我们现在在生死局里面！”张瑞的怒吼声开始很小，后来越来越大，大到赵辛只觉得自己的耳膜都要被那声音刺破了，最后，那声音如同金刚之怒猛地拔高，重重击打在赵辛的脑海，那一瞬间，赵辛眨了眨眼睛，只觉得眼前的一切似乎都像是被人重重砸了一拳，那压在身上的黑影、高床软枕和房间……甚至整个世界，都开始斑驳破碎，仿佛打碎的琉璃，发出清脆的破裂音，哗啦啦散了一地。

赵辛睁开眼睛，看到他们还靠在巨石边，身上还有淡淡的酒气，他们根本没上过半山，第三个关卡，竟然是在他们的醉梦里面。

可是赵辛醒了，旁边的张瑞却还在梦中，他全身是血，满是被削掉血肉的坑洼，满脸痛苦，却还没醒过来，而是痛得一抽一抽的。

赵辛呼唤张瑞，张瑞身上血流如注，眼见着面如金纸，快要不行了。赵辛惶急地呼唤他，不知何时鼻涕眼泪已经流了一脸，可是不管怎样张瑞都醒不过来。

赵辛心痛如绞，这是张瑞，从小到大最是胆小怕疼的张瑞——长大后他虽然总会装出一副公子风流的模样，但是私底下却是连夜晚都不敢灭灯，总要下人守夜才能睡着——是那个会偷穿他的浮光裘，弄坏了后就只会号啕大哭的……那么胆小的孩子啊。

赵辛的眼泪滴在张瑞血肉模糊的脸上，他想像以前每次张瑞闯祸时那样抱着他安慰他，可是却无从下手，因为张瑞身上已经没有一块好肉……赵辛怕他疼。

“……咳咳……噗……咳……”张瑞猛地发出剧烈的咳声，他终于慢慢地睁开眼睛。赵辛用力地眨眼睛，生怕看不清张瑞的脸。张瑞看到他，脸上从醒过来后的焦急，慢慢变成了放心，然后试图挤出一个笑容，他嘶哑着声音，咳嗽地笑着说：“我、我知道……咳咳咳……咳咳……你、你的……你的愿望……了……”

那笑容一如往日，每次他自以为抓到赵辛的把柄，就会歪着头上挑着嘴角，凤眼露出“快求我快求我”的光芒来。虽然每次他都会失败，但总是乐此不疲。

这一次，赵辛的泪水却一串串往下掉，他嘶哑着嗓子，大吼着：“是，是，你知道了，求求你……求求你……”

他哀号着，看着张瑞的笑容慢慢褪去，手缓缓落下去。

“不要！你快起来，张瑞！快起来嘲笑我啊！”赵辛大声号哭，仿佛失去了最重要东西的野兽。他抱着血肉模糊的张瑞，哭喊着：“你知道了，你看，我居然还想着那个女人的爱……我还想着那些愚不可及的东西……我这么软弱，你快醒来啊，醒过来嘲笑我啊，你好不容易才找到了我的把柄……张瑞、张瑞……”

往日连发现赵辛讨厌姜都可以嘲笑好几天的张瑞，这一次，却真的真的再也醒不过来了，他的身体在赵辛的怀里慢慢从温热变得冰凉。

赵辛不知道张瑞梦到了什么，但是他大约能知道，张瑞既然能提醒他，那他原本应该是有机会自己醒过来的，甚至可能他自己已经醒过来了，却发现他不对劲……

赵辛满脸泪水地惨笑：“都怪我，都怪我……你我八岁相识，当年是你闯入卧室，才救我一命；当年侍女投毒，是你先起了疑心，才让我活下来……你我一起长大，你救我多次，今日又是你……”说到这里，赵辛满脸泪水，喃喃哽咽，“梦中如此多破绽，可我竟然贪恋那个女人的温暖……她除了那几年，哪里曾对我和颜悦色过……我的父亲……哈哈……我的父亲是谁，我根本不知道……我不过是个野种，不过是不小心被生下来，却还妄想我的母亲是真正爱过我的父亲……还妄想着自己不是意外，而是被期待着生下来……”

赵辛一边流泪一边大笑，声音凄怆，如同恶鬼号啕，他哭了一会儿，猛地一擦脸，抱起了自己的朋友。他悲伤过度，神思混乱，喃喃地对着怀里的尸体说：“我们走，我一定要破阵，找到袁先生。袁先生有神鬼莫测之能，一定能复活你，我一定要复活你。”

他抱着张瑞一步步往山上走，才走一段路，拐弯就进了闹市之中。

9

又来了，赵辛冷漠地看着面前风云变幻的景色，上一关本是财，他们走出库房、离开房子，就应当算破关，可是他们被设计勾带了两样东西，导致财关未过，直接触发杀局。赵辛在色关之中，就已经觉得这阵中似乎处处都十分矛盾，肉欲和问心、杀局和自省互相交叠，像是两种风格的交叠。

或许这开始是袁先生的勘破局，但是等到赵辛他们入阵，就已经设下了层层杀机。赵辛隐隐觉得，这杀局原本想杀死的绝对是他，张瑞只是受池鱼之殃罢了。

不过也许是因为张瑞本就是赤子之心，没有赵辛那么多执念与阴暗的过往，因此比较容易从问心杀局之中走出来。

但赵辛依然觉得这里面设置的许多东西，都显示这设局之人对他了解甚多，张瑞不过是被他拉来、不小心掉进陷阱的多余猎物罢了。

赵辛抱着张瑞，思维一时清明一时混乱。他穿行于闹市之中，不知接下来是阵中什么环节被触发，他一路往前走，在闹市之中，有骑高马之人纵行而过，赵辛小心避让，把张瑞牢牢抱住。

但路上有人挑衅，有人高声惊叫：“张家郎君死了！”

赵辛提醒自己，这是在幻影之中，一切不过是假象罢了。他忍着别人的羞辱和调笑挑衅，忍着别人的大吼。

“看，就说不能和这个野种玩闹吧，可怜了张家郎君！”

“怕就是这个野种不小心害死张郎君的吧？”

连张瑞的表妹也出现了，那个一脸麻子的女人嫌弃地看着满身是血的张瑞，细声细气地说：“晦气，幸好还没有与我定亲，否则万一姑母让我给死人守寡怎么办？”

有人来推搡，有人把臭的菜渣和脏污扔到赵辛的身上，他一直在忍耐，心中告诫自己，不要动手，不要动手，走出生死局，去找袁先生，救张瑞。

直到有人来抢张瑞的尸体。他们一哄而上，力气奇大无比，赵辛惊怒，不肯放手，竟有人举刀劈上来，想把张瑞的尸体砍作两段。

赵辛拔出腰间的长剑抵抗，却看到眼前的人都流露出喜悦的光——他们的眼睛是油绿的色泽，犬齿突出，虽然样子和人无异，眼神里浓重的贪婪和形态却一下子让人明白，这些并不是人。

“我无意与你们相争，”赵辛只用剑拦住刀，大吼，“我们各自收手。”

“来不及了。这生死局中，不管用什么方法，我们都要先取你性命！”举刀之人狞笑，明晃晃地告知赵辛，他们钻这局中漏洞，不管用什么方法，都要在今天杀了赵辛。

赵辛心中一沉，脑中回想起自幼见到的魑魅魍魉和自小遇到的谋杀邪祟……从非人的谋害，到谋臣对长乐公主的撺掇，他们用尽各种手段，只是想杀死他……

“到底是为什么？”赵辛看着眼前的“人们”，沉声问，“一直都是你们吧？我身上到底有什么，值得你们坚持不懈要取我性命？”

那人舔唇，露出垂涎的笑，大喝着举刀：“管那么多干什么，给我乖乖去死吧！”

赵辛挥剑搏斗，一剑斩杀面前的人，那人马上化为半截巨大的绿色螳螂。赵辛剑术极好，很快便躺了一地的尸体，但他身上也多了很多伤口。

血不断地涌出来，赵辛的眼前已经发黑，他支撑着一直在挥剑，直到再也举不起剑……

“我们赢了！”

赵辛在最后的时候，听到了无数喜悦欢呼的声音。

终

三个月后，司天监内，一个八九岁的孩子睁开了眼睛。

“你是谁？”他歪头看着戴着半张金面具的红衣女人，还有旁边仙风道骨、鹤发童颜的男人。

红衣女人穿着鲜红的齐胸襦裙、明黄上衫和鲜红的半袖，外面披着绣金线提花牡丹的外袍，她笑着说：“我叫岚，博儿，你不记得师父啦？”

“师父？”李博努力地想，可是脑袋却疼了起来。

“算了算了，大夫说你不能劳神，今天师父不让你做功课了，你今天可以玩一天，还可以吃桂花糕，好吗？”岚笑眯眯地说。

“真的吗？”李博疑惑了一会儿，终于把一切抛在脑后，他双眼发亮，开心地回答，“好！谢谢师父！”

第十二章

生死局/下

1

“博儿，怎么不高兴了？”师祖把桂花糕递到李博的面前，又泡了一杯加了蜜的茶。这都是李博平日最喜欢的东西，此刻他却有些提不起兴致来。

“师祖……师父是不是不喜欢博儿了？”他扁着嘴，捏着桂花糕，半晌才委委屈屈地问道。

“怎么会呢，师祖和你师父都最疼博儿了，博儿怎么会这么问？”师祖满头白发，面容却还很年轻，一丝皱纹也没有。他满身慈爱之气，对李博的喜欢和宠爱也不是作假，因此平日在师父面前乖乖巧巧的李博，常常在师祖面前装傻耍赖，遇到不高兴或者疑惑的事情，第一时间就会来找师祖。

此刻听到师祖这么说，李博扭扭捏捏了一会儿，才轻声说：“博儿想拿写的字给师父看，可师父不许博儿进门……”

说到这里，小家伙又觉得委屈了，葡萄一样的黑眼睛里流露出难过，像只被主人训斥的小狗，看得人怪心软的。

“那是因为你师父在忙自己的事情啊。博儿写字的时候，是不是也不喜欢别人吵闹呢？”师祖的声音轻柔舒服。李博歪着小脑袋想了一会儿，觉得师祖说得对，顿时开心起来，点头说：“那博儿等师父忙完了再去找师父，博儿今天写的字可好看啦！”

说着李博从怀里拿出小心叠好的宣纸，嘚瑟地展开给师祖看。上面的字迹虽然还有些粗糙，但是一笔一划十分规整，看得出来写字之人十分用心。

“写得不错。”师祖仔细检查了一会儿，点点头，说，“为了奖励博儿，师祖带你去观星塔玩，不带你师父。”

“哇！”李博发出喜悦的大叫，小脸因激动红通通的，桃花眼里像是要飞出光芒来。他一直很喜欢观星台，尤其是当师祖站在观星台上的时候，白发和青色祥云布袍被风吹得飘起来，李博觉得神仙大约就是师祖这个样子的。

可是司天监的少司命常年驻守在那儿，一般人根本不能靠近观星塔，除了师祖之外，能自由出入的只有李博的师父柳岚。

因此这回李博被师祖牵着往观星塔走，激动得一蹦一蹦的。

观星塔有六七层高，十分巍峨壮观。塔顶上伸出展开的细枝，像是一片细叶梗连着展开的圆台一般，怎么看都让人觉得害怕，总觉得这观星台似乎随时都可能从半空中坠下。

然而这观星塔别说是掉下来，它周围的房子修理了一次又一次，它却依然伫立在这里，一点墙皮都没有掉。

司天监内的人都说，这塔受生活在里面的阁主庇佑，才会如此坚固。

这说法没有验证过，不过小小的李博也不关注这些。他被牵着走入塔内，觉得外间深秋的凉意突然一扫而空，有种温暖放松的感觉。塔中并不黑暗，点着很大的几根蜡烛，师祖牵着李博顺着蜿蜒的楼梯往上走，一直走到最上面，那里是师祖平日起居的地方。

“师祖……”李博好奇地环视四周，这地方几乎可算是空无一物，只有一张简单的小床、一个五斗柜、一个小几。他一直好奇的观星塔，原来是个这样简陋的地方吗？

似乎是看出了他的失望，师祖微笑着带他离开了这个屋子，向外面走去——开放的塔顶风很大，夕阳发出橘色的柔光，世间即将被黑夜吞没。

小小的李博被师祖牵着，猛地瞪大眼睛，害怕地往师祖身边靠了靠，低声说：“师祖……师祖……”

“怎么了？”师祖问他。

李博看着师祖，桃花眼里流露出害怕的神情，他松开一只抓住师祖衣摆的小手，指了指司天监范围之外的群山：“那里……有好多可怕的东西……”

师祖的眼神一厉，瞬间就蒙住了李博的眼睛，声音轻柔地说：“博儿不要怕，此乃逢魔时刻。属于人类的白天过去，到了妖邪醒过来的时刻，它们自然会兴奋。”

“妖邪？”李博不明白地问，“那些看上去很可怕的东西就是妖邪吗？”

“是的。”师祖的声音很平稳，带着极强的信念，“不要怕，有师祖在这里，要不了多久，人们就再也不会看到这些东西了。”

最后这句话声音很小，但李博听到了，可他一个小孩，并不懂话语之中蕴含的重量，还有师祖那淡淡的怅惘。

李博只是很开心，像是突然获得了勇气，松开师祖的衣摆，挺着小胸脯说：“博儿不怕了，有师祖在，博儿什么都不怕！”

“傻孩子。”师祖愣了好一会儿，避开李博的眼睛，用力摸了摸他的脑袋。

李博被师祖牵着，顺着毫无防护的楼梯继续往上走。落日很快沉没于大地之下，头顶的群星开始闪耀，最终定格为巨大的丝绒幕布一般。

“师祖，为什么有些星星很亮，有些星星没有那么亮呢？”李博看了一会儿，并没有看出什么名堂来。

师祖弯腰把李博抱了起来，轻笑着说：“博儿觉得哪些星星特别亮？”

“这里、这里、这里……还有那边、那边……”李博一颗颗指着，然后盘着小短手数数，“七、八……十、十一……”

他开心地抬头，大声说：“有十一颗星星是最亮的！”

李博的师祖袁天罡看起来很年轻，但有一双饱经风霜的眼睛，此时他看着李博闪亮亮的眼睛，长叹说：“天上的星星……本该有十二颗的。”

李博不懂：“那另外一颗星星去哪里了？它自己偷偷跑出去玩了吗？”

幼稚的童言童语让袁天罡回过神来，他笑了笑，说：“对，它跑出去玩了，不过没关系，它很快会回来的。”

他对着认真听着的李博说：“等它回来的那天，十二颗星星连接大地，会把整个大地都保护起来，那些妖邪就永远永远都再也不能伤害人类了……”

“哇！”李博瞪大眼睛，“师祖，那我们快去叫星星别玩了，让它快回来吧！”

李博一直不被允许踏出司天监，所有人，包括师祖和师父，都告诉他，外面有很可怕的魑魅魍魉，李博这样的小孩在他们看起来，就是好吃的点心，他们都很想吃掉他。

开始还不太信的李博，在晚上看到了巨山一般大的野兽，还在白天看到过少司命们拖着形状奇怪的巨兽就地分尸食肉，从此变成了世界上最乖的宝宝，晚上更是不肯离开师父和师祖半步。此刻听说星星能让这些妖邪都被赶走，他顿时瞪大了眼睛。

“还没呢，”师祖抱着他往楼下走，“星星是准备回家，但是它在离开之前，要把所有的事情安排好啊……”

“星星在外面交朋友了吗？那它可以叫朋友来家里看它呀……”出了观星塔，李博就开始打哈欠，腻腻歪歪地往师祖怀里拱。

身后却有一双手臂，把李博抱了过去。

李博感觉自己落入了一个满是馥郁香气的怀抱，他抬头，看到戴着半张金面具的女人，一身红裙，正垂眉看他。

“师父！”李博高兴地抱住她。虽然大多数时间都跟师父一起习字读书，但不知道为什么，李博总觉得师父不如师祖那么喜欢他，甚至还有些冷漠，这是第一次被师父这么抱着。

“夜深了，我带博儿回去休息。”师父对这师祖说，声音十分恭敬。李博觉得师父和师祖说话的时候，比对待自己柔和很多很多。他有点不开心地嘟嘴，转过头想抱师祖：“博儿想跟师祖一起睡。”

“你看，你对他不好，他都委屈了。”袁天罡突然笑着一把抱过了李博，意味深长地说，“小孩子心思纯净，想让他们亲近你，就必须以心换心。”

“我不懂……”岚微微皱眉，见李博已经睡过去，有些焦急地说，“百族已经壮大，异人蠢蠢欲动，我们一直保护着这一半又有什么用……”

“那你觉得如何做比较好？”袁天罡看着自己的弟子，白发在风中飘荡，眼底带着审判的光芒，威严而又平静。

这样的眼神显然连岚也觉得有压力，她挺直了身体，恭敬地说：“师父，既然是百族先破坏规矩直接杀人，那我们也可以杀了他们夺回另一半，再按照原计划行事……”

“按原计划行事？”袁天罡的声音里含着怒气，“若不是你堵住生门，计划早已成功，哪里会落到今日这尴尬的局面。”

“师父！”岚的眼里含满了泪水，倔强地说，“这一切都是我的错，杀孽也是我来背，但只要我活着一天，就不能看着师父去死！师父你和他们对赌生死局，肯定是想着让赵辛破局，你自己再、再……”

说到这里，她捂住脸，哭泣着说：“师父你救了我、教导我，是这些年来唯一对我好的人，岚活到现在一无所有，只有师父一个亲人，我不能、不能眼睁睁看着师父你为了其他人去死……”

袁天罡皱眉，半晌长叹一声，说：“……这话不要再说了，从头至尾，赵辛和他的朋友才是最无辜的人……我所设之局，原本就是我的宿命。”

“师父！”岚还要再说，袁天罡却抱着李博，转身进了观星塔。

李博睡得十分香甜，路途中翻了个身，龇牙咧嘴，打着快乐的小呼噜。

2

梦中，李博听到了许多嘈杂的声音，有巨山一般的银狼在狂啸，还有人大声吼着：“生死局结论已出，把赵辛交出来！”

李博睁开眼睛，揉了揉眼，才发现自己正睡在师父的房间里。

自从那天在观星塔玩过之后，师祖就又开始忙碌起来，李博于是又回到了师父身边。虽然不知道师父每次盯着他发呆到底是在想什么，但师父确实对他更好了，她手把手教他习字，给他念书听，哄他睡觉。

李博对师父十分孺慕，见师父对他好了些便十分开心，但是偶尔，李博还是会觉得师父很可怕，他总觉得有些瞬间，师父会对着他露出十分凶狠的眼神，身上有腾腾杀意，偶尔当师父的手拂过脖子，李博会不自觉害怕地缩起来。

李博觉得自己是个坏孩子，师父对他那么好，他却害怕师父。好在那些害怕的时刻很少，而且师父温柔的时候，眼睛里面会有小小的、亮亮的星星，所以李博觉得师父还是很爱他的，也许之前师父是想到其他什么不开心的事情了吧。

时间久了，李博对师父依赖起来，甚至都快要超过最近不见人的师祖了。

这天，李博忽然听到门外传来一声厉喝：“柳岚，你身为异人，却认人类做师父，在生死局中作梗，抢走赵辛的神魂。今日你不把赵辛的神魂交出，就别怪我们不客气！”

李博害怕极了，悄悄地爬起来跪在床上，顺着窗户的缝隙往外看——院墙上悄无声息地站着许多脸上、身上有相似丑陋疤痕的男女，他们看上去十分年轻，有些甚至还十分俊秀美貌。他们错落地停在院墙上、假山上、院落里和树上，脸上都是一样的狠厉。

这都不算什么，李博长在镇压天下魑魅魍魉的司天监内，见多了少司命们挥舞双弯刀的飒爽身姿，就连文绉绉、喜欢看天气、总是一惊一乍的少监们，也能在见到两位少司命拿刀互博的时候面不改色。

但除了这些人之外的一切都太惊人了——巨大的、山一般翠玉色的螳螂，在夜里发出莹润月光色的巨大银狼，悬停在半空之中的大鱼，流光溢彩、羽毛如同燃烧的大鸟……它们齐聚一堂，也发出威胁的低声咆哮。

院落之中，岚右脸上的金面具在黑夜中烨烨发光，她一身红衣独立院中，面容平静，丝毫不落下风。她看着院落中的人们，轻笑讥讽："什么异人，不过是被声息虫寄生的傀儡罢了，偏还要给自己取个好听的名字，好像这样就不可怜了。"

"你！"树上站着的年轻女人厉声喝骂，蠢蠢欲动，但身边有人拦住了她。

"柳岚，再问你一次，你交不交？"口出人言的螳螂问，李博觉得它似乎比上次逢魔时刻见到时更大了许多，身体也似乎更加坚硬了。

"想得美！"岚厉声回答，院中顿时就响起了金铁交击的声音。岚双手拿弯刀、身形灵动，穿梭于人与巨兽之间，所过之处，皆是受伤痛吼的声音。

李博看着院内血液四溅，犹如人间地狱的场景，非常担忧害怕，少司命们不是一直保护着这里的吗？为什么闹出这么大的动静却没有人来？往日这些妖魅连踏入司天监的领地之内都不能，为什么今天竟然能潜入阁中？

这一切都透露出精密布置的味道，让人感到不祥。

岚在院落之中飞速来去，仿佛一只收割生命的红蝴蝶。但是她的速度在变慢，她很危险。李博急得团团转，但他还那么小，站起来只到师父的腰部，根本想不到任何解决方法，在绝对的力量碾压之下，人根本来不及做出任何反应。

岚再次被巨兽狠狠地一尾巴甩倒在地上，她咳嗽一声，似乎很想站起来，却又软了下去。上方的螳螂举起巨大的镰刀，身边的异人也蹿上来，李博什么都来不及想，回过神来的时候，他已经打开房门，连滚带爬地跑了出去。他牢牢抱住了岚，大声说："你们不许杀我师父，我记住你们了，如果你们杀我师父，我就让师祖杀了你们！"

他瞪大眼睛，仿佛一头龇牙的小兽，牢牢地盯着面前的异人和百族，不过他太过紧张，还有些微微颤抖，因此没有看到，在他跑出来的时候，岚脸上的金面具扭动，化为一条条伸展的虫子，眼见着要扎入他的身体。

在李博说出威胁之后，岚愣了一下，眼里闪过不可思议，脸上的虫子慢慢地消失了，仿佛从未出现过。她充满杀意、戒备的眼神，定格成淡淡的内疚和深切的感动。

李博还在颤抖，突然感觉师父紧紧地抱住了他，接着冷冰冰的声音在头顶响起："既然你们都想要另一半神魄，那我究竟要把这一半给谁呢？"

"当然是给我们！"异人那边，有人果断说话。

"什么？这个女人可是你们异人的人，她在生死局中给我们捣乱，弄得我们损失惨重，剩下一半必须赔偿给我们！"百族之中，顿时响起不服气的声音。

"不小心给你们拿到一半，让你们声势大涨，已经是我们慈悲，现在居然还想拿走全部。不如就连你们一起杀了，我们全部拿下！”顿时风雷之声隐隐响动，刚才还是盟友的两方人马，此刻在诱惑面前土崩瓦解。

两方对峙之时，突然远远地传来一道熟悉而威严的声音：“司天监内，不待外客，诸人请出，莫再停留。”

每出一句，异人百族就被无形的墙往外推出一点，四句话落，刚才还在争吵的百族异人已被推挤得直接飞出了司天监。

“师祖！”李博从师父的怀里钻出来，开心地大叫。

袁天罡的话音是从很远的地方传来的，当然听不到李博雀跃的小声音。他威严的话音一落，观星台上白色光柱冲天而起，几如白昼。

岚的脸色顿时一厉，她松开怀里的李博，飞快地往观星塔跑去。李博不敢一个人待在院子中，只能迈着小短腿也跟过去。

李博跑得很慢，等他到的时候，才发现观星塔外齐齐整整地跪了一地的人，弯刀胡袍的少司命们，穿着文人儒衫的少监，从不出现人前、总是一身黑色长衫的判官，还有神神秘秘、总躲在山顶上不知干什么的红衣司天管……他们统统都跪在观星塔下，沉默着。而在更远的外面，监事和提点们，还有许多预备学习的待事，也黑压压地跪了一地。

李博心里极为惊恐惶急，总觉得十分可怕的事情发生了，他一直跑着，偶尔停下来喘口气，等到爬上观星塔，要走上观星台的时候，他听到了师父的声音。

“师父！”岚的声音带着惊恐和愤怒，还有一丝不可自控的颤抖，“师父，你跟我说过的，让我做这场戏，让我挑起百族和异人的争端，你说过这样可以让他们自相残杀，这样就可以让人类脱离出来……”

“岚，师父教过你许多，如今师父教你最后一点……做任何事，一定要考虑周全。”师祖的声音平静又安详，“你做得很好，百族异人此刻已经生了嫌隙，但只要赵辛还在这个世界一日，只要这乾坤未定，十二根龙柱不齐，人类就总会被这些魑魅魍魉所害，大地的气数总会颠簸，终究还是不美。”

“那你杀了他啊！”岚大吼着打断袁天罡的话，吼完沉默了一下，半晌继续坚定地说，“师父，你下不了手吗？那我来……我来亲手杀了他。反正……反正当日我就不赞同你救他，赵辛注定该死，师父你居然还派人保护他这么多年，在他还小的时候直接把他杀了，让他化为龙柱不就行了！”

“当然不行！”袁天罡的声音轻轻的，像是在劝告不懂事的孩子，“岚儿，为师说过多次，你这性子太急了，为师只怕这一去，他日你闯下大祸……”

“那师父你留下来，你留下来看着岚儿，好不好？”这一声生死局之后就再也没叫过的“岚儿”，顿时把岚的眼泪逼了出来，她想走过去，想抱住师父，可根本无法靠近全身都在兵解的袁天罡。

“岚儿，不要胡闹，”袁天罡叹了口气，说，“赵辛汇聚整个朝纲的乾坤龙气，本该手握乾坤，振兴人族百年气运……奈何生在这个时代，反成了祸患根源……我当年答应他的祖母，等到这个孩子出生的时候就好好守护他，让他掌握自己的命运……没想到忘忧一时行差踏错，弄得异人兴起，人族更加式微……再不动作，只怕顷刻就是灭族之祸，到那时，我又有何面目见十一位以身化龙柱，为人族争取生机的先辈……”

“倾覆之下，岂有完卵。”他看着岚，眼里都是慈爱的光，“岚儿，你要记得，好好对待博儿，是天下对不起他，你可不要再有杀他之心了……”

“师父！”岚惊怒痛叫。

李博站在观星台下的走廊上，看不到发生了什么，只觉得华光大盛，天地之间似有龙吟之声，天上星辰发亮，大地之上突然一个接一个亮起连接天地的光柱来。

光柱是透明的，长龙盘旋而上，头顶天，尾接地。

斑驳的光芒瞬间连接，整个中原大地顿时都沐浴在白色的光芒之下，黑暗中的魑魅魍魉被照得无所遁形，纷纷避走山林洞穴，发出痛楚狂吼。

李博也被这华光照耀，先是觉得全身暖洋洋的，接着脑海突然刺痛，像是脑袋被一刀劈开，又像是有什么壁垒“啪”的一声破碎，脑海最深处角落的那些记忆顿时哗啦啦全部流泻出来……

张瑞的笑容，张瑞风流公子的模样，张瑞满身鲜血的样子……接着是他跪在山野之间号啕大哭……他抱着张瑞的尸体茫然地穿行于闹市……最后他被螳螂一刀劈为两半，一半被螳螂拖走，一半则被白发的男人抱回去。他的肉身化为泥泞，身体里浮出的光芒被放在一个孩子的身体里面……

李博，这不是他那个多年前早夭的堂弟的名字吗？

赵辛睁开眼睛，脸色平静，眼泪却一串串掉出来。

生死局。

原来，这局的名字是这个意思。

从头到尾，这一切都是针对他的，袁先生这次对赌的对象，是百族和异人。异人肆无忌惮，杀人无数，百族也被当作祭炼之物，毫无喘息余地，他身上的气运、他的血肉，可以让他们强大，让他们兴盛……所以他才从小就遇到各种鬼怪谋杀，才会遇到各种险境。

这是他出生时就注定的宿命，他认。

可是，张瑞只是被他拉着陪着入局的人，张瑞何其无辜！

人都说世事如棋、局局常新，下棋的人各有各的苦衷和大是大非，他虽然是个纵马斗酒的少年人，是个心思阴毒、睚眦必报的小人，但若是有人找到他，坦白这一切，他会努力找一切办法为自己争得一线生机，若是实在无法，他活在这个世界上其实也没什么牵挂，大约也不会特别在意这条命。

可是他们没有一个人想听听他怎么说，他们兀自揣测他是什么样的人，然后就各自下手，设下了这一生死局。

“若不是你堵上生死门，局面也不会如此尴尬！”

“赵辛和他的朋友何其无辜……但是……”

“师父，我想让你活下来……”

“阿辛，我弄坏了你的浮光裘，呜呜呜阿辛对不起……”

“你下不了手，我来杀了他！”

“阿辛、阿辛……我发现你的愿望了……”

“你不要再想杀了博儿了，把他当作你真正的弟子吧……”

“阿辛，不要哭……”

这些话交叉在脑内响起，赵辛恨得目龇欲裂，生死局之中，张瑞为救他而死；生死局外，处处杀机。

“你身上的味道好香……”突然，有个小小的声音响起来，带着狡猾的味道，“这皮囊是死的，长不大又不舒服……我可以帮你哦。”

光柱之中，袁天罡兵解快要完成，耳目之内，一草一木都不再能逃离他的掌握，他看到声息虫扎入赵辛的身体内，他本该死去的借居身体发出噼啪生长的声音……

那个柔软可爱的孩子消失了。

应该的。毕竟在这光芒照耀下，一切邪魅都会消失，人会变得更加清明，腐烂的伤口会得到缓解，困住的记忆会重见天日。

显而易见，赵辛恢复了记忆，他的仇恨和愤怒，是被镇在司天监中苟延残喘的最后几条声息虫最美味的食物。

最后一环已经完成。

白光之中，岚看到白发的男人露出一个真正放心的笑容，他的身体终于全部化为白色光斑，接着又一声龙吟之声响起，比任何一声都更加宏大、更加清亮。

拔地而起的白龙直入云霄，天地之间，诛邪避走。

这一局，到底还是他赢了。

人族将兴。

3

“不是，师姐，咱们真不停一下吗？”辛把弯刀横在胸口，对着对面一脸怒容的岚吊儿郎当地说，“你看，你也杀不死我，我也杀不死你，咱俩这打着也没意思，何苦呢？”

岚瞪着他，厉声说：“你到底是怎么醒过来的？每次我唤醒博儿，你就跟跗骨之蛆一样冒出来……”

“师姐，”辛的脸上虽然还带着笑意，眼睛却是冷冰冰的，“你所想象的，那个会保护你、关心你的博儿，可从来都没存在过哦……师父他老人家当初算无遗策，我能以这样的姿态活着，不是他老人家特地安排的吗？”

“你说什么？！”岚厉声喝骂，挥着弯刀直冲过来，速度快到只看到红色的流光。辛却跟上了她的速度，一边打一边说：“师姐……你现在还……哎呦……你现在还没想明白吗？要不是师父他老人家的安排，你以为我能醒过来？只怕现在还以为自己是李博呢。”

岚停下来，一脸怀疑的表情。辛冰冷的眼神带着嘲讽，残忍地说：“师姐，你想想师父是什么人物。李忘忧叛出司天监，天下动荡，师父在危难之中以一己之力镇住新盛的异人；等我出世后，又运筹帷幄，不令人怀疑地把我分了一半给百族，让他们发展起来，和异人互相斗争；紧接着趁机化为龙柱，补齐十二支柱。等百族和异人回过神来，师父已经让我为声息虫寄生，再也无法被他们杀死……人类已经在龙柱的保护之下，而百族和异人忙于内耗……这么妙的局面，你觉得是巧合吗？！”

辛一口气说完，舔舔唇，笑嘻嘻地看着岚，眼神中带着强烈的、不可忽视的仇恨：“如果我们能杀死对方的话，我怎么会舍得放弃亲手杀死师姐的机会呢？”

他耸耸肩，明确表达他不想“打打闹闹”的想法。

岚一脸严肃，她一直未曾仔细想过师父当年的行为。因为师父死后，司天监为龙柱之中心，阵法已成，却在最开始时威力不够，岚为了完成师父的心愿，只能待在司天监内。

而清醒过来的赵辛刺杀不成，马上遁走，从此两人就在互相避让、养伤、追杀之中度过了漫长的时光，然而他们互相杀戮，却一直无法真正了结对方。

岚开始憎恨过辛，因为师父为了他而死，可是后来她冷静下来，慢慢明白了师父的苦衷，也曾想过要和辛和解，然而辛的手段愈发激烈。

岚在寂寞之中越来越想念那个孩子……那个站在她前面，勇敢地对着整个院子的妖魔鬼怪说要保护她的那个孩子……

师父临走那一句“把他当成你真正的弟子吧”在脑内盘旋。师父当时让博儿成为她的徒弟，是想让她未来不那么寂寞，让她教导这个孩子，传承师门的一切，是责任，是束缚，更是期待……何况她也无法真正杀死辛，那么，唤醒那个柔软可爱的小徒弟，让博儿活着，让辛永远沉睡下去，实在是一个不可多得的好办法。

只是每次都会失败。

岚抿了抿唇，看着赵辛，哑声问：“你什么意思？”

“终于有点想明白了吗？”辛一击掌，轻笑一声，带着残忍的快意说，“解决掉百族异人的祸患，那些不属于百族和异人的怎么办呢？比如明明是异人，却投奔人类的师姐，现在是很好，但是万一哪天疯起来了怎么办？”

辛看着慢慢露出愕然表情的岚，静静地欣赏她逐渐扭曲痛苦的表情，轻声缓慢地笑着说：“当然不能放着这个隐患壮大发展对不对？必须要有制衡对不对？”

“还记得师父最后教你的一件事情是什么吗？”辛低声问。

“永远……要思虑周全。”岚的嗓子干哑，脑海中的记忆仿如昨日——留给族人的新亭侯；赵辛的觉醒。声息虫在李忘忧作乱之后就被袁天罡绞杀全族，怎么会那么好就在那天让赵辛突然觉醒，被声息虫寄生了呢？

“想明白了？”辛笑出声来，低声说，“师姐比我活得久，比我手段多，可是没办法啊，我可是师父特地留下来，和师姐互相搏杀牵制的存在……师父留给我的东西，可比给师姐的有用许多呢。”

“我不信！”岚猛地大吼起来。

“不相信？”辛捏紧双刀，极为痛快地说，“不相信也没办法。你大概不知道吧，龙柱不但要有足够的气运，还要有足够的心甘情愿……忍受千刀万剐之痛，不可有怨怼之心，一心庇佑天下，悲天悯人……”

辛说到这里，眼里的讥讽少了一些。参与设局的人，只有师祖他是不恨的。他明白这个人心中挂怀的不只是一两人，也因为这个人安排的后手，他才没有真正疯狂，没有冲到异人或百族之中献出自己，所以他后来把这个人称作“师父”。

师父给他留下了很多很多，甚至包括他最在意的……张瑞的下落。

想到这里，辛远远看着那个叫袁天河的少年。他身上背着一只金色的大猫，从远处走过来，辛脸上划过难过，猩红的眼睛第一次温柔得仿佛三月的春水。

“师姐，”辛看着他们从远处走来，“我们这样打下去也没有意义，我找到了隐居青鸾的下落……不如咱们暂时休战，一起去找找彻底结束这一切的方法吧。”

“青鸾花？”岚讶异地提高声音，“你是说唯一能让百族和异人正常兵解的那个青鸾花一族？”

“是的，就是那个。”辛看着那只金色的大猫，轻声说，“它们可以让处于生死之间的人走出这个界限，获得真正的安宁。”

大猫亚伦抖抖耳朵，袁天河看着那诡异的男人一伸手，把大猫抱了过去，牢牢地圈在怀里，然后不断地抚摸，手法十分娴熟猥琐。

袁天河感觉解脱了，天知道他一个无辜的普通人类，因一时好奇，被一只猫逼着东奔西走有多惨，简直比人类最惨的铲屎官还还没地位。

就在袁天河想溜走的时候，听到岚说：“好，我们一起去，我倒要看看，你到底想玩什么花招。”

这个“一起去”，袁天河直觉与自己无关，内心十分平静。

然而，他撞上了一堵透明的墙。

辛抚摸着金色大猫，见大猫发出不耐的低叫，声音甚至带上了笑意：“我保证没玩花招，去了就知道了，对不对，亚伦？”

亚伦一脸严肃和不耐烦，蓝眼睛里透着无奈的光。

袁天河走不出去，满身大汗，偏偏外面路过的人擦身而过，都没办法看到旁边这个一脸惊恐的同类。

终

那个记载着青鸾花聚集的山谷所在的地图，最终被放在辛的口袋里。

他们要出发了。

他们能找到那个地方吗？

后记

熬了一个多月，写完第三部的结局的时候，不夸张地说，我感觉身体都被掏空了。

这是太漫长的一段旅程。

三年前我动笔写下《半面妆》第一部第一篇的时候，其实压根儿就没想过这部小说能够得以连载，能够出书什么的。我在第一年的连载之中，都是持怀疑态度的。

因为太过期待，太过渴望，于是变得十分害怕。

《半面妆》第一部被通知可以出版的时候，不怕你们笑话，我真的十分焦虑，每天都在跟我妈唠叨：“怎么办怎么办，卖不完怎么办？”

搞得我妈和我一起紧张兮兮的。因为我妈知道我有多珍惜这次机会，知道我失败了太多次，而失败的滋味，无论多少次都不会让人觉得好过。那段时间，我和我妈不得不一起喝降火凉茶，以平复我们紧张的心情。

所以我拿到第一部书的时候十分感动。我可以问心无愧地说，里面的每一篇文章，都是我认真谨慎地写出来的，从构思、大纲到成文，有些甚至六遍七遍地重写……

有时候连编辑都说，差不多了。可是我知道我可以做得更好，于是认真地做了我最大程度的努力。

或许我还是不如很多天纵奇才的人，可是我已经在我的天赋、精力和努力里，做到了我自己最问心无愧的巅峰。

而我很感动的是，我曾焦虑过的《半面妆》第一部，在上市当天就售空、加印，并且在之后的一年多里不断加印，从开始的可怜巴巴，到可以称之为畅销作品的程度。

这已经超过了我的预料太多了。

而我曾以为只会得到一年的连载，也不断延长。第二部的起印量就已经非常漂亮，而且和第一部一样，也在不断稳定地加印中。

我开始可以和编辑讨论赠品要做成什么样才够有趣，可以尝试着说出自己的想法，编辑也敢更加“大手大脚”一些，把纸张、赠品、工艺各方面都做得更好……

这都是你们的功劳。

我很艰辛地一步一步从遥远的角落走过来，走得越来越顺利，可我还是会跌倒，会卡稿，会在午夜沮丧自己为什么如此平凡，会怀疑自己是不是应该放弃写作、好好去工作……因为我总是比不过那些真正的天才啊！

无论我多么努力，去看各种资料书籍，随身记下所有灵光闪烁的瞬间，可是，有时候看着写下的文档，我依然忍不住想——那些句子那么简单拙劣，似乎一直在嘲笑着我的平凡、我的痴念、我的愚蠢和妄念。

是你们买下我的书，买下我每个得意、沮丧、痛苦和快乐的瞬间，从水滴汇聚成河流，慢慢地流淌在我干涸的心里——是你们告诉我，我没有那么差。

你们说你们很感动，你们喜欢《半面妆》里那些爱恨悲歌，喜欢那些蹒跚于自己人生道路上，一直不认命、努力活着的人。

你们告诉我你们感动过，和我一起，隔着千山万水的距离，隔着时间空间，和我一起哭过笑过……

于是我开始知道，我或许一辈子都比不上那些很厉害的人，或许一辈子都只能蹒跚于路上，但我毕竟在路上了，那条路从最开始的荆棘密布、胆战心惊，开始渐渐变得不那么孤单……

我想，这就是写作能给我的最永恒的感动。

感情的共鸣是可以跨越时间和空间的，而我贪心地希望，我可以一直把这些带给你们，无论你们是什么人，身在哪里，什么性别，活得怎么样……我都希望，若有一天能见面，就犹如故人相逢一样。

半面妆 叁

作者
萧十一狼

封面绘图
古戈力

彩色插图&内文插图
古戈力 妖魔君

封面设计
杨小娟

内文版式
鲁珊珊

图片总监
杨小娟

特约编辑
徐慧

责任发行
周冬梅

出版社
中国致公出版社

总出品
湖北知音动漫有限公司

制作出品
知音动漫图书·新阅坊

官方论坛
http://xsbbs.zymk.cn

平台支持

知音漫客 小说绘

图书在版编目（CIP）数据

半面妆. 叁 / 萧十一狼著. -- 北京：中国致公出版社, 2017（2021.02重印）

ISBN 978-7-5145-0940-3

Ⅰ. ①半… Ⅱ. ①萧… Ⅲ. ①长篇小说 - 中国 - 当代 Ⅳ. ①I247.5

中国版本图书馆CIP数据核字(2017)第199445号

半面妆 · 叁/ 萧十一狼 著

出　版　中国致公出版社
（北京市朝阳区八里庄西里100号住邦2000大厦1号楼西区21号）
出　品　湖北知音动漫有限公司
（武汉市东湖路179号）
发　行　中国致公出版社
作品企划　知音动漫图书 · 新阅坊
责任编辑　孙兴冉
特约编辑　徐慧
装帧设计　杨小娟 鲁珊珊
印　刷　浙江新华数码印务有限公司
版　次　2017年10月第1版
印　次　2021年02月第6次印刷
开　本　710mm × 1120mm　1/16
印　张　16
字　数　313千字
I S B N　978-7-5145-0940-3
定　价　30.00元